MEURTRE DANS UN FAUTEUIL

Née à Oxford en 1920, Phyllis Dorothy James a exercé diverses fonctions à la section criminelle du ministère anglais de l'Intérieur jusqu'en 1979. Mélange d'*understatement* britannique et de sadisme, d'analyse sociale et d'humour, ses romans lui ont valu les prix les plus prestigieux, dont, en France, le Grand Prix de littérature policière 1988. Anoblie par la reine en 1991, elle est l'auteur d'une vingtaine de romans policiers (*Le Phare, Meurtres en soutane*, ou encore *Une mort esthétique*), d'un roman de science-fiction (*Les Fils de l'homme*), ainsi que d'un « fragment d'autobiographie » (*Il serait temps d'être sérieuse…*). P.D. James est décédée le 27 novembre 2014.

P.D. JAMES

Meurtre dans un fauteuil

TRADUIT DE L'ANGLAIS PAR LISA ROSENBAUM

MAZARINE

Titre original :

THE BLACK TOWER
Faber and Faber

PREMIÈRE PARTIE

Condamné a vivre

C'était sans doute la dernière visite du médecin-consultant. Dalgliesh se disait que ni l'un ni l'autre ne le regretterait, aucune entente, même passagère, n'étant possible entre ce personnage arrogant, condescendant, et lui-même, réduit à l'état d'obligé, faible et dépendant. Le médecin entra dans sa petite chambre d'hôpital, précédé de l'infirmière et suivi de ses acolytes. Il était déjà habillé pour le mariage mondain qu'il allait honorer de sa présence, en tant qu'invité, un peu plus tard dans la matinée. S'il n'avait arboré une rose rouge au lieu de l'œillet traditionnel, on aurait pu le prendre pour le marié, tant sa personne et la fleur étaient bichonnées à outrance : elles avaient la perfection artificielle d'un cadeau enveloppé de cellophane invisible. Un parfum coûteux apportait la touche finale à cette élégance. Dalgliesh décelait les effluves d'after-shave parmi les habituels relents de choux et d'éther qui lui étaient devenus si familiers qu'il ne les percevait presque plus. Les étudiants en médecine se rassemblèrent autour de son lit. Avec leurs cheveux longs et leurs blouses blanches courtes, ils avaient l'air d'un groupe de demoiselles d'honneur peu recommandables.

De ses mains expertes, l'infirmière le déshabilla pour sa énième consultation. Le disque froid du stéthoscope glissa sur son dos et sur sa poitrine. Ce dernier examen n'était qu'une formalité, mais, comme d'habitude, le médecin se montrait consciencieux. Bien que, dans ce cas, il eût fait une erreur de diagnostic, il avait une trop haute opinion de lui-même pour se sentir obligé de présenter de véritables excuses. Se redressant, il dit simplement :

« Nous avons reçu le dernier rapport pathologique. Cette fois, il n'y a plus de doute. L'analyse cytologique n'avait jamais été bien claire, il est vrai, et votre pneumonie avait faussé le diagnostic. Vous n'êtes pas atteint de leucémie aiguë, d'aucune sorte de leucémie, en fait. La maladie dont vous êtes en train de guérir est une mononucléose atypique. Mes félicitations, commandant. Vous nous avez fait peur.

— Que dites-vous là ! Je vous ai fourni un cas intéressant. C'est *vous* qui m'avez fait peur. Quand puis-je rentrer chez moi ? »

Le grand homme rit. Il sourit à sa cour comme pour l'inciter à l'indulgence face à cet exemple typique de l'ingratitude des convalescents.

« Vous devez avoir besoin de mon lit, se hâta d'ajouter Dalgliesh.

— Nous avons toujours besoin de plus de lits que nous ne pouvons en obtenir. Mais rien ne presse. Vous n'êtes pas encore tout à fait remis. Nous verrons, nous verrons. »

Après le départ du médecin, Dalgliesh resta couché sur le dos et, comme s'il le voyait pour la première fois, regarda l'espace aseptisé autour de lui. Le lavabo avec ses robinets qu'on ouvrait avec les coudes, la table de chevet, propre et fonctionnelle, sur laquelle était posée une cruche d'eau, les deux chaises recouvertes de skaï destinées aux visiteurs, le casque à écouteurs suspendu au mur derrière lui, les rideaux imprimés d'un motif floral quelconque, choisi pour satisfaire le goût du plus grand nombre. Il avait cru que ce seraient là les derniers objets qu'il verrait. Cette chambre lui avait paru être bien nue et impersonnelle pour y mourir. Comme une chambre d'hôtel, elle était conçue pour abriter des gens de passage. Que ses occupants la quittent sur leurs deux jambes ou sous un drap mortuaire, ils ne laissaient rien derrière eux, pas même le souvenir de leurs angoisses, de leurs souffrances et de leurs espoirs.

Sa condamnation à mort lui avait été communiquée, selon l'usage, par des regards graves, une certaine jovialité factice, des apartés entre médecins, une surabondance d'analyses. Il avait dû insister pour qu'on lui donnât le diagnostic. Sa condamnation à vivre, annoncée d'une manière beaucoup moins détournée une fois passé le cap le plus dangereux de sa maladie, l'avait révolté bien davantage. Il avait jugé fort désinvolte, voire irresponsable, de la part de ses médecins, de l'avoir si complètement réconcilié avec la mort pour ensuite changer brusquement d'avis. C'était avec gêne qu'il se rappelait maintenant la facilité avec laquelle il avait renoncé à tous ses plaisirs, toutes ses préoccupations. L'imminence de la mort avait dévoilé leur véritable nature : au mieux, un simple réconfort, au pire, un gaspillage de temps et d'énergie. À présent, il devait les retrouver et se persuader qu'ils avaient de l'importance, du moins pour lui. Mais il ne croirait probablement jamais plus qu'ils en avaient pour les autres. Une fois guéri et requinqué,

11

ces problèmes se résoudraient d'eux-mêmes. À plus ou moins brève échéance, le corps reprendrait ses droits. N'ayant pas d'alternative, il se ferait de nouveau à la vie et pourrait mettre cet accès d'amertume et de mélancolie sur le compte de sa faiblesse physique. Il en viendrait à croire qu'il avait eu beaucoup de chance de s'en tirer. Délivrés de leur gêne, ses collègues le féliciteraient. Maintenant qu'elle avait remplacé la sexualité comme sujet tabou, la mort avait acquis sa propre pudeur. Mourir alors qu'on n'était pas encore devenu un fardeau pour son entourage et avant que vos amis puissent parler de « délivrance » était du plus mauvais goût.

Mais se ferait-il de nouveau à son travail ? S'étant résigné au rôle de spectateur – et ensuite, à même pas cela – il se sentait mal armé pour retourner dans l'arène bruyante du monde. Ou, s'il ne pouvait faire autrement, enclin à y chercher le coin le plus tranquille possible. Ce n'était pas un sujet auquel il avait vraiment réfléchi pendant ses instants de lucidité : il n'en avait pas eu le temps. C'était plutôt une conviction qu'une décision. L'heure était venue de changer d'orientation. Finis le règlement, les interrogatoires, le spectacle de la chair en décomposition et des os brisés, tout le sale boulot de la chasse à l'homme. Il avait mieux à faire. Il ne savait pas encore très bien quoi, mais il trouverait. Il avait plus de deux semaines de convalescence devant lui. Cela suffirait pour formuler sa décision, la rationaliser, la justifier à ses yeux et, tâche plus difficile, à ceux du préfet. Le moment était mal choisi pour quitter Scotland Yard. On considérerait sa démission comme une désertion.

Ce désabusement vis-à-vis de son métier était-il simplement dû à sa maladie, au rappel salutaire de l'inéluctabilité de la mort ? Ou bien le symptôme d'un malaise plus profond, de cette période de l'âge mûr, où l'on rencontre alternativement des zones de calme et de vents capricieux, où l'on se rend compte que les projets remis le sont définitivement, que maintenant on ne visitera plus de ports inconnus, que ce voyage, et d'autres avant lui, étaient peut-être une erreur, où l'on ne se fie même plus aux cartes maritimes et au compas. Et il n'y avait pas que son travail qui lui paraissait dérisoire, insatisfaisant, à présent. Couché sans pouvoir dormir, comme tant d'autres patients avaient dû le faire dans cette morne chambre avant lui, il suivait les phares de voitures sur le plafond, écoutait les bruits secrets de la vie nocturne de l'hôpital. Il établit le triste bilan de sa vie. Le chagrin qu'il avait éprouvé à la mort de sa femme, si sincère, si déchirant à l'époque. Depuis, cette tragédie personnelle lui avait servi d'excuse pour refuser tout nouvel attachement. Ses liaisons, comme celle qui, actuellement, lui prenait un peu de son temps et un peu plus de son énergie, étaient nonchalantes, civilisées, faciles. Si son temps ne lui appartenait jamais complètement, son cœur, par contre, était bien à lui. Ses maîtresses étaient des femmes libérées. Elles avaient des professions intéressantes et d'agréables appartements. Elles s'accommodaient sans mal de ce qu'elles pouvaient obtenir. En tout cas, elles étaient certainement libérées de ces sentiments confus, étouffants, perturbateurs qui compliquent la vie d'un grand nombre de leurs congénères. Ces rendez-vous soigneusement espacés auxquels les protagonistes se rendaient parés pour le plaisir comme deux chats au printemps, qu'avaient-ils à voir avec l'amour, avec des chambres à coucher en désordre, de la vaisselle sale, des couches, avec la chaude intimité, la claustration et les obligations de la vie conjugale ? Il s'était servi de son deuil, de son travail, de sa poésie pour justifier son goût de la solitude. Ses maîtresses avaient montré plus de compréhension pour ses occupations littéraires que pour son chagrin. Elles faisaient peu de cas des sentiments, mais avaient pour l'art un respect exagéré. Et le pire – à moins que ce ne fût le mieux – c'était qu'il ne pouvait plus changer, même s'il le voulait, et que tout cela n'avait aucune importance. Absolument aucune. Au cours des quinze dernières années, il n'avait jamais, d'une manière délibérée, fait de mal à personne. À bien réfléchir, songea-t-il, quel jugement plus accablant pouvait-on porter sur quelqu'un ?

Il lui restait néanmoins la possibilité de changer de métier. Auparavant, toutefois, il devait s'acquitter d'un devoir personnel. Il avait espéré d'une manière assez perverse que la mort l'en dispenserait. Maintenant, il n'avait plus d'excuse. Se dressant sur un coude, il sortit la lettre du père Baddeley du tiroir de sa table de chevet et, pour la première fois, la lut attentivement. Le vieil homme devait avoir près de quatre-vingts ans. Il n'était déjà plus tout jeune quand, trente ans plus tôt, il était arrivé dans ce village du Norfolk comme vicaire du père de Dalgliesh. Timide, d'une incompétence exaspérante, s'embrouillant pour tout sauf pour l'essentiel, mais demeurant toujours fidèle à lui-même. Dalgliesh avait reçu fort peu de lettres de lui. Celle-ci, la troisième, était datée du 11 septembre.

14

Cher Adam,

Tu es sûrement très occupé, mais cela me ferait grand plaisir si tu pouvais me rendre une petite visite. J'aimerais te consulter à propos d'une affaire. En ta qualité de policier, tu pourrais sans doute me conseiller utilement. Ce n'est pas vraiment urgent ; bien que mon cœur paraisse s'user plus vite que le reste de mon corps et que je ne doive jamais trop compter sur le lendemain. Je suis chez moi tous les jours, mais tu préfères probablement venir un week-end. Laisse-moi te mettre au courant... Je suis aumônier à Toynton Manor, une institution privée pour jeunes handicapés. Le directeur, Wilfred Anstey, a eu l'obligeance de me prêter Hope Cottage, une des petites maisons situées sur la propriété. D'habitude, je prends mes repas au manoir. Je ne sais pas si tu voudras m'accompagner. Bien entendu, nous aurions alors moins de temps à passer ensemble. La prochaine fois que j'irai à Wareham, j'en profiterai donc pour faire quelques provisions. Je dispose d'une autre petite chambre. Je pourrai y dormir et te céder la mienne.

Envoie-moi une carte pour m'indiquer la date et l'heure de ton arrivée. Je n'ai pas d'automobile ; si tu viens par le train, il y a une agence de location de voitures à cinq minutes de la gare (les employés du chemin de fer t'indiqueront la direction), sérieuse et pas trop chère. Très peu de cars partent de Wareham ; de plus, ils ne vont pas au-delà de Toynton et tu aurais près de deux kilomètres à faire à pied. C'est une assez agréable promenade par beau temps mais qui sait si tu auras envie de marcher à la fin de ton long voyage. À toutes fins utiles, je t'ai dessiné une carte au verso de cette lettre.

Une chose était certaine : ladite carte ne pouvait qu'embrouiller toute personne habituée à consulter les publications courantes de l'Institut national de Géographie plutôt que des cartes marines du XVIIe siècle. Les ondulations devaient représenter la mer. Il ne manquait qu'une baleine en train de souffler un jet d'eau, se dit Dalgliesh. Le terminus des cars, à Toynton, était clairement indiqué, mais la ligne tremblée qui en partait serpentait d'une façon capricieuse. Parfois, le sentier se repliait sur lui-même comme si le père Baddeley s'était rendu compte que, métaphoriquement parlant, il s'était perdu. Un minuscule symbole phallique se dressait sur la côte. Sans doute indiquait-il simplement un point de repère, vu qu'il se situait très loin du chemin tracé. Au-dessous, on lisait : « Tour noire. »

Cette carte toucha Dalgliesh comme le premier dessin d'un enfant peut toucher un père indulgent. Quel degré de faiblesse et d'apathie devait-il avoir atteint, se demanda-t-il, pour être resté insensible à son attrait ? Fouillant dans le tiroir, il trouva une carte postale et écrivit qu'il arriverait en voiture le lundi 1er octobre, en début d'après-midi. Cela lui donnerait le temps de sortir de l'hôpital et de passer les premiers jours de sa convalescence chez lui. Il signa de ses seules initiales, timbra la carte et l'appuya contre la carafe d'eau : ainsi il n'oublierait pas de demander à l'une des infirmières de la poster.

Il devait s'acquitter d'une deuxième obligation, plus délicate celle-là, mais qui pouvait attendre : voir Cordelia Gray, ou lui écrire, pour la remercier de ses fleurs. Comment avait-elle appris qu'il était malade ? Peut-être par des amis qu'elle avait dans la police.

Directrice de l'agence de détective Bernie Pryde – si cette entreprise n'avait pas fait faillite entre-temps comme l'y condamnaient toutes les lois de la justice et de l'économie – elle était certainement en contact avec un ou deux policiers. Et puis, il avait l'impression qu'on avait mentionné sa maladie dans les journaux, à propos des pertes que Scotland Yard avait récemment subies dans les échelons supérieurs.

Ce petit bouquet avait été soigneusement composé et contrastait de façon charmante avec les autres fleurs que Dalgliesh avait reçues. Miss Gray l'avait sûrement cueilli dans un jardin de campagne. Il se demanda où. Il se demanda aussi, sans la moindre logique, si elle mangeait à sa faim, mais se hâta de repousser cette pensée ridicule. Il gardait de ce bouquet un souvenir très précis : quelques disques argentés de monnaies-du-pape, trois brins de bruyère, quatre boutons de rose – de beaux rouleaux jaune et orange, aussi doux que les premiers bourgeons de l'été –, quelques délicats petits chrysan-thèmes, des baies rouge-orange, un dahlia vermillon pareil à un joyau, au centre, et, tout autour les feuilles grises et duveteuses d'une plante dont il avait oublié le nom. Un geste juvénile et touchant qu'une femme plus âgée, ou plus sophistiquée, n'aurait jamais eu. Dans le petit mot d'accompagnement, Cordelia lui disait qu'elle avait appris sa maladie et lui envoyait ces fleurs avec ses meilleurs vœux de guérison. Il devait la voir ou lui écrire pour la remercier personnellement. Une des infir-mières avait téléphoné de sa part à l'agence, mais c'était insuffisant.

Enfin, cela, ainsi que d'autres décisions plus impor-tantes, pouvait attendre. Il voulait d'abord rendre visite au père Baddeley. Non pas qu'il se sentît envers le vieil homme une obligation pieuse ou même filiale : il découvrait que, malgré certaines difficultés et des moments d'embarras prévisibles, il aurait plaisir à revoir le pasteur. Mais il était bien décidé à ne pas lui permettre de l'entraîner même involontairement, à exercer de nouveau son métier. Si l'affaire dont il lui parlait dans sa lettre relevait vraiment de la police, ce dont il doutait, il la confierait à celle du comté. Et si ce beau temps ensoleillé du début de l'automne continuait, le Dorset serait un endroit agréable pour se remettre de sa maladie.

Le rectangle blanc appuyé contre la cruche le dérangeait pourtant d'une étrange manière. Toutes les deux minutes, il le regardait comme s'il s'agissait d'un symbole hautement significatif, d'une condamnation à vivre couchée par écrit.

À son grand soulagement, l'infirmière arriva bientôt pour annoncer qu'elle avait terminé son service et prit la carte pour la poster.

DEUXIÈME PARTIE

La mort d'un pasteur

1

Cinq jours plus tard, encore pâle et faible, mais euphorique à cause du bien-être trompeur de la convalescence, Dalgliesh quitta peu avant l'aube son appartement situé sur le bord de la Tamise et prit la direction du sud-ouest. Il s'était enfin décidé à se séparer de sa vieille Cooper Bristol deux mois avant de tomber malade et conduisait à présent une Jensen Healey. Heureusement, la voiture avait été rodée et Dalgliesh s'y était déjà plus ou moins habitué. S'embarquer symboliquement dans une vie nouvelle à bord d'une automobile toute neuve aurait été d'une navrante banalité. Il mit sa valise et quelques objets indispensables pour un pique-nique, dont un tire-bouchon, dans le coffre et glissa dans la poche intérieure de la portière un recueil de poèmes de Hardy et le guide des monuments du Dorset de Newman et Pevsner. C'étaient de véritables vacances de convalescent : des livres familiers, une brève visite à un vieil ami pour donner un but à son voyage, un itinéraire selon son caprice et la découverte de paysages plus ou moins nouveaux. Il aurait même le stimulant salutaire d'un problème personnel à résoudre pour justifier son besoin de solitude et d'oisiveté. Quand il fit une dernière fois le tour de l'appartement, il tendit machinalement la main vers sa trousse de détective. Ce geste le déconcerta. Il y avait bien longtemps qu'il n'avait voyagé sans emporter cet accessoire, même en vacances. Le laisser revenait à entériner pour la première fois une décision à laquelle il voulait réfléchir pendant les quinze jours à venir, mais qu'en son for intérieur il savait déjà prise.

Il atteignit Winchester à temps pour s'attabler devant un petit déjeuner tardif dans un hôtel près de la cathédrale. Il passa les deux heures suivantes à redécouvrir la ville, puis, finalement, il pénétra dans le comté du Dorset par Wimborne Minster. Il regrettait légèrement d'arriver déjà au terme de son voyage. Lentement, presque au hasard, il roula vers Blandford Forum, au nord-ouest. Là, il acheta une bouteille de vin, des petits pains, du fromage et des fruits pour son déjeuner et deux bouteilles de xérès pour le père Baddeley. Il repartit vers le sud-est, traversa Winterbourne, Wareham. Il s'arrêta à Corfe Castle pour pique-niquer au pied des remparts, dont les hautes murailles en ruine se découpaient sur le ciel pâle. Ensuite comme s'il hésitait à entrer dans l'ombre que projetait le château et peu pressé de mettre fin à la solitude de cette paisible et reposante journée, il passa quelque temps à chercher des gentianes d'eau dans le marécage broussailleux alentour, mais en vain. Il entama enfin les huit derniers kilomètres de son voyage.

Une enfilade de maisons attenantes les unes aux autres dont les toits de pierre ondulaient et brillaient sous le soleil de l'après-midi, un pub banal au bout de la rue principale, un clocher sans intérêt, c'était Toynton. Puis la route bordée d'un muret de pierre se mit à monter doucement entre des sapinières clairsemées. Dalgliesh commença à reconnaître les points de repère qui figuraient sur la carte du père Baddeley. Bientôt, il parviendrait à un carrefour : là, un chemin tournerait à l'ouest pour longer le cap, l'autre mènerait, à travers un portail, jusqu'à Toynton Manor et la mer. Comme prévu, il atteignit l'entrée de la propriété : une lourde grille de fer encastrée dans un mur de pierres plates, non cimentées. L'enceinte devait bien avoir un mètre d'épaisseur. Artistement ajustées, les pierres couvertes de lichen et de mousse formaient un dessin complexe. Couronnée d'herbes qui ondulaient au vent, la muraille constituait une barrière aussi permanente que le promontoire dont elle semblait surgir. De chaque côté de la grille était fixé un écriteau. Sur celui de gauche, on lisait :

VEUILLEZ RESPECTER NOTRE INTIMITÉ

Celui de droite, malgré ses lettres qui s'effaçaient, était plus professionnel et explicite :

PROPRIÉTÉ PRIVÉE — DÉFENSE D'ENTRER
FALAISES DANGEREUSES — AUCUN ACCÈS À LA MER
LES VOITURES ET CARAVANES GARÉES ICI
SERONT DÉPLACÉES

De toute façon, se dit Dalgliesh, un automobiliste, que laisserait indifférent ce mélange savamment dosé de prières, d'avertissements et de menaces, hésiterait sans doute à courir le risque d'abîmer sa suspension : au-delà de la grille, le chemin devenait très mauvais. Le contraste entre la route d'accès relativement lisse et le sentier caillouteux bordé de rochers qui vous attendait, constituait en lui-même un élément dissuasif, une sorte de symbole. Le portail aussi, bien que non fermé à clef. Son loquet lourd et compliqué devait donner à tout intrus le temps de regretter sa témérité. Étant encore faible, Dalgliesh poussa la grille avec difficulté. Quand il l'eut franchie et finalement refermée, il eut l'impression de s'être engagé dans une entreprise floue et vraisemblablement stupide. Le problème dont voulait lui parler le pasteur ne le regarderait sans doute pas. Il s'agissait peut-être d'une affaire que seul un vieil homme irréaliste, voire déjà un peu sénile, pouvait croire du ressort d'un policier. Mais cette visite lui donnait au moins un objectif immédiat. Il replongeait – même si c'était avec réticence – dans un monde où les êtres humains avaient des problèmes, travaillaient, haïssaient, cherchaient par tous les moyens à être heureux, et comme, malgré sa défection, le métier qu'il avait décidé d'abandonner continuerait à se faire, s'entre-tuaient.

Avant de regagner sa voiture, il aperçut une touffe de fleurs inconnues. Leurs corolles rose pâle dressées au-dessus d'une étendue de mousse sur le mur tremblaient délicatement dans la brise. Dalgliesh s'en approcha et contempla, absolument immobile, leur beauté rustique. Il perçut l'odeur salée, à moitié imaginée, de la mer. L'air tiède caressa sa peau. Soudain, il se sentit envahi d'un grand bonheur. Comme toujours dans ces moments rares et fugitifs, il fut surpris par le caractère purement physique de sa joie. Elle circulait dans ses veines, effervescence légère. Mais commencer à analyser sa nature, c'était déjà commencer à la perdre. Il comprit toutefois que, pour la première fois depuis sa maladie, il pressentait que la vie pouvait être bonne.

La voiture grimpa le chemin en cahotant. Quand, deux cents mètres plus loin, il parvint en haut de la colline, il s'attendit à voir la Manche s'étendre, bleue et ridée, jusqu'à l'horizon. Il connut la même déception que pendant les vacances de son enfance lorsque, après tant de faux espoirs, la mer tant désirée continuait à rester cachée. Devant lui, il aperçut une vallée peu profonde parsemée de rochers, quadrillée de sentiers caillouteux et, à sa droite, un bâtiment : de toute évidence, Toynton Manor.

C'était une grosse maison de pierre datant, jugea-t-il, de la première partie du XVIIIe siècle. Malheureusement, son propriétaire n'avait pas choisi le bon architecte. Le style aberrant de la demeure n'était nullement représentatif de celui des « rois George ». La façade donnait sur l'intérieur des terres, au nord-est, estima Dalgliesh. Pour lui, cette orientation allait à l'encontre d'un obscur canon architectural personnel qui voulait qu'une maison sur la côte fût tournée vers la mer. Deux rangées de fenêtres surmontaient le porche. Les plus grandes étaient ornées d'énormes agrafes, les autres, dépouillées et étroites comme si l'architecte avait eu quelque difficulté à les loger sous le gigantesque fronton ionique surmonté d'une statue qui représentait le détail le plus caractéristique de la maison, un gros bloc de pierre dont on ne pouvait dire, à cette distance, ce qu'il représentait. Au milieu, pareil à l'œil sinistre d'un cyclope, s'ouvrait une fenêtre ronde qui maintenant étincelait au soleil. Le fronton avilissait le porche insignifiant, rapetissait et alourdissait toute la façade. Dalgliesh se dit que l'ensemble aurait été plus réussi avec de grandes ouvertures en façade, mais les bâtisseurs avaient dû manquer d'inspiration ou d'argent et, telle quelle, la maison, bizarrement, ne semblait pas terminée. Aucun signe de vie derrière ce front imposant. Les pensionnaires devaient habiter sur le derrière. Il était trois heures et demie, moment le plus mort de la journée, comme le lui avait appris son séjour à l'hôpital. Tout le monde se reposait, probablement.

Dalgliesh aperçut trois cottages : deux d'entre eux étaient situés à une centaine de mètres du manoir, un autre se dressait un peu plus haut sur le cap. Il crut voir un quatrième toit côté mer, mais ce n'était peut-être qu'une saillie rocheuse. Ne sachant pas lequel était Hope Cottage, il se dit que le mieux serait de s'approcher d'abord des deux premiers. Il coupa le moteur pour réfléchir à ce qu'il allait faire et entendit pour la première fois le bruit de la mer, cet incessant grondement rythmique, l'un des sons les plus nostalgiques et les plus évocateurs qui soient. Il n'y avait toujours aucun signe de vie nulle part ; le cap était silencieux, pas un cri d'oiseau. Ce vide, cette solitude, produisaient un effet étrange, presque sinistre, que même la douce lumière de l'après-midi ne parvenait pas à dissiper.

Son arrivée aux cottages ne fit apparaître aucun visage à la fenêtre, aucune silhouette en soutane au seuil de la porte d'entrée. Il aperçut deux vieilles maisons basses en pierre à chaux dont les lourds toits de pierre, caractéristiques du Dorset, étaient parsemés de plaques de mousse émeraude. Hope Cottage se trouvait à droite, Faith Cottage à gauche. Leurs noms avaient été peints assez récemment. Le troisième devait être Charity Cottage, mais Dalgliesh doutait que le père Baddeley fût responsable de ces appellations. Il n'eut pas besoin de lire le nom inscrit sur le portail pour savoir laquelle des deux maisons abritait le vieil homme. On ne pouvait associer l'indifférence presque totale de ce dernier à son environnement, telle que Dalgliesh se le rappelait, aux rideaux de chintz, au lierre et aux fuchsias tombant au-dessus de la porte de Faith Cottage, ou aux deux caisses encore débordantes de fleurs d'été multicolores disposées de chaque côté de l'entrée. Deux de ces champignons en ciment fabriqués en série flanquaient la barrière; Dalgliesh les trouva si banlieusards qu'il fut surpris de ne pas les voir surmontés de nains accroupis. Par contraste, Hope Cottage était d'une grande austérité. Devant la fenêtre, un solide banc de chêne sur lequel on devait pouvoir prendre le soleil; toute une collection de cannes et de vieux parapluies encombraient le porche. Les rideaux en un épais tissu d'un rouge terne étaient tirés.

Quand il frappa, personne ne répondit. Il s'y attendait. Les deux cottages avaient l'air vides. La porte n'était fermée que par un simple loquet. Il n'y avait pas de serrure. Après une seconde d'hésitation, Dalgliesh entra. L'agréable odeur de livres légèrement moisis le ramena aussitôt trente ans en arrière. Il ouvrit les rideaux, la lumière pénétra à flots dans la pièce. Maintenant, il reconnaissait des meubles : la table ronde en bois de rose, le bureau à cylindre poussé contre le mur, le fauteuil à oreillettes, si vieux à présent que le rembourrage commençait à traverser l'étoffe élimée. Mais cela pouvait-il être le même fauteuil ? La nostalgie devait jouer des tours à sa mémoire. Puis il aperçut un autre objet tout aussi vieux et familier : derrière la porte pendait la cape noire du pasteur et, au-dessus, son béret, tout mou et cabossé.

C'est en voyant cette cape que Dalgliesh commença à s'inquiéter. Bien sûr, c'était déjà curieux que son hôte ne fût pas là pour l'accueillir, mais on pouvait trouver nombre d'explications : il n'avait peut-être pas reçu sa carte, avait été appelé d'urgence au manoir ou bien était parti faire des courses à Wareham et avait raté le car du retour. Il pouvait même avoir complètement oublié qu'il attendait un invité. Mais, s'il était sorti, pourquoi n'avait-il pas mis sa cape ? Hiver comme été, on ne pouvait l'imaginer portant un autre vêtement.

Dalgliesh remarqua alors un détail que son œil devait déjà avoir vu sans l'enregistrer : un petit tas de feuillets imprimés d'une croix noire. Il prit celui du dessus et s'approcha de la fenêtre dans l'espoir qu'une meilleure lumière lui montrerait qu'il s'était trompé. Mais, bien entendu, il n'y avait pas d'erreur. Il lut :

Michael Francis Baddeley, pasteur,
né le 29 octobre 1896, mort le 21 septembre 1974
R.I.P. Inhumé à Saint-Michael et tous les Anges
Toynton, Dorset, le 26 septembre 1974.

Le père Baddeley était mort depuis onze jours et enterré depuis cinq. Dalgliesh aurait toutefois deviné qu'il était mort récemment. Sinon comment expliquer cette impression qu'il avait que la personnalité du pasteur emplissait encore le cottage, qu'il suffirait d'appeler pour que le vieil homme apparût à la porte, la main sur la clenche ? Regardant la cape délavée à gros fermoir – le père Baddeley n'en avait-il vraiment pas changé depuis trente ans ? – il se sentit pris d'un regret aigu, d'un chagrin dont l'intensité le surprit. Un vieillard était mort. Vraisemblablement de mort naturelle. En tout cas, on l'avait enterré assez vite et son décès n'avait pas été mentionné dans les journaux. Il parut soudain très important à Dalgliesh de s'assurer que le père Baddeley avait bien reçu sa carte, qu'il n'était pas mort en pensant que son ancien ami avait négligé de répondre à sa demande d'aide.

Bien entendu, il fallait commencer par regarder dans le bureau victorien qui avait appartenu à la mère du pasteur. Le père Baddeley, se souvint-il, le fermait toujours à clef. Il avait été le moins secret des hommes, mais tous les ecclésiastiques doivent avoir au moins un tiroir ou un meuble qui soit à l'abri des regards indiscrets des femmes de ménage ou de paroissiens trop curieux. Dalgliesh revit le père Baddeley en train de fouiller dans les poches profondes de sa cape et en sortir une antique petite clef fixée par une ficelle à une pince à linge, de manière à la retrouver et à la reconnaître plus facilement. Sans doute se trouvait-elle toujours au même endroit.

Avec le sentiment désagréable de dépouiller un mort, il plongea sa main d'abord dans l'une, puis dans l'autre poche. La clef n'y était pas. Il s'approcha du bureau et en souleva le couvercle. Celui-ci s'ouvrit sans difficulté. Se penchant, il examina la serrure. Il alla chercher une lampe de poche dans sa voiture et l'examina de nouveau. Il n'y avait pas de doute : elle avait été forcée. Proprement et sans trop d'efforts. Décorative mais légère, elle avait été conçue pour protéger le contenu du meuble contre une simple curiosité, non pas contre un assaut délibéré. Un ciseau ou un couteau, probablement la lame d'un canif, avait été glissé entre la table et le couvercle, puis avait servi de levier. Cette opération avait fait beaucoup moins de dégâts qu'on aurait pu croire, mais les éraflures et la serrure cassée étaient assez révélatrices.

Elles n'indiquaient pas, cependant, l'identité du responsable. Pouvait-ce avoir été le père Baddeley lui-même ? S'il avait perdu sa clef, il n'aurait jamais pu la remplacer : où, dans ce bled, aurait-il dégoté un serrurier ? Forcer un secrétaire ne ressemblait guère au personnage, se dit Dalgliesh, mais savait-on jamais. Ou bien c'était quelqu'un d'autre qui avait commis cet acte après la mort du pasteur. Si la clef avait disparu, un des habitants de Toynton Manor avait peut-être été obligé de fracturer le meuble. Le père Baddeley y rangeait peut-être des documents ou des papiers dont la direction du centre pouvait avoir eu besoin. Irrité de découvrir qu'il avait un moment songé à mettre des gants pour poursuivre son investigation, Dalgliesh s'arracha aux conjectures et entreprit un rapide examen du contenu des tiroirs.

Il n'y trouva rien de bien intéressant. De toute évidence, le père Baddeley n'avait eu que fort peu de préoccupations mondaines. Mais une chose, que Dalgliesh reconnut aussitôt, attira son regard : une rangée bien nette de cahiers d'écolier à la couverture vert pâle. Le journal intime du pasteur. Ainsi donc, on trouvait encore dans le commerce ces cahiers verts au dos desquels figurait la table de multiplication et qui évoquaient l'école primaire avec autant de force qu'une règle ou une gomme tachée d'encre. Le père Baddeley en commençait un neuf chaque trimestre. Maintenant, avec la vieille cape qui dégageait une légère odeur d'église et de moisi, Dalgliesh se rappela une conversation avec autant de netteté que s'il était encore un gamin de dix ans et le père Baddeley, dans la quarantaine à l'époque, mais paraissant déjà sans âge, encore assis à ce bureau :

« C'est donc un journal ordinaire, mon père ? Vous n'y parlez pas de votre vie spirituelle ?

— C'est cela, la vie spirituelle : ces choses ordinaires que l'on fait tout au long de la journée. »

Avec l'égocentrisme propre à la jeunesse, il avait demandé :

« Seulement de ce que vous faites ? Vous n'y parlez pas de moi ?

— Non, seulement de ce que je fais. Te souviens-tu de l'heure à laquelle s'est réunie l'association des mères cet après-midi dans le salon de ta maman ? J'ai l'impression que ce n'était pas à la même heure que d'habitude.

— À quatorze heures quarante-cinq au lieu de quinze heures, mon père. L'archidiacre voulait terminer plus tôt. Est-il vraiment nécessaire d'être aussi précis ? »

Le père Baddeley avait paru réfléchir brièvement, mais sérieusement, à la question. On aurait dit qu'il l'entendait pour la première fois et s'étonnait de la trouver si intéressante.

« Oui, bien sûr, sinon ce journal n'aurait plus de sens. »

Le jeune Dalgliesh, auquel le sens de tout cela échappait, était retourné à ses propres activités autrement plus intéressantes et plus concrètes. La vie spirituelle. Cette expression-là, il l'avait souvent entendue dans la bouche des paroissiens les plus mondains de son père, jamais dans celle du chanoine lui-même. Parfois il avait essayé de se représenter cette autre existence mystérieuse. La vivait-on en même temps que la vie ordinaire, régulièrement ponctuée de réveils, de repas, d'école, de vacances ? Ou bien sur un autre plan auquel lui et les non-initiés n'avaient pas accès, mais où le père Baddeley pouvait se retirer à volonté ? Quoi qu'il en fût, elle ne pouvait pas avoir grand rapport avec cette consignation détaillée du quotidien.

Il prit le dernier cahier et le feuilleta. Le père Baddeley employait toujours le même système : une page pour deux jours divisée par un trait à la règle. L'heure à laquelle il avait dit ses prières du matin et du soir, à quel endroit il était allé se promener et pendant combien de temps, son voyage mensuel en car à Dorchester, son tour hebdomadaire à Wareham, le temps qu'il avait passé avec les patients de Toynton Manor, quelques menus plaisirs rapportés avec platitude. C'était le compte rendu méthodique de la façon dont il avait utilisé chaque heure de sa journée de travail, une année insignifiante après l'autre. « Mais c'est cela la vie spirituelle : ces choses ordinaires que l'on fait tout au long de la journée. » Cela ne pouvait tout de même pas être aussi simple. Mais où était le journal qui correspondait à la période actuelle, celui du troisième trimestre de 1974 ? Le pasteur avait coutume de garder ceux des trois années précédentes. Il aurait donc dû y en avoir quinze. Dalgliesh n'en compta que quatorze. Le journal s'arrêtait à la fin de juin 1974. Dalgliesh se surprit à fouiller presque fébrilement dans les tiroirs. Le journal n'y était pas. Il trouva toutefois autre chose : une feuille de papier, mince et d'assez mauvaise qualité, glissée entre des factures de charbon, de pétrole et d'électricité. Elle portait le nom de Toynton Manor maladroitement tamponné en haut de la page. Au-dessous, quelqu'un avait tapé :

> *Qu'attends-tu pour quitter le cottage, espèce de vieil hypocrite ? Tu devrais laisser la place à quelqu'un qui se rendrait vraiment utile ici. Tout le monde sait ce que vous fabriquez, Grace et toi, quand tu prétends la confesser. Quel dommage pour toi que tu n'y arrives plus ! Et l'enfant de chœur ? Nous savons tout.*

D'abord, Dalgliesh fut davantage irrité par la bêtise de ce billet qu'indigné par sa méchanceté. D'une malveillance infantile et gratuite, ce texte n'avait même pas le douteux mérite d'être vraisemblable. Pauvre père Baddeley ! À soixante-dix-sept ans, être accusé à la fois de fornication, de sodomie et d'impuissance ! Un homme intelligent pouvait-il avoir pris ce stupide enfantillage suffisamment au sérieux pour en être blessé ? Dans sa vie professionnelle, Dalgliesh avait vu quantité de lettres anonymes. Celle-ci était relativement bénigne ; on aurait presque dit que son auteur l'avait écrite sans conviction. « Quel dommage pour toi que tu n'y arrives plus ! » Un autre aurait trouvé une expression beaucoup plus imagée et vulgaire pour décrire l'activité à laquelle il faisait allusion. Et cette dernière référence à un enfant de chœur, sans précision de date ni de nom ? Cette accusation-là avait été inventée de toutes pièces. Se pouvait-il que le père Baddeley eût pris cette lettre tellement à cœur qu'il avait demandé à un policier de venir le conseiller ou même de faire une enquête à ce sujet ? Un policier, en outre, qu'il n'avait pas vu depuis trente ans ? Possible. Le vieil homme n'avait peut-être pas été le seul à en recevoir. Dans ce cas, l'affaire devenait sérieuse. Un « corbeau » qui sévissait dans une communauté pouvait créer de graves ennuis, de véritables souffrances ; parfois, il – ou elle – pouvait littéralement tuer. Si le père Baddeley pensait que d'autres personnes de son entourage avaient reçu des lettres similaires, il pouvait fort bien avoir fait appel à un spécialiste. Ou bien – hypothèse plus intéressante – quelqu'un avait-il voulu que Dalgliesh crût précisément cela ? Ce billet avait-il été placé dans le bureau à son intention ? Il était assez curieux que personne ne l'eût découvert et détruit après la mort du pasteur. Ces papiers avaient certainement été examinés par un membre de la direction du centre. Or ce n'était guère le genre de document qu'on laissait traîner.

Dalgliesh plia la lettre et la glissa dans son portefeuille. Puis il fit le tour du cottage. La chambre à coucher du père Baddeley ressemblait beaucoup à ce qu'il avait imaginé : une étroite fenêtre pourvue de rideaux en mauvaise cretonne, un lit à une place encore fait, des rayonnages remplis de livres sur deux murs, une petite table de chevet surmontée d'une lampe bon marché, une bible, un lourd cendrier en porcelaine aux couleurs criardes, publicité pour une marque de bière. La pipe du pasteur reposait encore dessus. À côté, Dalgliesh aperçut une pochette à demi vide d'allumettes en carton, de celles qu'on vous offre dans les restaurants et les bars. Celle-ci provenait du *Ye Olde Tudor Barn* », près de Wareham. Une seule allumette brûlée se trouvait dans le cendrier : elle avait été déchiquetée sur toute sa longueur. Dalgliesh sourit. Ainsi le père Baddeley n'avait pas perdu cette petite manie ? Il pouvait se rappeler le pasteur, trente ans plus tôt, ses doigts pareils à des écureuils, déchirant le fin morceau de carton comme s'il essayait de battre son propre record. Dalgliesh prit l'allumette et compta six segments. Le père Baddeley s'était surpassé !

Dalgliesh entra dans la cuisine. Elle était petite, mal équipée, bien rangée, mais pas très propre. La gazinière d'un modèle suranné aurait presque pu figurer dans un musée d'arts et de traditions populaires. Sous la fenêtre, un évier de pierre et un égouttoir en bois décoloré plein d'éraflures qui dégageait une odeur acide de graillon et de savon. Il explora le garde-manger. Là, au moins, il trouva la preuve qu'il avait été attendu. Le père Baddeley avait effectivement acheté des provisions supplémentaires. Ces conserves montraient quel genre de régime le vieil homme avait jugé approprié. C'était assez navrant. De toute évidence, il avait prévu deux personnes dont l'une aurait plus d'appétit que l'autre. Dalgliesh inventoria une grande et une petite boîte de plusieurs victuailles de base : haricots à la tomate, thon à l'huile, ragoût de mouton, spaghettis, riz au lait.

Quand il regagna le séjour, il prit conscience de sa lassitude : son voyage l'avait fatigué plus qu'il ne l'aurait cru. La lourde pendule de chêne placée au-dessus de la cheminée continuait à tiquetaquer : il n'était pas encore quatre heures ; son corps, cependant, se révoltait contre cette longue et rude journée. Dalgliesh eut grande envie d'une tasse de thé. Il avait bien vu une boîte de thé, mais pas de lait. Il se demanda si le gaz avait déjà été coupé.

C'est alors qu'il entendit des pas dehors, puis le cliquetis du loquet. La silhouette d'une femme se découpa sur la lumière de l'après-midi. Une voix râpeuse, mais très féminine, s'écria avec une pointe d'accent irlandais :

« Par exemple ! Un être humain, et un homme qui plus est ! Que faites-vous ici ? »

L'inconnue entra dans la pièce, laissant la porte ouverte derrière elle. Elle devait avoir trente-cinq ans. C'était une femme robuste, aux longues jambes. Sa crinière blonde, dont on voyait les racines plus foncées, lui tombait sur les épaules. Elle avait des yeux étroits aux paupières lourdes, un visage carré, une grande bouche. Elle portait un pantalon marron mal coupé, des tennis sales et parsemés de taches d'herbe et un corsage sans manches en coton blanc dont l'ample décolleté révélait un triangle brun et rouge de peau brûlée par le soleil. Elle n'avait pas de soutien-gorge et sa lourde poitrine se balançait sous le tissu léger. Trois bracelets de bois claquaient sur son avant-bras gauche. Toute sa personne dégageait une sensualité canaille non déplaisante, mais si forte que, tout en ne se parfumant pas, la visiteuse apportait dans la pièce sa propre odeur de femme, à la fois spécifique et individuelle.

« Je m'appelle Adam Dalgliesh. J'étais venu voir le père Baddeley, mais j'ai bien l'impression que cela ne sera plus possible.

— Ça, vous pouvez le dire. Vous arrivez exactement onze jours trop tard. Onze jours trop tard pour le voir et cinq jours trop tard pour l'enterrer. Qui êtes-vous ? Un de ses copains ? Nous ne savions pas qu'il en avait. Mais il y a beaucoup de choses que nous ne savions pas au sujet de notre révérend. C'était un petit cachottier. Vous, en tout cas, il vous avait drôlement bien planqué.

— Nous ne nous sommes revus qu'une seule fois, très brièvement, depuis mon enfance et je ne lui ai écrit, pour lui annoncer ma visite, que la veille de sa mort.

— Adam. C'est pas mal. On appelle des tas de gosses comme ça de nos jours, un nom qui revient à la mode, il a dû vous causer des petits ennuis à vous, du temps où vous alliez à l'école, mais il vous va bien. Je me demande pourquoi. Vous n'avez pas l'air tellement terrien. Ah ! ça y est, je sais qui vous êtes. Vous êtes venu chercher les livres.

— Quels livres ?

— Ceux que Michael vous a légués par testament. "À Adam Dalgliesh, fils unique de feu le chanoine Alexander Dalgliesh, tous mes livres pour les garder ou en disposer à sa convenance." Je m'en souviens très exactement parce que votre nom m'avait frappé. Eh bien, vous n'avez pas perdu de temps, dites donc ! Je suis même surprise que l'avoué vous ait déjà écrit. Bob Loder n'est pas si efficace d'habitude. Mais ne vous réjouissez pas trop vite : ces bouquins n'ont aucune valeur, à mon avis. Un tas de vieux livres de théologie archirasoir. Au fait, vous ne vous attendiez pas à hériter d'une partie de sa fortune, j'espère ? Car j'aurais une mauvaise nouvelle à vous annoncer.

— Je ne savais pas que le père Baddeley avait de l'argent.

— Nous non plus, nous ne le savions pas. Voilà un autre de ses petits secrets. Il a laissé dix-neuf mille livres. Ce n'est pas le Pérou, mais ça peut toujours servir. Il a légué la totalité de cette somme à Wilfred, pour Toynton Manor. Ce fric tombe à pic, paraît-il. Grace Willison est la seule autre héritière : elle a reçu ce vieux secrétaire, ou du moins elle le recevra quand Wilfred se donnera la peine de le déménager. »

La femme s'était installée dans le fauteuil près de la cheminée, les cheveux rejetés en arrière, contre l'appui-tête, les jambes écartées. Dalgliesh prit une des chaises en bois et s'assit en face d'elle.

« Vous le connaissiez bien, le père Baddeley ? demanda-t-il.

— Nous nous connaissons tous bien ici, c'est d'ailleurs un de nos problèmes. Comptez-vous rester ici ?

— Dans la région ? Oui, un jour ou deux. Je suppose qu'il n'est plus possible de loger dans cette maison.

— Pourquoi pas, si vous en avez envie ? Elle est vide. Wilfred va devoir chercher une autre victime, je veux dire : locataire. Cela m'étonnerait qu'il ne vous permette pas d'habiter ici. Vous avez besoin de trier les livres, n'est-ce pas ? Wilfred sera certainement content qu'on l'en débarrasse pour qu'un autre titulaire puisse emménager.

— Cette maison appartient donc à Wilfred Anstey ?

— Oui, comme Toynton Manor et tous les autres cottages, à l'exception de celui de Julius Court, qui se trouve un peu plus haut. Julius est le seul à avoir vue sur la mer. Tout le reste de la propriété appartient à Wilfred, y compris les habitants. »

La femme le dévisagea.

« Auriez-vous quelques talents utiles, par hasard ? Je veux dire : êtes-vous physiothérapeute, infirmier, médecin ou même comptable ? Non pas que vous en ayez l'air. En tout cas, si vous exercez l'un de ces métiers, je vous conseille de filer immédiatement, sinon Wilfred risque de vous trouver trop précieux pour vous laisser partir.

— Je doute que mes talents l'intéressent.

— Alors, restez ici, si ça vous arrange. Mais je vais d'abord vous décrire cet endroit : cela vous fera peut-être changer d'avis.

— Vous pourriez peut-être commencer par me dire qui vous êtes.

— Mais c'est vrai ! Je ne me suis pas présentée ! Excusez-moi. Je m'appelle Maggie Hewson. Mon mari est le médecin résident du centre. Nous habitons dans une petite maison que nous prête Wilfred et qui porte le nom très approprié de Charity Cottage, mais il passe la plus grande partie de la journée au manoir. Comme le centre ne compte plus que cinq patients, on se demande à quoi il peut bien employer son temps, là-bas, hein ? Auriez-vous une idée là-dessus, Adam Dalgliesh ?

— Votre mari soignait-il le père Baddeley ?

— Appelez-le donc Michael. C'est ainsi que nous l'appelions tous, à part Grace Willison. Oui, Éric l'a soigné de son vivant, puis il a délivré son certificat de décès. C'est là une chose qu'il n'aurait pas pu faire il y a encore six mois, mais maintenant qu'on a eu l'amabilité de le réadmettre à l'Ordre des médecins, il peut apposer son nom au bas d'un bout de papier pour certifier que vous êtes mort d'une façon correcte et légale. Dieu, quel foutu privilège ! »

Maggie rit. Elle fouilla dans la poche de son pantalon et en sortit des cigarettes. Elle en alluma une, puis tendit le paquet à Dalgliesh. Celui-ci secoua la tête. Maggie Hewson haussa les épaules et souffla un peu de fumée dans sa direction.

« De quoi est-il mort, le père Baddeley ? s'informa Dalgliesh.

— Son cœur s'est arrêté de battre. Non, je n'essaie pas de faire de l'esprit. Michael était vieux, complètement usé. Son cœur a déclaré forfait le 21 septembre. Infarctus aigu du myocarde compliqué d'un léger diabète, selon le jargon médical.

— Était-il seul?

— Je crois que oui. Il est mort la nuit. Grace Willison est la dernière personne à l'avoir vu vivant, à dix-neuf heures quarante-cinq, quand il a entendu sa confession. Il est probablement mort d'ennui, le pauvre homme. Oh! pardon, je n'aurais pas dû dire ça! C'est de très mauvais goût, Maggie. Grace dit que Michael lui avait paru semblable à lui-même, un peu fatigué peut-être – ce qui n'a rien d'étonnant quand on pense qu'il était sorti de l'hôpital le matin même. Je suis entrée le voir à neuf heures le lendemain matin pour lui demander s'il ne voulait pas que je lui rapporte quelque chose de Wareham. Je voulais prendre le car de onze heures. Wilfred nous interdit d'avoir des voitures personnelles. Et Michael était là, mort.

— Dans son lit?

— Non, sur la chaise que vous occupez en ce moment. Affalé contre le dossier, la bouche ouverte et les yeux fermés. Il portait sa soutane et son machin pourpre, je veux dire : son étole, autour du cou. Tout ce qu'il y a de plus convenable, mais trépassé.

— C'est donc vous qui avez découvert son cadavre?

— À moins que Millicent, qui habite à côté, ne se soit introduite en douce un peu plus tôt et, voyant la tête de Michael, ne soit repartie sur la pointe des pieds. Millicent est la sœur de Wilfred, au cas où cela vous intéresserait. Une veuve. En fait, je m'étonne que, le sachant seul et malade, elle ne soit pas venue prendre de ses nouvelles.

— Cela a dû vous causer un drôle de choc.

— Pas vraiment. J'étais infirmière avant de me marier. Des morts, j'en ai tellement vu, que je suis incapable de me les rappeler tous. Et Michael était très vieux tout de même. C'est de voir mourir des jeunes, surtout des enfants, qui fout le cafard. Je suis contente de ne plus faire ce sale métier.

— Ah ! bon ? Vous ne travaillez pas à Toynton Manor ? »

Maggie se leva et s'approcha de la cheminée. Elle souffla un nuage de fumée contre le miroir, puis approcha sa figure de la glace comme pour s'examiner.

« Non, finit-elle par répondre, pas quand je peux l'éviter. Et je vous assure que je fais tout pour cela. Autant vous le dire tout de suite : je suis la pestiférée de cette communauté, la rebelle, l'asociale, l'hérétique. Je ne sème ni ne récolte. Insensible au charme de ce cher Wilfred et sourde aux cris des affligés. »

Elle regarda son vis-à-vis d'un air à la fois interrogateur et provocant. Ce n'était pas la première fois qu'elle récitait cette tirade, songea Dalgliesh. Celle-ci ressemblait trop à une justification rituelle. Et quelqu'un avait dû lui en souffler une partie.

« Parlez-moi de Wilfred Anstey.

— Comment ? Michael ne l'avait pas fait ? Non, c'est vrai qu'il était la discrétion même, cet homme. Eh bien, c'est une histoire très étrange. Je vais essayer de vous la résumer. Toynton Manor a été construit par le grand-père de Wilfred. Son fils l'a laissé en fidéicommis à Wilfred et à sa sœur Millicent. Wilfred a racheté sa part à elle quand il a ouvert son centre. Il y a huit ans, il avait contracté une sclérose en plaques qui progressait très rapidement. Au bout de trois mois, il s'est retrouvé cloué dans un fauteuil roulant. Puis il a entrepris un pèlerinage à Lourdes et a réussi à guérir. Il paraît qu'il avait conclu un marché avec Dieu : "Si tu me guéris, je consacre Toynton Manor et tout mon argent à aider les handicapés." Dieu lui a rendu le service qu'il demandait et maintenant Wilfred s'acquitte de sa promesse. Il doit craindre de retomber malade si jamais il rompait le contrat. Je le comprends. J'agirais probablement comme lui. Au fond, nous sommes tous superstitieux, surtout en ce qui concerne notre santé.

— Et serait-il tenté de le rompre, ce contrat ?

— Oh ! je ne crois pas. Diriger cette institution lui procure un sentiment de puissance. Il est entouré de patients reconnaissants. C'est tout juste si les femmes ne le vénèrent pas. Dot Moxon, la soi-disant infirmière en chef, le couve comme une vieille maman poule. Finalement, Wilfred est assez heureux.

— Et quand ce miracle s'est-il produit, exactement ?

— D'après Wilfred, quand on l'a plongé dans la piscine. Il raconte qu'il a eu très froid, puis très chaud, avec une sensation de picotements, puis qu'il a été envahi d'un sentiment d'intense bonheur et de paix. C'est exactement l'effet que me produit un troisième whisky. Si Wilfred y parvient en se baignant dans de l'eau glacée bourrée de microbes, tout ce que je peux dire, c'est qu'il a une sacrée veine ! À son retour à l'hospice, il a été capable de se tenir debout pour la première fois en six mois. Trois semaines après, il galopait. Comme il n'a jamais pris la peine de retourner à l'hôpital du

Saint-Sauveur, à Londres, où il était en traitement, ses médecins n'ont pas pu consigner sa guérison miraculeuse dans son dossier. Dommage, ç'aurait été marrant. »

Maggie se tut un instant comme si elle allait en dire plus là-dessus, mais, pour finir, elle ajouta simplement :

« Émouvant, n'est-ce pas ?

— C'est intéressant. Où trouve-t-il l'argent pour accomplir son vœu ?

— Les patients paient selon leurs moyens. Certains sont pris en charge par des autorités locales. Et puis, Wilfred a utilisé sa fortune personnelle. Mais les affaires vont mal, c'est du moins ce qu'il dit. L'héritage du père Baddeley est arrivé juste à temps. Bien entendu, Wilfred sous-paie son personnel. Dans le cas d'Éric, c'est flagrant. Philby, l'homme de peine, est un ancien détenu que personne d'autre n'embaucherait et l'infirmière, Dot Moxon, aurait elle aussi des difficultés pour trouver du boulot : dans le dernier hôpital où elle a travaillé, on l'a accusée de cruauté envers les malades. Elle doit être très reconnaissante à Wilfred de l'avoir engagée. Mais il est vrai que tout le monde ici lui est *très très* reconnaissant.

— Je pense que je devrais aller me présenter au Manoir. Vous dites qu'il ne reste que cinq patients ?

— Il paraît qu'il ne faut pas les appeler "patients", quoique je ne voie pas par quel autre mot Wilfred veut les désigner. "Pensionnaires" ? Oui, il en reste cinq. Il y a une liste d'attente, mais Wilfred ne veut prendre personne d'autre avant d'avoir décidé de l'avenir du Centre. La fondation Ridgewell le convoite et Wilfred se demande s'il ne va pas le leur transférer. En fait, Toynton Manor comptait six patients il y a quinze jours, c'est-à-dire, avant que Victor Holroyd se jette du haut de la falaise et s'écrase sur les rochers.

— Un suicide ?

— Tout ce que je peux vous dire, c'est qu'il était dans son fauteuil roulant, à trois mètres du précipice. Par conséquent, ou bien il a débloqué les freins et s'est laissé rouler par-dessus bord ou bien Dennis Lerner, l'infirmier qui l'accompagnait, l'a poussé en bas. Comme Dennis n'a pas le courage de tuer un poulet, et encore moins un homme, tout le monde a l'impression que Victor a volontairement sauté dans le vide. Mais ce cher Wilfred trouve cette idée très pénible. Alors, nous faisons tous semblant de croire qu'il s'agit d'un accident. Victor, me manque. C'est à peu près la seule personne avec laquelle je pouvais parler ici. Par contre, les autres le détestaient. Maintenant, bien sûr, ils ont des remords. Ils se demandent s'ils ne se sont pas trompés sur son compte. Rien de tel qu'une mort pour mettre les vivants dans une position désavantageuse. Je m'explique : quand un mec ne cesse de répéter que la vie ne vaut pas la peine d'être vécue, vous vous dites qu'il exprime une vérité première. Mais s'il joint l'action à la parole, vous commencez à vous demander si ce mec n'avait pas plus de valeur que vous ne pensiez. »

Le bruit d'une voiture évita à Dalgliesh d'avoir à répondre. Maggie, qui, de toute évidence, avait l'ouïe aussi fine que lui, bondit de son fauteuil et sortit en courant. Une grande berline approchait de la bifurcation.

« C'est Julius », cria Maggie à l'adresse de Dalgliesh.

Puis elle commença à faire de grands signaux avec ses bras.

La voiture s'arrêta, puis tourna en direction de Hope Cottage. Dalgliesh vit que c'était une Mercedes noire. Dès que le véhicule ralentit, Maggie courut à ses côtés comme une écolière importune, déversant un flot d'explications par la glace baissée. La voiture s'arrêta et Julius Court en sauta avec légèreté.

C'était un grand jeune homme agile. Ses cheveux châtain clair coupés court épousaient les contours de son crâne comme un casque pâle et luisant. Il avait un visage autoritaire, plein d'assurance. Les poches qu'on percevait sous ses yeux vigilants et sa petite bouche boudeuse placée au-dessus d'un lourd menton trahissaient un tempérament de jouisseur. À l'âge mûr, ce serait un homme épais, peut-être même obèse. Mais, pour l'instant, il était d'une beauté légèrement arrogante, rehaussée, plutôt que gâtée, par une cicatrice blanche triangulaire placée au-dessus du sourcil droit.

Il tendit la main.

« Je regrette que vous ayez manqué l'enterrement. »

On aurait dit que Dalgliesh avait manqué le train.

« Mais vous n'avez rien compris, mon chou ! s'écria Maggie. Mr. Dalgliesh n'est pas venu pour l'enterrement. Il ne savait même pas que Michael était mort. »

Court regarda Dalgliesh avec un tout petit peu plus d'intérêt.

« Oh ! je suis navré. Vous devriez aller au manoir. Wilfred Anstey pourra vous en dire plus que moi sur le père Baddeley. À la mort du révérend, j'étais dans mon appartement de Londres. Je n'ai donc pas d'intéressantes révélations de moribond à vous rapporter. Montez dans ma voiture tous les deux. J'ai pris quelques livres à la bibliothèque de Londres pour Henry Carwardine. Autant les lui apporter tout de suite. »

Maggie Hewson sentit qu'elle n'avait pas fait les présentations dans les règles. Avec quelque retard, elle dit :

« Julius Court. Adam Dalgliesh. Mais peut-être vous êtes-vous déjà rencontrés à Londres. Julius était diplomate. »

Alors qu'ils montaient en voiture, Court prit un ton dégagé :

« Diplomate est un bien grand mot, vu le poste relativement modeste que j'occupais dans le service. Et Londres est immense. Mais si j'étais candidat dans un jeu télévisé, je n'aurais pas grand mal à deviner la profession qu'exerce Mr. Dalgliesh. »

Il tint la portière avec une courtoisie étudiée. La Mercedes prit lentement le chemin de Toynton Manor.

2

À l'infirmerie, George Allan leva les yeux de son lit étroit. Il commença à tordre la bouche d'une façon grotesque. Les muscles de son cou saillirent. Il essaya de soulever sa tête de l'oreiller.

« N'est-ce pas que je serai assez bien pour aller à Lourdes ? On ne me laissera pas ici ? » demanda-t-il d'une voix semblable à une lamentation rauque et discordante.

Helen Rainer souleva le coin du matelas, reborda soigneusement le drap et répondit avec entrain :

« Bien sûr que non ! Tu seras le patient le plus important du pèlerinage. Et maintenant, cesse de t'agiter comme ça. Essaie de te reposer un peu jusqu'au thé. »

Elle adressa au garçon un sourire impersonnel et rassurant d'infirmière professionnelle. Puis elle lança un regard interrogateur à Éric Hewson. Tous deux gagnèrent la fenêtre. Helen Rainer murmura :

« Combien de temps pourrons-nous encore le garder ici ?

— Un mois ou deux. S'il devait partir maintenant, ce serait terrible pour lui. Pour Wilfred aussi. Dans quelques mois, tous deux accepteront plus facilement l'inévitable. De plus, il tient absolument à faire ce pèlerinage. Je doute qu'il soit vivant pour celui de l'année prochaine. En tout cas, il ne sera plus ici.

— On devrait vraiment l'hospitaliser maintenant. Nous ne sommes pas une véritable maison de repos, mais seulement un centre pour jeunes malades chroniques ou handicapés. Nous dépendons des autorités locales et non du ministère de la Santé. Nous n'avons jamais prétendu donner des soins médicaux complets ; en fait, nous n'y sommes même pas autorisés. Il serait temps que Wilfred abandonne ou décide de ce qu'il veut faire ici.

— Je sais. »

Hewson savait, tous deux savaient. Le problème n'était pas nouveau. Pourquoi, se demanda-t-il, une si grande partie de leurs conversations était-elle devenue une monotone répétition d'évidences dominées par la voix aiguë et pédante d'Helen ?

Ils regardèrent en bas, dans la petite cour pavée bordée de deux ailes neuves à un étage qui contenaient les chambres et les salles communes. Le petit groupe de patients restants s'y était rassemblé pour profiter des derniers rayons de soleil de l'après-midi. Les quatre fauteuils étaient soigneusement placés à quelque distance les uns des autres, le dos tourné vers la maison. Les deux spectateurs ne voyaient que l'arrière de la tête des malades. Immobiles, ceux-ci regardaient en direction du promontoire. Grace Willison, ses cheveux gris mal peignés soulevés par la brise ; Jennie Pegram, le cou enfoncé dans les épaules, son auréole de cheveux blonds pendant par-dessus le dos de son siège comme si elle les avait mis à blanchir au soleil ; la petite tête ronde d'Ursula Hollis montée sur un cou décharné, aussi haute et rigide que si elle avait été coupée et plantée au bout d'une pique ; la tête noire d'Henry Carwardine de guingois sur sa nuque tordue comme celle d'un pantin brisé. Mais n'étaient-ils pas tous des pantins ? Le temps d'un court délire, le docteur Hewson se vit descendre en courant, dans la cour, à l'aide de fils invisibles fixés derrière le cou des patients, mettre les quatre têtes en branle et entendre leurs cris aigus et discordants.

« Mais qu'est-ce qu'ils ont ? demanda-t-il brusquement. Cet endroit est bizarre.

— Plus que d'habitude ?

— Oui. N'as-tu rien remarqué ?

— Ils sont peut-être affectés par la mort de Michael. Dieu sait pourquoi. Pour ce qu'il faisait ici ! Si Wilfred maintient le centre, il pourrait utiliser Hope Cottage d'une façon plus intelligente. En fait, je pensais lui demander l'autorisation d'y vivre. Cela nous faciliterait les choses. »

Cette idée consterna Hewson. C'était donc cela qu'elle manigançait ! Une dépression bien connue s'empara de lui, la sensation réelle d'une chape de plomb sur les épaules. Deux femmes énergiques, mécontentes, lui réclamant quelque chose qu'il était incapable de leur donner. Il essaya de surmonter sa panique :

« C'est impossible. On a besoin de toi ici. Et moi, je ne pourrais pas venir à Hope Cottage. N'oublie pas que Millicent habite à côté.

— Et alors ? Une fois qu'elle a allumé sa télé, elle n'entend plus rien. Nous en avons eu la preuve. Et il y a une porte à l'arrière, si jamais tu devais t'esquiver. C'est mieux que rien.

— Maggie commencerait à avoir des soupçons.

— Elle les a déjà. De toute façon, il faudra bien qu'elle apprenne la vérité un jour.

— Nous en reparlerons. Ce n'est pas le moment d'ennuyer Wilfred avec ce genre de choses. Depuis la mort de Victor, nous sommes tous très énervés. »

La mort de Victor. Quelle impulsion masochiste lui avait fait mentionner le défunt ? Cela lui rappela le début de ses études de médecine, le soulagement qu'il éprouvait en débridant une plaie infectée parce que la vue du sang, des tissus enflammés et du pus était tellement moins effrayante que l'idée de ce qui pouvait se trouver sous le pansement bien net. Il s'était habitué au sang. Et à la mort. Avec le temps, il s'habituerait peut-être même à être médecin.

Il se rendit avec Helen dans la petite pharmacie située sur le devant de la maison. Là, il s'approcha du lavabo et commença à se récurer les mains et les avant-bras comme si le bref examen du jeune George avait été une opération sanglante qui exigeait un nettoyage minutieux. Derrière lui, il entendit un cliquetis. Sans que cela fût le moins du monde nécessaire, Helen mettait de l'ordre dans l'armoire à instruments chirurgicaux. Avec un sentiment de malaise, il se rendit compte qu'ils allaient devoir parler. Mais pas tout de suite. Il savait parfaitement ce qu'elle lui dirait. Combien de fois les avait-il entendus, ces vieux arguments qu'Helen lui assenait de sa voix assurée de surveillante d'internat? « Tu perds ton temps ici. Tu es médecin et non pas pharmacien. Tu dois te libérer de Maggie et de Wilfred. Tu ne peux pas faire passer ta fidélité à Wilfred avant ta vocation. » Sa vocation! C'était le mot qu'employait toujours sa mère. Chaque fois qu'il l'entendait, il devait réprimer un rire nerveux.

Il ouvrit le robinet à fond. L'eau jaillit avec force, tourbillonna dans le lavabo avec un bruit de marée montante. Qu'avait été pour Victor ce saut dans la mort? Accéléré par son propre poids, le lourd fauteuil s'était-il envolé comme l'une de ces ridicules machines dans un James Bond, avec son mannequin, en sécurité parmi les gadgets, prêt à tirer un levier et à déployer des ailes? Ou bien avait-il roulé sur lui-même dans l'air, rebondissant sur la paroi rocheuse, tandis que, dans son cercueil de toile et de métal, Victor agitait vainement les bras et mêlait ses cris à ceux des mouettes? Son corps pesant avait-il rompu la ceinture qui l'attachait ou le tissu avait-il tenu jusqu'à ce que l'homme s'écrase sur les rochers plats et que l'emporte la première vague de la mer implacable? Et qu'avait-il ressenti? De l'exaltation, du désespoir, de la terreur ou, avec un peu de chance, rien du tout? L'air pur et l'eau avaient-ils lavé sa souffrance, son amertume, sa méchanceté?

Cette méchanceté, ce n'était qu'après sa mort qu'on en avait mesuré toute l'étendue, avec le codicille à son testament. De son vivant, Victor s'était donné la peine de faire savoir à ses compagnons qu'il avait de l'argent, qu'il payait lui-même l'intégralité de sa pension, aussi modeste fût-elle, et ne dépendait pas comme les autres patients, à l'exception d'Henry Carwardine, du service social d'une autorité locale. Il ne leur avait jamais révélé l'origine de sa fortune – après tout, il avait été professeur de lycée, métier où l'on devient rarement riche – et ce mystère demeurait entier. Victor en avait peut-être parlé à Maggie. Il y avait beaucoup de choses dont il avait parlé à Maggie. Mais celle-ci s'était montrée inexplicablement discrète à ce sujet.

Ce n'était pas seulement à cause de l'argent que sa femme s'était intéressée à Victor, se dit Hewson. Elle et lui avaient quelque chose en commun : une haine déclarée de Toynton Manor. Ils n'étaient pas là par choix, proclamaient-ils, mais par nécessité. Ils méprisaient leurs compagnons. Maggie devait avoir apprécié la rebutante agressivité de Victor. Ils avaient passé beaucoup de temps ensemble, en tout cas. Wilfred avait eu l'air de voir cette entente d'un bon œil. Sans doute pensait-il que Maggie avait enfin trouvé sa place au centre. Relayant Dennis, elle poussait Victor jusqu'à son lieu de prédilection, en haut de la falaise. La contemplation de la mer procurait une certaine paix au malade. Maggie et lui avaient passé des heures ensemble à cet endroit, loin de la maison. Mais cela n'avait jamais tracassé Éric. Mieux que personne, il savait que Maggie n'aimerait jamais un homme incapable de la satisfaire physiquement. Cette amitié l'arrangeait, au contraire. Au moins elle occupait sa femme.

Il ne se rappelait plus à quel moment, exactement, elle avait commencé à s'exciter au sujet de l'argent. Victor devait lui avoir dit quelque chose à ce propos. Maggie avait changé du jour au lendemain. Elle était devenue animée, presque gaie. Elle paraissait prise d'une sorte de fébrilité. Puis Victor avait brusquement exigé qu'on l'emmenât à Londres pour y consulter ses médecins, à l'hôpital du Saint-Sauveur, et son avocat. C'est alors que Maggie avait fait allusion au testament. Éric s'était senti un peu gagné par l'excitation de sa femme. Il se demandait à présent ce qu'elle, ou lui, avait pu espérer. Maggie avait-elle considéré cet argent comme un moyen de se libérer de Toynton Manor et de lui également ? Une chose était certaine : cet héritage les aurait sauvés tous deux. Et ça n'avait même pas été une idée tellement folle. À sa connaissance, Victor n'avait pas de famille à part une sœur en Nouvelle-Zélande à laquelle il n'écrivait jamais. Non, se dit-il en commençant à s'essuyer les mains avec la serviette, ça n'avait pas été un rêve absurde, moins absurde, en fait, que ne l'était la réalité.

Il repensa à leur retour de Londres en voiture : le monde chaud et clos de la Mercedes, Julius, qui conduisait en silence, les mains posées légèrement sur le volant ; la route, ruban d'argent se déroulant sans fin sous le capot ; panneaux de signalisation surgissant de l'obscurité et décorant le ciel bleu-noir ; petits animaux pétrifiés, le poil hérissé, brièvement glorifiés par la lueur des phares. Assis à l'arrière avec Maggie, emmitouflé dans sa cape écossaise, Victor avait souri tout le long du trajet. L'air avait paru lourd de secrets partagés et tus.

Victor avait effectivement modifié son testament. Il y avait ajouté un codicille qui, dernière preuve de sa méchanceté, laissait la totalité de sa fortune à sa sœur. À Grace Willison, il léguait une savonnette, à Henry Carwardine, une bouteille d'eau dentifrice, à Ursula Hollis, du déodorant et à Jennie Pegram, un cure-dents.

Maggie l'avait très bien pris, se dit Éric. Vraiment très bien, si on pouvait appeler « le prendre bien » sa bruyante crise de fou rire. Il la revit au milieu de leur petit séjour, titubant, se tordant, littéralement, rejetant la tête en arrière pour rire à gorge déployée. Le son s'était répercuté contre les murs de pierre et avait retenti dehors, sur le cap, si fort qu'il avait craint qu'on ne l'entende du manoir.

Helen se tenait à la fenêtre.

« Il y a une voiture garée devant Hope Cottage », dit-elle brusquement.

Éric s'approcha d'elle. Ils regardèrent tous deux dehors. Puis, lentement, leurs yeux se rencontrèrent. Elle lui prit la main et sa voix, soudain, se fit douce. C'était la voix qu'elle avait eue quand ils avaient fait l'amour pour la première fois.

« Tu n'as aucune raison de t'inquiéter, chéri, tu le sais bien. Absolument aucune. »

3

Assise au soleil, Ursula Hollis ferma son livre emprunté à la bibliothèque, puis plongea dans le monde de ses rêves éveillés. S'accorder ce plaisir alors qu'il ne lui restait que quinze brèves minutes avant l'heure du thé n'était pas raisonnable. Encline à se reprocher cette faiblesse, elle craignit d'abord que le charme refusât d'opérer. D'habitude, elle s'obligeait à attendre la nuit. Ce n'était qu'une fois couchée, et lorsque le sommeil avait apaisé la respiration rauque de Grace Willison qui lui parvenait à travers la mince cloison, qu'elle se permettait de penser à Steve et à l'appartement de Bell Street. Le rituel demandait à présent un effort de volonté. Immobile dans son lit, elle retenait presque son souffle : malgré la précision avec laquelle elle les conjurait, les images étaient fragiles, promptes à s'évanouir. Ursula se concentra. Les taches amorphes et les motifs colorés changeants formèrent des images aussi nettes que sur un négatif dans un bain de révélateur.

Elle revit le mur de la maison d'en face qui datait du XIXe siècle. Quand le soleil matinal frappait sa morne façade, chaque brique devenait distincte, multicolore, un dessin de lumière. Leur minuscule appartement situé au-dessus de la charcuterie de Mr. Polanski, leur rue, dans ce quartier animé, à population hétérogène, délimité par Edgware Road et Marylebone Station, avaient constitué son univers, un univers enchanteur. Elle y était de retour à présent, traversant le marché de Church Street un samedi matin, le plus beau jour de la semaine. Elle revit les femmes du quartier, vêtues de blouses à fleurs et chaussées de pantoufles, assises à côté de leurs landaus remplis de fripes. Elle revit les jeunes, habillés de couleurs gaies, installés sur le trottoir, derrière leurs stands de bric-à-brac, les touristes tantôt impulsifs tantôt prudents, qui se consultaient, des dollars à la main, et se montraient mutuellement leurs bizarres acquisitions.

La rue sentait les fruits, les fleurs, les épices, la vinasse et les vieux livres. Elle revit les femmes noires aux postérieurs saillants, entendit leurs voix aiguës et leurs brusques rires de gorge tandis qu'elles se pressaient autour de l'étal plein d'énormes bananes vertes et de mangues aussi grosses que des ballons de football. Dans ses rêves, Ursula poursuivait son chemin, ses doigts enlacés à ceux de Steve, comme un fantôme invisible qui hante des lieux familiers.

Pendant ses dix-huit mois de mariage, elle avait connu un bonheur intense mais précaire – précaire, parce qu'elle avait toujours eu l'impression qu'il n'était pas ancré dans la réalité. C'était comme devenir quelqu'un d'autre. Avant, elle avait essayé de se contenter de ce qu'elle avait et nommé cette résignation « bonheur ». Après, elle s'était rendu compte qu'il y avait toutes sortes d'expériences, de sensations et même de pensées auxquelles rien de ce qu'elle avait connu pendant les vingt premières années de sa vie, passées dans une banlieue de Middlesbrough, ou les deux ans et demi où elle logeait au foyer de l'Association des jeunes filles catholiques, ne l'avaient préparée. Une seule chose gâtait sa félicité : une peur quasi irrépressible que le destin se trompe de personne, qu'elle usurpe toute cette joie.

Elle n'arrivait pas à comprendre ce que Steve lui avait trouvé de remarquable cette première fois où il était venu dans les bureaux du conseil municipal se renseigner sur le montant de ses impôts locaux. Était-ce ce signe particulier qu'elle avait toujours considéré comme voisin d'une difformité : ses yeux vairons ? Cette singularité avait certainement dû l'intriguer, l'amuser, conférer à sa personne une valeur accrue. Il lui avait fait changer d'apparence : sur ses instances, elle s'était laissé pousser les cheveux jusqu'aux épaules et mettait les longues jupes en coton indien qu'il lui rapportait des marchés en plein air ou de ces petites rues situées derrière Edgware Road. Parfois, quand elle apercevait dans une vitrine son reflet si merveilleusement transformé, elle se demandait de nouveau par quel étrange caprice il l'avait choisie, elle, quelles possibilités cachées aux autres et à lui-même il pouvait bien avoir vues en elle. Il avait dû être attiré par quelque curieuse qualité qu'elle possédait, comme l'attiraient certaines babioles vendues au marché de Bell Street. Un objet que personne d'autre ne regardait pouvait capter son attention. L'air ravi, il le tournait et le retournait dans la paume de sa main. Alors elle protestait faiblement :

« Mais, chéri, cet objet est affreux !

— Pas du tout ! répondait Steve. Je le trouve très amusant. Et Mogg l'adorera. Achetons-le pour Mogg. »

Mogg, son meilleur, sinon son seul ami. En réalité, il s'appelait Morgan Evans, mais il préférait son surnom : il le jugeait plus approprié pour un chantre de la lutte révolutionnaire. Lui-même ne luttait guère. En fait, Ursula avait rarement rencontré quelqu'un qui mangeait et buvait aussi résolument aux frais des autres. Il déclamait ses obscurs cris de guerre, ses appels à la haine et à l'anarchie dans les pubs du quartier. Ses partisans chevelus et moroses l'écoutaient en silence ou, par intermittence, tapaient sur la table avec leurs chopes de bière en émettant des grognements approbateurs. En prose, toutefois, le style de Mogg était beaucoup plus clair. Bien que n'ayant lu sa lettre qu'une seule fois avant de la remettre dans la poche du jean de Steve, elle s'en rappelait chaque mot. Parfois elle se demandait si Steve l'avait fait exprès. Était-ce vraiment par hasard qu'il avait oublié de vider ses poches de pantalon un soir de la semaine où elle portait toujours leur linge à la laverie ? C'était trois semaines après que l'hôpital lui eut donné un diagnostic définitif.

Je te dirais bien : « je te l'avais bien dit » n'eût été que j'avais décidé de m'abstenir de platitudes cette semaine. Je t'avais prédit un désastre, mais pas un tel désastre. Mon pauvre vieux ! Ne te serait-il pas possible de divorcer ? Elle devait déjà avoir des symptômes avant votre mariage. On peut – ou pouvait – obtenir le divorce pour une maladie vénérienne contractée avant le mariage. Et qu'est-ce qu'un peu de chaude-pisse comparé à ce dont souffre ta femme ? Ce qui m'étonne c'est la légèreté du soi-disant establishment en matière de mariage. On nous rebat les oreilles avec le caractère sacré de cette institution, avec la nécessité de la protéger en tant que fondement de la société, et ensuite on nous laisse prendre femme sans soumettre la future au moindre contrôle médical sérieux. Quand on achète une voiture d'occasion, on la fait vérifier avec beaucoup plus de soin. Quoi qu'il en soit, tu te rends sûrement compte que tu dois rompre avec Ursula. Si tu ne le fais pas, tu es foutu. Et ne prétexte pas, lâchement, un sentiment de compassion. Te vois-tu en train de pousser son fauteuil ou de lui torcher le cul ? Oui, je sais, certains maris le font. Mais toi tu n'as jamais été masochiste. De plus, les hommes qui se dévouent de la sorte savent ce qu'est l'amour – chose dont tu ignores tout, mon pauvre chéri. Au fait Ursula n'est-elle pas catholique ? Comme vous n'êtes pas passés par l'église, je doute qu'elle se considère comme réellement mariée. Voilà peut-être une porte de sortie. De toute façon, je te vois mercredi à huit heures au Paviours Arms. *J'y célébrerai ton infortune avec un nouveau poème et un demi.*

Elle n'avait jamais vraiment pensé que Steve pousserait son fauteuil. Elle n'avait même pas voulu qu'il lui rendît le plus simple, le moins physiquement intime des services. Dès le début de sa vie conjugale, elle avait constaté que la plus légère indisposition – rhume ou autre malaise – le dégoûtait, l'effrayait. Elle avait toutefois espéré que cette maladie-ci évoluerait très lentement, qu'elle pourrait se débrouiller seule pendant encore au moins quelques précieuses années. Elle avait élaboré tout un plan. Elle se lèverait tôt pour ne pas irriter son mari par sa lenteur et sa maladresse. Elle déplacerait les meubles de quelques centimètres – Steve ne le remarquerait peut-être même pas – pour en faire des appuis discrets : ainsi elle n'aurait pas à recourir trop vite à des cannes et des appareils orthopédiques. Ils trouveraient peut-être un appartement d'accès plus facile, situé à un rez-de-chaussée. Avec une rampe devant la porte d'entrée, elle pourrait sortir. Et il lui resterait toujours leurs nuits d'amour. Rien ne pouvait les changer tout de même !

Mais elle n'avait pas tardé à s'apercevoir que la maladie, remontant inexorablement le long de ses nerfs, progressait à son propre rythme et non pas à celui qu'elle avait espéré. Les projets qu'elle avait faits, étendue, raide, dans le grand lit, à une certaine distance de son mari, s'évertuant à réprimer ses spasmes pour ne pas le déranger, devenaient de semaine en semaine plus irréalistes. Remarquant ses pitoyables efforts, Steve avait essayé d'être gentil. Il ne lui avait fait aucun reproche, mais sa froideur en avait été un ; il n'avait pas blâmé sa faiblesse croissante, sauf en prouvant son propre manque de force. Elle rêvait qu'elle se noyait. Elle se débattait, s'accrochait à une branche flottante qui, telle une éponge lisse et pourrie, s'effritait sous ses doigts. Avec une sensibilité morbide, elle se rendait compte qu'elle était en train de prendre l'air conciliant et le ton plaintif des infirmes. Elle avait du mal à être naturelle avec son mari et encore plus de mal à lui parler. Autrefois, il avait l'habitude de s'étendre sur le canapé et de la regarder coudre ou lire, elle, la compagne élue, sa création, revêtue des habits qu'il lui avait choisis. Maintenant, il craignait de rencontrer ses yeux.

Elle se rappela le jour où il lui avait annoncé qu'il y aurait peut-être bientôt une place pour elle à Toynton Manor. C'était l'assistante sociale de l'hôpital qui le lui avait dit.

« C'est près de la mer, chérie. Tu as toujours aimé la mer. Et c'est un tout petit centre, pas une de ces énormes institutions où le patient n'est qu'un numéro. En principe, c'est une fondation religieuse. Mr. Anstey, son directeur, jouit d'un grand renom. Bien qu'il ne soit pas catholique, il emmène régulièrement ses pensionnaires à Lourdes. Cela devrait te plaire. Tu t'es toujours intéressée à la religion. Un sujet, d'ailleurs, sur lequel nous n'avons jamais été d'accord. Sans doute aurais-je dû mieux comprendre tes besoins dans ce domaine. »

Il pouvait se permettre d'être tolérant à présent. Il oubliait qu'il lui avait appris à se passer de Dieu. La religion avait été l'un des biens d'Ursula. Insensible à sa valeur, son mari l'en avait négligemment dépouillée. Non pas qu'elle attachait beaucoup d'importance à ce substitut du sexe, de l'amour. À dire vrai, il lui en avait peu coûté de renoncer à ces réconfortantes illusions qu'elle avait apprises à l'école primaire de Saint-Matthew, puis assimilées derrière le drapé des rideaux en acrylique du salon de sa tante, à Alma Terrace, Middlesbrough, orné d'images pieuses, de la photo du pape Jean, de la bénédiction papale du mariage de son oncle et de sa tante mise dans un cadre. Tout cela faisait partie de son enfance d'orpheline, morne, mais non malheureuse, qui lui paraissait aussi lointaine qu'un pays étranger visité autrefois. Elle ne pouvait y retourner parce qu'elle en avait perdu le chemin.

Pour finir, Toynton Manor lui était apparu comme un refuge désirable. Elle s'était vue assise au soleil avec un groupe d'autres patients en train de regarder la mer ; la mer changeante mais éternelle, réconfortante et pourtant effrayante, qui lui chuchoterait inlassablement que rien n'avait vraiment d'importance, que la souffrance humaine comptait peu, que tout s'estompait avec le temps. Et puis, il ne s'agirait que d'une solution provisoire. Avec l'aide du service social, Steve espérait trouver un logement plus commode pour elle. Leur séparation ne serait que temporaire.

Cela faisait maintenant huit mois qu'elle durait. Huit mois au cours desquels elle était devenue de plus en plus handicapée, de plus en plus malheureuse. Elle avait essayé de le cacher : au manoir, la tristesse était considérée comme un péché contre l'Esprit saint, contre Wilfred. Et elle y était parvenue la plupart du temps. Elle avait peu de points communs avec les autres patients. Grace Willison, une femme d'âge mûr, terne, bigote. Le jeune George Allan, dix-huit ans, vulgaire et bruyant. Quel soulagement quand il était devenu trop malade pour se lever ! Henry Carwardine, un homme renfermé, sarcastique, qui la traitait toujours en employée subalterne. Jennie Pegram, avec son stupide petit sourire énigmatique, qui ne cessait de se tripoter les cheveux. Et Victor, le terrifiant Victor. Il l'avait détestée, comme il détestait les autres. Il trouvait que cacher ses souffrances était sans mérite. Puisque les gens voulaient pratiquer la charité, autant leur en donner l'occasion, proclamait-il.

Elle avait toujours été convaincue que c'était Victor qui avait tapé la lettre anonyme. D'une certaine façon, ce billet l'avait traumatisée autant que celui que Mogg avait adressé à Steve. Elle tâta le papier enfoncé dans la poche de sa jupe. Elle n'avait pas besoin de le relire : elle le connaissait par cœur, même le premier paragraphe. Celui-ci, elle l'avait lu une seule fois, puis avait replié le haut de la feuille pour l'oblitérer. Rien que de penser à ces mots la faisait rougir. Comment pouvait-il – car il s'agissait sûrement d'un homme – avoir eu connaissance de la manière exacte dont Steve et elle faisaient l'amour ? Comment quelqu'un pouvait-il l'avoir appris ? Avait-elle crié son désir en dormant ? Mais alors, seule Grace Willison, sa voisine de chambre, pouvait l'avoir entendue ? Et comment aurait-elle pu comprendre ?

Elle se rappela avoir lu quelque part que les auteurs de lettres obscènes sont généralement des femmes, surtout des vieilles filles. Donc, ce n'était peut-être pas Victor Holroyd qui avait écrit la sienne, mais Grace, la pieuse et refoulée Grace Willison. Mais comment avait-elle pu deviner ce qu'Ursula n'avait jamais voulu s'avouer ?

Tu devais savoir que tu étais malade quand tu l'as épousé. Comment expliquais-tu tes tremblements, cette faiblesse que tu avais dans les jambes, ta maladresse, le matin ? Tu savais que tu étais malade. Tu lui as menti. Alors ne t'étonne pas qu'il t'écrive si rarement, qu'il ne te rende jamais visite. Il ne vit pas seul, tu sais. Tu ne t'attendais tout de même pas à ce qu'il te reste fidèle ?

La lettre s'arrêtait là. Parfois, Ursula se disait que son auteur ne l'avait pas vraiment achevée, qu'il avait eu l'intention d'y ajouter une conclusion plus sensationnelle. Mais il – ou elle – avait dû être interrompu : quelqu'un était peut-être entré dans le bureau à ce moment-là. Le message avait été tapé avec la vieille Remington, sur le mauvais papier de Toynton Grange. C'était surtout la machine de Grace même si tout le monde l'avait utilisée un jour ou l'autre : elle s'en servait pour taper les stencils du bulletin trimestriel. Souvent, elle continuait à travailler seule au bureau alors que les autres patients estimaient avoir terminé leur journée de travail. Et quoi de plus facile que de faire ensuite parvenir le message à son destinataire ?

Glisser le papier dans un livre était le moyen le plus sûr. Chacun savait ce que l'autre était en train de lire et les livres traînaient sur les tables et les chaises, accessibles au premier venu. Chacun devait savoir qu'elle était en train de lire le dernier Iris Murdoch. Et, chose curieuse, la lettre anonyme avait été placée exactement à la page qu'elle avait atteinte.

Elle l'avait d'abord prise pour un autre exemple de la méchanceté de Victor, de sa faculté de blesser et d'humilier. Ce n'était que depuis sa mort qu'elle avait commencé à avoir des doutes, à épier avec inquiétude le visage de ses compagnons. C'était sûrement stupide. Elle se tourmentait inutilement. Le coupable devait avoir été Victor et, si ç'avait été lui, il n'y aurait pas d'autre lettre. Mais lui, comment pouvait-il avoir connu ces détails sur leur vie intime, à elle et à Steve? Il était vrai que Victor, par on ne savait quel mystère, avait toujours l'air d'être au courant de tout. Elle se rappela le jour où Grace et elle s'étaient assises avec lui ici, dans la cour de la maison des patients. La figure levée vers le soleil, son doux et niais sourire aux lèvres, Grace s'était mise à parler de la joie qu'elle éprouvait à l'idée d'aller bientôt à Lourdes. Victor l'avait brutalement interrompue :

« Vous êtes joyeuse parce que vous êtes euphorique. C'est une caractéristique de votre maladie. Toutes les personnes atteintes de sclérose en plaques ont ce côté béat. Vous n'avez qu'à consulter un livre de médecine. C'est un symptôme classique. Non seulement cela n'a rien de méritoire, mais c'est extrêmement irritant pour les autres. »

Blessée, Grace avait répondu d'une voix tremblante :

« Je n'ai jamais prétendu qu'être heureuse était méritoire. Et, même si cela n'est qu'un symptôme, j'en remercie le Ciel : c'est une sorte de grâce.

— Tant que vous ne nous demandez pas de vous imiter, à votre aise. Remerciez donc le Ciel du privilège de n'être utile à personne, pas même à vous. Et, par la même occasion, remerciez-le de tous les autres bienfaits de sa création : les millions d'hommes qui peinent pour extraire leur subsistance d'une terre stérile, inondée, brûlée par la sécheresse ; les enfants affamés au ventre ballonné ; les personnes torturées. Remerciez-le de toute cette incroyable merde qui existe dans le monde. »

Les larmes aux yeux, Grace Willison avait doucement protesté :

« Mais, Victor, comment pouvez-vous dire des choses pareilles ? La vie n'est pas que souffrance. Vous ne croyez pas vraiment à un Dieu indifférent puisque vous nous accompagnez à Lourdes.

— Je vous accompagne pour sortir de ce pénitencier plein de fous. J'aime bouger, voyager. J'aime voir le soleil briller sur les Pyrénées, les couleurs du paysage. Même le total mercantilisme de ce lieu et la bêtise de ces milliers de personnes qui se leurrent encore plus que moi me procurent une certaine satisfaction.

— Vous blasphémez !

— Vraiment ? Eh bien, cela aussi est agréable.

— Si seulement vous vouliez parler au père Baddeley, Victor, persista Grace. Je suis sûre qu'il pourrait vous aider. Ou peut-être à Wilfred. Pourquoi ne parlez-vous pas à Wilfred ? »

Victor avait éclaté d'un rire rauque, railleur, mais bizarre, effrayant. On aurait dit que cette idée l'amusait follement.

« Parler à Wilfred ! Je pourrais vous en conter une bien bonne au sujet de notre saint local. Un jour, s'il me tanne trop, je risque de le faire. Parler à Wilfred ! »

Ursula crut encore entendre l'écho lointain de ce rire. « Je pourrais vous en conter une bien bonne au sujet de notre saint local. » Mais il ne leur avait rien dit, et maintenant c'était fini. Elle pensa à la mort de Victor. Sur quelle impulsion avait-il décidé de se supprimer cet après-midi-là ? Il ne sortait jamais le mercredi d'habitude et Dennis n'avait pas voulu l'emmener. Ursula se souvenait fort bien de la scène qui avait eu lieu dans la cour. Victor, insupportable, employant toute son énergie à obtenir ce qu'il voulait. Dennis, rouge, boudeur comme un enfant récalcitrant. Finalement, l'infirmier avait cédé de mauvaise grâce. Ils étaient partis ensemble pour cette dernière promenade et elle n'avait plus jamais revu Victor. À quoi pensait-il quand il avait desserré les freins et s'était jeté dans le vide avec son fauteuil ? Il avait dû agir sous le coup d'une impulsion. Personne ne pouvait choisir de mourir d'une façon si spectaculairement horrible quand il y avait des moyens beaucoup plus doux de se suicider. Parfois, elle se surprenait à penser à ces deux morts récentes, celle de Victor et celle du père Baddeley Le gentil, l'inefficace Michael avait disparu de leur vie comme s'il n'avait jamais existé. Ils ne parlaient presque plus de lui maintenant. Par contre, Victor semblait encore présent parmi eux. Son esprit amer, tourmenté, hantait le manoir. Parfois, surtout au crépuscule, Ursula avait peur de tourner la tête vers un fauteuil roulant voisin : au lieu de son occupant réel, elle craignait d'y voir la lourde silhouette de Victor enveloppé de sa cape écossaise, sa figure sombre et sardonique, son sourire figé, pareil à un rictus.

Soudain, malgré la chaleur du soleil de l'après-midi, Ursula frissonna. Elle débloqua les freins de son siège et roula vers la maison.

La porte du manoir était ouverte. Julius Court fit pénétrer Dalgliesh dans un hall carré, haut de plafond, lambrissé de chêne, au sol carrelé de marbre blanc et noir. Une curieuse odeur flottait dans la maison, sucrée et exotique, comme si quelqu'un avait fait brûler de l'encens. L'obscurité du hall et les deux vitraux préraphaélites qui flanquaient l'entrée renforçaient l'impression d'un lieu de culte. Celui de gauche représentait l'expulsion du Paradis, celui de droite le sacrifice d'Isaac. Par quelle aberration, se demanda Dalgliesh, l'artiste avait-il imaginé l'ange avec ces cheveux jaunes frisottés et ce casque à plumes ? Armée d'un glaive serti de losanges rouges, bleu vif et orange, la créature divine chassait maladroitement les deux coupables de l'Éden. Adam et Ève, dont les membres roses étaient entourés pudiquement, quoique d'une façon assez invraisemblable, de laurier grimpant, exprimaient, l'un une fausse spiritualité, l'autre un repentir morose. À droite, le même ange fondait comme un batman métamorphosé sur le corps ligoté d'Isaac. Caché dans un fourré, un bélier doté d'une énorme toison contemplait la scène d'un air terrifié.

Il y avait dans le hall trois chaises, disparates et sans style, un fauteuil roulant plié contre le mur du fond ; une barre courait à environ un mètre le long des boiseries. À droite, par une porte ouverte, on entrevoyait ce qui semblait être un bureau ou un vestiaire. Dalgliesh aperçut les plis d'une cape écossaise accrochée au mur, un panneau à clefs et le bord d'un massif bureau. Une table sculptée, sur laquelle reposait un plateau à courrier en laiton et que surmontait un énorme avertisseur d'incendie, se dressait à gauche de cette pièce.

Julius, ouvrant d'un geste théâtral l'une des portes donnant dans un vestibule central, annonça :

« Un visiteur pour les morts. Adam Dalgliesh. »

Ils pénétrèrent ensemble dans la pièce. Flanqué de ses deux guides, Dalgliesh eut l'impression inhabituelle d'être sous escorte. Après la pénombre du hall d'entrée et du vestibule central, la salle à manger lui parut si claire qu'il cligna des paupières. Les hautes fenêtres à meneaux dispensaient peu de lumière naturelle, mais la pièce était violemment éclairée par deux tubes de néon fluorescents qui pendaient d'une façon disharmonieuse d'un plafond à moulures. Après un court instant d'accommodation, il vit les habitants du manoir avec netteté : groupés comme un tableau vivant, ils prenaient le thé à une table de réfectoire en chêne.

Son arrivée semblait les frapper de mutisme. Quatre d'entre eux, dont un homme, étaient assis dans des fauteuils roulants. Les deux autres femmes présentes faisaient manifestement partie du personnel. L'une d'elles était habillée en infirmière, mais sans la coiffe ; l'autre, une femme blonde plus jeune, portait un pantalon noir et une tunique blanche. Malgré cet uniforme peu réglementaire, elle donnait une impression de compétence et d'autorité. Les trois hommes valides portaient tous des robes de moine marron. Après une seconde d'hésitation, celui qui occupait la tête de la table se leva. Avec une lenteur cérémonieuse, il s'avança vers eux, les mains tendues.

« Bienvenue à Toynton Manor, Mr. Dalgliesh. Je m'appelle Wilfred Anstey. »

La première pensée qui vint à Dalgliesh, c'était qu'Anstey avait l'air d'un acteur de second plan jouant avec application le petit rôle d'un évêque ascétique. La robe de bure lui allait si bien qu'on ne pouvait l'imaginer vêtu autrement. Il était grand et très maigre. Les poignets qui sortaient des larges manches de laine étaient bruns et ténus comme des rameaux à l'automne. Ses vigoureux cheveux gris, coupés très court, révélaient la courbe juvénile de son crâne. Sa longue figure émaciée était tachetée de brun comme si son bronzage estival disparaissait d'une manière irrégulière. Les deux ronds blancs et luisants qui se découpaient sur sa tempe gauche semblaient indiquer une dermatose. Il était difficile de lui donner un âge. Cinquante ans, peut-être. Ses yeux, aux iris d'un bleu très clair et aux blancs opaques comme du lait, étaient pleins de douceur et d'interrogation. Anstey avait l'air de porter humblement la souffrance de ses semblables. Il eut un petit sourire de guingois tout à fait charmant. Dalgliesh sentit les deux mains d'Anstey emprisonner la sienne et dut faire un effort pour ne pas se dérober au contact de cette chair moite.

« J'espérais voir le père Baddeley, dit-il. Je suis un de ses vieux amis. J'ignorais qu'il était mort.

— Mort et incinéré. Nous avons enterré ses cendres mercredi dernier au cimetière Saint-Michel, à Toynton. Il souhaitait reposer en terre consacrée. Nous n'avons pas annoncé son décès dans les journaux parce que nous ne savions pas qu'il avait des amis.

— À part nous ici », rectifia doucement, mais avec fermeté, une des patientes.

Elle était plus âgée que les autres, grisonnante et anguleuse. Calée dans son fauteuil comme une poupée de bois, elle regardait Dalgliesh avec bienveillance et curiosité.

« À part nous, évidemment, reprit Anstey. De nous tous, Grace était sans doute la plus proche de Michael. Elle était chez lui la nuit de sa mort.

— Mrs. Hewson m'a dit qu'il était mort seul, fit Dalgliesh.

— C'est malheureusement vrai. En définitive, n'est-ce pas là notre sort commun ? Vous prendrez bien le thé avec nous ? Julius aussi. Et Maggie, bien sûr. Si j'ai bien compris, vous pensiez loger chez Michael. Dans ce cas, vous devez passer la nuit ici. » Anstey se tourna vers l'infirmière : « Dans la chambre de Victor, Dot. Après le thé, veuillez la préparer pour notre invité.

— C'est très aimable de votre part, assura Dalgliesh, mais je ne voudrais pas vous déranger. Cela vous ennuierait-il si, à partir de demain, je passais quelques jours au cottage ? Mrs. Hewson m'a dit que le père Baddeley m'avait légué sa bibliothèque. J'aimerais profiter de ma présence ici pour trier et emballer les livres. »

Il eut l'impression que cette proposition n'enchantait pas son hôte.

« Bien sûr, répondit-il après une seconde d'hésitation. Si vous préférez cette solution-là, je n'y vois pas d'inconvénient. Mais, pour l'heure, laissez-moi vous présenter notre petite famille. »

Dalgliesh suivit Anstey pour se soumettre à la cérémonie des salutations. Des mains sèches, froides, moites, molles ou fermes serrèrent la sienne. Grace

Willison, pareille à une étude en gris : chevelure, robe, bas, le tout légèrement miteux, de sorte qu'elle ressemblait à une vieille poupée, raide et démodée, qu'on aurait oubliée dans un placard poussiéreux. Ursula Hollis, une grande fille boutonneuse, vêtue d'une jupe longue en coton indien. Elle lui adressa un demi-sourire et lui serra brièvement la main, presque à contrecœur. Dalgliesh remarqua que son visage avait quelque chose d'étrange, mais il était déjà plus loin quand il se rendit compte qu'elle avait des yeux vairons, un bleu et un marron. Jennie Pegram : la patiente la plus jeune, bien qu'elle fût sans doute plus âgée qu'elle ne le paraissait. Elle avait un visage pâle et pointu, des yeux de lémurien et un cou si court qu'elle semblait rentrer la tête dans les épaules. Ses cheveux couleur de blé mûr, partagés au milieu par une raie, entouraient son corps de naine d'un rideau crêpelé. Elle parut frissonner de dégoût au contact de sa main. Avec un sourire contraint, elle chuchota : « Bonjour. » Henry Carwardine : un beau visage autoritaire, que la tension avait creusé de rides profondes, un nez aquilin, une grande bouche. La maladie lui avait tordu la tête de côté, lui donnant un air d'oiseau de proie dédaigneux. Il ne prêta aucune attention à la main tendue de Dalgliesh, mais proféra un bref « enchanté », avec une indifférence qui frisait la grossièreté. Dot Moxon, l'infirmière en chef : trapue, des yeux mornés sous une frange de cheveux noirs. Helen Rainer : une femme corpulente aux yeux verts légèrement protubérants, aux paupières fines comme des peaux de raisin et aux formes sculpturales que son ample tunique ne parvenait pas à dissimuler complètement. Elle aurait été assez attirante, songea Dalgliesh, n'eût été le pli amer que formaient ses joues un tantinet tombantes comme celles d'un marsupial. Elle lui serra vigoureusement la main et lui lança un regard sévère comme s'il était un nouveau patient dont elle n'attendait que des ennuis. Le docteur Éric Hewson, un bel homme blond dont le visage avait quelque chose d'enfantin et de vulnérable. Ses yeux d'un brun terreux étaient bordés de cils remarquablement longs. Dennis Lerner : une figure maigre qui exprimait une certaine faiblesse, des yeux qui clignotaient nerveusement derrière des lunettes à monture d'acier, une poignée de main moite. Comme s'il jugeait nécessaire d'expliquer ce personnage, Anstey ajouta que Dennis était infirmier.

« Les deux membres restants de notre famille, Albert Philby, notre homme de peine, et ma sœur Millicent Hammitt ne sont pas là pour l'instant. Et puis, il ne faut pas que j'oublie Jeoffrey ! »

Comme s'il avait compris qu'on parlait de lui, un chat qui dormait sur un rebord de fenêtre se déroula, sauta lourdement à terre et avança vers eux, la queue en l'air.

« Je lui ai donné le nom du chat de Christopher Smart. Vous rappelez-vous ce poème ? *Et maintenant, prenons mon chat Jeoffrey. Il est le bon et fidèle serviteur du Dieu vivant. Il neutralise les forces des ténèbres avec sa fourrure électrique et ses yeux brillants. Il neutralise le Diable, qui est la mort, en animant la vie.* »

Dalgliesh acquiesça, il aurait pu ajouter que si Anstey voulait que son chat jouât ce rôle hiératique, il l'avait singulièrement mal choisi. Cet énorme matou tigré, doté d'une queue aussi grosse, ou presque, que celle d'un renard, devait passer moins de temps à servir son Créateur qu'à satisfaire ses désirs félins. Il lança à son maître un regard peu amène qui exprimait de longues souffrances et du dégoût, puis sauta avec légèreté et précision sur les genoux de Carwardine. Ravi de constater que celui-ci n'avait aucune envie de l'accueillir, il s'installa en ronronnant et finit par fermer les yeux.

Julius Court et Maggie Hewson s'étaient assis au bout de la longue table. Soudain Julius cria :

« Attention tout le monde ! Surveillez vos paroles. Mr. Dalgliesh pourrait les noter et s'en servir contre vous. Il aime voyager incognito, mais, en fait, vous avez affaire au commandant Adam Dalgliesh de New Scotland Yard. Son boulot, c'est attraper les assassins. »

La tasse d'Henry Carwardine se mit à tressauter bruyamment dans sa soucoupe. Le jeune homme essaya vainement de l'immobiliser de sa main gauche. Personne ne fit attention à lui. Jenniè Pegram poussa un petit cri étouffé, puis, comme si elle venait de dire quelque chose de très intelligent, promena son regard autour de la table d'un air satisfait. Helen Rainer demanda d'un ton brusque :

« Comment le savez-vous ?

— Je vis dans le monde, moi, ma chère, et il m'arrive de lire les journaux. L'année dernière, le commandant a acquis une certaine célébrité en résolvant une affaire qui avait fait couler beaucoup d'encre. »

Julius Court se tourna vers Dalgliesh.

« Henry viendra chez moi ce soir, après le dîner, boire un peu de vin et écouter de la musique. Voulez-vous l'accompagner ? Vous pourriez peut-être pousser son fauteuil jusqu'à la maison ? Je suis certain que Wilfred vous excusera. »

L'invitation semblait à peine polie, vu qu'elle excluait toutes les personnes présentes, à part deux d'entre elles, et que Julius accaparait le nouveau venu en tenant à peine compte de son hôte. Les deux hommes avaient peut-être l'habitude de boire ensemble quand Court était là. Après tout, pourquoi les patients auraient-ils dû partager leurs amis ou ceux-ci inviter tout le monde ? De plus, Dalgliesh était maintenant convié à titre d'escorte. Il remercia brièvement Julius Court et s'assit entre Ursula Hollis et Henry Carwardine.

On se serait cru dans un collège. Directement à même la table de chêne constellée de taches de brûlé étaient posées deux grandes théières que maniait Dot Moxon, deux assiettes pleines de grosses tartines de pain complet couvertes d'une fine couche de ce que Dalgliesh soupçonna être de la margarine, un pot de miel, un plat de rochers faits à la maison, truffés de raisins secs pareils à de la grenaille noire. Il y avait aussi une coupe de pommes, probablement des fruits abattus par le vent. Tous buvaient dans des chopes en céramique brune. Helen Rainer alla au placard situé sous la fenêtre et en rapporta trois chopes similaires et des assiettes assorties pour les visiteurs.

Ce fut un étrange goûter. Carwardine ne s'occupait nullement de l'invité sauf pour pousser l'assiette de tartines dans sa direction. Dalgliesh eut du mal à établir un contact avec Ursula Hollis. La jeune femme ne cessait de tourner vers lui sa pâle et grave figure ; ses yeux cherchaient les siens. Gêné, il sentait qu'elle attendait quelque chose de lui, une marque d'intérêt, peut-être même d'affection, qu'il était bien incapable de donner. Lorsque, par un heureux hasard, il mentionna Londres, le visage de sa voisine s'éclaira. Elle lui demanda s'il connaissait Marylebone, le marché de Bell Street. Dalgliesh se trouva engagé dans une conversation touchant à l'obsession sur les marchés en plein air de la capitale. Ursula Hollis, en s'animant, devenait presque jolie et, chose curieuse, ces évocations semblaient la réconforter. Jennie Pegram se pencha par-dessus la table et, feignant le dégoût, dit avec une moue :

« Quel drôle de métier vous faites ! Attraper des assassins et les faire pendre ! Je ne comprends pas comment cela peut vous plaire.

— Cela ne me plaît pas. En outre, on ne pend plus les criminels de nos jours.

— Vous les enfermez pour la vie, n'est-ce pas pire ? Et je parie que ceux que vous avez arrêtés dans votre jeunesse ont été pendus. »

Dalgliesh décela une lueur avide, presque lubrique, dans les yeux de la jeune fille. Ce n'était pas la première fois qu'il constatait ce phénomène.

« Cinq, très exactement, répondit-il d'un ton calme. Curieux : c'est toujours de ceux-là que les gens veulent entendre parler. »

Anstey eut un sourire suave, puis il dit du ton de celui qui veut être équitable à tout prix :

« Comme tu le sais, Jennie, ce n'est pas seulement pour punir, mais aussi pour dissuader. Il faut tenir compte également d'autres facteurs : montrer que le public a horreur du crime, l'espoir d'amender le criminel et de le réinsérer dans la société, et, bien entendu, le besoin de s'assurer qu'il ne recommencera pas. »

Dalgliesh lui trouva une ressemblance avec un de ses anciens professeurs qu'il avait détesté. Jugeant que c'était son devoir, cet homme avait l'habitude d'organiser des débats, mais toujours avec condescendance, comme s'il permettait à ses élèves d'exprimer un certain nombre d'idées non-conformistes à la condition qu'après le temps imparti, ils reconnussent la justesse de ses propres vues.

« C'est là, intervint-il, un sujet intéressant et très important, je vous l'accorde. Excusez-moi si, pour ma part, je le trouve moins fascinant que vous. Je suis en vacances – en convalescence, pour être précis – et j'essaie d'oublier mon travail.

— Vous avez été malade ? »

Avec la prudence d'un jeune enfant qui doute encore de ses possibilités, Carwardine tendit le bras et prit le pot de miel.

« J'espère que le motif, même inconscient, de votre visite n'a rien de personnel. Vous n'êtes pas venu voir s'il y avait une place de libre ? Vous n'êtes pas atteint d'une maladie incurable ?

— Nous souffrons tous d'une maladie incurable, dit Anstey. Nous l'appelons la vie. »

Carwardine eut un bref sourire de satisfaction comme s'il venait de gagner un point à un jeu connu de lui seul. Dalgliesh, qui commençait à croire qu'il assistait à la *tea-party* du chapelier fou dans *Alice au pays des merveilles*, se demanda si cette remarque était faussement profonde ou simplement stupide. Une chose en tout cas était certaine : Anstey l'avait déjà servie à plusieurs reprises. Il y eut un bref silence embarrassé, puis le directeur ajouta, presque sur un ton de reproche :

« Michael ne nous avait pas dit qu'il attendait une visite.

« — Il n'avait peut-être pas reçu ma carte. Elle aurait dû arriver le matin du jour de sa mort. Je ne l'ai pas trouvée dans son bureau. »

Anstey épluchait une pomme. La pelure jaune pendait sur ses doigts osseux. Il se concentrait sur sa tâche.

« On a ramené Michael chez lui en ambulance. Il m'avait été impossible d'aller le chercher ce matin-là. Il a dû demander aux ambulanciers de s'arrêter à côté de la boîte aux lettres et de prendre le courrier. Un peu plus tard dans la journée, il m'a en effet remis une lettre et en a donné une autre à ma sœur. Il devrait donc avoir reçu votre carte. Moi, en tout cas, je ne l'ai pas trouvée quand j'ai examiné le contenu de son secrétaire pour voir s'il avait laissé un testament ou d'autres instructions écrites. C'était dans la matinée suivant sa mort. Bien entendu, je peux ne pas l'avoir vue.

— Dans ce cas, elle y serait encore, fit remarquer Dalgliesh tranquillement. Le père Baddeley a dû la jeter. C'est dommage que vous ayez été obligé de fracturer le meuble.

— Le fracturer ? »

La voix d'Anstey n'exprimait qu'une surprise calme et polie.

« Quelqu'un en a forcé la serrure.

— En effet. Je suppose que Michael avait perdu sa clef et en a été réduit à cette extrémité. Quand j'ai cherché les papiers, le bureau était ouvert. Je dois dire que je n'ai pas pensé à examiner la serrure. Est-ce important ?

— Ça l'est peut-être pour Miss Willison. Si j'ai bien compris, elle a hérité de ce meuble.

— Une serrure cassée en diminue la valeur, c'est certain. Mais vous vous apercevrez que nous n'attachons que peu de prix aux biens matériels, ici, à Toynton Manor. »

Anstey sourit de nouveau comme s'il écartait un sujet frivole et se tourna vers Dot Moxon. Miss Willison garda les yeux baissés sur son assiette.

« C'est sans doute stupide de ma part, insista Dalgliesh, mais j'aurais aimé avoir la certitude que le père Baddeley savait que je voulais lui rendre visite. Je me suis dit qu'il aurait pu glisser ma carte dans son journal intime. Mais le dernier volume de celui-ci n'était pas dans son bureau. »

Cette fois, Anstey leva la tête. Ses yeux bleus rencontrèrent les yeux bruns de Dalgliesh. Son regard était innocent, poli, serein.

« Oui, c'est ce que j'ai remarqué. Il a dû cesser de tenir son journal à la fin du mois de juin. Ce qui me surprend, c'est qu'il en ait tenu un, non pas qu'il y ait renoncé. Finalement, on doit se lasser d'un égotisme qui consigne un tas de futilités comme si celles-ci avaient une valeur éternelle.

— Il est tout de même bizarre qu'au bout de tant d'années, il se soit arrêté à la fin du premier semestre.

— Il venait de rentrer de l'hôpital après une grave maladie et ne devait pas se faire beaucoup d'illusions sur le pronostic. Sachant que la mort était proche, il a peut-être décidé de détruire son journal.

— En commençant par la fin?

— Détruire un journal intime revient à détruire sa mémoire. Je suppose qu'on commence par les dernières années, celles qu'on regrette le moins. Les vieux souvenirs sont tenaces. Michael a d'abord brûlé le dernier cahier. »

De nouveau, Grace Willison rectifia avec douceur, mais fermeté :

« Pas brûlé, Wilfred. À son retour de l'hôpital, le père Baddeley a allumé son chauffage électrique. La cheminée contenait un bouquet d'herbes sèches. »

Dalgliesh se représenta le séjour de Hope Cottage. Grace Willison avait tout à fait raison. Il se rappela le vieux pot de confiture en grès qui servait de vase, les tiges poussiéreuses et couvertes de suie qui passaient à travers la grille. On ne devait pas y avoir touché depuis des mois.

À l'autre bout de la table, le bavardage cessa. Un silence intrigué tomba comme cela arrive quand une partie de l'assistance croit soudain que les autres disent des choses qu'elle devrait entendre.

Maggie Hewson s'était assise si près de Julius Court que Dalgliesh se demanda comment le jeune homme parvenait à boire son thé. Elle avait ouvertement flirté avec son voisin pendant tout le repas. Pour ennuyer son mari ou faire plaisir à Court ? C'était difficile à dire. Quand il regardait dans leur direction, Éric Hewson avait l'air honteux d'un collégien. Parfaitement à l'aise, Court avait accordé son attention à toutes les femmes présentes, sauf à Grace. Maintenant, Maggie dévisagea les autres tour à tour et demanda vivement :

« Que se passe-t-il ? Qu'est-ce qu'elle a dit ? »

Personne ne lui répondit. Ce fut Julius qui rompit cette soudaine et inexplicable tension.

« J'ai oublié de vous dire une chose. Vous devriez vous sentir doublement honorés par la visite de notre hôte. Le commandant ne se borne pas à attraper des criminels. Il a d'autres talents encore : il écrit des vers. C'est Adam Dalgliesh, le poète. »

Cette nouvelle fut accueillie par un brouhaha de murmures élogieux. Dalgliesh entendit Jennie s'écrier : « Oh ! c'est merveilleux ! » commentaire qui, pour lui, remportait la palme de la bêtise et l'irrita encore plus que les autres. Wilfred lui adressa un sourire d'encouragement.

« Nous sommes très honorés, en effet. Et Mr. Dalgliesh arrive à point nommé. Jeudi soir, nous tenons notre petite réunion familiale mensuelle. Notre invité nous fera-t-il le plaisir de réciter quelques-uns de ses poèmes ? »

Dalgliesh se dit qu'il y avait plusieurs réponses possibles à cette question, mais eu égard aux personnes désavantagées qui l'entouraient, toutes paraissaient trop dures ou maladroites.

« Je regrette, mais je n'emporte jamais mes œuvres en voyage », déclara-t-il finalement.

Anstey sourit.

« Cela n'est pas un problème. Henry possède vos deux derniers recueils. Je suis sûr qu'il nous les prêtera. »

Sans lever les yeux de son assiette, Carwardine répondit tranquillement :

« Vu l'absence totale d'intimité dans cette maison, je suis certain que vous pourriez fournir un catalogue complet de ma bibliothèque. Toutefois, comme vous ne vous êtes jamais intéressé aux œuvres d'Adam Dalgliesh jusqu'à ce jour, je n'ai nullement l'intention de prêter mes livres pour vous permettre de faire du chantage sentimental à un invité et le forcer à nous montrer ses tours. Mr. Dalgliesh n'est pas un singe savant ! »

Wilfred rougit légèrement et baissa la tête.

Il n'y avait plus rien à dire. Après un bref silence, les conversations reprirent, anodines, banales. On ne reparla plus du père Baddeley ni de son journal.

5

Anstey ne manifesta aucune inquiétude quand, après le thé, Dalgliesh exprima le désir de parler en tête-à-tête avec Miss Willison. Sans doute ne vit-il dans cette demande qu'un souci d'observer certaines règles de courtoisie et de respect. Grace, dit-il, avait pour tâche de nourrir les poules et de recueillir les œufs avant le soir. Adam aurait-il l'obligeance de l'aider ?

Les deux grandes roues du fauteuil comprenaient chacune une deuxième roue intérieure qui permettait à l'infirme de se déplacer seule. Miss Willison les agrippa et commença à descendre lentement le sentier asphalté. Les mouvements saccadés de son corps fluet rappelaient ceux d'une marionnette. Dalgliesh remarqua que sa main gauche était déformée et manquait de force ; aussi le fauteuil avait-il tendance à pivoter et à avancer bizarrement. Tout en marchant à côté d'elle, il la poussait discrètement en avant. Il craignait de commettre un impair. Miss Willison aurait pu lui en vouloir de son tact comme de la pitié que celui-ci impliquait. Il eut l'impression que, sentant sa gêne, elle s'efforçait de ne pas l'augmenter en lui souriant.

Extrêmement conscient de sa présence, Dalgliesh notait chaque détail physique avec autant d'intérêt que si elle avait été une femme jeune et désirable, et lui sur le point de tomber amoureux. Il regarda les os pointus de ses épaules monter et descendre rythmiquement sous le fin coton gris de sa robe, les veinules pourpres qui saillaient comme des cordes sur sa main gauche diaphane, si petite et fragile comparée à la droite. Celle-ci, exagérément grande et vigoureuse en compensation, serrait la roue avec une force masculine. Recouvertes de bas de laine tire-bouchonnés, les jambes de la malade étaient maigres comme des bâtons ; ses pieds chaussés de sandales, qui avaient l'air beaucoup trop grandes pour des supports aussi précaires, semblaient collés sur le repose-pieds en métal. Ses cheveux gris mouchetés de pellicules étaient rassemblés en une seule grosse natte et fixés sur le haut de la tête par un peigne d'une propreté douteuse. Elle avait une nuque brunâtre, soit à cause d'un bronzage pâlissant, soit parce qu'elle se lavait mal ou rarement. Baissant le regard vers elle, Dalgliesh pouvait voir les rides de son front se creuser sous l'effort, ses yeux briller par intermittence derrière ses lunettes à fine monture.

Le poulailler était une grande cage délabrée, entourée d'un treillis métallique affaissé et de poteaux enduits de créosote. De toute évidence, il avait été conçu pour des handicapés. Comme il y avait une double entrée, Miss Willison put y pénétrer et fermer la porte derrière elle avant d'ouvrir la seconde qui menait à la cage principale ; un sentier asphalté, juste assez large pour les roues d'un fauteuil, courait sur le devant et les côtés des pondoirs. À l'intérieur de la première porte, sur l'un des montants, on avait cloué, à hauteur de la taille, une grossière planche en bois sur laquelle étaient placés un bol rempli de pâtée, un bidon d'eau en plastique et une cuiller en bois fixée à un long manche, manifestement destinée au ramassage des œufs. Avec quelque difficulté, Miss Willison posa tous ces objets sur ses genoux et tendit le bras pour ouvrir la porte intérieure. Les poules qui, pour une raison inexplicable, s'étaient rassemblées dans le coin le plus reculé de la cage, levèrent leurs têtes méchantes aux yeux en boutons de bottines et se précipitèrent en caquetant vers l'infirme comme si elles avaient l'intention de la mettre en pièces. Miss Willison eut un léger mouvement de recul, puis avec l'air d'une néophyte qui cherche à apaiser les Furies, elle commença à jeter des poignées de nourriture aux volatiles. Ceux-ci se mirent à picorer avec frénésie. Nettoyant ses mains contre le bord du bol, Miss Willison déclara :

« Dommage que je n'arrive pas à aimer ces bêtes, ou vice versa. Les deux parties retireraient plus d'avantages de cette activité. Je croyais que les animaux s'attachaient à ceux qui les nourrissent, mais cela n'a pas l'air d'être vrai pour les poules. En fait, elles ont raison. Nous les exploitons honteusement : d'abord, nous leur volons leurs œufs et ensuite, quand elles ne pondent plus, nous leur tordons le cou pour les mettre à la casserole.

— J'espère que ce n'est pas à vous qu'incombe cette tâche.

— Oh ! non. C'est Albert Philby qui s'en charge. J'ai d'ailleurs l'impression que cette corvée ne lui déplaît pas. Mais je mange ma part de volaille…

— Je comprends vos sentiments. J'ai grandi dans un presbytère du Norfolk. Ma mère a toujours eu des poules. Elle aimait beaucoup ses bêtes qui semblaient le lui rendre. Mon père et moi, par contre, les trouvions horripilantes. Nous tenions toutefois à nos œufs frais.

— Je dois vous dire une chose : je suis incapable de distinguer ces œufs-ci de ceux qu'on achète au supermarché. Wilfred préfère que notre nourriture soit produite d'une façon naturelle. Il déteste l'agriculture industrialisée et il a raison, bien sûr. Il souhaiterait que Toynton Manor devienne végétarien, mais cela compliquerait considérablement le problème de l'approvisionnement et de la préparation des repas. D'après des calculs auxquels s'est livré Julius, ces œufs nous reviennent deux fois et demie plus cher que ceux que nous pourrions acheter dans les magasins et, cela, sans même compter le travail, évidemment. C'est plutôt décourageant.

— C'est Julius Court qui tient la comptabilité ici ?

— Oh ! non. Pas la vraie, pas celle qui figure dans les rapports de fin d'année ! Wilfred a un comptable professionnel pour cela. Mais Julius a le sens des affaires et je sais que Wilfred lui demande parfois conseil. Celui qu'il reçoit est généralement assez démoralisant, hélas ! Nous tirons vraiment le diable par la queue ! L'héritage du père Baddeley est tombé à pic. Et Julius s'est montré extrêmement bon. L'année dernière nous avons eu un accident, avec la fourgonnette que nous avions louée pour nous ramener du port, à notre retour de Lourdes. Cela nous a tous secoués. Les fauteuils étaient à l'arrière et deux d'entre eux ont été cassés. Les personnes qui étaient restées ici ont reçu un message téléphonique assez alarmant ; en fait, c'était beaucoup moins grave que Wilfred ne le pensait. Julius a aussitôt pris sa voiture et est venu nous voir à l'hôpital où l'on nous avait emmenés pour un contrôle médical. Il a loué une autre fourgonnette et s'est occupé de tout. Puis il a acheté un petit bus spécialement aménagé pour nous, de sorte que nous sommes totalement indépendants maintenant. En se relayant au volant, Dennis et Wilfred peuvent nous emmener directement à Lourdes. Julius ne nous accompagne jamais mais, quand nous rentrons, il nous accueille toujours avec une petite fête. »

Cette gentillesse désintéressée ne correspondait guère à l'idée que Dalgliesh s'était faite de Court, même après une si brève rencontre. Intrigué, il demanda avec prudence :

« Excusez-moi si je vous parais cynique, mais qu'est-ce que Julius Court retire de tout ceci, pourquoi s'intéresse-t-il tant à Toynton Manor ?

— Vous savez, c'est là une question que je me suis parfois posée moi aussi. Elle me semble bien mesquine quand je pense à tout ce que Julius nous apporte. Il nous revient de Londres comme un souffle d'air frais du monde extérieur. Il nous remonte le moral par sa bonne humeur. Mais je sais que vous désirez parler de votre ami. Ramassons les œufs, puis trouvons-nous un coin tranquille. »

« Votre ami. » Ces mots prononcés d'un ton calme ressemblaient à une réprimande. Ils remplirent d'eau les récipients et ramassèrent les œufs ensemble. Armée de sa cuiller en bois, Grace Willison les dénichait avec l'habileté que donne un long entraînement. Ils n'en trouvèrent que huit. L'opération, qui aurait pris dix minutes à une personne valide, avait été longue, ennuyeuse et peu productive. Dalgliesh, qui trouvait que travailler pour travailler n'avait rien de méritoire, se demanda ce que pensait sa compagne d'une occupation manifestement destinée, au mépris des lois économiques, à lui faire croire qu'elle était utile.

Ils regagnèrent la petite cour derrière la maison. Seul Henry Carwardine y était assis. Il avait un livre sur les genoux mais regardait fixement en direction de la mer invisible. Miss Willison lui jeta un coup d'œil inquiet et parut sur le point de dire quelque chose. Toutefois, elle ne parla que lorsqu'ils furent installés à une trentaine de mètres de la silhouette silencieuse. Dalgliesh au bout d'un des bancs de bois, elle, dans son fauteuil, à côté de lui.

« Je ne m'habitue pas à vivre si près de la mer et à ne pas la voir. Parfois, on l'entend très bien, comme maintenant, par exemple. Elle nous cerne presque complètement. Parfois, nous la sentons, nous écoutons le bruit des vagues. Pourtant, elle pourrait aussi bien être à cent kilomètres d'ici. »

Elle parlait d'un ton de regret, mais sans amertume. Ils restèrent un moment silencieux. Dalgliesh percevait nettement la mer maintenant, un long chuintement apporté par la brise. Pour les habitants du manoir, cet incessant murmure devait évoquer une liberté terriblement proche et pourtant inaccessible, de vastes horizons bleus, des nuages rapides, des mouettes qui jouent dans le vent. Oui, ce besoin de voir l'océan pouvait sans doute tourner à l'obsession, se dit-il.

« Mr. Holroyd parvenait à se faire emmener à un endroit d'où il pouvait la contempler », lança-t-il pour sonder sa compagne.

Il s'aperçut aussitôt qu'il n'aurait pu se montrer plus brutal. Grace Willison était profondément bouleversée. Sa main droite serra le bras de son fauteuil. Son visage se couvrit d'une vilaine rougeur, puis devint très pâle. Un bref instant, Dalgliesh regretta presque d'avoir parlé. Avec ironie, il constata qu'il était de nouveau saisi, contre son gré, de l'envie, propre au policier professionnel, d'établir les faits. Qu'ils fussent significatifs ou non, il en coûtait toujours quelque chose de les découvrir et, généralement, ce n'était pas lui qui payait. L'infirme répondit d'une voix si basse qu'il dut pencher la tête pour saisir ce qu'elle disait.

« Victor était celui d'entre nous qui avait le plus besoin de s'isoler de temps en temps. Tous ceux qui sont ici le comprenaient.

— Cela ne devait pas être facile de pousser un fauteuil aussi léger que le sien sur les touffes d'herbe et jusqu'en haut de la falaise.

— Victor avait un fauteuil qui lui appartenait personnellement, du même modèle que celui-ci, mais plus grand et plus solide. Et l'on n'avait pas besoin de le monter par la partie abrupte du cap. Il existe un sentier à l'intérieur des terres qui, à ce que j'ai cru comprendre, mène à un chemin creux. On peut donc accéder au promontoire de cette façon-là. N'empêche que c'était dur pour Dennis : une demi-heure d'effort à l'aller comme au retour. Mais si nous parlions du père Baddeley ?

— Oui, si cela ne vous est pas trop pénible. Il semblerait que vous êtes la dernière personne à l'avoir vu vivant. Il doit être mort peu après votre départ du cottage puisqu'il portait encore son étole quand Mrs. Hewson a découvert son corps, le lendemain matin. Normalement, il aurait dû l'enlever à la fin de la confession. »

Miss Willison hésita un long moment avant de répondre :

« C'est bien ce qu'il a fait. Après m'avoir donné l'absolution, il l'a pliée et posée sur l'accoudoir de son fauteuil. »

Dalgliesh éprouva de nouveau une sensation que, pendant les sombres jours passés à l'hôpital, il avait bien crue à jamais disparue de sa vie : ce frisson d'excitation qui le parcourait quand, pour la première fois, un témoin avait dit quelque chose d'important, quand, même si la proie n'était pas encore en vue ni sa trace décelable, il la sentait néanmoins dans les parages. Il essaya de se débarrasser de cette tension importune, mais elle était aussi élémentaire, aussi involontaire que la peur.

« Le père Baddeley l'a donc remise après votre départ. Pourquoi aurait-il fait cela ? »

Ou bien quelqu'un l'en avait vêtu. Mieux valait taire cette idée-là. Les implications de celle-ci devraient attendre.

« Il a dû recevoir un deuxième pénitent, répondit Grace Willison tranquillement. Je ne vois pas d'autre explication.

— Pouvait-il l'avoir mise pour dire ses prières du soir ? »

Dalgliesh essaya de se rappeler ce que faisait son père en la matière les rares fois où il ne célébrait pas l'office à l'église. Sa mémoire, cependant, ne lui fournit qu'une image inutile de son enfance : le chanoine et lui bloqués par un blizzard dans une hutte des Cairngorms ; lui s'ennuyant ferme, bien que fasciné par les dessins que le tourbillon de neige traçait sur les vitres ; son père en leggins, anorak et bonnet de laine lisant son petit bréviaire noir. Il n'avait certainement pas porté d'étole à ce moment-là.

« Oh! non. Il ne la mettait que pour administrer un sacrement, répondit Miss Willison. De plus, il avait déjà dit l'office du soir. Il était sur le point de terminer quand je suis arrivée. J'ai récité la dernière collecte avec lui.

— Si quelqu'un est venu après vous, vous n'êtes pas la dernière personne à l'avoir vu vivant. L'avez-vous fait remarquer quand vous avez appris sa mort?

— Aurais-je dû? Je ne le crois pas. Si cette personne a choisi de se taire, ce n'était pas à moi de soulever des questions. Bien entendu, si quelqu'un d'autre que vous avait compris la signification de l'étole, il aurait été impossible d'éviter les conjectures. Mais personne ne l'a fait ou, si certains de mes compagnons l'ont fait, ils n'ont rien dit. Il y a beaucoup trop de commérages à Toynton, monsieur. C'est peut-être inévitable, mais… comment dirais-je? pas très sain. Si une autre personne est allée se confesser ce soir-là, cela ne regarde qu'elle et le père Baddeley.

— Mais le père Baddeley portait encore son étole le lendemain matin. Cela donne à penser qu'il est mort en présence de son visiteur. Dans ce cas, malgré le caractère privé de son rendez-vous, cette personne aurait dû appeler un médecin.

— Elle peut avoir eu la certitude que le père Baddeley était mort et qu'il n'y avait plus rien à faire pour lui. Alors elle a peut-être cédé à la tentation de s'éclipser, le laissant paisiblement assis dans son fauteuil. Je ne pense pas que le père Baddeley aurait appelé cette réaction un péché, pas plus que vous, vous pouvez l'appeler un crime. Cette attitude peut paraître très dure, or l'est-elle vraiment? Elle ne dénote peut-être qu'un mépris des convenances, ce qui est différent, n'est-ce pas? »

Elle pouvait dénoter aussi, songea Dalgliesh, que le visiteur avait été un médecin ou une infirmière. Était-ce cela que Miss Willison voulait lui laisser entendre ? Quiconque d'autre aurait certainement commencé par aller chercher de l'aide ou la confirmation du décès. À moins bien sûr qu'il sût, pour de bonnes ou de mauvaises raisons, que Baddeley était mort. Cependant, Miss Willison n'avait pas l'air d'avoir envisagé cette sinistre possibilité. Cela se comprenait : le père Baddeley était vieux et malade. Sa mort avait été prévisible. Pourquoi quelqu'un aurait-il suspecté un événement aussi naturel, inévitable ? Dalgliesh ayant demandé si l'heure du décès avait été déterminée, Miss Willison lui donna avec douceur cette réponse inexorable :

« Dans votre métier, c'est sûrement là un détail qui compte. Dans la vie réelle, quelle importance a-t-il ? L'important, c'est que la personne meure en état de grâce. »

Pendant un instant, l'esprit impie de Dalgliesh imagina l'un de ses inspecteurs en train d'essayer d'établir ce fait essentiel et de le consigner dans un rapport officiel. L'amusante distinction que Miss Willison faisait entre le travail de la police et la « vie réelle » était, se dit-il, un rappel salutaire de la façon dont les gens voyaient son métier. Il se réjouit à l'idée de la tête que ferait le préfet quand il lui rapporterait ces paroles. Puis il se souvint. Ce ne serait pas ce genre d'anecdotes professionnelles qu'il échangerait avec son supérieur au cours de cette dernière entrevue un peu cérémonieuse et inévitablement décevante qui marquerait la fin de sa carrière policière.

Avec une certaine tristesse, il reconnut en Miss Willison ce type de témoin extraordinairement honnête qui lui avait toujours donné du fil à retordre dans le passé. D'une manière paradoxale, cette rectitude, cette sensibilité de la conscience lui posaient plus de problèmes que les faux-fuyants ou les mensonges flagrants. Il aurait aimé lui demander qui, à Toynton Manor, aurait pu rendre visite au père Baddeley dans le but de se confesser, mais il comprit que cette question ne ferait que saper la confiance existant entre eux ; et, de toute façon, il n'obtiendrait pas de réponse. En tout cas, ç'avait certainement été un des habitants valides du centre. Personne d'autre n'aurait pu venir et repartir en secret, sauf, bien sûr, si cet homme, ou cette femme, avait eu un complice. Dalgliesh ne croyait pas vraiment à cette dernière possibilité. Poussé depuis le manoir ou emmené en voiture, un infirme dans un fauteuil roulant n'aurait pas pu passer entièrement inaperçu.

En espérant ne pas trop avoir l'air d'un policier dans l'exercice de ses fonctions, il demanda :

« Que faisait le père Baddeley au moment de votre départ ?

— Il était tranquillement assis dans son fauteuil, près de la cheminée. Je lui ai défendu de se lever. Wilfred m'avait conduite là-bas en fourgonnette. Il m'avait dit qu'il rendrait visite à sa sœur, à Faith Cottage, pendant que je me confessais. Il ressortirait au bout d'une demi-heure, à moins que je ne frappe contre le mur la première.

— On peut donc communiquer ainsi d'une maison à l'autre ? Je vous pose cette question parce que je me suis dit que si le père Baddeley s'était senti mal après votre départ, il aurait pu appeler Mrs. Hammitt de cette façon.

— Millicent dit qu'il n'a pas frappé, mais si elle avait mis la télé très fort, elle peut ne pas l'avoir entendu. Les cottages sont très bien construits, mais le mur mitoyen laisse passer des bruits, surtout quand les gens élèvent la voix.

— Voulez-vous dire que vous pouviez entendre Mr. Anstey parler avec sa sœur ? »

Miss Willison parut regretter d'être allée si loin. Elle répondit vivement :

« Oh ! seulement par intermittence ! Je me souviens avoir eu du mal à me concentrer. J'aurais aimé qu'ils baissent la voix, puis j'ai eu honte d'être si facile à distraire. Wilfred, après tout, avait eu la gentillesse de m'emmener. D'habitude, bien sûr, le père Baddeley venait me voir à la maison et nous nous retirions dans ce qui est appelé le "parloir", à côté du bureau de réception. Mais comme il était sorti de l'hôpital le matin même, je ne pouvais tout de même pas lui demander de se déplacer. J'aurais pu laisser passer quelques jours, le temps qu'il reprenne des forces, mais il m'avait écrit de l'hôpital pour dire que ma visite lui ferait plaisir et qu'il m'attendait à telle heure. Il savait combien c'était important pour moi.

— Son état lui permettait-il de rester seul ? De toute évidence, non.

— Éric et Dot – je veux parler de l'infirmière, Mrs. Moxon – voulaient qu'il vienne ici pour qu'on puisse le surveiller au moins la première nuit, mais le père Baddeley a tenu à rentrer tout de suite chez lui. Wilfred a alors suggéré que quelqu'un dorme dans la chambre d'amis du cottage pour le cas où notre ami aurait besoin d'aide au cours de la nuit. Le père a refusé aussi. Il a vraiment insisté pour qu'on le laissât seul. À sa manière tranquille, il savait parvenir à ses fins. Je pense qu'ensuite Wilfred s'est reproché de ne pas s'être montré plus ferme. Qu'aurait-il pu faire ? Il ne pouvait pas emmener le révérend ici de force. »

La solution la plus simple aurait pourtant été que le pasteur acceptât de passer au moins cette première nuit au manoir. Ce manque de considération, qui lui avait fait rejeter l'offre d'Anstey avec tant d'énergie, ne lui ressemblait guère. Attendait-il un autre visiteur ? Voulait-il voir quelqu'un d'autre d'urgence et en privé ? Dans ce cas, quel qu'ait été l'objet de sa visite, cette personne était venue sur ses deux jambes. Dalgliesh demanda à Miss Willison si Wilfred et le père Baddeley avaient échangé quelques paroles au moment de leur départ du cottage.

« Non. J'étais chez le père depuis trente minutes quand Wilfred a tapé contre le mur avec le tisonnier. Peu après, il a klaxonné. J'ai roulé mon fauteuil à côté de la porte. Quand Wilfred l'a ouverte, il a crié "bonne nuit", mais je ne crois pas que le père Baddeley lui ait répondu. Wilfred avait l'air pressé de rentrer. Millicent est sortie pour aider Wilfred à pousser mon fauteuil à l'arrière de la fourgonnette. »

Ainsi ni Anstey ni sa sœur n'avaient parlé au pasteur avant de se retirer chez eux, aucun d'eux ne l'avait vu de près. Baissant les yeux sur la vigoureuse main droite de Miss Willison, Dalgliesh joua un moment avec l'idée que Michael était déjà mort. Mais cette hypothèse, mis à part son invraisemblance sur le plan psychologique, était, bien entendu, absurde : comment Grace aurait-elle pu savoir que Wilfred n'entrerait pas ? Tout bien réfléchi, il était curieux qu'il ne l'eût pas fait. Michael était sorti de l'hôpital le matin. Il eût été normal que Wilfred vînt prendre de ses nouvelles, passât au moins quelques minutes en sa compagnie. Dalgliesh nota avec intérêt qu'Anstey était parti aussi vite et que personne n'admettait avoir rendu visite au pasteur après sept heures quarante-cinq.

« Quelle sorte d'éclairage y avait-il dans le cottage au moment où vous y étiez ? » demanda-t-il.

Si la question la surprit, Grace Willison n'en laissa rien paraître.

« Il n'y avait qu'une seule lampe d'allumée, celle qui se trouve sur le bureau, derrière la chaise. Je me suis d'ailleurs demandé comment le père Baddeley pouvait y voir assez clair pour lire les prières du soir, mais, bien entendu, il devait les connaître pratiquement par cœur.

— Et cette lampe-là était éteinte le lendemain matin ?

— Oui, Maggie a déclaré avoir trouvé le cottage plongé dans la pénombre.

— Ce qui m'étonne, c'est que personne ne soit venu un peu plus tard cette nuit-là s'informer de l'état de santé du malade ou l'aider à se mettre au lit.

— Éric Hewson pensait que Millicent le ferait avant d'aller se coucher et elle, elle croyait qu'Éric et Helen – Helen Rainer, l'infirmière – avaient dit qu'ils s'en chargeraient. Le lendemain, tous se sont fait beaucoup de reproches. Mais, comme nous l'a assuré Éric, cela n'aurait rien changé médicalement. Le père Baddeley est mort paisiblement peu après mon départ. »

Ils restèrent un moment silencieux. Dalgliesh se demanda si le moment était propice pour parler de la lettre anonyme. Se rappelant à quel point la mention de Victor Holroyd avait bouleversé l'infirme, il hésitait à l'embarrasser davantage. Mais il avait besoin de savoir. Lançant un regard de biais au visage calme et résolu de Miss Willison, il dit :

« Peu après mon arrivée, j'ai ouvert le secrétaire du père Baddeley pour voir s'il y avait mis un mot non encore posté pour moi. Sous de vieilles quittances, j'ai trouvé une lettre anonyme assez déplaisante. Je me demande s'il en avait parlé à quelqu'un et si d'autres personnes, ici, en ont reçu. »

Cette question bouleversa son interlocutrice encore plus qu'il ne l'avait craint. Pendant un moment, elle en perdit l'usage de la parole. Pour lui donner le temps de se ressaisir, Dalgliesh regarda fixement devant lui. Quand elle finit par répondre, elle avait repris tout son sang-froid.

« Moi j'en ai reçu une, quatre jours environ avant la mort de Victor. Elle était… tout à fait obscène. Je l'ai déchirée en petits morceaux et jetée dans les toilettes.

— Vous avez très bien fait, assura Dalgliesh en prenant son ton le plus jovial. Toutefois, en tant que policier, je regrette que vous ayez détruit cette pièce à conviction.

— Pièce à conviction ?

— Envoyer des lettres anonymes peut être un délit, vous savez, et, ce qui est plus grave, causer beaucoup de souffrances. Dans tous les cas, il vaut toujours mieux prévenir la police pour qu'elle découvre le coupable.

— La police ? Jamais ! Ce n'est pas un problème que la police peut résoudre.

— Nous ne sommes pas aussi dénués de sensibilité que le public l'imagine parfois. Cela ne veut pas dire que le "corbeau" est forcément traduit en justice. Mais il faut mettre fin à ce genre d'activité et c'est la police qui est le mieux équipée pour le faire. Elle peut envoyer la lettre au laboratoire médico-légal où elle sera examinée par un spécialiste en documents.

— Oui, mais vous auriez alors eu besoin de la lettre. Or je n'aurais pu montrer la mienne à personne. »

Elle était donc si obscène que ça ! se dit Dalgliesh.

« Voulez-vous au moins me la décrire ? Était-elle manuscrite ou dactylographiée ? Et sur quelle sorte de papier ?

— Elle était dactylographiée sur du papier à en-tête de Toynton Manor, en double interligne, sur notre vieille Impérial. Il n'y avait pas de fautes d'orthographe ou de ponctuation. Aucun indice. J'ignore qui en est l'auteur, mais ce doit être quelqu'un qui a une certaine expérience en matière de sexualité. »

Ainsi, malgré son désarroi, Grace Willison s'était attachée à percer le mystère.

« Le nombre de personnes qui ont accès à la machine est tout de même assez limité, observa Dalgliesh. La police n'aurait pas eu beaucoup de mal à éclaircir cette affaire. »

De sa voix douce, Grace s'obstina :

« Après la mort de Victor, la police est venue ici. Tous les agents et les inspecteurs ont été extrêmement gentils, pourtant leur présence nous a bouleversés. Ç'a été affreux pour Wilfred, pour nous tous. Je crois que nous ne l'aurions pas supporté une deuxième fois. C'est en tout cas vrai pour Wilfred, j'en suis persuadée. Même en montrant du tact, les policiers sont obligés de poser des questions jusqu'à ce qu'ils aient résolu l'énigme, n'est-ce pas ? On ne peut pas appeler la police, puis lui demander de placer la sensibilité des gens au-dessus de son travail. »

Sur ce point, Miss Willison avait parfaitement raison et Dalgliesh ne voyait pas grand-chose à lui objecter. Il lui demanda ce qu'elle avait fait au sujet de cette lettre, à part la jeter dans les toilettes.

« J'en ai parlé à Dot Moxon. J'ai eu l'impression que c'était la meilleure chose à faire. Je n'aurais pas pu en parler à un homme. Dot m'a dit que je n'aurais pas dû la détruire, que personne ne pouvait rien faire sans preuve. Mais elle est tombée d'accord avec moi : nous devions garder cette affaire secrète, du moins pour quelque temps. Wilfred avait d'énormes soucis d'argent à ce moment-là et elle voulait lui éviter des tracas supplémentaires. De plus, je crois qu'elle soupçonnait quelqu'un. Si elle avait raison, nous ne recevrons plus jamais d'autres lettres de ce genre. »

Dorothy Moxon avait donc cru, ou fait semblant de croire, que c'était Victor Holroyd le coupable. Si l'auteur des lettres anonymes était assez intelligent pour s'arrêter maintenant, on tenait là une hypothèse commode que l'absence de la pièce à conviction rendait irréfutable.

Il demanda si d'autres personnes avaient reçu des lettres. Pas à sa connaissance, répondit-elle. Elle avait été la seule à consulter Dot Moxon. L'idée d'une telle éventualité semblait lui être fort pénible. Dalgliesh comprit qu'elle avait considéré son billet comme un acte isolé de malveillance gratuite dirigé contre elle.

D'apprendre qu'on s'en était pris aussi au père Baddeley l'affectait autant que la lettre qu'elle avait elle-même reçue. Ne sachant que trop bien, par expérience, quelle pouvait en avoir été la teneur, Dalgliesh dit avec gentillesse :

« Ne vous tracassez pas trop au sujet de la lettre adressée au révérend. Je ne crois pas qu'elle l'aura beaucoup troublé. Elle n'était pas bien méchante : juste un petit mot fielleux dans lequel l'auteur insinuait qu'on n'avait nullement besoin de Michael à Toynton Manor et que le cottage devrait être occupé par une personne plus utile que lui. Le père Baddeley était trop humble et sensé pour être blessé par ce genre de sottises. À mon avis, il n'a gardé ce torchon que parce qu'il voulait me demander conseil, pour le cas où il n'aurait pas été la seule victime. Les gens intelligents jettent ces ordures dans la cuvette des W.-C. Mais on ne peut pas toujours être intelligent. Quoi qu'il en soit, si jamais vous en recevez une autre, me promettez-vous de me la montrer ? »

Miss Willison secoua la tête sans rien dire. Dalgliesh vit qu'elle se rassérénait. Elle tendit sa main gauche ratatinée et pressa brièvement celle de Dalgliesh. Une sensation désagréable : sa main à elle était sèche et froide ; on avait l'impression que les os flottaient dans la peau. Mais le geste était à la fois humble et digne.

Il commençait à faire froid et sombre dans la cour. Henry Carwardine était déjà rentré. Il était temps pour Miss Willison de l'imiter. Dalgliesh réfléchit très vite, puis dit :

« Ce n'est pas important, et surtout ne croyez pas que j'emporte mon travail partout avec moi. Mais, si au cours des prochains jours vous pouviez vous rappeler comment le père Baddeley a passé les quelque huit derniers jours avant son entrée à l'hôpital, cela me serait très utile. N'interrogez personne d'autre à ce sujet. Dites-moi simplement, selon vos propres souvenirs, ce qu'il a fait : combien de fois il est venu au manoir et dans quels autres endroits il a pu se rendre. J'aimerais pouvoir me représenter les derniers jours de sa vie.

— Je sais qu'il est allé à Wareham le mercredi avant de tomber malade. Il nous a dit qu'il devait faire des courses et voir quelqu'un pour affaires. Je m'en souviens parce qu'il nous a prévenus le mardi qu'il ne viendrait pas le lendemain matin, comme d'habitude. »

C'était donc ce jour-là, se dit Dalgliesh, qu'il avait acheté ses provisions, certain qu'on répondrait à son appel. Ce en quoi il avait eu raison.

Ils restèrent un moment sans parler. Dalgliesh se demanda ce que sa compagne avait pu penser de son étrange requête. Elle n'avait pas paru surprise. Peut-être trouvait-elle normal qu'il désirât reconstituer en imagination les derniers jours que son ami avait passés sur terre. Soudain, il fut pris d'un accès de prudence, d'appréhension. Fallait-il peut-être souligner que ce qu'il lui demandait devait demeurer strictement confidentiel ? Tout de même pas. Il lui avait défendu de se renseigner auprès des autres, insister ne ferait qu'éveiller ses soupçons. Et quel danger pouvait-il bien y avoir ? Sur quoi se basait-il ? Une serrure de secrétaire cassée, un journal intime manquant, une étole remise comme pour écouter une autre confession. Il ne possédait aucune véritable preuve. Par un effort de volonté, il repoussa cette crainte inexplicable, aussi forte qu'une prémonition. Elle lui rappela de désagréable façon ces longues nuits à l'hôpital où, dans une demi-conscience agitée, il avait lutté contre des terreurs irrationnelles et des peurs obscures. Et ce qu'il ressentait maintenant était tout aussi irrationnel : une absurde conviction qu'en demandant, à tout hasard, ce simple service, il venait de prononcer une condamnation à mort.

TROISIÈME PARTIE

Un hôte pour la nuit

1

Anstey suggéra à Dalgliesh de visiter la maison avant le dîner. Dennis Lerner lui servirait de guide. Il s'excusa auprès de son invité de ne pas l'accompagner personnellement : il avait une lettre urgente à écrire et le courrier était distribué et ramassé chaque matin avant neuf heures. Si Adam avait des lettres à expédier, il n'avait qu'à les laisser sur la table du hall : Albert Philby les posterait avec celles du manoir. Dalgliesh le remercia. Il avait bien une lettre urgente à écrire lui aussi, à Bill Moriarty, de Scotland Yard, mais il la porterait lui-même à Wareham un peu plus tard dans la journée. Il n'était pas question d'exposer pareille enveloppe : elle ne manquerait pas de susciter la curiosité ou les conjectures d'Anstey et de son personnel.

La suggestion de Wilfred de visiter le manoir avait la force d'un ordre. Helen Rainer aidait les patients à se laver avant le dîner et Dot Moxon avait disparu avec le directeur. Dalgliesh partit donc en compagnie de Lerner et de Julius Court, tout en espérant que la visite serait brève, car elle ne l'enchantait guère. Dennis Lerner suivait nonchalamment. Quant à Julius, il les suivait d'un pas vif, regardant autour de lui avec intérêt, comme s'il voyait cet endroit pour la première fois. Dalgliesh se demanda qui des deux il était venu surveiller : lui ou Lerner ? D'une pièce à l'autre, Lerner perdit sa timidité et devint presque bavard. Sa naïve fierté concernant l'œuvre d'Anstey avait quelque chose de touchant. Le bâtiment lui-même, avec ses immenses pièces, ses sols de marbre froid, ses boiseries sombres et ses fenêtres à meneaux convenait plutôt mal à des handicapés. À l'exception de la salle à manger et du salon, devenu salle de télévision et de séjour commune, Anstey utilisait surtout la demeure comme logement pour le personnel et lui. À l'arrière, il avait construit une aile supplémentaire d'un étage. Celle-ci comprenait dix chambres individuelles pour les malades, au rez-de-chaussée, une pharmacie et d'autres chambres encore, au-dessus. Cette annexe jouxtait à angle droit les vieilles écuries, créant une cour abritée où les patients pouvaient prendre l'air dans leurs fauteuils. Les communs avaient été aménagés en garages et en ateliers. Dans l'un de ceux-ci, les infirmes pouvaient travailler le bois et faire du modelage. C'était là également qu'on fabriquait et emballait la crème pour les mains et le talc que le centre vendait pour augmenter ses ressources. Ce travail se faisait à un établi, derrière un écran en plastique transparent, sans doute érigé là pour montrer que la maison respectait le principe de la propreté scientifique. Dalgliesh aperçut, accrochées à cette cloison, les ombres blanches de blouses protectrices.

« Victor Holroyd était professeur de chimie, expliqua Lerner. C'est lui qui nous a donné les formules pour la crème et le talc. En fait, la crème n'est composée que de lanoline, d'huile d'amande et de glycérine, mais elle est très efficace et a beaucoup de succès. Ce coin-ci de l'atelier est réservé au modelage. »

Dalgliesh avait presque épuisé son répertoire de commentaires élogieux. Mais cette fois, il était réellement impressionné : au milieu de l'établi, monté sur un socle de bois, se dressait un buste de Wilfred Anstey en terre glaise. Pareil à celui d'une tortue, le cou, long et sinueux, sortait des plis du capuchon. La tête avançait avec une légère inclinaison à droite. On aurait presque dit une caricature ; pourtant l'ouvrage avait une force extraordinaire. Comment, se demanda Dalgliesh, le sculpteur était-il parvenu à rendre le mélange de douceur et d'obstination de ce curieux sourire, à montrer de la compassion tout en la réduisant à un manque de lucidité sur soi-même, à représenter un moine plein d'humilité et à suggérer en même temps que celui-ci incarnait le mal ? Le fouillis de morceaux de glaise qui jonchaient la table accroissait encore l'impression de force et de réussite technique qui se dégageait de cette œuvre, la seule à être terminée.

« C'est Henry qui a modelé ce buste, dit Lerner. Je pense qu'il a un peu raté la bouche. Ça n'a pas l'air de déranger Wilfred, pourtant tout le monde estime que ce portrait n'est guère flatteur. »

En parodiant un examen critique, Julius pencha la tête de côté et fit la moue.

« Ça se discute, dit-il. Qu'en pensez-vous, Dalgliesh ?

— Je trouve ce buste remarquable. Carwardine avait-il fait beaucoup de modelage avant de venir ici ? »

Ce fut Dennis Lerner qui lui répondit :

« Jamais, je crois. Avant sa maladie, il occupait un poste important dans un ministère. Il a façonné ce buste il y a deux mois environ. Pour un premier essai, c'est plutôt bien, n'est-ce pas ?

— Moi, ce que j'aimerais savoir, dit Julius, c'est s'il l'a fait intentionnellement, auquel cas il est beaucoup trop doué pour moisir ici. Ou bien ses doigts ont-ils simplement obéi à son inconscient ? S'il en est ainsi, cela soulève d'intéressantes questions sur l'origine de la créativité et d'autres, plus intéressantes encore, sur l'inconscient d'Henry.

— Je crois que c'est sorti comme ça », déclara Lerner avec candeur.

Il regarda le buste avec une respectueuse perplexité. Il était clair qu'il ne voyait pas ce qui, dans cette œuvre, pouvait provoquer l'émerveillement ou nécessiter une explication.

Enfin, les trois hommes se rendirent dans l'une des petites pièces situées au bout de l'annexe. Aménagée en bureau, elle contenait deux bureaux de bois tachés d'encre qui avaient l'air d'être des meubles mis au rebut par quelque service administratif. Assise à l'un d'eux, Grace Willison dactylographiait des noms et des adresses sur une feuille d'étiquettes. Un peu surpris, Dalgliesh vit que Carwardine tapait ce qui semblait être une lettre personnelle à l'autre bureau. Les deux machines étaient très vieilles. Henry utilisait une Imperial, Grace, une Remington. Se penchant au-dessus de Grace, Dalgliesh regarda la liste. Il constata que le bulletin du centre était largement distribué. Parmi les abonnés figuraient non seulement les presbytères de la région et d'autres institutions pour malades chroniques, mais aussi deux personnes à Londres, deux aux États-Unis et même une près de Marseille. Troublée par l'intérêt qu'il portait à son travail, Grace bougea maladroitement le coude et fit tomber les feuilles réunies dans un classeur sur lesquelles elle copiait les noms. Dalgliesh toutefois, en avait vu assez : les *e* qui sautaient, les *o* sales, le *w* pâle, à peine lisible. Il n'y avait aucun doute : c'était sur cette machine qu'avait été tapée la lettre anonyme adressée au père Baddeley. Il ramassa le classeur et le tendit à Miss Willison. Sans regarder Dalgliesh, celle-ci secoua la tête.

« Je vous remercie, dit-elle, mais je n'ai pas vraiment besoin de le consulter. Je peux taper la totalité des soixante-huit noms par cœur. Je peux me représenter ces personnes rien que d'après le nom qu'elles portent et celui qu'elles donnent à leur maison. J'ai toujours eu une bonne mémoire des noms et des adresses. Cela m'a été très utile à l'époque où je travaillais pour une œuvre de bienfaisance qui s'occupait d'anciens détenus. Là, j'avais d'interminables listes à taper. En comparaison, celle-ci est très courte. Puis-je y ajouter le vôtre ? Ainsi vous recevrez notre bulletin tous les trimestres. Il ne coûte que dix pence. Les frais de port ayant malheureusement beaucoup augmenté, nous devons le vendre plus cher que nous le voudrions. »

Henry Carwardine leva la tête.

« Je crois que ce numéro-ci publie un poème de Jennie Pegram. Il commence ainsi : "L'automne est ma saison préférée. J'aime ses teintes vives." Écoutez, Dalgliesh, vous devriez vous fendre de dix pence, rien que pour voir comment elle va résoudre le problème des rimes. »

Grace Willison eut un sourire joyeux.

« C'est un journal d'amateur, je sais, mais il permet d'informer l'Amicale de ce qui se passe chez nous, ainsi que nos amis personnels bien sûr.

— Pas les miens, protesta Henry. Ils savent que j'ai perdu l'usage de mes membres, mais je ne veux pas qu'ils puissent penser que j'ai également perdu celui de ma tête. Au mieux, le bulletin est du niveau d'une feuille paroissiale, au pire, c'est-à-dire trois numéros sur quatre, il est d'un infantilisme affligeant. »

Grace Willison rougit. Ses lèvres tremblèrent. Dalgliesh se hâta de dire :

« Ajoutez mon nom à la liste. Voulez-vous que je m'abonne tout de suite pour un an ?

— C'est très gentil de votre part, mais je pense qu'il serait plus prudent de vous en tenir à six mois. Si Wilfred décidait de transférer le Manoir à la Fondation Ridgewell, cet organisme voudra peut-être supprimer le bulletin. Notre avenir à tous ici est malheureusement assez incertain. Inscrivez votre adresse ici, s'il vous plaît. Queenhythe. C'est au bord de la Tamise, n'est-ce pas ? Comme cela doit être agréable d'habiter là ! Je suppose que vous ne voulez aucun de nos produits, quoique nous comptions deux ou trois messieurs parmi les clients qui nous achètent du talc. Mais cela est plutôt du ressort de Dennis. Il s'occupe de la distribution et fait la plupart des paquets lui-même. Nos mains tremblent trop pour ce genre de travail, malheureusement. Mais je suis sûre qu'il pourrait vous en donner un peu si cela vous intéresse. »

Au grand soulagement de Dalgliesh, un bruit de gong lui évita d'avoir à répondre à cette offre.

« Premier coup de gong, dit Julius Court. Au deuxième, le dîner est servi. Je vais rentrer chez moi voir ce que ma précieuse Mrs. Reynolds m'a laissé à réchauffer. Au fait, avez-vous prévenu le commandant qu'ici on dînait en silence, comme chez les trappistes ? Il ne faudrait pas qu'il enfreigne la règle en posant des questions déplacées sur le testament de Michael ou sur les raisons qui ont pu pousser un pensionnaire de ce havre de paix et d'amour à se jeter du haut d'une falaise. »

Là-dessus, il disparut en toute hâte comme si, en restant une minute de plus, il risquait de se faire inviter à dîner.

De toute évidence, Grace Willison était contente de le voir partir. Elle sourit courageusement à Dalgliesh.

« C'est vrai qu'il est interdit de parler pendant le dîner. J'espère que cela ne vous gênera pas trop. Nous faisons la lecture à tour de rôle. Nous pouvons choisir l'ouvrage que nous voulons. Ce soir, c'est le tour de Wilfred. Nous entendrons donc les sermons de Donne. Ils sont très beaux, bien sûr – je sais que le père Baddeley les aimait beaucoup – mais je les trouve assez difficiles. Et puis, ils ne vont pas du tout avec le ragoût de mouton. »

2

Henry Carwardine roula son fauteuil vers l'ascenseur, tira avec difficulté la grille d'acier, fit claquer la porte et pressa le bouton du premier. Il avait insisté pour habiter dans le bâtiment principal, refusant avec fermeté les cellules ridicules de l'annexe. Et Wilfred, malgré sa peur obsessionnelle et quasi névrotique qu'Henry se trouvât coincé dans un incendie, avait fini par céder. Henry avait confirmé son intention de s'installer définitivement à Toynton Manor en apportant deux ou trois beaux meubles de son appartement de Westminster et presque tous ses livres. Sa chambre était grande, haute de plafond, de proportions agréables. Les deux fenêtres ouvraient sur un vaste panorama du cap. Une porte plus loin, se trouvait un cabinet de toilette avec douche dont Henry avait l'usage exclusif sauf quand il y avait un malade à l'infirmerie. Il savait, sans en éprouver le moindre remords, qu'il avait le logement le plus confortable de la maison. Il se retirait de plus en plus dans ce monde propre et intime, fermant sa lourde porte sculptée sur tout engagement, graissant la patte à Philby pour que le domestique lui montât de temps en temps un repas dans la chambre, lui achetât à Dorchester des fromages plus intéressants, du vin, du pâté et des fruits pour améliorer l'ordinaire repas que les membres du personnel préparaient à tour de rôle. Selon toutes les apparences, Wilfred avait jugé plus prudent de fermer les yeux sur cette petite insubordination, ce manquement au sacro-saint esprit de fraternité.

Henry se demanda ce qui lui avait pris d'agresser ainsi la pauvre et inoffensive Miss Willison. Ce n'était pas la première fois depuis la mort de Holroyd qu'il se surprenait en train de parler avec la voix du défunt. C'était là un phénomène intéressant. Il repensa de nouveau à cette autre vie, celle à laquelle il avait renoncé si prématurément et avec tant de résolution. Lorsqu'il présidait des commissions, il avait souvent remarqué que les divers membres présents jouaient tous un rôle précis. Inévitablement, il y avait le vautour, la colombe, l'opportuniste, l'homme politique âgé au ton magistral, l'imprévisible non-conformiste. Quand l'un d'eux manquait, il fallait voir l'aisance avec laquelle un de ses collègues modifiait son point de vue, adoptait d'une manière subtile la voix et les manières de l'absent pour combler le vide que celui-ci avait creusé. Il semblait donc que lui, Henry, se fût chargé de remplacer Henry. Cela avait quelque chose d'ironique, mais d'assez satisfaisant. Et pourquoi pas? Qui pouvait interpréter mieux que lui ce rôle ingrat de non-conformiste?

Il avait été l'un des plus jeunes sous-secrétaires d'État jamais nommés. On parlait de lui comme un futur ministrable. Et c'était ainsi qu'il s'était vu lui-même. Puis la maladie, qui, au début, n'avait affecté ses nerfs et ses muscles que légèrement, avait détruit son assurance, ses plans soigneusement établis. La dictée du courrier était devenue aussi embarrassante pour sa collaboratrice que pour lui, un moment qu'il craignait et différait. Chaque conversation téléphonique était une torture; dès la première sonnerie de l'appareil, sa main se mettait à trembler. Les réunions auxquelles il avait toujours participé avec plaisir et compétence étaient devenues des combats à l'issue incertaine entre son esprit et son corps indiscipliné. Il avait commencé à douter de ses qualités dans les domaines où, jadis, il avait été le plus sûr de lui.

Il n'était pas seul dans son malheur. Il avait vu d'autres fonctionnaires, certains, même, dans son propre ministère, être descendus de leurs grotesques voitures d'invalides, puis installés dans leurs fauteuils roulants, accepter un rang moins élevé, du travail plus facile, passer dans un service qui pouvait se permettre un poids mort. Le ministère aurait trouvé un moyen terme tenant compte à la fois de l'efficacité, du bien public et d'une attitude humanitaire. On l'aurait gardé bien après qu'il serait devenu inutile. Il aurait pu mourir à la tâche, comme d'autres l'avaient fait, une tâche légère adaptée à ses faibles capacités, mais une tâche tout de même. Il admettait que cela demandait une certaine forme de courage. Lui ne l'avait pas.

Une réunion tenue avec un autre ministère, et qu'il présidait, avait fini par le décider. Aujourd'hui encore, il ne pouvait penser sans honte ni horreur à la catastrophe que ç'avait été. Il se revoyait piétinant désespérément, sa canne battant le rappel sur le plancher, alors qu'il essayait de gagner sa place ; il revoyait le mucus jaillir de sa bouche avec les paroles d'ouverture et éclabousser les papiers de son voisin, le cercle d'yeux autour de la table, des yeux d'animaux, vigilants, féroces, gênés, qui n'osaient rencontrer les siens. Hormis ceux d'un beau jeune homme, un chef de service du Trésor public. Celui-là l'avait regardé fixement, non pas avec pitié, mais avec un intérêt quasi scientifique, comme s'il prenait mentalement des notes sur un exemple de comportement humain sous l'influence du stress. Les mots avaient fini par sortir, bien sûr. Tant bien que mal, il avait tenu jusqu'à la fin de l'assemblée. Mais, pour lui, ç'avait été terminé.

Il avait entendu parler de Toynton Manor comme on entend parler de ce genre d'endroits : la femme d'un de ses collègues recevait le bulletin trimestriel de l'institution dont elle était une bienfaitrice. Il avait eu l'impression que ce serait une bonne solution pour lui qui était célibataire, sans famille. Il ne pouvait espérer se débrouiller seul indéfiniment et sa pension d'invalide ne lui permettait pas d'engager une infirmière à temps complet. Et puis il fallait qu'il quitte Londres. Puisque la réussite lui était déniée, autant se retirer dans un coin perdu, loin de la pitié gênée de ses collègues, loin du bruit et de la pollution, loin des périls et des inconvénients d'un monde agressivement organisé pour les gens sains et robustes. Il pourrait écrire son livre sur la prise de décision au niveau gouvernemental, recommencer des études de grec, et relire toute l'œuvre de Hardy.

Pendant six mois, cela avait eu l'air de marcher. Il y avait des désavantages auxquels, curieusement, il n'avait pas pensé : la banalité et l'uniformité des repas, le heurt de personnalités différentes, la longue attente pour recevoir un envoi de livres ou de vin, l'absence de conversation intéressante, l'égocentrisme des malades, exagérément préoccupés par leurs symptômes et leurs fonctions corporelles, l'épouvantable infantilisme et la fausse jovialité de la vie dans ce genre d'institution. Mais tout cela restait dans les limites du supportable. De toute façon, il avait hésité à admettre un échec, vu que toutes les autres possibilités semblaient pires. C'est alors que Peter était arrivé.

Il y avait juste un peu plus d'un an de cela. Peter, un poliomyélitique de dix-sept ans, était le fils unique de la veuve d'un entrepreneur de transports routiers des Midlands. Celle-ci avait eu besoin de trois visites préliminaires – au cours desquelles elle s'était montrée difficile et mal informée – avant de décider si elle pouvait se permettre de prendre pour son fils la place qu'on lui proposait. Henry se disait que, affolée par la solitude et la diminution de son prestige social des premiers mois de son veuvage, elle cherchait déjà un second mari et commençait à se rendre compte qu'un fils handicapé de dix-sept ans était un obstacle que d'éventuels prétendants compareraient soigneusement aux avantages que présentaient la fortune laissée par le défunt et la sexualité exacerbée d'une femme mûre. L'écoutant donner des détails extrêmement intimes sur ses problèmes gynécologiques et sa vie conjugale, Henry avait constaté une fois de plus qu'on traitait les infirmes comme une race à part : inoffensifs, ils ne pouvaient entrer en compétition. Comme compagnons, ils offraient le même intérêt que les animaux : on pouvait tout dire sans gêne devant eux.

Finalement, Dolores Bonnington s'était déclarée satisfaite et Peter était arrivé. D'abord, le garçon n'avait fait que peu d'impression sur lui. Ce n'était que petit à petit qu'il s'était mis à apprécier la qualité de son esprit. Peter avait été soigné à domicile avec l'aide d'infirmières visiteuses. Quand son état de santé le permettait, on le conduisait en voiture au lycée polyvalent de son quartier. Là, il n'avait pas eu de chance. Personne, et sa mère encore moins que les autres, n'avait découvert son intelligence. Sa mère en était sans doute incapable, mais l'école, elle, avait moins d'excuses. Un des professeurs aurait dû discerner les dons intellectuels de cet enfant. C'était Henry qui avait eu l'idée de donner à Peter l'éducation dont celui-ci avait été privé pour qu'il pût entrer à l'université et devenir capable de subvenir à ses besoins.

À la surprise d'Henry, préparer Peter au bac avait fourni à Toynton Manor un point d'intérêt commun, un sentiment d'union qu'aucune des expériences de Wilfred n'avait réussi à créer. Même Victor Holroyd avait participé à cette entreprise.

« Je crois que ce garçon n'est pas bête, avait-il dit. Évidemment, il est à peu près inculte. Ces pauvres cons de professeurs étaient sans doute trop occupés à enseigner les relations interraciales, les techniques sexuelles

ou d'autres ajouts modernes au programme, et à empêcher les vandales de détruire l'école, pour avoir du temps
à consacrer à un bon cerveau.

— Il devrait présenter les maths et au moins une
science. Si vous pouviez nous donner un coup de main…

— Sans laboratoire ?

— Vous pourriez peut-être en installer un dans la
pharmacie ?

— Je me rends bien compte que ces disciplines ne
serviront qu'à donner l'illusion d'un savoir équilibré,
mais ce garçon doit apprendre à penser d'une manière
scientifique. Ma réponse est donc : oui. Pour le labo, je
m'arrangerai.

— Bien entendu, je paierai tous les frais.

— Évidemment. Ce n'est pas que j'aie besoin de cet
argent, mais j'estime que les gens doivent payer leurs
petites gratifications.

— Vos cours pourraient peut-être intéresser également Jennie et Ursula. »

Henry avait été tout surpris d'avoir fait cette suggestion. L'affection – il n'en était pas encore venu à
employer le mot « amour » – l'avait rendu plus gentil.

« Ah ! non. Je n'ai pas l'intention d'ouvrir un jardin
d'enfants ! Mais en ce qui concerne Peter, vous pouvez
compter sur moi pour les sciences et les maths. »

Et, trois fois par semaine, Holroyd avait donné une
heure de cours. Jamais une minute de plus. Toutefois,
la qualité de son enseignement n'avait fait aucun doute.

Le père Baddeley avait été mis à contribution pour
le latin. Henry se chargea de la littérature anglaise et de
l'histoire. Il découvrit que Grace Willison parlait le français mieux qu'aucun des autres habitants de Toynton

Manor. Après bien des hésitations, celle-ci avait accepté de donner deux cours de conversation par semaine. Wilfred avait assisté à tous ces préparatifs avec indulgence sans participer, mais sans élever d'objections. Soudain, tout le monde était occupé et heureux.

Peter acceptait qu'on fît tous ces efforts pour lui, mais ne montrait pas de véritable passion pour ses études. Néanmoins, il se révéla être un incroyable bûcheur, un élève qu'amusait peut-être l'enthousiasme de ses maîtres, mais capable d'une concentration soutenue. On ne pouvait pratiquement pas lui donner trop de travail. Peter était reconnaissant, docile, mais détaché. Parfois, quand Henry regardait son visage calme, un peu féminin, il avait la terrible impression que les professeurs du garçon étaient tous des adolescents de dix-sept ans et que seul Peter était affligé du triste cynisme de la maturité.

Henry savait qu'il n'oublierait jamais le moment où il avait enfin admis qu'il aimait. C'était par une chaude journée du début du printemps. N'y avait-il vraiment que six mois de cela ? Ils étaient assis ensemble à l'endroit où il se tenait maintenant, au soleil de l'après-midi. Des livres sur leurs genoux, ils allaient commencer le cours d'histoire de deux heures et demie. Peter portait une chemise à manches courtes ; lui, il avait retroussé les siennes pour sentir les premiers rayons vraiment chauds picoter sa peau. Ils se taisaient. Soudain, sans se tourner vers lui, Peter avait placé l'intérieur de son tendre avant-bras contre celui d'Henry et, délibérément, comme si chaque geste faisait partie d'un rituel, d'une affirmation, avait enlacé ses doigts aux siens de sorte que leurs paumes elles aussi étaient jointes, chair contre chair. Les nerfs et le sang d'Henry se rappelleraient ce moment jusqu'à sa mort. Cette brusque extase, cette révélation de la joie, cette source d'un bonheur sans mélange qui, malgré l'excitation qu'elle faisait monter en lui, jaillissait, chose paradoxale, d'un sentiment d'accomplissement et de paix. À cet instant, il eut l'impression que tous les événements de sa vie – son travail, sa maladie, sa venue à Toynton Manor – l'avaient conduit inévitablement à cet endroit, à cet amour. Tout – succès, échec, souffrance et frustration – avait abouti à ceci et s'en trouvait justifié. Jamais encore il n'avait été aussi conscient d'un autre corps : le battement du pouls dans le mince poignet, le labyrinthe de veines bleues, le sang du garçon s'écoulant de concert avec le sien, la chair délicate, d'une incroyable douceur, de l'avant-bras, les doigts enfantins reposant avec confiance entre les siens. Comparées à l'intimité de ce premier contact, toutes les aventures qu'il avait eues par le passé n'avaient été que des contrefaçons. Ils étaient restés assis ainsi pendant un temps indéfini, insondable, avant de se regarder dans les yeux, d'abord gravement, puis en souriant.

Comment pouvait-il avoir sous-estimé Wilfred à ce point ? se demandait-il maintenant. Fort du bonheur d'un amour partagé, il avait traité les insinuations et les remontrances d'Anstey avec un mépris teinté de pitié. Pour lui, ces remarques avaient eu aussi peu de poids que celles d'un professeur timide et inefficace qui ne cesse de mettre ses élèves en garde contre la perversité du vice contre nature.

« C'est vraiment très généreux de votre part de consacrer autant de temps à Peter, mais n'oublions pas que nous sommes une grande famille ici. D'autres membres du centre aimeraient que vous vous intéressiez également un peu à eux. Il n'est peut-être ni bon ni sage de marquer une si nette préférence pour une seule personne. Je pense qu'Ursula et Jennie, et même ce pauvre George, se sentent parfois négligés. »

Henry l'avait à peine écouté ; il ne s'était certainement pas donné la peine de répondre.

« Henry, Dot me dit que vous avez pris l'habitude de vous enfermer à clef dans votre chambre quand vous donnez une leçon à Peter. Je vous demande de ne pas le faire. Laisser les portes ouvertes fait partie de notre règlement. Si l'un de vous deux avait soudain besoin de soins, cela pourrait poser de graves problèmes. »

Henry avait continué à fermer sa porte, gardant toujours la clef sur lui. Peter et lui auraient pu être les deux seuls habitants de Toynton Manor. La nuit, couché dans son lit, il se mit à faire des projets et à rêver, d'abord timidement, ensuite avec l'euphorie de l'espoir. Il s'était résigné trop vite. Il avait encore un certain avenir devant lui. La mère du garçon ne lui rendait presque jamais visite, n'écrivait que rarement. Pourquoi Peter et lui ne quitteraient-ils pas le centre pour aller vivre ensemble ailleurs ? Il avait sa pension et un petit capital. Il pourrait acheter une maisonnette, à Oxford ou à Cambridge, par exemple, la faire aménager pour leurs deux fauteuils d'invalides. Quand Peter irait à l'université, il aurait besoin d'un foyer. Henry fit des comptes, écrivit à sa banque, réfléchit à la façon d'organiser les choses afin de pouvoir présenter à Peter un plan définitif raisonnable et séduisant. Il avait conscience des dangers d'une telle initiative. Son état empirerait tandis que, avec un peu de chance, celui de Peter s'améliorerait. À aucun prix, il ne devait devenir un fardeau pour le garçon. Le père Baddeley ne lui avait parlé directement de Peter qu'une seule fois. Il avait apporté au manoir un livre dont Henry voulait extraire un passage pour l'étudier avec son élève. En partant, le pasteur lui avait dit doucement, avec sa franchise habituelle :

« Votre maladie est progressive, Henry. Celle de Peter ne l'est pas. Un jour, il faudra qu'il se débrouille seul, sans vous. Souvenez-vous-en, mon fils. »

Il s'en souviendrait.

Au début du mois d'août, Mrs. Bonnington décida de prendre Peter à la maison, pour deux semaines.

« En vacances », comme elle disait.

« N'écris pas, avait dit Henry à son ami. Je n'attends jamais rien de bon d'une lettre. Nous nous reverrons dans quinze jours. »

Mais Peter n'était pas revenu. La veille du jour où il était censé rentrer, Wilfred avait annoncé la nouvelle pendant le dîner, ses yeux évitant soigneusement ceux d'Henry.

« Vous serez contents pour Peter d'apprendre que Mrs. Bonnington a réussi à placer son fils dans un établissement plus proche de son domicile et qu'il ne reviendra pas ici. Elle espère se remarier bientôt. Son nouveau mari et elle ont l'intention d'aller voir Peter plus souvent et de le prendre de temps en temps chez eux pour le week-end. La nouvelle maison fera le nécessaire pour que Peter puisse poursuivre ses études. Vous tous ici vous êtes donné beaucoup de mal pour lui. Sachez donc que vos efforts n'auront pas été vains. »

Henry devait admettre que Wilfred s'était montré très habile. Il y avait sûrement eu de discrets coups de téléphone et des lettres à la mère, des pourparlers avec le nouveau centre. Peter était sans doute inscrit sur une liste d'attente depuis des semaines, voire des mois. Henry pouvait imaginer les commentaires écrits, ou oraux, d'Anstey : « Intérêt malsain ; affection anormale ; il surmène le garçon ; pression mentale et psychologique. »

Presque personne, à Toynton Manor, n'avait parlé avec lui de ce transfert. Sans doute les autres craignaient-ils d'être contaminés par sa souffrance. Grace Willison avait dit, un peu effrayée par la colère qu'elle lisait dans ses yeux :

« Nous regrettons tous son départ, mais sa mère... Je comprends qu'elle veuille l'avoir plus près d'elle.

— C'est ça. Inclinons-nous devant les droits sacrés de la mère ! »

Une semaine plus tard, ses compagnons semblaient avoir oublié Peter. Ils étaient retournés à leurs anciennes occupations comme des enfants qui rangent dans un placard les jouets neufs de Noël dont ils ne veulent pas. Holroyd avait remballé ses appareils.

« Que cela vous serve de leçon, mon cher Henry : il faut se méfier des jolis garçons. Il est tout de même difficile de croire qu'on l'a traîné de force dans ce nouveau centre.

— Cela n'a rien d'impossible.

— Allons, allons ! Ce garçon est presque majeur. Il est capable de penser et de parler. Il sait tenir une plume. Regardons les choses en face : notre compagnie, ici, était moins fascinante que nous avons eu l'erreur de le croire. Peter est quelqu'un de souple. Il avait accepté sans protester d'être abandonné ici, à Toynton Manor. Il n'a pas dû protester davantage quand on l'en a arraché. »

Sur une impulsion, Henry avait saisi le bras du père Baddeley à un moment où le pasteur passait à côté de lui.

« Avez-vous été l'un des artisans de ce triomphe de la morale et de l'amour maternel ? » avait-il demandé.

En un mouvement presque imperceptible, le père Baddeley avait brièvement secoué la tête. Il avait paru sur le point de dire quelque chose, puis, après avoir pressé l'épaule d'Henry, avait poursuivi son chemin, désorienté, pour une fois, et sans prodiguer de consolation. Mais Henry avait été pris, contre Michael, d'une rage comme il n'en ressentait contre aucun des autres habitants de Toynton Manor. Michael, qui avait l'usage de ses jambes et de sa voix, que la colère ne transformait pas en un pitoyable bouffon bavant et bafouillant. Michael, qui aurait sûrement pu empêcher cette monstruosité s'il n'avait pas été aussi inhibé par sa timidité, sa peur de la chair et le dégoût qu'elle lui inspirait. Michael, dont la seule raison d'être à Toynton Manor était d'affirmer l'amour.

Il n'y avait pas eu de lettre. Henry en avait été réduit à payer Philby pour que celui-ci allât chercher le courrier dans la boîte. Il était devenu paranoïaque au point de croire que Wilfred interceptait ses lettres. Mais lui-même n'écrivait pas. Essayer de décider s'il devait le faire ou non occupait la plus grande partie de son temps. Six semaines plus tard, Mrs. Bonnington avait écrit à Wilfred pour lui annoncer que Peter était mort d'une pneumonie. Comme Henry le savait, cela aurait pu arriver n'importe où, à n'importe quel moment. Cela ne signifiait pas forcément que le garçon avait été moins bien soigné dans l'autre centre. Peter avait toujours été un « cas à risques ». Pourtant, en son for intérieur, Henry était persuadé qu'il aurait pu protéger l'adolescent, le préserver du malheur. En complotant son transfert dans une autre institution, Wilfred l'avait tué.

Et l'assassin de Peter vaquait à ses occupations, souriait de son suave sourire de guingois, réunissait d'un geste cérémonieux les plis de sa robe pour ne pas être contaminé par la moindre émotion humaine, promenait un regard satisfait sur les tristes objets de sa bienfaisance. L'imaginait-il, se demanda Henry, ou bien Wilfred avait-il réellement peur de lui maintenant ? Ils ne se parlaient presque plus. Après la mort de Peter, Henry, déjà d'un naturel solitaire, était devenu franchement morose. En dehors des repas, il passait le plus clair de la journée dans sa chambre, regardant par la fenêtre le paysage désolé du cap, sans lire ni travailler, en proie à un profond ennui. Il *savait* qu'il haïssait plutôt qu'il ne le sentait. L'amour, la joie, la colère et même le chagrin étaient des émotions trop fortes pour sa personnalité diminuée. Il ne pouvait accueillir que leurs ombres. Mais la haine était comme une fièvre latente dans le sang ; parfois elle se transformait en un terrifiant délire. C'est pendant une de ces crises que Holroyd lui avait murmuré d'étranges paroles. Traversant la cour dans son fauteuil, il s'était approché d'Henry. Sa bouche rose, féminine, pareille à une plaie suppurante dans la lourde mâchoire bleuâtre, s'était avancée pour cracher son venin. Henry sentait encore son haleine acide dans ses narines.

« J'ai appris une chose fort intéressante au sujet de notre cher Wilfred. Un de ces jours, je partagerai mon secret avec vous, mais, pour l'instant, laissez-moi m'en délecter seul un peu plus longtemps. La révélation sera faite au bon moment. Il faut toujours essayer de produire le maximum d'effet. »

Voilà à quoi les avaient réduits la haine et l'ennui, songea Henry. Ils étaient comme deux collégiens qui échangent de petits secrets mesquins, élaborent de misérables plans de vengeance et de trahison.

Par la haute fenêtre cintrée, il regarda en direction de la falaise. La nuit tombait. Quelque part là-bas, la mer était en train de recouvrir les rochers à jamais nettoyés du sang de Holroyd. Il ne restait même plus un fragment de tissu déchiré sur lequel auraient pu se coller des bernicles. Les mains mortes de Holroyd ondulaient mollement dans l'eau comme des algues, ses yeux remplis de sable se levaient vers les mouettes. Quel était donc ce poème de Walt Whitman qu'il avait lu durant le dîner, la veille de sa mort ?

« Approche, ô puissante libératrice.
Le moment venu, quand tu les auras emportés,
Je chanterai joyeusement les morts,
Perdus dans l'océan flottant de ton amour,
Lavés par les flots de ton extase, ô mort.
La nuit silencieuse sous les innombrables étoiles.
Le rivage et le rauque murmure des vagues dont
[je connais les voix, L'âme se tournant vers toi, ô
vaste mort voilée,
Et le corps reconnaissant blotti contre toi. »

Pourquoi Holroyd avait-il choisi ce texte d'une résignation sentimentale si contraire à son esprit pugnace et pourtant si prophétique ? Leur disait-il, même inconsciemment, qu'il savait ce qui devait lui arriver, qu'il accueillait sa fin avec joie ? Peter et Holroyd. Holroyd et Baddeley. Et maintenant, voilà que cet ami policier avait surgi du passé du pasteur. Pourquoi et pour quoi faire ? Il apprendrait peut-être quelque chose sur lui, ce soir, quand ils boiraient un verre ensemble chez Julius. Mais la réciproque était vraie : Dalgliesh apprendrait peut-être quelque chose sur eux. « Point n'est besoin d'un grand art pour lire le caractère d'un homme sur son visage. » Mais Duncan avait tort. C'était au contraire un art fort difficile auquel le commandant de la police métropolitaine était certainement mieux entraîné et plus habile que quiconque. S'il était venu pour cela, il pourrait commencer tout de suite après le dîner. Quant à lui, Henry, il prendrait son repas dans sa chambre. Lorsqu'il sonnerait Philby lui monterait un plateau et le déposerait brutalement devant lui d'un air renfrogné. On ne pouvait acheter la courtoisie de Philby ; par contre, se dit-il avec une jubilation sardonique, il était possible d'acheter à peu près tout le reste.

3

« Mon corps est ma prison et je serai assez obéissant pour ne pas m'en évader. Je ne hâterai pas ma mort en affamant ou en mortifiant ce corps. Mais si cette geôle était brûlée par d'incessantes fièvres ou renversée par d'incessantes vapeurs, quel homme tiendrait tant au terrain sur lequel elle est bâtie qu'il préférerait rester là plutôt que de rentrer chez lui ? »

Ce n'était pas tant Donne qui n'allait pas avec le ragoût de mouton, se dit Dalgliesh, que le mouton avec le « vin » fait à la maison. L'un et l'autre étaient assez savoureux. À sa surprise, Dalgliesh trouva la viande bonne, quoique un peu grasse. Le vin de sureau, lui, évoquait de nostalgiques souvenirs de son enfance : ces visites qu'il avait parfois rendues avec son père à des paroissiens invalides ou hospitalisés. Absorbés ensemble, c'était infect. Il s'empara de la carafe d'eau.

Millicent Hammitt était assise en face de lui. La lumière des bougies adoucissait sa grosse figure carrée. L'âcre odeur de laque que dégageaient les petites ondulations figées de ses cheveux grisonnants expliquait son absence dans l'après-midi. Tout le monde était là, sauf les Hewson – sans doute dînaient-ils chez eux, dans leur cottage – et Henry Carwardine. Installé tout au bout de la table, un peu à l'écart des autres, Albert Philby, sorte de Caliban en robe de bure, se vautrait presque sur son assiette. Il mangeait avec bruit, en déchirant son pain. Avec les morceaux, il sauçait vigoureusement son assiette. Tous les patients avaient auprès d'eux un membre du personnel qui les aidait à manger. Méprisant sa ridicule délicatesse, Dalgliesh s'efforça de ne pas entendre les bruits mouillés de mastication, le vacarme des cuillers, les brusques rots discrètement réprimés.

« Si tu quittes cette table en paix, tu peux également quitter ce monde en paix. Et la paix de cette table consiste à s'en approcher tous désirs apaisés, l'esprit serein… »

Wilfred se tenait à la tête de la table, devant un lutrin flanqué de deux bougies dans des chandeliers métalliques. Le ventre gonflé de nourriture, Jeoffrey se lavait cérémonieusement à ses pieds. Wilfred avait non seulement une voix agréable, mais il savait aussi s'en servir. Acteur manqué ? Ou acteur qui avait trouvé son théâtre et y jouait jour après jour dans l'euphorie, oublieux de son public de plus en plus clairsemé, de la paralysie progressive de son rêve ? Un névrosé poussé par une obsession ? Ou un homme en paix avec lui-même, tranquille au centre silencieux de son être ?

Soudain, les bougies posées sur la table dansèrent et sifflèrent. Dalgliesh perçut un faible grincement de roues et le bruit sourd de métal frappant du bois. La porte s'ouvrit lentement. La voix de Wilfred hésita, s'interrompit. Une cuiller racla violemment une assiette. De la pénombre surgit un fauteuil roulant occupé par un homme à la tête baissée et emmitouflé dans une épaisse cape en tissu écossais. Miss Willison émit un petit gémissement éploré et traça le signe de la croix sur sa robe grise. Ursula Hollis inspira bruyamment. Tout le monde se tut. Soudain, Jennie Pegram poussa un cri aussi aigu et insistant qu'un coup de sifflet. C'était un son tellement irréel que Dot Moxon tourna brusquement la tête comme si elle se demandait d'où pouvait provenir ce bruit. Le cri se transforma en rire. La fille plaqua sa main contre sa bouche, puis s'écria :

« Je croyais que c'était Victor ! Il porte la cape de Victor ! »

Personne d'autre ne bougea ni ne parla. Promenant son regard autour de la table, Dalgliesh laissa reposer ses yeux sur Dennis Lerner. La figure de l'infirmier était figée en un masque de terreur. Lentement, celle-ci fit place à du soulagement ; les traits semblèrent tomber et se défaire, informes comme de la peinture qui s'étale.

Carwardine dirigea son fauteuil vers la table. Il avait du mal à sortir ses mots. Une grosse goutte de mucus brilla comme un bijou jaune sur son menton, glissa par terre. Enfin, de sa voix aiguë, altérée, il articula :

« Je viens prendre le café avec vous. Je me suis dit que ce serait impoli de m'absenter le soir de l'arrivée de notre invité.

— Pourquoi avez-vous mis cette cape ? » demanda Dot Moxon d'un ton acerbe.

Henry se tourna vers elle.

« Elle pendait à la réception et j'avais froid. Nous partageons tellement de choses, pourquoi exclurions-nous les morts ?

— Et si nous nous souvenions de la règle ? » fit Anstey.

Tous se tournèrent vers lui comme des enfants dociles. Il attendit que tout le monde eût recommencé à manger. Les mains qui serraient les côtés du lutrin ne tremblaient pas, la belle et chaude voix était parfaitement calme.

« Et ainsi naviguant dans la paix de Dieu, que Celui-ci prolonge ou abrège ton voyage, tu pourras t'éloigner dans la sérénité… »

4

Il était déjà huit heures et demie quand Dalgliesh commença à pousser le fauteuil d'Henry Carwardine vers le cottage de Julius Court. Ce n'était pas une tâche facile pour un homme en convalescence. Bien que maigre,

Carwardine pesait étonnamment lourd. De plus, le sentier était caillouteux et montait. Dalgliesh n'avait pas voulu proposer à son compagnon de l'emmener en voiture. Il aurait fallu pour cela le hisser à bord par l'étroite portière, ce qui aurait peut-être été plus douloureux et plus humiliant pour lui que son moyen de locomotion habituel. Anstey avait traversé le hall au moment de leur départ. Il leur avait ouvert la porte, puis aidé Dalgliesh à descendre le fauteuil le long de la rampe. Mais son assistance s'était arrêtée là et il ne leur avait pas offert le bus spécial des patients. Dalgliesh se demanda si c'était le fruit de son imagination ou s'il y avait vraiment eu une note de désapprobation dans la voix du directeur quand celui-ci leur avait finalement dit bonsoir.

Les deux hommes effectuèrent la première partie du trajet en silence. Carwardine coinça une grosse lampe de poche entre ses genoux et, de la main, tenta de maintenir le faisceau sur le sentier. Vacillant et tournoyant à chaque cahot, le rond de lumière révélait avec une éblouissante netteté un monde circulaire et secret de verdure et d'activité furtive. Étourdi de fatigue, Dalgliesh se sentait dissocié de ce qui l'entourait. Les deux poignées de caoutchouc avaient du jeu et tournaient désagréablement sous ses mains ; elles semblaient n'avoir aucun rapport avec le reste du fauteuil. Le sentier devant eux n'avait de réalité qu'à cause des pierres et des trous qui secouaient les roues. La nuit était calme et très chaude pour la saison, l'air chargé du parfum de l'herbe et du souvenir des fleurs de l'été. Les nuages bas cachaient les étoiles et les deux hommes avançaient dans une obscurité presque totale vers le murmure de plus en plus fort de la mer et les quatre rectangles de lumière qui marquaient

Toynton Cottage. Quand ils furent assez près pour distinguer que le plus grand d'entre eux correspondait à la porte de derrière, Dalgliesh dit sur une impulsion :

« J'ai trouvé une lettre anonyme assez déplaisante dans le secrétaire du père Baddeley. De toute évidence, quelqu'un, au centre, détestait le pasteur. Mais je me demande si cet acte de malveillance avait un caractère personnel ou si le corbeau a fait d'autres victimes parmi vous. »

Carwardine leva la tête sur son cou tordu. Vue ainsi, en raccourci, sa figure avait quelque chose d'étrange : le nez pointait tel un os saillant, la mâchoire pendait comme celle d'une marionnette au-dessous du vide informe de la bouche.

« Moi aussi j'en ai reçu une, il y a environ dix mois. On l'avait glissée dans le livre que j'avais emprunté à la bibliothèque. Je n'en ai plus reçu depuis et j'ignore si quelqu'un d'autre y a eu droit. Ce n'est pas une chose dont on aime parler, mais s'il s'était agi d'une épidémie, ça se serait su. La mienne, de lettre, était du genre ordurier habituel, du moins je l'imagine. Elle me suggérait diverses manières assez acrobatiques de prendre mon plaisir, à supposer que j'eusse encore la souplesse requise. Bien entendu, l'auteur était convaincu que j'en avais le désir.

— Elle était donc obscène plutôt que simplement injurieuse ?

— Obscène, oui, mais dans le but de vous dégoûter de la sexualité plutôt que dans celui de dépraver.

— Soupçonnez-vous quelqu'un ?

— Le message était tapé sur du papier à en-tête de Toynton Manor, sur une vieille Remington qu'utilise surtout Grace Willison pour envoyer le bulletin. Grace m'a paru être la suspecte numéro un. Ça ne peut pas être Ursula Hollis : elle n'est arrivée que deux mois plus tard. Et est-ce que ce ne sont pas généralement de respectables vieilles filles qui se livrent à ce genre de sport ?

— Je doute que ce soit le cas ici.

— Ah ! bon ? Enfin, je suppose que vous avez plus d'expérience que moi dans ce domaine.

— En avez-vous parlé à quelqu'un ?

— Seulement à Julius. Il m'a dit de garder la chose secrète et de jeter la lettre dans la cuvette des W.-C. Comme c'était là ce que j'avais envie de faire, j'ai suivi son conseil. Depuis, comme je vous l'ai dit, je n'en ai pas reçu d'autres. Ce petit jeu doit perdre son intérêt quand la victime reste parfaitement impassible.

— Holroyd aurait-il pu être le coupable ?

— Cela ne lui ressemblait pas. Victor aimait insulter et choquer les gens, mais pas de cette manière, à mon avis. Son arme, c'était la parole, non l'écriture. En fait, je le supportais beaucoup mieux que la plupart de mes compagnons ici. Il frappait autour de lui comme un enfant malheureux. Il y avait en lui plus d'amertume que de véritable méchanceté. Certes, il a ajouté un codicille assez infantile à son testament. C'était dans la semaine qui a précédé sa mort. Philby et Mrs. Reynolds, la femme de ménage de Julius, lui ont servi de témoins. C'était peut-être parce qu'il avait décidé de se tuer et voulait nous épargner l'obligation de nous souvenir de lui avec affection.

— Vous croyez donc qu'il s'est suicidé ?

— Évidemment. Comme tout le monde d'ailleurs. Cela me paraît l'hypothèse la plus vraisemblable. C'était ou un suicide ou un meurtre. »

C'était la première fois qu'un habitant de Toynton Manor employait ce mot sinistre. Prononcé avec la voix pédante, aiguë, de Carwardine, il paraissait aussi choquant qu'un blasphème sur les lèvres d'une religieuse.

« Les freins du fauteuil pouvaient être défectueux, suggéra Dalgliesh.

— Vu les circonstances, je considère cela comme un meurtre. »

Il y eut un moment de silence. Le fauteuil cahota par-dessus un gros caillou. Comme celui d'un projecteur miniature, le faisceau de la lampe de poche pivota vers le haut, décrivant une large courbe de lumière. Carwardine l'orienta de nouveau vers le sol.

« Philby avait lubrifié et vérifié les freins la veille de la mort de Victor. À huit heures cinquante du soir, très exactement. Je le sais parce que j'étais à l'atelier à ce moment-là, en train de m'amuser avec ma terre glaise. Je suis resté là jusqu'à dix heures environ.

— L'avez-vous dit à la police ?

— Oui, mais seulement parce qu'elle me l'a demandé. Les flics se sont informés avec un tact des plus maladroits où, exactement, j'avais passé la soirée et si j'avais touché au fauteuil de Holroyd après le départ de Philby. Vu qu'il y avait peu de chance que j'admette un acte pareil, leur question était plutôt naïve. Ils ont interrogé Philby. Je n'étais pas présent, bien sûr, mais je suis certain qu'il a confirmé mon témoignage. J'ai une attitude ambivalente envers les policiers : je me borne strictement à répondre à leurs questions et pourtant j'estime que, d'une façon générale, ils ont droit à la vérité. »

Ils étaient arrivés. Un flot de lumière sortait par la porte de derrière. Se découpant sur ce rectangle de clarté, la silhouette noire de Julius Court apparut et vint à leur rencontre. Il débarrassa Dalgliesh du fauteuil et poussa celui-ci le long d'un corridor qui menait à la salle de séjour. Au passage, Dalgliesh eut le temps de jeter un coup d'œil par une porte ouverte et de voir des murs pannelés de bois clair, un carrelage rouge, des chromes étincelants : la cuisine de Julius. Elle ressemblait presque trop à la sienne. Là, une femme surpayée pour le peu de travail qu'elle fournissait – afin d'atténuer le sentiment de culpabilité de son employeur – préparait de temps à autre un repas destiné à satisfaire les exigences gastronomiques d'une personne seule.

Le séjour occupait tout le rez-de-chaussée de ce qui, autrefois, avait manifestement été deux cottages contigus. Un feu de bois pétillait dans la cheminée. Les deux longues fenêtres étaient ouvertes sur la nuit. Le ressac faisait vibrer les murs de pierre. Se trouver si près du bord de la falaise sans exactement savoir à quelle distance, avait quelque chose de déroutant. Comme s'il avait lu ces pensées, Julius dit :

« Nous sommes à six mètres d'un à-pic de douze mètres. J'ai une cour fermée par un muret. S'il fait assez chaud, nous pourrons aller nous y asseoir un peu plus tard. Que boirez-vous ? Un alcool ou du vin ? Je sais qu'Henry préfère le bordeaux.

— Du bordeaux, s'il vous plaît. »

Quand il aperçut les étiquettes des trois bouteilles, dont deux étaient déjà débouchées, posées sur une table basse près de la cheminée, Dalgliesh ne regretta pas son choix. Ce qui le surprit, c'était que son hôte sortît du vin de cette qualité pour une occasion aussi banale. Pendant que Julius s'affairait avec les verres, Dalgliesh fit le tour de la pièce. Celle-ci contenait des objets enviables – si l'on prisait ce genre de biens personnels. Ses yeux tombèrent sur une splendide cruche en poterie mordorée de Sunderland qui commémorait Trafalgar, trois très anciennes figurines du Staffordshire disposées sur la tablette de cheminée en pierre, deux ravissantes marines sur le mur le plus long. Au-dessus de la porte qui menait au bord de la falaise pendait une figure de proue finement sculptée : deux chérubins soutenant un galion surmonté d'un blason et couvert de gros nœuds de marine. Remarquant la curiosité de son invité, Julius lui cria :

« Elle a été sculptée vers 1660 par Grinling Gibbons pour un certain Jacob Court, un contrebandier, paraît-il, qui vivait dans la région. D'après ce que j'ai pu découvrir à son sujet, il ne serait malheureusement pas un de mes ancêtres. C'est probablement la plus vieille figure de proue de la marine marchande qu'on connaisse. Le musée de Greenwich se vante d'en avoir une encore plus ancienne, mais je pense que la mienne bat la leur de quelques années. »

Au bout de la pièce, se dressait un buste de marbre, monté sur un piédestal. Il brillait comme s'il était lumineux. C'était un enfant ailé serrant dans ses mains potelées un bouquet de boutons de roses et de muguet. Toute la statue était couleur café très pâle, à part les paupières baissées teintées de rose. Les mains lisses, dénuées de veines, tenaient les fleurs très droites, en un geste spontané et enfantin ; les lèvres s'entrouvraient en un demi-sourire paisible et mystérieux. Dalgliesh étendit son index et caressa doucement la joue ; il pouvait l'imaginer tiède sous son doigt. Julius s'approcha de lui avec deux verres.

« Ma statue vous plaît ? C'est un morceau de monument funéraire, évidemment. XVIIe ou début du XVIIIe siècle et inspiré du Bernin. J'ai l'impression qu'Henry préférerait que ce fût un véritable Bernin.

— Ce n'est pas une question de préférence, protesta l'infirme. J'ai dit que je serais disposé à l'acheter plus cher. »

Dalgliesh et Court regagnèrent la cheminée et s'assirent. Apparemment, ils allaient passer la soirée à boire. Dalgliesh ne put s'empêcher de promener son regard autour de lui. Rien, dans cette pièce, n'indiquait qu'on eût consciemment recherché l'originalité ou l'effet. Pourtant, on s'était donné un certain mal ; chaque objet était posé à la bonne place. Ces bibelots avaient été achetés sur un coup de cœur, se dit Dalgliesh, et non pas par souci de spéculer ou de satisfaire une manie de collectionneur. Cependant, aucun d'entre eux ne devait avoir été découvert tout à fait par hasard ni été bon marché. Le mobilier aussi trahissait la richesse. Le canapé de cuir et les deux fauteuils à oreillettes assortis étaient peut-être trop opulents pour les proportions et la simplicité fondamentale de la pièce, mais Julius les avait manifestement choisis pour leur confort. Dalgliesh se reprocha son côté puritain qui lui faisait établir une comparaison défavorable entre cet endroit luxueux et le petit séjour douillet, mais pauvre, du père Baddeley.

Assis dans son fauteuil roulant et regardant le feu par-dessus le bord de son verre, Carwardine demanda soudain :

« Baddeley vous a-t-il prévenu des formes bizarres que pouvait prendre la philanthropie de Wilfred ou bien votre visite est-elle tout à fait spontanée ? »

Dalgliesh avait prévu cette question. Il sentit que les deux hommes attendaient sa réponse avec un intérêt qui dépassait de loin la simple politesse.

« Le père Baddeley m'a écrit pour me dire qu'il aimerait me voir. Sur une impulsion, j'ai décidé d'accepter son invitation. Je relève d'une maladie et j'ai pensé que ce serait une bonne idée de venir me reposer quelques jours ici.

— Si l'intérieur de la maison ressemble à son extérieur, je n'aurais jamais choisi Hope Cottage comme lieu de convalescence, railla Carwardine. Connaissiez-vous Baddeley depuis longtemps ?

— Depuis mon enfance. Il était le vicaire de mon père. Mais nous ne nous étions pas vus depuis des années. Notre dernière rencontre remonte à mes années d'université.

— Et après vous être fort bien passé de lui pendant environ une décennie, je présume, vous avez évidemment éprouvé beaucoup de chagrin en apprenant qu'il était mort de si inopportune façon. »

Insensible à cette provocation, Dalgliesh répondit d'un ton neutre :

« Plus de chagrin que je ne l'aurais cru, en fait. Nous échangions des cartes de vœux, mais ne nous écrivions que fort rarement. Pourtant, je crois qu'il occupait davantage mes pensées que certaines personnes que je vois tous les jours. Je ne sais pas pourquoi je ne me suis jamais donné la peine de reprendre contact avec lui. On prétexte toujours son travail. Mais d'après le souvenir que je garde de lui, je me demande ce qu'il pouvait bien faire ici. »

Julius rit.

« En effet, il n'y était pas à sa place. Wilfred l'avait recruté pendant une phase conformiste. Sans doute voulait-il donner à Toynton Manor une certaine respectabilité religieuse. Mais ces derniers mois, leurs rapports semblaient un peu tendus, vous n'avez pas eu cette impression, Henry ? Le père Baddeley devait commencer à se demander si Wilfred voulait un pasteur ou un gourou. Ce cher Wilfred ramasse un peu partout des bouts de philosophie, de métaphysique et de religion qui lui plaisent et en tisse un beau rêve en technicolor. Le résultat, comme vous risquez de le découvrir si vous restez encore ici quelque temps, c'est que cet endroit souffre d'un manque d'éthique cohérente. Il n'y a rien de plus fatal. Prenez un établissement comme mon club à Londres, par exemple. Il se veut un temple de la bonne chère où ne sont admis ni raseurs ni pédérastes. C'est sous-entendu, bien sûr, mais au moins tout le monde sait à quoi s'en tenir. Voilà un but simple, compréhensible et, par conséquent, réalisable. Ici, par contre, les pauvres diables se demandent s'ils sont dans une clinique, une communauté, un hôtel, un monastère ou un asile d'aliénés particulièrement bizarre. De temps en temps, ils ont même des séances de méditation. Je crains que Wilfred ne soit en train de faire un peu de zen-nite.

— Il n'a pas les idées très claires, d'accord, mais c'est vrai pour la plupart d'entre nous, intervint Carwardine. C'est un homme fondamentalement bon et qui veut faire le bien. Il a mis toute sa fortune dans le centre. À notre époque d'engagement bruyant et autosatisfait, où la première règle d'une protestation privée ou publique est de ne pas compromettre le contestataire ou lui demander le moindre petit sacrifice personnel, ce geste-là est tout à son honneur.

— Vous l'aimez ? » demanda Dalgliesh.

Avec une surprenante véhémence, Carwardine répondit :

« Comme il m'a sauvé de l'incarcération dans un hospice et me donne une chambre individuelle à un prix abordable, je ne puis que le trouver charmant. »

Il y eut un bref silence embarrassé. S'en rendant compte, Carwardine ajouta :

« Le pire, ici, c'est la nourriture. Mais c'est là un mal auquel on peut remédier, même si je me sens parfois pareil à un collégien glouton qui s'empiffre seul dans sa chambre. En outre, devoir écouter ses compagnons lire d'interminables extraits de livres de théologie populaire et de mauvaises anthologies de poésie anglaise représente un inconvénient mineur si cela permet de dîner en silence.

— Il doit être difficile de trouver du personnel, dit Dalgliesh. Selon Mrs. Hewson, Anstey est obligé de compter sur un ancien détenu et une infirmière dont personne d'autre ne voudrait. »

Julius Court prit la bouteille et remplit les trois verres.

« Toujours aussi discrète, cette chère Maggie. C'est vrai que Philby, l'homme de peine, a un casier. Évidemment, ce n'est pas très bon pour la réputation de l'établissement, mais il faut bien que quelqu'un lave le linge sale, tue les poulets, nettoie les chiottes et accomplisse les autres corvées auxquelles répugnerait une âme aussi sensible que Wilfred. De plus, il est entièrement dévoué à Dot Moxon, ce qui doit contribuer à conserver cette brave femme de bonne humeur. Comme Maggie a laissé échapper cette information, autant que je vous raconte tout. Peut-être vous rappelez-vous cette affaire. Dot est une infirmière qui s'est rendue tristement célèbre à l'hôpital gériatrique de Nettingfield. Il y a quatre ans, elle frappa une patiente. Elle ne lui donna qu'une tape, mais la vieille femme tomba et faillit se fracasser le crâne contre sa table de chevet. Quand on sait lire entre les lignes, il ressort de l'enquête faite par la suite que cette patiente était une véritable mégère qui aurait irrité un saint. Sa famille ne voulait rien avoir à faire avec elle, ne venait même pas la voir jusqu'au jour où elle découvrit qu'une juste indignation bien exploitée pouvait procurer pas mal d'avantages. Ils avaient tout à fait raison, bien sûr. Même désagréables, les patients sont sacrés et, finalement, nous avons tous intérêt à entretenir cet admirable précepte. Cet incident déclencha une avalanche de plaintes au sujet de l'hôpital. On ordonna une enquête en règle qui englobait l'administration, les soins, la nourriture et la qualité des infirmières, bref, tout. Comme il fallait s'y attendre, les enquêteurs trouvèrent plein de choses qui n'allaient pas. Pour finir, on congédia deux infirmiers. Dot démissionna de son plein gré. Tout en la blâmant pour sa perte de sang-froid, la commission la lava de l'accusation de cruauté volontaire. Mais le mal était fait : aucun autre hôpital ne voulut d'elle. Non seulement on la soupçonnait de perdre la tête quand elle était sous pression, mais on lui reprochait également d'avoir provoqué une enquête qui n'avait fait de bien à personne et réduit deux hommes au chômage. Un peu plus tard, Wilfred essaya de la joindre. Il avait lu les comptes rendus de l'affaire et estimait que Dot était victime d'une injustice. Il mit un certain temps à la retrouver. Quand il y parvint enfin, il l'engagea comme une sorte d'infirmière en chef. En fait, de même que les autres membres du personnel, elle met la main à tout, depuis les soins jusqu'à la cuisine. Les motifs de Wilfred ne sont pas entièrement nobles. Il est difficile de trouver des infirmières pour un établissement aussi spécialisé, situé, en plus, dans un coin perdu comme celui-ci. Sans parler de la façon bizarre dont Wilfred le dirige. S'il perdait Dot Moxon, il aurait du mal à la remplacer.

— Je me souviens de cette affaire, dit Dalgliesh, mais pas du visage de cette dame. Par contre, j'ai l'impression de connaître celui de cette jeune fille blonde – Jennie Pegram, n'est-ce pas ? »

Carwardine eut un sourire indulgent, légèrement méprisant.

« J'étais sûr que vous alliez nous poser des questions à son sujet. Wilfred devrait trouver un moyen de lui faire collecter des fonds. Elle adorerait ça. Je ne connais personne qui puisse prendre comme elle cet air mélancolique et légèrement étonné d'une personne habituée à souffrir avec courage. Utilisée intelligemment, elle pourrait rapporter une fortune au centre. »

Julius rit.

« Comme vous l'avez sans doute deviné, Henry ne peut pas la sentir. Si vous avez l'impression de la connaître, Mr. Dalgliesh, c'est sans doute parce que vous l'avez vue à la télévision il y a environ dix-huit mois. C'était le moment qu'avaient choisi les médias pour déchirer la conscience des Britanniques en leur parlant des jeunes malades chroniques. Un producteur de télé envoya quelques-uns de ses esclaves fouiller les hôpitaux et les maisons de repos pour y chercher une victime appropriée. Ils trouvèrent Jennie. Cela faisait douze ans qu'on la soignait, et cela fort bien d'ailleurs, dans un service de gériatrie. D'une part, on n'avait pas dû pouvoir lui trouver un meilleur endroit, d'autre part, elle ne détestait pas jouer les enfants gâtés auprès des patients et des visiteurs. De plus, cet hôpital disposait d'équipements pour la physiothérapie de groupe et la thérapie occupationnelle dont notre Jennie profitait. Mais, comme vous pouvez l'imaginer, les réalisateurs de l'émission exploitèrent la situation au maximum : "Une malheureuse jeune femme de vingt-cinq ans enfermée avec des vieillards et des moribonds ; coupée du monde ; impuissante, désespérée." On l'avait filmée entourée des patients les plus séniles. Jennie avait joué son rôle à la perfection. Accusations portées d'une voix aiguë contre la cruauté du ministère de la Santé, de la direction de l'hôpital. Comme prévu, on enregistra le lendemain une vague de protestations indignées qui durèrent, j'imagine, jusqu'à l'émission de dénonciation suivante. Compatissant comme il l'est, le public britannique exigea qu'on trouvât pour Jennie un établissement plus convenable. Wilfred offrit une chambre, Jennie l'accepta et débarqua ici. Personne ne sait vraiment ce qu'elle pense de nous. Je donnerais cher pour voir ce qui se passe dans ce qui lui sert de tête. »

Le fait que Julius connût si bien les patients du centre étonna un peu Dalgliesh, mais il ne posa pas d'autres questions. Il se retira discrètement de la conversation et resta assis à boire son vin, en écoutant d'une oreille distraite les propos décousus de ses compagnons. C'était le bavardage tranquille de deux hommes qui ont des amis et des intérêts communs, qui se connaissent et s'apprécient assez pour avoir l'illusion d'être des camarades. Dalgliesh n'avait guère envie d'y participer. La qualité du vin méritait le silence. Il prit conscience que c'était le premier bon vin qu'il buvait depuis sa maladie. Qu'un autre plaisir de la vie eût gardé son pouvoir de réconfort le rassurait. Il mit une minute à s'apercevoir que Julius lui parlait :

« Je regrette cette histoire de lecture de poèmes. Mais, d'un autre côté, je suis assez content que Wilfred vous ait demandé cette prestation. Cela montre bien la mentalité qu'ils ont à Toynton. Ils vous exploitent. Ils ne le font pas exprès, mais c'est plus fort qu'eux. Ils déclarent vouloir être traités comme des gens normaux et aussitôt après ils vous demandent des services qu'aucune personne normale n'oserait vous demander. Bien entendu, on ne peut pas refuser. Maintenant vous jugerez peut-être avec plus d'indulgence ceux d'entre nous que le centre n'emballe guère.

— Nous ?

— Oui, le petit groupe de gens normaux, du moins normaux physiquement, enchaînés à cet endroit.

— L'êtes-vous ? Je veux dire : enchaînés.

— Oh ! oui. Moi je réussis à aller à Londres ou à l'étranger. Le sortilège agit donc moins. Prenez Millicent, prisonnière de son cottage parce que Wilfred le lui laisse pour rien. Alors qu'elle, elle ne rêve que des tables de bridge et des gâteaux à la crème de Cheltenham. Qu'est-ce qui l'empêche d'y retourner ? Maggie ? Maggie disait que tout ce qu'elle demandait, c'était de vivre un peu. N'est-ce pas ce que nous demandons tous ? Wilfred a essayé de l'intéresser aux oiseaux de la région. Je me souviens de sa réponse : "Si je dois regarder une autre de ces foutues mouettes en train de chier sur le cap, je me précipite dans la mer." Chère Maggie ! Je dois dire que j'ai beaucoup d'affection pour elle quand elle n'est pas ivre. Éric ? Il pourrait très bien s'en aller s'il en avait le courage. Soigner cinq patients et surveiller la fabrication de talc et d'une crème pour les mains n'est pas un travail très honorable pour un généraliste, même si celui-ci a un faible gênant pour les petites filles. Et puis il y a Helen Rainer. Je crois toutefois savoir que les raisons qu'a notre énigmatique Helen de rester ici sont extrêmement simples et compréhensibles. Mais tout ce monde-là s'ennuie à mourir. Et maintenant, c'est moi qui vous ennuie. Voulez-vous écouter un peu de musique ? D'habitude, nous passons des disques quand Henry est là. »

Le bordeaux, sans accompagnement de paroles ou de musique, aurait suffi à Dalgliesh. Mais il voyait qu'Henry était aussi désireux d'écouter un disque que Julius, probablement, de montrer la qualité de son équipement stéréo. Invité à choisir, Dalgliesh demanda du Vivaldi. Pendant le morceau, il sortit dans la nuit. Julius le suivit. Tous deux se tinrent en silence devant le muret de pierre construit au bord de la falaise. La mer s'étendait devant eux, légèrement lumineuse, fantomatique, sous de hautes étoiles dispersées. Dalgliesh pensait que la marée était basse, même si, d'après le bruit, les vagues paraissaient encore très proches. Elles frappaient la plage de rochers dans de grands accords de son, accompagnement de basse au doux contrepoint des lointains violons. Il crut sentir des embruns sur son front, mais, y portant la main, il constata que ce n'était qu'une illusion due à la fraîcheur de la brise.

Il y avait donc eu deux « corbeaux », mais seul l'un d'eux avait mis du cœur à sa tâche. La détresse de Grace Willison et le dégoût laconique de Carwardine montraient sans erreur possible que les deux malades avaient reçu un genre de lettre très différent de celui qu'il avait trouvé à Hope Cottage. La coïncidence était trop grande. On imaginait difficilement deux corbeaux sévissant en même temps dans une si petite communauté. Plus vraisemblablement, le message adressé au père Baddeley avait été glissé dans le secrétaire après la mort du pasteur et de manière assez visible pour que Dalgliesh tombât dessus. Si c'était le cas, alors le billet devait avoir été placé là par quelqu'un qui avait entendu parler d'au moins une des deux autres lettres, qui savait qu'elle avait été dactylographiée sur du papier de Toynton Manor, mais qui, en fait, ne l'avait jamais vue. Celle de Grace Willison avait été tapée sur l'Imperial et la patiente ne s'était confiée qu'à Dot Moxon. Celle de Carwardine, comme celle du père Baddeley, avait été tapée sur la Remington et Henry s'en était ouvert à Julius Court. La déduction était facile. Mais comment un homme aussi intelligent que Court pouvait-il avoir espéré tromper un policier ou même un détective amateur enthousiaste, par ce puéril stratagème ? Oui, mais était-ce là son intention ? La carte que Dalgliesh avait écrite au père Baddeley n'était signée que de deux initiales. Si elle avait été trouvée par le détenteur de quelque secret coupable alors qu'il fouillait fébrilement dans le bureau, elle lui aurait seulement appris que le pasteur attendait un visiteur dans l'après-midi du 1er octobre. Or qu'aurait pu être ce visiteur sinon un autre ecclésiastique ou un ancien paroissien inoffensif ? Toutefois, juste pour le cas où le père Baddeley aurait confié à un tiers que quelque chose le tracassait, l'indiscret aurait pu juger prudent d'inventer et de laisser derrière lui un faux indice. La lettre avait presque certainement été placée dans le secrétaire peu avant l'arrivée de Dalgliesh. Car si Anstey avait dit la vérité – qu'il avait regardé les papiers le matin de la mort du révérend – il n'aurait pas manqué de voir le billet et de le détruire.

Cependant, même si tout ceci n'était qu'un échafaudage d'hypothèses trop compliqué et que le père Baddeley eût réellement reçu cette lettre, Dalgliesh avait maintenant la conviction que celle-ci n'était pas la raison pour laquelle le vieil homme l'avait appelé. Le pasteur aurait été tout à fait capable de démasquer le corbeau lui-même et d'en venir à bout. Bien que, peut-être, détaché de ce monde, il n'était pas naïf. À la différence de Dalgliesh, il avait sans doute rarement rencontré des péchés vraiment spectaculaires au cours de sa carrière, mais cela ne voulait pas dire pour autant qu'il ne pouvait les comprendre ou plaindre le pécheur. On pouvait d'ailleurs arguer que c'étaient là les péchés les moins nocifs. Comme tout autre prêtre, il devait avoir eu plus que sa part de fautes corrosives, mesquines, méchantes, dans toute leur triste, quoique restreinte, variété. Comme Dalgliesh se le rappela avec une ironie désabusée, le révérend sortait dans ces cas sa réponse standard, une réponse charitable mais inexorable, avec cette douce arrogance que donne une certitude absolue. Non, quand le père Baddeley lui avait écrit qu'il avait besoin du conseil d'un expert, il pensait ce qu'il disait : un conseil que seul pouvait lui fournir un inspecteur de police au sujet d'un problème qui le dépassait. Et il ne devait pas s'être agi de découvrir l'auteur d'une lettre anonyme, somme toute assez bénigne, qui sévissait dans une petite communauté dont le pasteur avait sans doute connu chaque membre intimement.

La perspective d'éclaircir ce mystère déprima Dalgliesh. Il n'était à Toynton Manor qu'en qualité de visiteur privé. Il n'avait aucune autorité, pas de moyens, pas même un équipement. Trier les livres du père Baddeley lui prendrait à la rigueur une semaine. Après cela, quelle excuse aurait-il pour rester ? Il n'avait rien découvert qui pût justifier une intervention de la police locale. Et puis à quoi, finalement, se réduisaient ces vagues soupçons, ce pressentiment ? Un vieillard était mort d'une maladie de cœur ; il avait subi son ultime et prévisible attaque tranquillement assis dans son fauteuil ; dans un dernier moment de lucidité, il avait peut-être touché son étole, puis l'avait passée autour du cou pour des raisons probablement semi inconscientes : réconfort, symbolisme, ou simple affirmation de son sacerdoce et de sa foi. On pouvait imaginer une douzaine d'explications, simples et plus plausibles que la visite d'un faux pénitent assassin. Le journal manquait : qui pourrait jamais prouver que le père Baddeley ne l'avait pas détruit lui-même avant son hospitalisation ? La serrure forcée du secrétaire. Oui, mais à sa connaissance rien n'avait disparu à part le journal ; on n'avait volé aucun objet de valeur. En l'absence d'autres preuves, comment pouvait-il demander une enquête officielle sur la base d'une clef égarée et d'une serrure fracturée ?

Toutefois, le père Baddeley lui avait demandé de venir. Quelque chose l'avait tracassé. Si dans la semaine ou les prochains dix jours, lui, Dalgliesh, pouvait découvrir ce que c'était sans créer trop de complications ou de gêne, alors il le ferait, évidemment. Il devait bien cela au vieil homme. Mais cela se terminerait là. Demain, il rendrait visite au commissaire de Wareham et à l'avoué du pasteur. Si jamais il mettait une affaire louche au jour, il la confierait à la police locale. Lui il en avait fini avec le travail de flic, que ce fût sur un plan professionnel ou amateur, et la mort d'un vieux pasteur ne suffirait pas à le faire changer d'avis.

5

Quand ils furent de retour à Toynton Manor peu après minuit, Henry Carwardine dit d'un ton brusque :

« Ils comptent sûrement sur vous pour m'aider à me coucher. D'habitude, c'est Dennis Lerner qui m'emmène chez Julius dans mon fauteuil, puis vient me chercher à minuit. Mais puisque vous êtes ici… Comme l'a dit Julius, nous sommes de terribles exploiteurs au manoir. Et je devrais aussi me doucher. Dennis est de congé demain matin et je ne supporte pas Philby. Ma chambre est au premier et l'ascenseur, là-bas. »

Henry savait qu'il devait paraître désagréable, mais, se dit-il, son compagnon silencieux accepterait sans doute mieux son manque d'amabilité qu'une attitude humble ou un ton geignard. Regardant Dalgliesh, il remarqua que celui-ci avait l'air d'avoir lui-même besoin d'assistance. Cet homme avait peut-être été plus gravement malade qu'il ne s'en rendait compte. Dalgliesh répondit tranquillement :

« Une autre demi-bouteille de vin et il aurait fallu m'aider moi aussi. Mais je ferai de mon mieux. Si je suis maladroit, mettez-le sur le compte de mon manque d'expérience et du bordeaux. »

Cependant, chose surprenante, il se montra remarquablement doux et adroit. Il déshabilla Henry, l'emmena aux toilettes en le soutenant, puis, finalement, le roula sous la douche dans son fauteuil. Il passa un moment à examiner le soulève-malade et l'équipement, puis s'en servit intelligemment. Lorsqu'il avait des doutes sur ce qu'il fallait faire, il se renseignait. À part ce bref échange de paroles indispensables, les deux hommes se taisaient. Henry se dit qu'il avait rarement été mis au lit avec autant de délicatesse et d'imagination. Mais, apercevant un bref instant le reflet de son compagnon dans le miroir de la salle de bains, ses traits tirés et soucieux, ses yeux secrets creusés de fatigue, il regretta soudain de lui avoir demandé ce service, de n'être pas tombé tout habillé et sans se doucher sur son lit, d'avoir eu à accepter le contact humiliant de ces mains expertes. Car il sentait que, derrière son admirable maîtrise de soi, Dalgliesh répugnait à toucher son corps nu. Et inversement, d'une façon tout à fait irrationnelle, les mains fraîches de Dalgliesh faisaient naître en Henry un sentiment de peur. Il eut envie de crier :

« Que faites-vous ici ? Allez-vous-en. Ne vous mêlez pas de nos affaires. Laissez-nous tranquilles. »

L'impulsion fut si forte qu'il faillit croire qu'il avait prononcé ces paroles à haute voix. Quand il fut enfin au lit et que son infirmier improvisé partit sur un brusque au revoir, il comprit que Dalgliesh aurait trouvé insupportable d'entendre même le moins aimable et le moins spontané des remerciements.

QUATRIÈME PARTIE

Un sinistre rivage

1

Peu avant sept heures, des sons désagréablement familiers tirèrent peu à peu Dalgliesh de son sommeil : chasse d'eau indiscrète, cliquetis d'appareils métalliques, grincement de roues de fauteuil, rafale de pas précipités, encouragements prodigués d'une voix résolument enjouée. Se disant que toutes les salles de bain devaient être occupées par les patients, il referma les yeux pour oublier sa chambre froide et nue et s'efforça de se rendormir. Quand il se réveilla de nouveau, une heure plus tard, après un somme agité, l'annexe était silencieuse. Quelqu'un – il se rappela vaguement avoir vu une silhouette en robe de bure – avait posé une tasse de thé sur sa table de chevet. La boisson était froide, sa surface grise tachetée de lait. Dalgliesh enfila sa robe de chambre et partit à la recherche de la salle de bains.

Comme il s'y attendait, le petit déjeuner, à Toynton Manor, était servi dans la salle à manger commune. Mais, à huit heures et demie, il arrivait soit trop tôt soit trop tard par rapport aux autres pensionnaires. Quand il entra, il n'aperçut qu'Ursula Hollis. La jeune femme le salua timidement, puis reporta les yeux sur le livre ouvert qu'elle avait appuyé contre un pot de miel. Dalgliesh vit un bol de compote de pommes, du muesli fait à la maison et composé essentiellement d'avoine, de son et de pommes râpées, du pain complet, de la margarine et une rangée de coquetiers. Les deux œufs qui restaient étaient froids. Sans doute étaient-ils cuits tous ensemble tôt le matin et ceux qui les désiraient chauds devaient se donner la peine d'arriver à l'heure. Dalgliesh prit celui qui était marqué à son nom. Il était gélatineux en haut et très dur au fond, un exploit qui devait demander des talents culinaires quelque peu pervers.

Après avoir mangé, Dalgliesh partit à la recherche d'Anstey pour le remercier de son hospitalité de la nuit et lui demander s'il désirait qu'il lui rapportât quelque chose de Wareham. S'il voulait s'installer confortablement dans le cottage de Michael, il avait intérêt à passer une partie de l'après-midi à faire des courses. Après avoir brièvement parcouru la maison qui semblait déserte, il trouva le directeur assis avec Dot Moxon dans le bureau de réception devant un livre de comptabilité. Quand il frappa à la porte et entra, ils levèrent simultanément la tête. On aurait dit deux conspirateurs pris sur le fait. Pendant quelques secondes, ils n'eurent pas l'air de le reconnaître. Puis Anstey sourit enfin de son sourire le plus suave, mais ses yeux restèrent soucieux et il ne s'informa que distraitement de la façon dont son invité avait passé la nuit. Dalgliesh sentit qu'il ne serait pas fâché de le voir partir. Anstey aimait peut-être jouer le rôle de l'aimable abbé médiéval toujours prêt à vous offrir le pain et l'ale, mais ce qu'il désirait vraiment, c'étaient les gratifications de l'hospitalité sans l'inconvénient d'avoir un hôte. Il n'avait besoin de rien, répondit-il, puis il demanda à Dalgliesh combien de jours il comptait passer au cottage. Il pourrait y rester le temps qu'il voulait, bien entendu ; il ne fallait surtout pas qu'il se crût le moins du monde importun. Quand Dalgliesh répliqua qu'il n'y resterait que le temps nécessaire pour trier les livres du père Baddeley, Anstey eut du mal à cacher son soulagement. Il offrit d'envoyer Philby à Hope Cottage avec quelques caisses. Dot Moxon n'ouvrit pas la bouche. Elle continua à regarder fixement Dalgliesh comme si elle ne voulait trahir à aucun prix, ne fût-ce que par une lueur dans ses yeux sombres, que la présence du visiteur l'irritait et qu'elle avait hâte de retourner à ses comptes.

Dalgliesh fut heureux de se retrouver à Hope Cottage, de sentir de nouveau la vague odeur d'église qui l'imprégnait et de pouvoir faire une longue promenade d'exploration sur la falaise avant de se mettre en route pour Wareham. À peine eut-il défait sa valise et enfilé de solides chaussures de marche qu'il entendit le bus des patients s'arrêter dehors. S'approchant de la fenêtre, il vit Philby décharger la première des caisses d'emballage promises. L'homme la balança sur ses épaules, remonta le court sentier, ouvrit la porte d'un coup de pied apportant avec lui dans la pièce une forte odeur de sueur. Il laissa tomber son fardeau aux pieds de Dalgliesh avec un brusque : « Y en a deux autres à l'arrière. » C'était manifestement une invitation à venir l'aider. Pour la première fois, Dalgliesh voyait le factotum en pleine lumière, et ce spectacle n'avait rien d'agréable. En fait, il avait rarement rencontré quelqu'un dont l'aspect physique était aussi repoussant. Philby ne mesurait guère plus d'un mètre cinquante. Il avait un corps trapu, de petits bras grassouillets, des jambes aussi pâles et informes que des troncs d'arbre pelés et une tête ronde. Malgré sa vie au grand air, sa peau était rose, brillante et lisse comme la vessie d'un ballon gonflé. Dans une figure plus harmonieuse, ses yeux légèrement bridés, bleu-noir, auraient paru remarquables. Ses cheveux noirs clairsemés, plaqués sur son crâne bombé, se terminaient par une frange irrégulière et graisseuse. Il portait des sandales dont l'une fermait avec un bout de ficelle, un short blanc crasseux, si court qu'il en était presque indécent, et un T-shirt gris taché de sueur. Et, par-dessus, entrouverte et seulement retenue par une cordelière, sa robe de bure. Sans l'habit, il aurait simplement l'air sale et peu recommandable. Avec, il paraissait franchement sinistre.

Comme il ne semblait pas partir une fois la livraison terminée, Dalgliesh en conclut qu'il attendait un pourboire. Avec une adresse sournoise, mais sans un mot de remerciement, l'homme fit glisser les pièces remises dans la poche de son habit. Dalgliesh constata avec intérêt qu'en dépit des coûteuses expériences que la maison faisait en élevant ses propres poules pondeuses, certaines lois économiques avaient encore cours dans ce havre d'amour fraternel. En guise d'adieu, Philby flanqua un coup de pied dans chaque caisse comme s'il voulait justifier son pourboire en montrant qu'elles étaient solides. Comme, à sa déception, elles restèrent intactes, il les regarda une dernière fois d'un air dégoûté, et s'en alla. Dalgliesh se demanda où Anstey avait bien pu dénicher ce zèbre. À ses yeux critiques, cet homme avait l'air d'un dangereux violeur en liberté surveillée, mais engager un individu pareil aurait été un peu risqué, même pour quelqu'un comme Anstey.

La deuxième tentative que fit Dalgliesh pour sortir fut mise en échec par une autre visite : Helen Rainer arriva à bicyclette, les draps du lit dans lequel Dalgliesh avait passé la nuit empilés sur le porte-bagages. Wilfred, expliqua-t-elle, craignait que les draps de Hope Cottage ne fussent humides. Dalgliesh se demanda pourquoi elle n'avait pas profité du bus de Philby. Mais peut-être, chose compréhensible, n'aimait-elle pas se trouver à proximité de l'ancien détenu. Elle entra d'un pas tranquille, mais décidé, et, si elle ne fit pas sentir à Dalgliesh qu'on se serait bien passé de lui, elle lui donna néanmoins à comprendre qu'elle n'était pas venue pour bavarder, que d'autres tâches plus importantes l'attendaient. Ils firent le lit ensemble. Helen Rainer déploya les draps et les borda avec une telle dextérité que Dalgliesh, une seconde ou deux en retard sur elle, se sentit lent et incompétent. Ils travaillèrent d'abord en silence. Le moment était sans doute mal choisi, se dit-il, pour demander, même avec le plus grand tact possible, comment avait pu se produire le malentendu au sujet de la visite au père Baddeley, la dernière nuit de sa vie. Son séjour à l'hôpital devait l'avoir rendu timide. Au prix d'un effort de volonté, il articula :

« Je suis probablement trop sensible, mais je regrette qu'il n'y ait eu personne auprès du père Baddeley au moment de sa mort, ou du moins, que personne ne soit venu prendre de ses nouvelles ce soir-là. »

À ce reproche implicite, Miss Rainer aurait pu répondre très justement qu'il était mal placé pour critiquer qui que ce soit. Après tout, lui, il ne s'était jamais préoccupé du vieil homme pendant près de trente ans.

Mais l'infirmière répondit sans rancœur, presque avec empressement :

« Oui, c'est bien dommage. Si quelqu'un l'avait fait, cela n'aurait rien changé sur le plan médical, mais je suis bien d'accord : ce genre de malentendu n'aurait pas dû se produire. Avez-vous besoin de cette troisième couverture ? Sinon je la remporte à Toynton Manor : c'est une des nôtres.

— Deux me suffiront. Que s'est-il passé exactement ?

— Vous parlez du père Baddeley ? Il est mort d'une myocardite aiguë.

— Je voulais dire : comment expliquez-vous ce malentendu ?

— À son retour de l'hôpital, j'ai servi à Michael un déjeuner froid – du poulet et de la salade – puis je l'ai fait s'étendre : il avait bien besoin d'une sieste. Dans l'après-midi, Dot lui a apporté son thé et l'a aidé à se laver. Elle lui a fait mettre son pyjama, mais il a absolument voulu enfiler sa soutane par-dessus. Je lui ai préparé des œufs brouillés ici, à la cuisine, peu après six heures et demie. Il a été absolument formel : il ne voulait pas d'autres visites dans la soirée à part, bien sûr, celle de Grace Willison. Mais quand je lui ai dit que quelqu'un passerait vers dix heures prendre de ses nouvelles, il a paru tout à fait d'accord. Il m'a dit que s'il avait un malaise, il frapperait contre le mur avec le tisonnier. Ensuite, je me suis rendue à côté, chez Millicent, pour lui demander de prêter l'oreille aux bruits qui pouvaient provenir de chez son voisin. Elle m'a offert d'aller le voir avant de se coucher. C'est du moins ce que j'ai cru comprendre. Or, apparemment, elle pensait qu'Éric, ou moi, viendrait. Je le répète : c'est un regrettable malentendu. Je me fais des reproches. Ce n'était pas la faute d'Éric. Étant son infirmière, j'aurais dû m'assurer que le médecin viendrait l'examiner avant qu'il se mette au lit.

— Cette insistance pour rester seul… Pensez-vous qu'il attendait un visiteur ?

— Qui pouvait-il bien attendre à part cette pauvre Grace ? Je crois qu'il avait eu assez de visites à l'hôpital et voulait simplement un peu de tranquillité.

— Et vous étiez tous à Toynton Manor cette nuit-là ?

— Sauf Henry qui n'était pas encore rentré de Londres. Où aurions-nous bien pu être ?

— Qui a défait ses bagages pour lui ?

— Moi. Étant parti à l'hôpital d'urgence, il n'avait emporté que fort peu d'affaires, seulement celles qu'il avait sur sa table de nuit et que nous avons emballées.

— Sa bible, son bréviaire et son journal intime ? » fit Dalgliesh.

Helen Rainer leva brièvement les yeux vers lui, la figure dénuée d'expression, puis elle se pencha de nouveau pour replier la couverture sous le matelas.

« Oui, répondit-elle.

— Qu'en avez-vous fait ?

— Je les ai laissés sur la petite table qui se trouve à côté de son fauteuil. Il les a peut-être mis ailleurs par la suite. »

Le père Baddeley avait donc eu son journal avec lui à l'hôpital. Cela voulait dire que sa relation des événements quotidiens devait avoir été à jour. Donc, s'il était vrai, comme l'affirmait Anstey, que le cahier ne se trouvait pas dans le cottage le lendemain, quelqu'un avait dû s'en emparer au cours de la nuit.

Comment, se demanda Dalgliesh, allait-il formuler la question suivante sans éveiller les soupçons de la femme ? Gardant un ton léger, il dit :

« Vous avez peut-être négligé le révérend de son vivant, mais vous vous êtes certainement donné beaucoup de mal pour lui après sa mort. Non seulement vous l'avez fait incinérer, mais aussi enterrer. N'avez-vous pas été un peu trop consciencieux ? »

À sa surprise, Helen Rainer explosa comme s'il l'avait invitée à partager une juste indignation.

« Évidemment ! C'est ridicule ! Mais ça c'est la faute de Millicent. Elle a affirmé à Wilfred que Michael avait plusieurs fois exprimé le désir d'être incinéré. Je me demande bien pourquoi ! Millicent et lui étaient voisins, mais ils ne se voyaient pas tellement souvent. Wilfred, de son côté, était tout aussi certain que Michael aurait voulu un enterrement chrétien. Le pauvre homme a donc eu les deux. Cela a entraîné des complications et des dépenses supplémentaires. Le docteur McKeith de Wareham a dû signer un autre acte de décès en plus de celui qu'avait déjà délivré Éric. Toutes ces histoires simplement parce que Wilfred avait mauvaise conscience !

— Ah ! oui ? Pourquoi ?

— Oh ! pour rien. Je crois qu'il se reprochait d'avoir un peu négligé Michael, bref, il avait les remords habituels de ceux qui restent. Cet oreiller vous convient-il ? J'ai l'impression qu'il fait beaucoup de bosses et vous avez l'air d'avoir besoin d'une bonne nuit de sommeil. Surtout n'hésitez pas à venir au manoir si vous avez besoin de quoi que ce soit. Le lait est livré à la grille d'entrée. Je vous en ai commandé un demi-litre par jour.

Si c'est trop, vous pourrez toujours nous donner ce qui vous reste. Avez-vous tout ce qu'il vous faut ? »

Avec le sentiment d'être fermement pris en main, Dalgliesh répondit humblement par l'affirmative. La brusquerie d'Helen Rainer, son assurance, la façon dont elle se concentrait sur ses tâches et même son sourire le replongeaient dans l'état de patient. Quand elle poussa sa bicyclette au bas du sentier et l'enfourcha, il eut l'impression de voir partir son infirmière-visiteuse. Mais elle avait monté dans son estime. Les questions qu'il lui avait posées n'avaient pas eu l'air de la déranger. Elle s'était même montrée remarquablement communicative. Il se demanda pourquoi.

2

C'était une matinée chaude et brumeuse, à ciel bas. Alors que Dalgliesh quittait la veillée et commençait à gravir le sentier qui conduisait à la falaise, il se mit à tomber de grosses gouttes, lentes et espacées. D'un bleu laiteux, la mer était léthargique, opaque. La pluie piquetait les vagues couvertes de dessins d'écume. L'air sentait l'automne comme si quelqu'un, très loin, sans même trahir sa présence par une volute de fumée, faisait brûler des feuilles mortes. Le raidillon monta encore. Parfois il longeait la falaise de si près que Dalgliesh en éprouvait comme une vertigineuse et illusoire sensation de danger, parfois il serpentait à l'intérieur des terres entre des fougères couleur de bronze, froissées et déchirées par le vent, et un fouillis de mûriers sauvages dont les baies paraissaient maigres et sèches comparées aux fruits succulents qui poussaient aux haies des jardins. Le promontoire était coupé de murets de pierre écroulés par endroits et parsemé de petits blocs de pierre à chaux. Certains d'entre eux, à demi enterrés, saillaient de guingois. On aurait dit les vestiges d'un cimetière désordonné.

Dalgliesh avançait avec précaution. C'était sa première promenade à la campagne depuis sa maladie. À cause des exigences de son métier, marcher avait toujours été un rare plaisir. À présent, il se mouvait avec presque autant d'hésitation qu'un convalescent qui fait ses premiers pas. Ses muscles et ses sens redécouvraient d'anciens plaisirs, non pas avec délices, mais avec l'acceptation tranquille de ce que l'on connaît.

Au bout d'une dizaine de minutes, le sentier de la falaise commença à descendre doucement pour déboucher finalement dans un étroit chemin perpendiculaire au promontoire. À six mètres environ du bord, celui-ci s'élargissait pour former un plateau légèrement pentu couvert d'herbe verte et de mousse. Dalgliesh s'arrêta net, comme frappé par un souvenir. C'était donc là que Holroyd avait eu l'habitude de s'asseoir et d'où il avait plongé dans la mort. Pendant un instant, il regretta de trouver cet endroit sur sa route. La pensée de la mort violente gâta son euphorie. Mais il comprenait l'attrait de ce lieu. Retiré et abrité du vent, il dégageait une impression d'intimité et de paix, une paix qui avait dû être précieuse pour un homme prisonnier d'un fauteuil roulant et dont la vie dépendait de la puissance des freins de son siège. Mais ce dernier aspect avait peut-être fait partie de l'agrément. Ce n'était peut-être qu'ici, perché au-dessus de la mer sur ce tapis de mousse, que Holroyd, frustré et impotent, pouvait avoir eu l'illusion d'être libre, maître de son destin. Peut-être avait-il toujours eu l'intention de tenter ici son ultime libération, exigeant pendant des mois d'être emmené au même endroit, attendant le moment propice. Instinctivement, Dalgliesh examina le sol. Plus de trois semaines s'étaient écoulées depuis la mort de Holroyd, mais il crut déceler une légère impression sur le gazon, là où avaient reposé les roues, et des traces moins marquées, là où les policiers avaient piétiné l'herbe courte.

Il s'approcha du bord et regarda en bas. Spectaculaire, effrayante, la vue lui coupa le souffle. La falaise avait changé : ici, la pierre à chaux faisait place à une paroi presque verticale d'argile noirâtre truffée de roches calcaires. Environ quarante-cinq mètres plus bas, elle se terminait par une large chaussée crevassée composée de rochers bleu-noir aux formes les plus variées. Ces blocs de pierre jonchaient la plage comme si une main géante les avait jetés là pêle-mêle. La marée était basse et une ligne oblique d'écume bougeait faiblement entre les rochers les plus éloignés. Pendant que Dalgliesh regardait cette impressionnante et chaotique étendue de roches et de mer en essayant d'imaginer les conséquences que pouvait avoir eues pour Holroyd une chute à cet endroit, le soleil apparut soudain de derrière les nuages. Une bande de lumière passa sur le cap, se posa, chaude comme une main, sur sa nuque, dora les fougères et marbra les rochers éparpillés au bord de la falaise. La plage resta dans l'ombre, hostile, sinistre, et, un court instant, Dalgliesh crut contempler un rivage maudit sur lequel le soleil ne brillait jamais.

Dalgliesh avait pris la direction de la tour noire indiquée sur la carte du père Baddeley, moins par curiosité que par besoin de fixer un but à sa promenade. Continuant à penser à la mort de Holroyd, il atteignit le monument presque sans s'en apercevoir. C'était une imposante folie trapue, circulaire sur les deux tiers de sa hauteur et surmontée d'une coupole octogonale percée comme un poivrier de huit étroites ouvertures vitrées, pointes de compas lumineuses qui faisaient ressembler le bâtiment à un phare. Intrigué par son architecture, il en fit le tour, touchant ses murs sombres. Il constata qu'on l'avait construite en blocs de pierre à chaux, puis revêtue de schiste noir. Elle paraissait ornée d'une manière capricieuse d'éclats de jais. Par endroits, le mica était tombé, donnant à la tour un aspect tacheté ; des écailles d'un noir nacré jonchaient le bas des murs et luisaient dans l'herbe. Au nord, à l'abri du vent marin, on voyait un enchevêtrement de plantes comme si quelqu'un avait essayé d'aménager là un petit jardin. Maintenant, il ne restait plus qu'une touffe ébouriffée d'asters, quelques gueules-de-loup, soucis et capucines qui s'étaient semés tout seuls et un rosier étiolé portant deux maigres boutons blancs dont la tige se repliait contre la pierre, comme résignée à la venue des premières gelées.

À l'est, un porche de pierre sculpté surmontait une porte de chêne à ferrures. Dalgliesh en souleva la lourde poignée et la tourna avec difficulté. Elle était fermée à clef. Levant les yeux, il aperçut une grossière plaque de pierre encastrée dans le mur et pourvue d'une inscription gravée :

DANS CETTE TOUR MOURUT WILFRED MANCROFT ANSTEY LE
27 OCTOBRE 1887 À L'ÂGE DE 69 ANS
CONCEPTI CULPA NASCI PENA LABOR VITA NECESSI MORI
ADAM DE SAINT-VICTOR AD 1129.

Étrange épitaphe pour un propriétaire terrien de
l'époque victorienne, se dit-il. Et quel endroit bizarre pour
y rendre le dernier soupir. Le maître actuel de Toynton
Manor avait dû hériter une partie de l'excentricité de cet
ancêtre. CONCEPTI CULPA : la croyance au péché originel
avait été mise au rancart par l'homme moderne ainsi que
d'autres dogmes gênants ; même en 1887, elle devait déjà
avoir été sur son déclin. NASCI PENA : l'anesthésie, Dieu
merci, avait contribué à infirmer ce point de doctrine.
LABOR VITA : pas si l'homme technologisé du XXe siècle
pouvait l'éviter. NECESSI MORI : ah ! voilà où le bât blessait
encore. La mort. On pouvait la passer sous silence, en
avoir peur, ou même l'accueillir avec joie, mais on ne
pouvait la vaincre. Elle restait aussi peu discrète, mais
plus durable que cette tour commémorative. La mort
toujours pareille, hier comme aujourd'hui et à jamais.
Wilfred Mancroft Anstey avait-il choisi lui-même cet
austère *memento mori* et y avait-il trouvé un réconfort ?

Dalgliesh continua à longer le bord de la falaise. Il
contourna une petite baie. À une vingtaine de mètres
de lui, il aperçut un sentier cailouteux qui descendait à
la plage de galets. Le raidillon, qui devait être extrêmement traître par temps humide, semblait résulter d'une
heureuse configuration naturelle de la paroi rocheuse et
du travail de l'homme. Cependant, juste au-dessous de
Dalgliesh, la falaise formait un mur presque vertical. À
son étonnement, il vit que malgré l'heure relativement

matinale, deux varappeurs encordés étaient en train de l'escalader. Il reconnut aussitôt le premier : Julius Court. Il montait tête nue. Quand le second leva les yeux, Dalgliesh aperçut la figure que lui avait cachée le casque rouge protecteur : Dennis Lerner.

Les deux hommes grimpaient lentement, mais avec compétence, avec une telle compétence d'ailleurs, que Dalgliesh ne se sentit pas obligé de reculer pour éviter que la vue d'un spectateur imprévu ne leur fît relâcher leur attention. De toute évidence, ce n'était pas la première fois qu'ils entreprenaient cette ascension ; ils en connaissaient l'itinéraire et les techniques. Maintenant, ils entamaient le deuxième morceau. Regardant Court se mouvoir avec souplesse, sans hâte, jambes tournées en dehors et collées à la paroi comme des sangsues, il se mit à revivre certaines escalades de son enfance. Grimpant mentalement avec eux, il commentait chacune des étapes. Prendre une traverse horizontale de quatre mètres en s'assurant avec un piton ; passage d'ascension difficile ; un autre, en direction d'un petit pénitent ; rejoindre le prochain point d'appui par le palier ; s'élever à l'intérieur du dièdre avec deux pitons et passage à corde vers la fissure horizontale ; suivre de nouveau le dièdre jusqu'à la saillie située dans l'angle ; enfin, se hisser au sommet à l'aide de deux pitons.

Dix minutes plus tard, Dalgliesh se dirigeait à pas lents vers l'endroit où Julius était en train de grimper sur le bord de la falaise. L'alpiniste se redressa et se tint, légèrement haletant, à côté de Dalgliesh. Sans dire un mot, il planta un piton dans une fente de la roche, y passa un mousqueton qu'il fixa ensuite à sa ceinture et se mit à rappeler la corde. Un cri joyeux retentit sur

la muraille. S'adossant contre un rocher, Julius hurla :
« Tu peux y aller ! », et ramena soigneusement la corde
vers lui, centimètre par centimètre. Moins de quinze
minutes plus tard, Dennis Lerner apparaissait à son
tour. Il commença à enrouler la corde. Clignant des
paupières, il ôta ses lunettes à monture d'acier, essuya
ce qui aurait pu être des embruns ou des gouttes de
pluie sur son visage, puis, d'une main tremblante, raccrocha les lunettes derrière ses oreilles. Julius consulta
sa montre.

« Une heure et douze minutes, annonça-t-il. Nous
avons battu notre propre record aujourd'hui. »

Il se tourna vers Dalgliesh.

« Comme il y a peu d'endroits propices à l'escalade
sur cette côte, à cause du schiste, nous essayons d'améliorer notre chrono. Faites-vous de la varappe ? Dans ce
cas, je pourrais vous prêter mon équipement.

— Je n'en ai pratiquement plus fait depuis mon ado-
lescence et, à en juger par la performance à laquelle je
viens d'assister, je ne vous arrive pas à la cheville. »

Il ne se donna pas la peine d'expliquer qu'il était
encore trop affaibli par la maladie pour se livrer sans
risque à ce sport. Autrefois, il aurait peut-être trouvé
nécessaire de justifier son hésitation, mais depuis plusieurs années déjà, il se moquait de ce que les autres
pouvaient penser de son courage physique.

« Wilfred grimpait toujours avec moi, reprit Julius,
mais il y a trois mois environ, il a découvert que quelqu'un
avait volontairement effiloché une de ses cordes. Nous
étions sur le point d'attaquer cette falaise, justement. Il
a refusé de chercher le coupable. Quelqu'un, au manoir,
doit avoir une dent contre lui. Je suppose que Wilfred

s'attend à ce genre d'ennuis. Ce sont les risques du métier quand on veut jouer à Dieu. Il n'a jamais couru un réel danger : je vérifie *toujours* l'équipement avant le départ. Mais cet incident l'a découragé ou lui a fourni une bonne excuse pour abandonner la varappe. Il n'était pas très doué de toute façon. Maintenant, je dépends de Dennis. Nous grimpons ensemble quand il a un jour de congé, comme aujourd'hui. »

Lerner se tourna et sourit directement à Dalgliesh. Ce sourire, qui détendit son visage, le transforma. Soudain, il eut l'air d'un gamin.

« La plupart du temps, j'ai tout aussi peur que Wilfred, avoua-t-il, mais j'apprends. C'est fascinant et je commence à aimer ça. À environ sept cents mètres d'ici, il y a une paroi facile. C'est là que Julius m'a fait débuter. Nous pourrions l'escalader ensemble, si vous voulez. »

Son enthousiasme et son empressement naïf à vouloir partager sa nouvelle passion avaient quelque chose de touchant.

« Je ne pense pas rester assez longtemps à Toynton pour que cela en vaille la peine », répondit Dalgliesh.

Il intercepta le bref regard qu'échangèrent ses compagnons. Qu'exprimait-il ? Du soulagement ? Une mise en garde ? De la satisfaction ? Les trois hommes restèrent un moment silencieux. Dennis finit d'enrouler sa corde. Puis Julius montra la tour noire du menton.

« Elle est affreuse, vous ne trouvez pas ? C'est l'arrière-grand-père de Wilfred qui l'a fait ériger peu après la reconstruction du manoir. Celui-ci remplace une petite demeure élisabéthaine qu'un incendie avait détruite en 1843. Dommage. Je suis sûr qu'elle était plus belle que la maison actuelle. Arrière-grand-papa n'avait pas un sens architectural très développé. Aussi bien le manoir que la folie sont ratés.

— Comment se fait-il qu'il soit mort ici ? demanda Dalgliesh. Était-ce à dessein ?

— Ça, vous pouvez le dire ! Le vieil Anstey était un de ces excentriques invétérés et désagréables comme l'époque victorienne semble en avoir produit beaucoup. Il a inventé sa propre religion, basée, d'après ce que j'ai cru comprendre, sur l'Apocalypse. Au début de l'automne de 1887, il s'est emmuré dans la tour et y est mort de faim. D'après ce qui ressort du testament fumeux qu'il a laissé, il attendait le second avènement. J'espère qu'il est arrivé pour lui.

— Et on l'a laissé faire ?

— Personne ne savait qu'il était ici. Le vieux était fou, mais rusé. Il avait fait des préparatifs secrets, avait amené ici des pierres, du mortier, puis déclaré qu'il partait passer l'hiver à Naples. On ne l'a retrouvé que trois mois plus tard. Bien avant cela, il s'était déchiré la chair des doigts jusqu'à l'os en essayant de se désemmurer. Malheureusement, il avait trop bien travaillé.

— C'est horrible !

— Oui. Autrefois, avant que Wilfred ne clôture toute la propriété, les gens du coin évitaient cet endroit. Je dois dire que j'en fais autant. Le père Baddeley y venait de temps en temps. Selon Grace Willison, il priait pour l'âme du défunt. Il aspergeait la tour d'un peu d'eau bénite, pour la décontaminer en quelque sorte, et pour lui le problème était réglé. Wilfred s'en sert comme lieu de méditation, c'est du moins ce qu'il prétend. À mon avis, il s'y réfugie quand il en a marre du centre. Le sinistre souvenir familial qui s'y rattache n'a pas l'air de le déranger. Mais cela s'explique peut-être par le fait qu'il n'est pas le véritable descendant du vieux : il a été adopté. Millicent Hammitt a déjà dû vous le dire.

— Non, pas encore. C'est à peine si nous avons échangé trois mots.

— Elle n'y manquera pas, soyez-en certain. »

À l'étonnement de Dalgliesh, Dennis Lerner déclara :

« Moi j'aime la tour, surtout en été quand le cap est tranquille et que le soleil fait briller la pierre noire. En fait, c'est un symbole, n'est-ce pas ? Elle a quelque chose de magique, d'irréel. On la dirait construite pour l'amusement d'un enfant. Mais, au-dessous, on trouve l'horreur, la souffrance, la folie et la mort. C'est ce que j'ai dit au père Baddeley un jour.

— Et qu'a-t-il répondu ? demanda Julius.

— Il a dit : "Oh ! non, mon fils. Au-dessous, on trouve l'amour de Dieu."

— Moi je n'ai pas besoin d'un symbole phallique érigé par un original victorien pour me rappeler notre sort final. En homme sensé, je prépare mes propres défenses.

— Lesquelles ? » demanda Dalgliesh.

Même à ses propres oreilles, cette question parut aussi abrupte qu'un ordre. Julius sourit.

« L'argent et les consolations qu'il procure : loisirs, amis, beauté, voyages. Puis le jour où ces remèdes deviennent inefficaces, ce qui est inévitable, comme me l'aurait certainement fait remarquer votre ami, le père Baddeley, et que les quatre chevaux de l'Apocalypse mentionnés par Dennis s'emparent de moi, trois balles de Luger. »

168

Il regarda de nouveau la tour.

« Entre-temps, qu'on m'épargne les mémento. Mon origine irlandaise me rend superstitieux. Descendons sur la plage. »

Ils s'engagèrent précautionneusement sur le raidillon glissant. Au bas de la falaise, Dennis Lerner ramassa son habit de moine qu'il avait soigneusement plié et déposé sous une grosse pierre. Il l'enfila, enleva ses chaussures d'alpiniste pour les remplacer par des sandales qu'il tira de la poche de sa robe. Ainsi métamorphosé, son casque de protection sous le bras, il rattrapa ses compagnons. Ensemble, ils progressèrent lentement sur les galets. Vue de près, la plage était encore plus étonnante : une large et luisante bande d'argile parsemée de rochers, crevassée comme sous l'effet d'un tremblement de terre. Les flaques étaient festonnées d'algues gluantes ; une mer nordique pouvait-elle produire un vert si exotique ? Même les détritus qui jonchaient la grève – bouts de bois tachés de goudron, cartons dans lesquels l'eau bouillonnait comme une mousse brune, bouteilles, morceaux de corde, fragiles carcasses d'oiseaux de mer – auraient pu être les débris laissés par une catastrophe, les tristes vestiges d'un monde mort.

Comme d'un commun accord, les hommes se rapprochèrent les uns des autres et, d'un pas prudent, avancèrent sur les rochers visqueux en direction de la mer. Quand ils atteignirent les pierres plus plates et inondées, Dennis retroussa sa robe. Soudain Julius s'arrêta et se tourna vers la paroi rocheuse. Dalgliesh l'imita. Seul Dennis continua à regarder fixement la mer.

« La marée montait très vite, dit Court. Elle devait déjà toucher ces pierres, ici. J'ai dévalé le sentier que nous venons de descendre. Cela m'a pris quelques minutes, mais c'était le chemin le plus court, le seul possible, en fait. Alors que je courais sur les galets, je ne voyais rien, ni Victor ni le fauteuil. En arrivant à la falaise noire, je me suis forcé à chercher le corps des yeux. D'abord, je n'ai rien vu d'anormal. Puis j'ai repéré une des roues du fauteuil : elle reposait au milieu d'un rocher plat, le soleil en faisait briller le chrome et les rayons. Elle était si décorative, si bien placée, qu'on avait du mal à croire qu'elle était tombée là par hasard. Elle avait dû se détacher sous l'impact et rouler sur cette pierre. Je l'ai ramassée et jetée avec violence vers la plage en riant très fort. Le choc, sans doute. Mon rire s'est répercuté sur la falaise. »

Sans se retourner, Lerner dit d'une voix étouffée :

« Oui, je me souviens. Je croyais que c'était Victor qui riait. On aurait dit son rire.

— Vous avez donc vu l'accident ? demanda Dalgliesh, s'adressant à Julius.

— Oui, d'une distance de cinquante mètres environ. Je venais d'arriver de Londres. Il faisait exceptionnellement chaud pour une journée de septembre et j'avais décidé de me baigner. J'étais en train de traverser le promontoire quand j'ai vu le fauteuil bondir en avant. Dennis était couché dans l'herbe, à une dizaine de mètres derrière. Il a sauté sur ses pieds et s'est lancé à sa poursuite en hurlant. Ensuite, il s'est mis à courir le long de la falaise, d'abord dans un sens, puis dans l'autre, en agitant les bras. On aurait dit une grosse corneille brune devenue folle. »

À travers ses lèvres crispées, Lerner articula :

« Je sais que je n'ai pas fait preuve de beaucoup de courage.

— Dans ces circonstances, mon vieux, le courage ne t'aurait servi à rien. Te jeter du haut de la falaise à la suite de Holroyd aurait été absurde. Quoique j'aie bien cru pendant un instant que c'était ce que tu allais faire. »

Court se tourna vers Dalgliesh.

« J'ai laissé Dennis couché à plat ventre dans l'herbe, en état de choc, je suppose. Je me suis arrêté pour lui crier d'aller chercher de l'aide au manoir, puis je me suis précipité vers le sentier. Il a fallu dix minutes à Dennis pour se ressaisir et se mettre en route. J'aurais mieux fait de m'occuper un peu plus de lui, puis de le faire descendre ici avec moi pour m'aider à récupérer le cadavre. Parce que j'ai bien failli le perdre.

— Le fauteuil doit être passé par-dessus bord de la falaise à une allure considérable pour avoir atterri aussi loin qu'ici, fit remarquer Dalgliesh.

— Oui. Bizarre, n'est-ce pas ? Moi je le cherchais beaucoup plus près de la paroi. Puis j'ai aperçu un amas de ferraille, à environ six mètres sur la droite. La marée l'atteignait déjà. Finalement, j'ai vu Holroyd. Il ressemblait à un gros poisson échoué qui roulait dans les vagues. Il avait la figure pâle et bouffie, mais c'était déjà le cas de son vivant : ça devait avoir un rapport avec les stéroïdes que lui prescrivait Éric. Maintenant, il avait l'air grotesque. Il devait être sorti de son fauteuil avant l'impact. En tout cas, il gisait à une certaine distance des restes du fauteuil. Il ne portait qu'un pantalon et une chemise de coton. Les rochers et la mer avaient déchiré la chemise et je ne voyais que son grand torse blanc qui tournait et montait avec les vagues. Il avait une blessure à la tête et une carotide sectionnée. Il devait avoir saigné abondamment. La mer avait fait le reste. Quand je suis arrivé près de lui, l'eau était encore teintée de rose, jolie comme un bain de mousse. Victor paraissait exsangue comme s'il avait séjourné des mois dans la mer. »

Un corps exsangue. Un meurtre non sanglant.

Ces mots vinrent automatiquement à l'esprit de Dalgliesh. D'une voix neutre, presque indifférente, il demanda :

« Comment avez-vous réussi à le sortir de l'eau ?

— Ça n'a pas été facile. Comme déjà dit, la marée montait très vite. Je suis parvenu à passer mon drap de bain dans la ceinture du mort et j'ai essayé de le hisser sur un rocher plus élevé. Une entreprise ardue. Victor était beaucoup plus lourd que moi et son pantalon trempé ajoutait à son poids. En fait, j'avais peur qu'il le perde. Si c'était arrivé, ça n'aurait pas eu grande importance, mais sur le moment, j'ai eu l'impression qu'il fallait à tout prix préserver sa dignité. J'ai finalement réussi à le monter sur ce rocher-là, si je ne me trompe pas. J'étais mouillé moi-même et, malgré la chaleur, tremblais de tous mes membres. Je me souviens avoir pensé : "Tiens, comment se fait-il que le soleil ne sèche pas mes vêtements ?" »

Pendant ce récit, Dalgliesh avait jeté un coup d'œil au profil de Lerner. Dans le maigre cou hâlé de l'infirmier, une veine battait comme une pompe. Dalgliesh dit avec froideur :

« Espérons que la mort de Holroyd a été moins pénible pour lui qu'elle semble l'avoir été pour vous. »

Julius Court rit :

« Rappelez-vous, que tout le monde n'a pas votre sang-froid professionnel, commandant. Donc après avoir tiré le corps jusqu'ici, j'ai continué à m'y accrocher

172

comme un pêcheur à sa prise. Enfin l'équipe de secours de Toynton Manor s'est amenée avec un brancard. Ils sont arrivés sur la plage, le chemin le plus court. Ils marchaient à la queue leu leu, se tordant les pieds sur les galets, encombrés comme une bande désordonnée de pique-niqueurs.

— Qu'était devenu le fauteuil ?

— Je ne me le suis rappelé qu'une fois de retour au manoir. Il était fichu, bien sûr. Personne ne se faisait d'illusions là-dessus. Mais je me suis dit que la police voudrait peut-être l'examiner pour vérifier les freins. Je suis intelligent tout de même ! Je crois avoir été le seul à y avoir pensé. Quelques personnes du centre sont revenues pour le chercher, elles n'ont retrouvé que les deux roues et la partie centrale. Les deux côtés, y compris les freins à cliquet, manquaient. Le lendemain matin, les policiers ont entrepris des recherches plus minutieuses, mais en vain. »

Dalgliesh aurait aimé demander qui, exactement, était retourné sur la plage, mais il ne voulait pas trahir de véritable curiosité. Il se disait d'ailleurs qu'il n'en éprouvait aucune. Les morts violentes ne le concernaient plus et, d'un point de vue officiel, celle-ci ne le concernerait jamais. Il était tout de même curieux qu'on n'eût pas retrouvé les deux morceaux essentiels du fauteuil. Ce rivage rocheux, avec ses crevasses profondes, était un endroit idéal pour les cacher. Mais la police y avait sûrement pensé. C'était là une question qu'il poserait, avec le plus de tact possible, à ses collègues. Le père Baddeley avait écrit pour lui demander de l'aide la veille de la mort de Holroyd. Cela n'excluait pas pour autant tout lien entre les deux événements.

« Je suppose que le père Baddeley a été très affecté par la mort de ce jeune homme ?

— Profondément affecté. En fait, il n'a appris le drame qu'une semaine plus tard. L'enquête criminelle était déjà terminée et Holroyd enterré. Je pensais que Grace Willison vous l'avait dit. Michael et Victor nous ont fait passer une rude journée. Quand Dennis est arrivé au manoir pour annoncer la nouvelle de l'accident, l'équipe de secours est partie sans avertir les patients. Compréhensible mais malheureux. Lorsque, quarante minutes plus tard, nous avons tous franchi la porte d'entrée portant le brancard d'où glissait le corps de Victor, Grace était justement en train de traverser le hall dans son fauteuil et elle s'est évanouie. Wilfred, pensant que Michael avait là une occasion de justifier son salaire, a envoyé Éric le quérir. Éric a trouvé le père Baddeley dans les affres d'une crise cardiaque. On a donc demandé une deuxième ambulance. Nous pensions qu'un voyage en compagnie de la dépouille déchiquetée de Victor achèverait Michael. Votre ami a donc quitté la maison dans une bienheureuse ignorance. L'infirmière en chef ne lui a annoncé la nouvelle que lorsque les médecins ont jugé le malade en état de le supporter. Il paraît qu'il l'a accueillie en silence, mais avec un bouleversement visible. Je crois qu'il a envoyé une lettre de condoléances à Wilfred. En tant que religieux, le père Baddeley savait prendre la mort des autres avec calme. De plus, Victor et lui n'étaient pas exactement amis. C'est l'idée du suicide qui l'a perturbé. Il devait se sentir atteint dans son honneur professionnel.

— Et moi je me sens coupable, murmura Lerner. J'étais responsable de Holroyd, après tout.

— Ou bien vous l'avez poussé au bas de la falaise ou bien vous ne l'avez pas fait. Dans ce dernier cas, vous sentir coupable, c'est de la délectation morose.

— Et si je l'ai fait ?

— Alors, c'est une délectation morose dangereuse. » Julius rit.

« Victor s'est suicidé, vous le savez aussi bien que moi. Tous ceux qui l'ont connu le savent. Si vous commencez à imaginer des choses au sujet de sa mort, alors il est heureux pour vous que cet après-midi-là j'aie décidé d'aller me baigner et sois arrivé au moment fatidique. »

Les trois hommes rebroussèrent chemin sur les galets mouillés. Regardant la figure pâle de Lerner, le muscle qui tressaillait au coin de sa bouche molle, ses yeux inquiets et clignotants, Dalgliesh sentit qu'ils avaient assez parlé de Holroyd. Il se mit à poser des questions sur les roches. Lerner se tourna vivement vers lui.

« C'est fantastique, n'est-ce pas ? J'aime la variété de cette côte. Vous trouvez le même genre de schiste à l'ouest de Kimmeridge. Là, on l'appelle "charbon de Kimmeridge". Il est bitumineux, vous savez. On peut le brûler. Nous l'avons fait au manoir. Wilfred était ravi à l'idée de pouvoir se procurer du combustible gratuit. Mais nous avons dû déchanter très vite. La puanteur que dégageaient les feux a bien failli nous tuer. Je crois qu'on essaie d'exploiter ce schiste depuis le milieu du XVIIIe siècle, mais personne n'a encore réussi à le désodoriser. Telle que vous la voyez maintenant, la pierre noire a l'air un peu terne et pas très attrayante, mais, si vous la cirez, elle se met à briller comme du jais. Vous avez bien vu ce que ça donne sur la tour. On en faisait déjà des ornements du temps des Romains. J'ai un livre sur la géologie de cette côte. Je peux vous le prêter, si cela vous intéresse. Je pourrais aussi vous montrer ma collection de fossiles. Wilfred pense que je ne devrais plus en prendre maintenant que les falaises sont si dénudées. J'ai donc renoncé à mon passe-temps. Mais je crois avoir un morceau de bracelet en schiste datant de l'Âge de Fer. »

Julius Court marchait avec bruit sur les galets, à quelques pas des deux autres. Il se retourna.

« Cesse donc d'ennuyer le commandant avec ton dada ! Tu as bien entendu ce qu'il nous a dit : il ne restera pas assez longtemps à Toynton pour que ça en vaille la peine. »

Il sourit à Dalgliesh. Sa remarque avait tout d'un défi.

3

Avant de partir pour Wareham, Dalgliesh écrivit à Bill Moriarty, au Yard. Il lui communiqua le peu de chose qu'il savait sur le personnel et les patients de Toynton Manor et demanda si son service avait des renseignements officiels sur ces personnes. Il pouvait aussi bien imaginer la réaction de Bill à cette lettre que prédire le style de sa réponse : Moriarty était un excellent policier, mais il ne pouvait parler d'une affaire sans affecter un ton facétieux, faussement jovial.

En s'arrêtant à Toynton pour poster sa lettre, Dalgliesh avait pris la précaution de téléphoner au commissariat de Wareham pour s'annoncer. Il était donc attendu. Obligé de se rendre à l'improviste à une réunion avec le chef de la police du comté, le superintendant divisionnaire avait laissé un mot d'excuses pour Dalgliesh et des instructions pour l'accueil du visiteur. Avant de partir, il avait dit à l'inspecteur Daniel, chargé de le recevoir à sa place :

« Je regrette de manquer le commandant. Je l'ai vu l'année dernière, à une conférence qu'il faisait à Bramshill. Contrairement à ses arrogants collègues de Scotland Yard, il fait preuve de bonnes manières et d'une humilité apparemment sincère. C'est agréable de rencontrer un policier de la capitale qui ne traite pas les forces de la province comme si, pour les recruter, nous nous postions à l'entrée d'une caverne, un morceau de viande crue au bout d'un bâton. D'accord, c'est le chouchou du préfet, mais c'est un bon flic.

— N'écrit-il pas des vers, Sir ?

— À votre place, je ne lui en parlerais pas, même pour me faire bien voir. Moi, ma passion, c'est d'inventer des mots croisés. Cela requiert sans doute autant d'intelligence, mais pourquoi diable m'en complimenterait-on ? J'ai emprunté son dernier recueil, *Blessures invisibles*, à la bibliothèque. Étant donné que l'auteur est un flic, croyez-vous que ce titre soit ironique ?

— Je ne sais pas, Sir. Je n'ai pas lu le livre.

— Je n'ai compris qu'un poème sur trois, et encore il se peut que je me flatte. Vous a-t-il dit ce qui nous valait l'honneur de sa visite ?

— Non, Sir. Comme il séjourne à Toynton Manor, il s'intéresse peut-être à l'affaire Holroyd.

— Cela m'étonnerait. Assurez-vous quand même que le brigadier Varney sera libre.

— Je lui ai demandé de venir déjeuner avec nous, Sir. Je pensais emmener Mr. Dalgliesh au pub habituel.

— Pourquoi pas ? Que le commandant voie un peu comment vivent les pauvres. »

Et c'est ainsi qu'après les préliminaires d'usage, Dalgliesh se trouva invité à déjeuner au *Duke's Arms*. C'était un pub sans prétention. Le tenancier, un homme solidement charpenté en chemise à manches courtes, accueillit l'inspecteur Daniel et le brigadier Varney sans effusion mais avec une évidente satisfaction. Il pouvait manifestement se permettre de recevoir la police locale dans son pub sans craindre de nuire à la réputation de son établissement. Le bar était bondé, enfumé, et rempli d'un brouhaha de voix à l'accent du Dorset. Prenant la tête du groupe, Daniel descendit un étroit couloir imprégné de forts relents de bière auxquels se mêlait une légère odeur d'urine. À l'étonnement de Dalgliesh, ils pénétrèrent dans une cour pavée baignée de soleil avec un cerisier au centre. Un banc de bois encerclait son tronc et une demi-douzaine de tables et de chaises à lattes de bois étaient disposées sur les dalles qui entouraient la partie pavée. Il n'y avait personne. Les habitués passaient sans doute une trop grande partie de leur vie de travail en plein air pour voir dans cette cour une alternative agréable à l'intimité chaude et fraternelle du bar.

Le tenancier apporta d'office deux chopes de bière, deux sandwiches au fromage, un pot de chutney maison et une grande salade de tomates. Dalgliesh commanda la même chose. La bière était excellente et le fromage, du cheddar anglais, de qualité. Le pain sortait de chez le boulanger du coin, le beurre n'était pas salé et les

tomates avaient le goût du soleil. Les hommes man-
gèrent dans un silence convivial.

L'inspecteur Daniel était un homme grand et lourd.
Il portait une brosse de cheveux gris rebelles et avait le
teint coloré. Il devait approcher de l'âge de la retraite.
Ses yeux noirs erraient sans cesse d'un visage à l'autre
avec une expression amusée, indulgente et légèrement
complaisante comme s'il se sentait personnellement responsable de la marche du monde et, dans l'ensemble,
n'était pas trop mécontent des résultats obtenus. Le
contraste qu'offraient ses yeux brillants et inquiets avec
la lenteur de ses mouvements et son ton mesuré de campagnard avait quelque chose de déroutant.

Plus petit de cinq à six centimètres, le brigadier avait
une figure ronde de jeune garçon que la vie n'a pas
encore marquée. Il était le type même de l'agent dont
les traits juvéniles suscitent immanquablement chez les
gens d'un certain âge des réflexions amères du genre :
« Bientôt on les prendra au berceau. » Vis-à-vis de son
supérieur, il avait une attitude détendue, respectueuse et
sans flagornerie. Dalgliesh le soupçonna de jouir d'une
formidable confiance en soi qu'il avait d'ailleurs du mal
à dissimuler. Quand il parla de son enquête sur la mort
de Holroyd, Dalgliesh crut comprendre pourquoi : ce
jeune policier, intelligent et extrêmement compétent,
savait exactement ce qu'il voulait et comment parvenir
à ses fins.

En exposant son affaire, Dalgliesh veilla à amoindrir
les faits.

« Au moment où le père Baddeley m'a écrit, j'étais
malade ; à mon arrivée ici, il était mort. Je ne pense pas
que le problème au sujet duquel il voulait me consulter

était très important, mais j'ai une sorte de remords d'avoir déçu son attente. Je me suis dit que ce serait peut-être une bonne idée de discuter avec vous pour voir si c'était quelque événement survenu à Toynton Manor qui pouvait l'avoir tracassé. Cela me paraît fort improbable. On m'a parlé de la mort de Victor Holroyd, bien sûr, mais celle-ci a eu lieu le lendemain du jour où le père Baddeley m'a écrit. Je me suis toutefois demandé si ce drame avait été précédé de faits susceptibles de le préoccuper.

— Il n'y avait aucun indice prouvant que Holroyd n'était pas le seul responsable de sa mort, déclara le brigadier. Comme vous devez le savoir, le coroner a conclu à l'accident. En entendant ce verdict, le docteur Maskell, qui assistait aux délibérations du jury, a dû pousser un soupir de soulagement. Bien que vivant très retiré, Mr. Anstey jouit d'une excellente réputation dans la région et personne ne voulait ajouter à son chagrin. Mais à mon avis, Sir, nous avons affaire à un suicide pur et simple. On a l'impression que Holroyd a agi sur une impulsion. Ce n'était pas son jour de promenade habituel. Il aurait été pris subitement de l'envie de sortir. Miss Grace Willison et Mrs. Ursula Hollis, qui étaient assises avec lui dans la cour des patients, ont déclaré que Holroyd avait appelé Dennis Lerner et qu'à force de tarabuster l'infirmier il avait réussi à se faire emmener sur la falaise. Selon le témoignage de Lerner, Holroyd s'est montré particulièrement désagréable pendant tout le trajet. En arrivant à l'endroit où ils avaient coutume de s'arrêter, il est même devenu si franchement odieux que l'infirmier a pris son livre et est allé s'étendre par terre, à quelque distance du fauteuil. C'est là que Mr. Julius

Court l'a aperçu quand il est parvenu au sommet du promontoire, juste à temps pour voir le fauteuil dévaler la pente et passer par-dessus le bord de la falaise. En examinant le sol le lendemain matin, les fleurs et l'herbe écrasées m'ont permis de situer exactement l'endroit où Lerner s'était couché. Son livre sur la géologie de la côte du Dorset était encore par terre, là où il l'avait laissé tomber. J'ai bien l'impression, Sir, que Holroyd a délibérément exaspéré Lerner pour que l'infirmier s'éloigne et, de ce fait, soit incapable de l'attraper une fois qu'il aurait desserré les freins.

— Lerner a-t-il rapporté les propos de Holroyd au coroner ?

— Il ne s'est pas montré très explicite, mais il a plus ou moins admis que Holroyd l'avait traité de pédéraste, de paresseux et d'opportuniste. Il l'a également accusé d'être un infirmier brutal et incompétent.

— Je trouve ça très explicite, au contraire. Dans quelle mesure est-ce vrai ?

— Difficile à dire, monsieur. Lerner est peut-être tout cela, homosexualité comprise. Mais de là à aimer se l'entendre dire…

— Ce n'est pas un infirmier brutal, voilà une chose dont je suis certain, intervint l'inspecteur Daniel. Ma sœur est infirmière à la maison de repos de Meadowlands, près de Swanage. La vieille Mrs. Lerner – une octogénaire maintenant – est une de ses patientes. Son fils vient la voir régulièrement. Quand le personnel est débordé, il n'hésite pas à donner un coup de main. D'ailleurs, je me demande pourquoi il ne se fait pas embaucher là-bas. De plus, Lerner doit se sentir des obligations envers Wilfred Anstey. Ma sœur, en tout cas, pense beaucoup de bien de lui. C'est un bon fils, voilà ce qu'elle en dit. La pension de sa mère lui coûte sûrement les yeux de la tête. La moitié de son salaire doit y passer car Meadowlands est cher. Non, moi je dirais que Holroyd était un type impossible. On vivra plus heureux au manoir maintenant qu'il a disparu.

— C'est tout de même un moyen assez hasardeux de se suicider. Ce qui m'étonne, c'est qu'il ait réussi à faire avancer son fauteuil. »

Le brigadier Varney avala une gorgée de bière.

« Cela m'a étonné aussi, Sir. Comme le fauteuil était en morceaux, je n'ai pu vérifier le phénomène. Mais Holroyd était très lourd – il pesait au moins cinq kilos de plus que moi, je pense – et je me suis livré à des expériences avec l'un des vieux fauteuils du centre, un modèle qui se rapprochait le plus de celui qu'avait la victime. J'ai constaté que sur un terrain dur présentant une pente de vingt pour cent je pouvais le faire bouger, assis dedans, en lui imprimant une forte secousse avec mon corps. Julius Court a déclaré avoir vu Holroyd tressauter violemment. Bien entendu, à la distance où il se trouvait, le témoin ne pouvait pas dire si Holroyd faisait avancer le fauteuil ou s'il réagissait spontanément au choc de se trouver en train de rouler vers l'abîme. Il faut dire aussi que Holroyd n'avait guère d'autre moyen de se supprimer vu son handicap important. Avaler une drogue aurait été la méthode la plus facile, mais les médicaments sont enfermés dans la pharmacie, au premier étage, et il lui aurait été impossible de se procurer une substance dangereuse sans complicité. Il aurait pu essayer de se pendre avec une serviette dans la salle de bains, mais les portes n'ont pas de verrou. Bien entendu, c'est là une précaution – les patients peuvent tomber et ne pas pouvoir appeler – mais cela signifie que, lorsqu'on vit à Toynton Manor, il est très difficile de préserver son intimité.

— Et si le fauteuil avait été défectueux ?

— J'y ai pensé, Sir, et la question a évidemment été posée à l'enquête. Malheureusement, nous n'avons récupéré que le siège et l'une des roues. Les deux côtés qui portent le frein à main et la barre transversale pourvue du cliquet avaient disparu.

— Exactement les parties du fauteuil, donc, qui auraient permis de voir si les freins avaient un défaut, naturel ou provoqué.

— Oui, si nous avions pu les trouver à temps. Cela n'a pas été le cas. Holroyd avait été arraché de son siège soit pendant la chute soit sous le choc de l'impact et Court a évidemment jugé plus important de repêcher d'abord le corps. La victime roulait dans les vagues. Son pantalon imbibé d'eau l'alourdissant encore, Court n'a pas pu le tirer bien loin. En passant son drap de bain dans la ceinture du cadavre, il a réussi à le tenir jusqu'à l'arrivée des secours. L'équipe comprenait Mr. Anstey, le docteur Hewson, Mrs. Moxon, l'infirmière, et Albert Philby, l'homme de peine. Ils amenaient un brancard. En joignant leurs efforts, ils ont pu étendre le corps dessus et le porter le long de la plage jusqu'au manoir. C'est alors seulement qu'ils nous ont appelés. Dès leur retour au centre, Mr. Court a pensé qu'il fallait récupérer le fauteuil pour que nous puissions l'examiner. Il a envoyé Philby le chercher. Mrs. Moxon a décidé d'accompagner le domestique. La mer s'était retirée de vingt mètres entre-temps. Ils ont juste retrouvé le siège, le dossier et une des roues.

— C'est curieux que Dot Moxon ait participé à cette expédition. J'aurais plutôt cru qu'elle resterait avec les malades.

— Moi aussi, Sir. Mais Anstey a refusé de quitter Toynton Manor et le docteur Hewson a dû penser que sa place était auprès du cadavre. L'autre infirmière, Mrs. Rainer, était de congé cet après-midi-là. Il n'y avait donc personne d'autre à envoyer, à moins de compter Mrs. Hammitt, ce que personne n'a l'air d'avoir fait. Il semblait très important que deux paires d'yeux cherchent le fauteuil avant la tombée de la nuit.

— Et Julius Court ?

— Mr. Court et Mr. Lerner ont jugé qu'ils devaient rester au manoir pour nous attendre.

— C'est vraiment très correct de leur part. Et quand vous êtes arrivés, il faisait évidemment trop sombre pour effectuer des recherches ?

— En effet, Sir. Il était exactement sept heures quatorze. À part recueillir les témoignages et transporter le corps à la morgue, nous n'avons pas pu faire grand-chose avant le lendemain matin. Je ne sais pas si vous avez vu la côte à marée basse. On dirait une grande nappe de caramel noir qu'un géant se serait amusé à casser avec un énorme marteau. Nous avons effectué de minutieuses recherches sur une vaste étendue. Si les morceaux manquants du fauteuil se sont logés dans des crevasses entre les rochers, il nous faudrait non seulement un détecteur de métaux – et beaucoup de chance – pour les trouver, mais encore un appareil de levage pour les retirer. Je crois qu'ils ont été entraînés sous les galets. Le ressac est très fort à cet endroit.

— A-t-on la moindre raison de penser que Holroyd a soudain été pris d'une irrésistible envie de se suicider? Je veux dire : pourquoi a-t-il choisi ce moment-là?

— C'est une question que j'ai posée, Sir. Une semaine plus tôt, le 5 septembre, Mr. Court l'avait emmené en voiture à Londres avec Mr. et Mrs. Hewson. Holroyd voulait aller voir son avoué et un médecin de l'hôpital du Saint-Sauveur. C'est l'hôpital où le docteur Hewson a fait son internat. Je suppose que le spécialiste, là-bas, n'a pas caché à Holroyd qu'on ne pouvait plus rien faire pour lui. Le docteur Hewson a déclaré que cette nouvelle n'a pas eu l'air d'affecter le malade. Il devait s'y attendre. Selon le docteur Hewson, cette consultation était surtout un prétexte pour sortir de Toynton Manor. Comme Mr. Court se rendait à Londres de toute façon, il a offert de l'emmener. Mrs. Moxon et Mr. Anstey ont formellement déclaré que Holroyd n'était pas particulièrement déprimé à son retour. Il est vrai qu'il est un peu dans leur intérêt de mettre en doute la théorie du suicide. Les patients m'ont donné une version des faits assez différente. Eux, ils avaient constaté un changement. D'après leur description Holroyd n'était pas déprimé, mais certainement pas plus facile à vivre. Ils l'ont plutôt vu "excité". Miss Willison a employé le mot "exulter". On aurait dit qu'il était en train de prendre une décision, a-t-elle déclaré. Je pense qu'elle est presque sûre que Holroyd s'est suicidé. Lors de l'interrogatoire, elle a paru choquée par cette idée et peinée pour Mr. Anstey. Elle ne voulait pas le croire, mais au fond d'elle-même, elle savait que c'était vrai.

— Et cette visite que Holroyd a faite à son avoué ?
Aurait-il pu, à cette occasion, apprendre quelque chose
de bouleversant ?

— Il s'est rendu chez Holroyd et Martinson, une
vieille étude familiale située dans Bedford Row. Le frère
aîné de Victor en est maintenant le principal associé. Je
l'ai appelé, mais il ne m'a pas dit grand-chose. Selon lui,
Victor ne lui a rendu qu'une simple visite de politesse
et ne paraissait pas plus déprimé que d'habitude. Les
deux frères n'ont jamais été très proches. Mr. Martin
Holroyd venait cependant de temps à autre rendre visite
à son cadet, surtout quand il voulait parler à Mr. Anstey
de ses affaires.

— Comment ? Holroyd et Martinson sont les avoués
d'Anstey ?

— Oui, ils travaillent depuis plus de cent cinquante
ans pour sa famille. C'est ainsi que Victor Holroyd a
entendu parler du manoir. Il fut d'ailleurs le premier
patient d'Anstey.

— Se pourrait-il que quelqu'un, au centre, ait saboté
son fauteuil, soit le jour même de sa mort soit la veille
au soir ?

— Philby aurait pu le faire. Il en a eu toutes les occasions. Mais on pourrait aussi bien soupçonner plusieurs
autres personnes. Le fauteuil de Holroyd, celui qu'on
employait pour les promenades, était assez lourd. On le
rangeait dans l'atelier au bout du couloir, dans l'annexe
sud. Je ne sais pas si vous êtes au courant, Sir, mais
cette pièce est parfaitement accessible aux handicapés.
En principe, c'est l'atelier de Philby. C'est là que se
trouve son équipement de menuisier et quelques outils
de serrurier que les patients peuvent utiliser également.

On les encourage, même, à aider Philby ou à s'adonner à leur propre passe-temps. Quand son état le lui permettait encore, Holroyd y faisait un peu de menuiserie et Mr. Carwardine y modèle de la glaise.

— Carwardine m'a dit qu'il y était quand Philby a huilé et vérifié les freins, la veille de la mort de Holroyd, à huit heures quarante-cinq du soir.

— Tiens, il vous en a dit plus qu'à moi. D'après sa déclaration, j'avais l'impression qu'il n'avait pas vraiment vu ce que faisait Philby. Quant à ce dernier, il a prétendu ne pas être certain d'avoir essayé les freins. C'est compréhensible. De toute évidence, tout le monde là-bas au centre voulait que la mort de Holroyd passât pour un accident, si cela pouvait se faire sans que le coroner jugeât qu'il y avait eu négligence. Mais j'ai eu un peu plus de chance quand j'ai interrogé les témoins sur la matinée du jour de la mort de Holroyd. Après le petit déjeuner, Philby est retourné à l'atelier peu après huit heures quarante-cinq. Il y a passé environ une heure et, en partant, a fermé la porte à clef. Il y avait réparé quelques objets avec de la colle et craignait que quelqu'un ne les touche avant qu'ils fussent secs. J'ai l'impression que Philby considère l'atelier comme son domaine personnel et voit d'un mauvais œil l'intrusion des patients. Toujours est-il qu'il a mis la clef dans sa poche et n'a ouvert la porte de cette pièce que lorsque Lerner est venu le lui demander, peu avant quatre heures, pour pouvoir prendre le fauteuil de Holroyd. En supposant que Philby a dit la vérité, les seules personnes à Toynton Manor qui n'ont pas d'alibi pour les heures où l'atelier était ouvert et inoccupé, soit tôt dans la matinée du 12 septembre, sont Mr. Anstey, le défunt lui-même,

Carwardine, Mrs. Moxon et Mrs. Hewson. Mr. Court était à Londres. Il n'est rentré chez lui, dans son cottage, que peu de temps après que Lerner et Holroyd se sont mis en route. Lerner est hors de cause lui aussi : aux heures critiques, il s'occupait des malades. »

Tout cela était bien joli, se dit Dalgliesh, mais ne prouvait rien. L'atelier était resté ouvert la veille au soir après le départ de Carwardine et de Philby, et probablement toute la nuit.

« Vous avez mené une enquête minutieuse, brigadier. Avez-vous réussi à découvrir ces faits sans trop inquiéter les témoins ?

— Je crois que oui, Sir. À mon avis, ils n'ont pas pensé un seul instant qu'un autre que Holroyd pouvait être responsable du drame. Ils ont cru que je vérifiais si le défunt pouvait avoir eu l'occasion de saboter son fauteuil lui-même. Et si sabotage il y a eu, je parierais que c'est Holroyd qui l'a commis. D'après tous les témoignages, c'était un homme méchant. Il a probablement trouvé amusante l'idée que, lorsqu'on retirerait le fauteuil de la mer et qu'on découvrirait les dommages, tous les habitants du manoir deviendraient suspects. C'est là le genre de dernière pensée qui peut lui avoir procuré beaucoup de plaisir.

— Je n'arrive pas à croire que les deux freins ont lâché en même temps et accidentellement. Je les ai vus, ces fauteuils du centre. Le système des freins est simple, mais efficace et sûr. Et il est presque aussi difficile d'imaginer qu'il y a eu sabotage. Comment un meurtrier aurait-il pu prévoir que les freins lâcheraient à ce moment-là ? Il y avait des chances que Lerner, ou Holroyd, les vérifient avant de sortir. Le défaut aurait pu être découvert quand Lerner a bloqué les roues au sommet de la falaise ou même pendant le trajet. De plus, personne ne savait que Holroyd allait exiger qu'on l'emmenât en promenade cet après-midi-là. Au fait, que s'est-il exactement passé au bord du promontoire ? Qui a mis les freins ?

— Selon Lerner, c'est Holroyd. L'infirmier admet ne jamais avoir examiné les freins. Tout ce qu'il peut dire, c'est qu'il n'a rien remarqué d'anormal. Il ne s'est pas servi des freins de tout le trajet. »

Il y eut un instant de silence. Les hommes avaient fini de manger. L'inspecteur Daniel plongea la main dans la poche de sa veste de tweed et en sortit une pipe. La caressant du pouce avant de la remplir, il demanda d'un ton posé :

« Pour ce qui est de la mort du pasteur, rien ne vous tracasse, n'est-ce pas ?

— Selon le diagnostic, le père Baddeley était mourant et, d'une façon assez inopportune pour moi, il est mort. Ce qui me tracasse, c'est de ne pas être venu le voir à temps pour entendre ce qu'il avait sur le cœur. Mais c'est là un regret privé. En tant que policier, j'aimerais savoir qui est la dernière personne à l'avoir vu vivant. Officiellement, c'est Grace Willison, mais j'ai l'impression que quelqu'un est passé après elle, un autre patient. Quand on l'a trouvé mort le lendemain matin, il portait son étole. Son journal avait disparu et quelqu'un avait forcé la serrure de son secrétaire. N'ayant pas vu le père Baddeley depuis plus de vingt ans, je peux difficilement justifier ma conviction qu'il n'y était pour rien. »

Le brigadier se tourna vers l'inspecteur.

« Supposons qu'un individu se confesse, obtienne l'absolution, puis tue l'ecclésiastique pour être sûr qu'il garde le secret, sa confession serait-elle valable ? »

Son visage juvénile était anormalement grave. On n'aurait pu dire s'il parlait sérieusement, s'il taquinait son supérieur ou s'il posait cette question pour des motifs plus subtils. Daniel ôta sa pipe de sa bouche.

« Est-ce Dieu possible ! L'ignorance des jeunes est ahurissante. De vrais païens. Quand j'étais gosse et qu'à l'école du dimanche je donnais mes pennies pour les petits nègres, j'en savais beaucoup plus que vous. Croyez-moi, mon garçon, un acte pareil ne vous ferait aucun bien ni sur le plan religieux, ni de tout autre point de vue. »

Il se tourna vers Dalgliesh.

« Il portait son étole, dites-vous ? Voilà qui est intéressant.

— C'est ce qu'il m'a semblé.

— Et pourtant, est-ce tellement anormal ? Il était seul, il a peut-être compris qu'il mourait. De la sentir autour du cou lui a peut-être été tout simplement agréable ? Vous ne pensez pas, commandant ?

— Je ne sais pas ce qu'il ferait ni ce qu'il sentirait. Je ne m'en suis pas préoccupé pendant les vingt dernières années.

— Quant au bureau forcé, le père Baddeley avait peut-être décidé de commencer à détruire ses papiers et avait égaré sa clef.

— C'est tout à fait possible.

— Il a été incinéré ?

— Oui, sur les instances de Mrs. Hammitt. Ses cendres ont été enterrées selon les rites de l'Église d'Angleterre. »

L'inspecteur Daniel ne dit plus rien. D'ailleurs, il n'y avait plus rien à dire, pensa Dalgliesh avec amertume alors qu'ils se levaient pour partir.

4

L'étude Loder & Wainwright, les avoués du père Baddeley, occupait une maison simple mais harmonieuse en briques rouges dans South Street. Elle était un exemple typique, songea Dalgliesh, des agréables demeures construites après 1762, année où la vieille ville avait été pratiquement détruite par un incendie. Un butoir en laiton en forme de canon maintenait la porte d'entrée ouverte, la bouche de l'arme pointée de façon menaçante sur la rue. Hormis ce symbole belliqueux, la maison et son mobilier étaient accueillants, dégageant une impression de prospérité solide, de tradition et de rectitude professionnelle. L'entrée peinte en blanc était ornée de gravures du XVIIIe siècle et sentait l'encaustique. À gauche, une porte ouverte menait à une vaste salle d'attente. Celle-ci était meublée d'une immense table circulaire à socle sculpté, d'une demi-douzaine de chaises en acajou, assez massives pour qu'un robuste fermier pût s'y installer dans une pose hiératique, et une peinture à l'huile représentant un gentleman anonyme de l'époque victorienne, sans doute le fondateur de la société. Il portait des favoris et, entre le pouce et l'index, exhibait délicatement la breloque de sa chaîne de montre comme s'il craignait que l'artiste n'omît de faire figurer ce détail. C'était une maison dans laquelle on imaginait les personnages cossus de Hardy ; ils auraient pu y discuter tranquillement des effets de l'abolition des lois sur les céréales ou de la perfidie des corsaires français. En face de la salle d'attente se trouvait un bureau cloisonné dans lequel une jeune fille tapait laborieusement une lettre. Elle le regarda à travers un rideau de cheveux raides et ternes et l'informa que Mr. Robert était sorti, mais rentrerait en principe dans dix minutes. L'avoué devait s'attarder à un déjeuner, se dit Dalgliesh, et il s'apprêta avec résignation à attendre une demi-heure.

Loder revint au bout d'une vingtaine de minutes. Dalgliesh entendit son pas lourd et pressé dans le bureau de réception, puis un murmure de voix. La seconde d'après, il apparaissait dans la salle d'attente et invitait son visiteur à le suivre dans son bureau situé sur le derrière. Ni la pièce, sombre, mal aérée et en désordre, ni son occupant n'étaient tout à fait ce que Dalgliesh avait imaginé. Ils ne correspondaient pas à la maison. Loder était un homme basané, lourdement charpenté. Il avait une figure carrée, la peau couperosée, le teint d'une pâleur malsaine et de petits yeux las. Ses cheveux lisses étaient d'un noir uniforme, trop foncé, en fait, pour être tout à fait naturel, à l'exception d'une fine ligne argentée sur le front et sur les tempes. Sa moustache courte et soignée dominait des lèvres si rouges qu'on aurait dit qu'il allait en suinter du sang. Remarquant les rides au coin des yeux et les muscles lâches du cou, Dalgliesh soupçonna son interlocuteur de n'être pas aussi jeune et aussi vigoureux qu'il essayait désespérément de le faire croire.

Il salua Dalgliesh avec une cordialité bonhomme aussi déplacée que peu conforme à sa personnalité.

« Je n'ai appris la mort du père Baddeley qu'à mon arrivée à Toynton Manor, expliqua-t-il, et c'est Mrs. Hewson qui m'a annoncé que j'héritais de sa bibliothèque. Cela ne fait rien. Vous n'avez probablement pas encore eu le temps de m'écrire. Mais comme Mr. Anstey voudrait récupérer le cottage pour un nouvel occupant, je me suis dit que je ferais bien de vérifier ce legs avec vous avant de commencer à emballer les livres. »

Loder passa la tête par la porte et, d'une voix de stentor, demanda qu'on lui apportât le dossier. Celui-ci arriva remarquablement vite. Après y avoir jeté un coup d'œil pour la forme, Loder déclara :

« C'est tout à fait en règle. Désolé de ne pas vous avoir prévenu, mais c'était moins par manque de temps que par manque d'adresse. Je ne vous connais pas. Le brave homme n'avait pas pensé à cela. Votre nom me dit quelque chose, bien sûr. Suis-je censé vous connaître ?

— Je ne crois pas. Le père Baddeley a peut-être mentionné mon nom lors de sa visite. Il est bien venu vous voir un jour ou deux avant le début de sa dernière maladie ?

— En effet, dans l'après-midi du mercredi 11. Ce n'était que la deuxième fois qu'il venait me consulter. Sa première visite remontait à trois ans, peu après son arrivée à Toynton Manor. C'était pour faire son testament. Il gagnait peu, mais comme il ne dépensait presque rien, l'argent a fini par s'accumuler et constituer une jolie petite somme.

— Qui lui avait parlé de vous ?

— Personne. Le brave homme voulait faire son testament. Il savait que pour cela il devait s'adresser à un avoué. Il a donc pris un bus pour Wareham et est entré dans la première étude qu'il a rencontrée sur son chemin. Comme je me trouvais là, c'est moi qui me suis occupé de lui. Sur ses instances, j'ai rédigé le testament tout de suite, puis deux employés ont signé le document en qualité de témoins. Je dois dire que ce monsieur était l'un des clients les plus faciles que j'aie jamais eus.

— Je me demandais s'il était venu vous voir le 11 parce qu'il était préoccupé. D'après la dernière lettre qu'il m'a envoyée, il semblait avoir un problème. Si vous pensez que je dois faire quelque chose... »

Dalgliesh laissa sa phrase en suspens sur une note interrogative.

« Le pauvre homme était certainement assez troublé. Il envisageait de changer son testament, mais hésitait encore. Il avait l'air de croire que je pouvais mettre ses économies dans des sortes de limbes en attendant qu'il prenne une décision. Je lui ai dit : "Cher monsieur, si vous mourez cette nuit, l'argent ira à Wilfred Anstey et à Toynton Manor. Si ce n'est pas ce que vous souhaitez, vous devez me donner le nom d'un autre légataire. Votre argent existe. Il ne va pas simplement disparaître. Si vous n'annulez ou ne modifiez pas l'ancien testament, celui-ci reste valable. »

— Avait-il toute sa tête, à votre avis ?

— Oh ! oui. Il était un peu confus, mais plus sur le plan de l'imagination que sur celui de l'entendement, si vous voyez ce que je veux dire. Dès que je lui ai exposé les faits, il les a compris. D'ailleurs, il les avait toujours compris. Il avait simplement souhaité un instant que le problème n'existât pas. C'est bien normal.

— Le lendemain, il a été hospitalisé, puis une dizaine de jours plus tard, son problème était résolu.

— Oui, le pauvre. Il aurait sans doute dit que la providence avait pris la décision à sa place. La providence a certainement fait connaître son point de vue d'une façon très claire.

— Le père Baddeley vous a-t-il fait la moindre allusion au sujet de ce qui pouvait le tracasser ? Je ne vous demande pas de trahir un secret professionnel, mais j'ai eu la très nette impression qu'il désirait me demander conseil. S'il voulait me charger d'une mission quelconque, j'aimerais essayer de l'accomplir. De plus, je suppose que ma curiosité de policier me pousse à vouloir découvrir ce qui le troublait et régler une affaire restée en suspens.

— De policier ? »

La lueur de surprise et d'intérêt poli qui s'alluma dans les yeux las de Loder était-elle un peu trop évidente pour être naturelle ?

« Qui avait-il invité ? reprit l'avoué. L'ami ou l'expert ?

— Probablement les deux.

— Je ne vois pas très bien ce que vous pourriez faire maintenant. Même s'il m'avait parlé de ses intentions au sujet de son testament et que je savais quels devaient être le ou les nouveaux légataires, il est trop tard pour changer quoi que ce soit. »

Dalgliesh se demanda si Loder pensait sérieusement qu'il avait espéré hériter de l'argent lui-même et s'informait s'il y avait un moyen d'altérer les dernières volontés du père Baddeley.

« Évidemment. Je doute que cela ait eu un rapport avec son testament. Ce qui est bizarre, tout de même, c'est qu'il ne m'ait jamais écrit au sujet de mon legs et qu'il semble avoir laissé le principal bénéficiaire dans la même ignorance. »

Il avait lancé cette phrase au hasard, mais il apparut qu'il avait touché juste.

« Ah ! oui ? fit Loder d'un ton un tout petit peu trop circonspect. J'aurais plutôt pensé le contraire : pour moi, le dilemme du vieil homme, c'était précisément qu'il répugnait à décevoir quelqu'un auquel il avait promis l'héritage. »

Loder hésita comme s'il estimait qu'il en avait dit soit trop soit trop peu. Il ajouta :

« Mais c'est là une chose que Wilfred Anstey pourrait vous confirmer. »

Il se tut de nouveau comme déconcerté par quelque subtile implication contenue dans ses paroles. Puis, manifestement irrité par le tour scabreux que prenait la conversation, il poursuivit d'un ton plus ferme :

« Je veux dire : si Wilfred Anstey déclare qu'il ignorait les intentions du père Baddeley, alors il les ignorait et c'est moi qui me trompe. Vous restez longtemps dans le Dorset ?

— Une semaine tout au plus. Juste pour trier et emballer les livres.

— Ah ! oui, les livres. Peut-être était-ce à leur sujet que le révérend voulait vous consulter. Il s'est peut-être dit qu'une bibliothèque pleine d'ouvrages de théologie serait un legs plus encombrant qu'agréable.

196

— C'est possible. »

La conversation semblait terminée. Il y eut un bref silence légèrement embarrassé, puis Dalgliesh se leva.

« Pour autant que vous le sachiez, donc, rien ne tracassait le père Baddeley en dehors de ce problème de légataire ? Il ne vous a pas consulté à un autre sujet ?

— Non. S'il l'avait fait, il se serait peut-être agi d'une affaire dont je n'aurais probablement pas pu vous parler sans trahir un secret professionnel. Mais, comme ce n'est pas le cas, je ne vois pas de raison de ne pas vous le dire. Et à quel sujet aurait-il bien pu me consulter, le pauvre vieux monsieur ? Pas de femme ni d'enfant, pas de famille, pas de voiture, une vie irréprochable. Pour quel autre motif aurait-il eu besoin d'un avoué à part celui de rédiger son testament ? »

Il était un peu tard pour invoquer le secret professionnel, se dit Dalgliesh. En fait, rien n'avait obligé Loder à lui confier que le père Baddeley avait songé à modifier son testament. Étant donné que le pasteur ne l'avait pas fait, c'était là un renseignement qu'un avoué prudent aurait préféré ne pas donner. Alors que Loder le raccompagnait, Dalgliesh laissa tomber négligemment :

« Le testament du père Baddeley n'a probablement apporté que de la satisfaction. On ne peut en dire autant de celui de Victor Holroyd. »

Les yeux mornes de Loder se firent soudain perçants, presque complices.

« Tiens ! Vous êtes au courant ?

— Oui. Ce qui me surprend, c'est que vous le soyez aussi.

— Oh ! les nouvelles circulent vite dans un district de comté, vous savez. En fait, j'ai des amis à Toynton.

197

Les Hewson. Enfin Maggie pour être exact. Nous avons fait connaissance à la soirée dansante que le parti conservateur a organisée ici l'hiver dernier. Ça doit être dur pour une fille aussi pleine de vie qu'elle d'être coincée là-haut, sur cette falaise.

— Certainement.

— Une sacrée bonne femme, cette chère Maggie! Elle m'a parlé du testament de Holroyd. Holroyd s'était rendu à Londres pour voir son frère et tout le monde croyait que c'était pour parler de ses dernières volontés. Or, selon toutes les apparences, le grand frère a désapprouvé les propositions de Victor et lui a conseillé de réfléchir de nouveau à la question. Holroyd a donc rédigé le codicille lui-même. Cela n'a pas dû lui être bien difficile. Toute cette famille a sucé la science juridique avec le lait maternel. Holroyd avait d'ailleurs commencé des études de droit avant de décider de devenir professeur de lycée.

— À ce que j'ai cru comprendre, Holroyd et Martinson sont les avoués de la famille Anstey.

— C'est exact. Et cela depuis quatre générations. Dommage que le grand-père Anstey ne les ait pas consultés avant de faire son testament. Cette affaire-là a démontré qu'il était peu sage de s'attribuer le rôle d'avocat. Eh bien, au revoir, commandant. Désolé de ne pas avoir pu vous être plus utile. »

Se retournant au coin de South Street, Dalgliesh s'aperçut que Loder le suivait des yeux. Le canon luisait comme un jouet à ses pieds. Sa visite à l'avoué ne manquait pas d'intérêt. D'abord, comment Loder avait appris son rang?

Avant de penser à ses courses, il avait encore une autre affaire à régler. Il passa à l'hôpital Christmas

Close. Là, il n'eut pas de chance. On n'y connaissait pas le père Baddeley : cet établissement ne recevait que les malades chroniques. Si son ami avait eu une crise cardiaque, suggéra l'employé de l'accueil, il avait sûrement été admis à un service de soins intensifs dans un des hôpitaux généraux du district. Dalgliesh devait essayer le Poole General Hospital à Blandford ou le Victoria Hospital à Wimborne. Secourable, l'homme lui indiqua l'emplacement de la cabine téléphonique la plus proche.

Dalgliesh appela Poole. Cette fois, la chance lui sourit. Le standardiste se montra très efficace. Quand Dalgliesh lui eut communiqué la date de sortie du père Baddeley, il put lui confirmer que le révérend avait bien été soigné chez eux et lui passa le service correspondant. Là, il parla à l'infirmière en chef. Oui, elle se souvenait du pasteur. Non, elle ne savait pas qu'il était mort. Elle prononça quelques banales mais sincères paroles de condoléances et alla chercher une autre infirmière : Mrs. Breagan. Celle-ci offrait souvent aux patients de poster leurs lettres. Peut-être pourrait-elle renseigner le commandant.

Son rang, comme le savait Dalgliesh, entrait pour une part dans leur gentillesse, mais pas entièrement : c'étaient des femmes charitables qui se seraient donné autant de mal pour un parfait inconnu. Il expliqua son problème à Mrs. Breagan.

« Je n'ai appris la mort de mon ami qu'hier, à mon arrivée à Toynton Manor. Il m'avait promis de me renvoyer des documents sur lesquels nous travaillions, mais je ne les trouve pas parmi ses papiers. Je me demandais s'il me les avait peut-être expédiés de l'hôpital, soit à mon adresse privée de Londres soit à celle de Scotland Yard.

— Oh! le père Baddeley écrivait très peu, vous savez. Il lisait, oui, mais je ne l'ai guère vu le stylo à la main. J'ai toutefois posté deux lettres pour lui. Leurs destinataires habitaient tous deux dans le comté, si j'ai bonne mémoire. J'ai dû regarder les adresses pour les glisser dans la bonne boîte, vous comprenez. La date ? Voilà un détail que je ne me rappelle pas. Mais le révérend m'avait remis les deux lettres ensemble.

— Pouvaient-elles être pour Toynton Manor, l'une adressée à Mr. Anstey, l'autre à Miss Willison ?

— Maintenant que j'y pense, commandant, il me semble en effet que c'étaient ces deux noms-là. Mais je ne peux pas en être certaine.

— C'est déjà très bien de pouvoir me dire autant de choses. Et vous êtes sûre de n'en avoir posté que deux ?

— Oh! absolument. Il se peut, évidemment, que d'autres infirmières lui aient rendu ce service. Cela sera difficile à vérifier, certaines d'entre elles ont changé de service. Cela m'étonnerait, c'est généralement moi qui me charge de cette tâche. Et le père Baddeley, comme je vous l'ai déjà dit, n'écrivait guère. Il en avait tout de même pondu deux. C'est pour cela que je me les rappelle. »

Ce courrier pouvait avoir une signification comme il pouvait n'en avoir aucune. Le renseignement toutefois avait de la valeur. Si le père Baddeley avait pris un rendez-vous pour le soir de son retour chez lui, il devait l'avoir fait soit par téléphone de l'hôpital, une fois sur pied, soit par lettre. Et seuls le centre, les Hewson et

Julius Court avaient le téléphone. Mais il avait peut-être trouvé plus commode d'écrire. La lettre envoyée à Grace Willison devait avoir été celle qui lui fixait rendez-vous pour sa confession, l'autre, adressée à Anstey, le message de condoléances pour la mort de Holroyd qu'avait mentionné Grace. Par ailleurs, il s'était peut-être agi de tout autre chose.

Avant de raccrocher, Dalgliesh demanda à l'infirmière si le père Baddeley avait donné beaucoup de coups de téléphone de l'hôpital.

« Non, seulement un, pour autant que je le sache. Quand il a pu se lever et commencer à circuler dans les couloirs. Il est descendu à la cabine située dans la salle d'attente et m'a demandé s'il y trouverait un annuaire de Londres.

— Et à quelle heure était-ce ?

— Le matin. Peu avant la fin de mon service, à midi. »

Le père Baddeley avait donc eu besoin d'appeler quelqu'un à Londres, à un numéro qu'il avait dû chercher dans l'annuaire. Et il avait passé un coup de fil non pas le soir, mais pendant les heures de bureau. Dalgliesh pouvait essayer d'obtenir des précisions sur cette communication. Pour le moment, se dit-il, il n'avait encore rien appris qui pût justifier son intervention dans cette affaire, même à titre non officiel. Et, dans le cas contraire, à quoi le mèneraient finalement tous ces soupçons, ces indices ? Rien qu'à quelques poignées d'os moulus dans le cimetière de Toynton.

Ce ne fut qu'après avoir dîné de bonne heure dans une auberge près de Corfe Castle que Dalgliesh rentra à Hope Cottage pour commencer à trier les livres du père Baddeley. Il avait d'abord un certain nombre de petites corvées domestiques à accomplir. Il remplaça l'ampoule de la lampe de bureau par une autre, plus forte, nettoya et ajusta la veilleuse du chauffe-eau qui surmontait l'évier, fit de la place dans le garde-manger pour ses provisions et son vin. À la lueur de sa lampe de poche, il découvrit dans la remise, dehors, un tas de bois de flottage et un tub. Il n'y avait pas de salle de bains à Hope Cottage. Le père Baddeley avait probablement pris ses bains à Toynton Manor. Mais Dalgliesh était bien décidé à se déshabiller et à se laver dans la cuisine. Il préférait cette solution un peu austère à la salle de bains du centre, son odeur de désinfectant, les images de maladie et d'infirmité qu'elle évoquait. Il approcha une allumette des herbes sèches dans la cheminée ; il les vit produire une seule flamme odorante et se transformer instantanément en aiguilles noires. Puis il alluma un petit feu d'essai et constata avec soulagement que la cheminée était dégagée. Avec un feu de bois, une bonne lumière, des livres, des provisions et du vin, il n'avait pas de raison de souhaiter être ailleurs.

Il estima qu'il y avait entre deux ou trois cents livres sur les étagères du séjour et trois fois plus dans la deuxième chambre à coucher. En fait, les livres avaient à ce point envahi la pièce qu'il était presque impossible d'atteindre le lit. Les volumes n'offraient que peu de surprises. La plupart des ouvrages de théologie pourraient intéresser une des librairies de Londres spécialisées en la matière. Sa tante aimerait peut-être en avoir quelques-uns. Lui-même en logerait certains dans sa propre bibliothèque. Il y avait là l'*Ancien Testament grec* de H.B. Swete, *L'Imitation du Christ* de Thomas à Kempis, *Serious Call* de William Law, une édition en deux volumes reliés cuir de *Life and Letters of Eminent 19th Century Divines* et une édition originale de *Parochial and Plain Sermons* de Newman. Dalgliesh découvrit quelques œuvres des plus grands romanciers et poètes anglais, ainsi que d'intéressantes éditions originales.

À dix heures moins le quart, il entendit approcher des pas et un grincement de roues, puis on frappa énergiquement à la porte. Millicent Hammitt entra, apportant avec elle des effluves de café frais et traînant une table roulante. Sur celle-ci étaient placés une grosse cafetière bleue, un pot à lait de la même couleur, deux chopes à bandes bleues et une assiette de biscuits sablés.

Mrs. Hammitt jeta un regard appréciateur au feu de bois, puis remplit les deux chopes. De toute évidence, elle n'était pas pressée de repartir. Dalgliesh sentit qu'il lui serait difficile de refuser. Il l'avait brièvement vue la veille avant le dîner, et n'avait échangé que quelques mots avec elle ; ensuite, Wilfred avait pris place devant le lutrin et le silence réglementaire était tombé. Elle avait profité de ce court laps de temps pour interroger Dalgliesh sur sa vie sans la moindre gêne.

Ce soir, elle portait des pantoufles de feutre, une épaisse jupe en tweed et un curieux pull ajouré en laine rose, généreusement rebrodé de perles qui juraient avec le reste. Son cottage devait offrir le même genre de compromis entre fonctionnalisme et excès de fanfreluches, se dit Dalgliesh. À son soulagement, elle n'essaya pas de l'aider à trier les livres. Elle s'assit au bord du fauteuil, sa chope sur les genoux, les jambes fermement plantées sur le sol et écartées, de sorte qu'on apercevait ses grosses cuisses blanches et variqueuses au-dessus de l'endroit où le haut des bas mordait dans sa chair. Dalgliesh poursuivit sa tâche, sa chope posée à côté de lui sur le plancher. Avant de placer un volume sur la pile appropriée, il le secouait doucement pour voir s'il contenait un message. Si effectivement un papier en tombait, la présence de sa voisine risquait de le gêner. Mais il savait que cette précaution relevait purement de son habitude professionnelle à ne rien laisser au hasard. Le père Baddeley n'aurait pas choisi ce moyen-là pour lui confier un secret.

Entre-temps, Mrs. Hammitt buvait son café et bavardait, encouragée à la volubilité, et même à l'indiscrétion, par l'idée, d'ailleurs assez répandue, qu'un homme qui travaille physiquement n'entend de toute façon que la moitié de ce qu'on lui dit.

« Inutile de vous demander si vous avez bien dormi cette nuit dernière : les lits de Wilfred sont notoirement mauvais. Je sais, les lits durs sont bons pour les patients, paraît-il, mais moi j'aime les matelas dans lesquels on enfonce. Je m'étonne que Julius ne vous ait pas offert l'hospitalité, mais il est vrai qu'il ne reçoit jamais. Pour que Mrs. Reynolds n'ait pas trop de travail, je suppose. C'est la veuve du gendarme de Toynton Village. Quand

Julius est là, elle s'occupe de son ménage. Il la paie trois fois trop, évidemment. Mais comme il peut se le permettre… Vous dormirez donc ici cette nuit, si j'ai bien compris ? J'ai vu Helen Rainer vous apporter des draps. Cela ne vous dérange pas de dormir dans le lit de Michael ? Bien sûr que non : vous êtes policier, après tout. Vous ne devez pas être sensible à ce genre de choses, ni superstitieux. Et vous avez raison : la mort n'est que sommeil et oubli. Ou est-ce la vie qui l'est ? La phrase est de Wordsworth en tout cas. J'adorais la poésie quand j'étais petite, mais celle d'aujourd'hui me laisse froide. N'empêche que j'aurais aimé vous entendre lire la vôtre. »

D'après son ton, on aurait pu croire que ç'aurait été là un curieux et solitaire plaisir. Depuis un moment, toutefois, Dalgliesh ne l'écoutait plus. Il avait trouvé une édition originale de *Diary of a Nobody* dans laquelle une main enfantine avait inscrit sur la page de titre :

Au père Baddeley pour son anniversaire, de la part d'Adam. J'ai acheté ce livre chez Mr. Snelling, à Norwich. Il m'a fait un prix à cause de la tache qui se trouve page 20. Je l'ai analysée : ce n'est pas du sang.

Dalgliesh sourit. Ainsi donc il l'avait analysée, cet arrogant gamin ! Quel mystérieux mélange préparé à partir des acides et des cristaux contenus dans sa panoplie du parfait petit chimiste lui avait permis d'énoncer cette conclusion scientifique avec autant d'assurance ? Cette inscription dépréciait le livre encore plus que la tache, mais le père Baddeley n'avait pas dû voir son cadeau sous cet angle. Dalgliesh plaça le volume sur la pile qu'il destinait à sa propre bibliothèque et prêta de nouveau l'oreille aux propos de Mrs. Hammitt.

« ... et si un poète se fiche d'être incompréhensible même pour un lecteur cultivé, il mérite qu'on le laisse tomber. C'est ce que je dis toujours.

— J'en suis convaincu, madame.

— Appelez-moi donc Millicent, voulez-vous. Nous sommes censés être une grande famille heureuse et unie à Toynton Manor. Si Dennis Lerner, Maggie Hewson et même l'affreux Albert Philby sont autorisés à m'appeler par mon prénom – bien que je ne lui en donne guère l'occasion, à cet individu, croyez-moi – je ne vois pas pourquoi je vous refuserais cette liberté. J'essaierai de vous appeler Adam, mais j'ai l'impression que cela me sera difficile : vous n'êtes pas une personne qui invite à la familiarité. »

Tout en époussetant soigneusement les volumes du *Monumenta Ritualica Ecclesiae Anglicana* de Maskell, Dalgliesh répondit que d'après ce qu'il avait appris, Victor Holroyd n'avait pas contribué à promouvoir cette notion de famille heureuse et unie.

« Ah ! vous avez entendu parler de lui ? Par cette commère de Maggie, je parie. Oui, Victor était vraiment un homme très difficile, aussi égoïste dans la vie que dans la mort. Moi j'avais réussi à entretenir d'assez bons rapports avec lui. Je crois qu'il me respectait. C'était un homme très intelligent qui pouvait vous donner toutes sortes d'informations utiles. Mais tout le monde le détestait au manoir. Même Wilfred avait fini par ne plus s'occuper de lui. Maggie Hewson faisait exception à la règle. Quelle étrange bonne femme : il faut toujours qu'elle se distingue des autres ! Je crois qu'elle s'imaginait que Victor avait fait un testament en sa faveur. Bien entendu, nous savions tous qu'il avait de l'argent. Il ne se privait pas de nous rappeler qu'il n'était pas un de ces patients qui dépendent des autorités locales. Et Maggie a dû penser qu'en déployant un peu d'adresse elle pourrait en hériter une part. C'est ce qu'elle m'a fait entendre un jour. Faut dire qu'elle était soûle ce soir-là. Pauvre Éric ! Leur ménage n'en a plus pour longtemps. Certains hommes doivent trouver Maggie sexy. À condition d'aimer le genre blonde oxygénée, vulgaire et sensuelle. Sa liaison avec Victor, si on pouvait appeler cela une liaison, était tout bonnement indécente. La sexualité, c'est pour les bien-portants. Je sais : les infirmes doivent éprouver la même chose que nous, mais on s'attend à ce qu'ils renoncent à l'amour une fois qu'ils ont atteint le stade du fauteuil roulant. Ce livre a l'air intéressant. La reliure est en bon état, en tout cas. Vous pourriez peut-être en tirer un shilling ou deux. »

Mettant une édition originale de *Tracts for the Times* à l'abri des petits coups de pied de Millicent, sur la pile de livres qu'il avait choisis pour lui, Dalgliesh reconnut avec un sentiment de dégoût de soi que, même s'il déplorait la crudité avec laquelle s'était exprimée Mrs. Hammitt, il n'était pas loin de partager ses vues. Quel effet cela devait-il faire, se demanda-t-il, de sentir le désir, l'amour, la volupté, même, et d'être emprisonné dans un corps qui ne réagissait plus. Ou pire, dans un corps qui ne réagissait que trop à certains besoins, mais incoordonné, laid, grotesque ? Être sensible à la beauté, mais vivre en permanence avec la difformité, Dalgliesh se dit qu'il commençait à comprendre l'amertume de Victor Holroyd.

« Et qu'est devenu l'argent de Holroyd, en définitive ?

— C'est sa sœur qui l'a hérité. Soixante-cinq mille livres. C'est très bien ainsi, l'argent doit rester dans la famille. Mais j'ai bien l'impression que Maggie avait des espoirs. Victor lui avait probablement promis quelque chose. Cela lui ressemblait assez. Il pouvait être très méchant parfois. Mais au moins il a laissé sa fortune à la personne qui devait la recevoir. Moi je serais certainement très contrariée si Wilfred léguait Toynton Manor à quelqu'un d'autre que moi.

— Vous en voudriez ?

— Les patients seraient obligés de partir bien sûr. Je ne me vois pas diriger le centre. Je respecte l'œuvre de Wilfred, mais il est motivé, lui. Vous avez certainement entendu parler de son voyage à Lourdes et du miracle ? Moi je ne suis pas une miraculée, Dieu merci, et je n'ai pas la moindre intention de m'exposer à ce genre d'expérience surnaturelle. De plus, j'ai déjà donné plus que mon dû pour les malades chroniques. Mon père m'avait légué la moitié du domaine et j'ai vendu ma part à Wilfred pour qu'il puisse y installer ses handicapés. Naturellement, nous l'avons fait évaluer à l'époque, mais cela n'allait pas chercher bien loin. Le marché de l'immobilier, surtout en ce qui concernait les grandes maisons de campagne, était très stagnant alors. Maintenant, évidemment, le manoir vaut une fortune. Il est beau, n'est-ce pas ?

— D'un point de vue architectural, son intérêt est indéniable.

— Exactement. Les bâtiments de style Régence atteignent des prix fous de nos jours. Non pas que je veuille vendre. C'est la maison de mon enfance et j'y suis assez attachée. Mais je me débarrasserais probablement de la terre. En fait, Victor Holroyd connaissait un acheteur éventuel dans les environs, quelqu'un qui voulait ouvrir un camping.

— Quelle horreur ! » laissa échapper Dalgliesh.

Nullement décontenancée, Mrs. Hammitt répondit d'un ton suffisant :

« Pas du tout ! Sans vouloir vous offenser, je trouve votre attitude très égoïste. Les pauvres ont autant besoin de vacances que les riches. Julius sera catastrophé, mais rien ne m'oblige à tenir compte de lui. Il vendrait son cottage et partirait, je suppose. Il possède un hectare de terrain environ, mais je le vois mal traversant un parking de caravanes chaque fois qu'il rentre de Londres. De plus, les campeurs seraient plus ou moins obligés de passer devant chez lui pour descendre à la mer. C'est le seul endroit où il y a un peu de plage à marée haute. Imaginez un peu : des pépères aux genoux cagneux en short et sac à dos, des mémères les suivant avec un transistor mis à plein volume, des gosses et des bébés hurlants. Non, je ne crois pas que Julius resterait ici.

— Tout le monde sait-il que vous avez des chances d'hériter de Toynton Manor ?

— Évidemment. Ce n'est pas un secret. Qui d'autre en hériterait ? En fait, toute la propriété devrait m'appartenir. Je ne sais pas si vous êtes au courant, mais Wilfred n'est pas un véritable Anstey : il a été adopté. »

Prudent, Dalgliesh murmura qu'il se souvenait vaguement d'en avoir entendu parler.

« Alors autant que vous connaissiez toute l'histoire. Pour quelqu'un qui est dans le monde de la justice, c'est une affaire assez intéressante. »

Mrs. Hammitt remplit sa chope et, se tortillant, se cala de nouveau dans un fauteuil. On avait l'impression qu'elle s'installait pour un exposé long et compliqué.

« Mon père voulait un fils à tout prix. Il y a des hommes comme ça : les filles ne comptent pas vraiment pour eux. Et je sais bien que ma naissance fut pour lui une déception. Quand un homme veut un fils, la seule chose qui puisse lui faire accepter une fille, c'est sa beauté. Or, je n'en ai jamais eu. Heureusement, cela n'a jamais semblé déranger mon mari. Nous formions un couple uni. »

La seule réponse possible à cette affirmation était un vague murmure de félicitation. Dalgliesh s'en acquitta.

« Merci », dit Mrs. Hammitt comme s'il venait de lui faire un compliment. Elle poursuivit avec entrain :

« Bref, quand les médecins annoncèrent à mon père que ma mère ne pouvait avoir d'autre enfant, il décida d'adopter un garçon. Je crois qu'il dégota Wilfred dans un orphelinat. Je n'avais que six ans à l'époque et je ne crois pas qu'on m'ait jamais dit comment et quand mes parents l'ont trouvé. Wilfred était un enfant illégitime, évidemment. En 1920, ce genre de chose était beaucoup plus mal vu que de nos jours. Alors, vous pouviez choisir autant de bébés abandonnés que vous vouliez. Je me rappelle que j'étais folle de joie à l'idée d'avoir un petit frère. Fille unique, j'étais choyée par mes parents. À l'époque, je ne considérais pas Wilfred comme un rival. Je l'aimais beaucoup quand nous étions jeunes. Je l'aime toujours. Les gens ont tendance à l'oublier. »

Dalgliesh demanda ce qui s'était passé.

« C'est le testament de mon grand-père qui a créé des problèmes. Se méfiant des avoués, même de Holroyd et Martinson, les hommes d'affaires de la famille, le vieillard rédigea son testament lui-même. Il laissa l'usufruit de ses biens à mes parents et toute la propriété en parts égales à ses petits-enfants. Cela souleva la question suivante : avait-il eu l'intention d'inclure Wilfred ? Finalement, nous avons dû recourir à la justice. L'affaire a fait pas mal de bruit à l'époque et a soulevé le problème des droits des enfants adoptés. Vous vous en souvenez peut-être ? »

Dalgliesh répondit que cela lui disait en effet quelque chose.

« Quand votre grand-père a-t-il fait son testament, je veux dire par rapport à l'adoption de votre frère ?

— C'est justement ce point-là qui constituait la preuve principale. Wilfred fut légalement adopté le 3 mai 1921 et grand-père signa son testament exactement dix jours plus tard, le 13 mai. Deux domestiques lui servirent de témoins, mais ils étaient déjà morts à l'époque du procès. Le document était parfaitement clair et en règle, sauf que grand-père avait omis d'indiquer les noms. Mais les avocats de Wilfred ont pu prouver que grand-père était au courant de l'adoption et qu'il l'approuvait. Et le testament spécifiait bien "enfants" au pluriel.

— Mais votre grand-père s'est peut-être dit que votre mère pouvait mourir la première et votre père se remarier.

— Bravo ! Vous êtes très intelligent. Je vois que vous avez l'esprit tortueux d'un avocat. C'était exactement l'argument de mon défenseur. Mais sans résultat. Wilfred a gagné le procès. Maintenant, vous pouvez comprendre les sentiments que j'éprouve à l'égard de

Toynton Manor. Il aurait suffi que grand-père signât avant le 3 mai pour que tout fût différent.

— Vous avez tout de même hérité de la moitié de sa fortune ?

— Elle n'a malheureusement pas fait long feu. Mon pauvre mari était très dépensier. Il avait une faiblesse. Pas les femmes. Dieu merci. Les chevaux. Pour une épouse, ces bêtes sont des rivales aussi chères et même plus imprévisibles que des maîtresses, mais tout de même moins humiliantes. Et, à la différence d'une maîtresse, vous pouvez au moins vous réjouir quand elles gagnent. Wilfred dit souvent qu'après avoir quitté l'armée, Herbert est devenu sénile. Moi je ne me plaignais pas ; je le préférais même comme ça. Mais quel panier percé ! »

Soudain, elle promena son regard autour de la pièce, se pencha en avant et jeta à Dalgliesh un regard rusé de conspiratrice.

« Je vais vous confier une chose que personne ne sait à Toynton Manor, à part Wilfred. Si mon frère vend la propriété, je toucherai la moitié de la somme qu'il recevra. Pas seulement la moitié de son bénéfice : cinquante pour cent du prix de vente. Il m'a signé une promesse en présence de Victor qui servait de témoin. En fait, c'était une idée de Victor. D'après lui, ce document est valable légalement. Et je le garde en un lieu où Wilfred ne peut pas mettre la main dessus : chez Robert Loder, un avocat d'affaires, à Wareham. Wilfred devait être tellement sûr qu'il n'aurait jamais besoin de vendre qu'il aurait signé n'importe quoi, à moins qu'il ne l'ait fait pour s'armer contre une éventuelle tentation. Je ne pense pas qu'il vendra Toynton

212

Manor. Il est trop attaché à cet endroit. Mais si jamais il change d'avis, je serai riche.

— À mon arrivée, Mrs. Hewson a mentionné la fondation Ridgewell. Mr. Anstey a-t-il l'intention de leur transférer le centre ? »

Mrs. Hammitt prit cette remarque plus calmement que Dalgliesh ne l'aurait cru. Elle répliqua d'un ton énergique :

« Pensez-vous ! Je sais, Wilfred en parle de temps en temps, mais jamais il ne cédera simplement Toynton. Et pourquoi le ferait-il ? Bien sûr, il est un peu gêné, mais qui ne l'est pas ? Il faudra qu'il augmente le prix de la pension et obtienne que les autorités légales lui versent plus d'argent pour les patients qu'elles lui envoient. Si après ça il n'arrive toujours pas à boucler son budget, alors, miraculé ou pas, il ferait mieux de vendre. »

Dalgliesh s'étonna que, vu les circonstances, Anstey ne se fût pas converti au catholicisme. Millicent s'empara de cette idée avec véhémence :

« Il était en proie à un véritable conflit spirituel à l'époque. » Sa voix devint plus grave, vibra comme en écho au combat mortel que se livraient des forces cosmiques antagonistes. « Heureusement, il a décidé de demeurer dans le sein de notre Église. Notre père… » Là, sa voix enfla dans un tel accès de ferveur que Dalgliesh, surpris, s'attendit à l'entendre réciter le Notre-Père… « … en aurait terriblement souffert. C'était un bon anglican, commandant. Oui, je suis bien contente que Wilfred ne soit pas passé de l'autre côté. »

Elle dit cela comme si Wilfred, arrivé au bord du Jourdain, n'avait pas aimé l'aspect de l'eau ni eu confiance dans sa barque.

Dalgliesh avait déjà interrogé Julius Court au sujet de l'allégeance religieuse d'Anstey. Il en avait obtenu une explication différente et, à son avis, plus vraisemblable. Il se rappela la conversation qu'ils avaient eue dehors, sur la terrasse du cottage, avant de rejoindre Henry, entendit de nouveau la voix amusée de Julius :

« Le père O'Malley, qui était censé le catéchiser, a fait comprendre à Wilfred que son Église déciderait désormais d'un certain nombre de questions que jusque-là notre saint homme avait crues uniquement de son ressort. Wilfred s'est soudain rendu compte qu'il était sur le point d'entrer dans une vaste organisation, laquelle considérait qu'en se convertissant il recevait plus qu'il ne donnait. Finalement, après une lutte dont il a dû tirer un vif plaisir, notre ami a décidé de rester dans un bercail plus accommodant.

— Malgré le miracle ? avait demandé Dalgliesh.

— Oui. Le père O'Malley est un rationaliste. Il admet l'existence de miracles, mais préfère que les faits soient soumis pour examen aux autorités compétentes. Ensuite, après un délai convenable, l'Église, dans sa sagesse, se prononcera. À ses yeux, proclamer partout qu'on a bénéficié d'une grâce spéciale sent la présomption. Pire encore : il doit trouver ça de fort mauvais goût. C'est quelqu'un de très tatillon. Wilfred et lui n'avaient guère d'atomes crochus. Le bon père O'Malley a loupé là une occasion d'amener une âme à son Église.

— Mais Anstey continue à aller en pèlerinage à Lourdes avec ses patients ?

— Bien sûr. Deux fois par an. Moi je ne les accompagne pas. Je l'ai fait au début de mon séjour ici, mais je n'y tiens pas. Toutefois, à leur retour, je leur offre presque toujours un thé fabuleux. »

Dalgliesh prit conscience qu'il commençait à avoir mal au dos. Il se redressa. À cet instant, la pendule sur la cheminée sonna les trois quarts. Une bûche calcinée tomba de la grille en projetant une gerbe d'étincelles. Mrs. Hammitt interpréta ces bruits comme un signal de départ. Dalgliesh insista pour d'abord laver les chopes et la femme le suivit à la cuisine.

« J'ai passé une heure très agréable avec vous, commandant, mais ce sera sans doute la dernière. Je ne suis pas une de ces voisines qui s'introduit chez les autres toutes les deux minutes. Dieu merci, je supporte ma propre compagnie. À la différence de cette pauvre Maggie, j'ai des ressources intérieures. Et je dirai une chose en faveur de Michael : lui aussi vivait très retiré.

— Mrs. Rainer m'a dit que vous aviez convaincu le père Baddeley des avantages de l'incinération.

— Ah ! elle vous a dit ça ? Eh bien, je crois qu'elle a raison. Il est fort possible que j'aie abordé ce sujet avec Michael. Je trouve scandaleux de gaspiller du bon terrain pour y enfouir des corps en décomposition. Pour autant que je m'en souvienne, notre vieil ami se moquait de ce qu'on ferait de son cadavre, à la condition de finir dans un bout de terre consacrée avec quelques paroles liturgiques prononcées sur sa tombe. Voilà qui est sage. Wilfred n'a élevé aucune objection. Lui et Dot étaient entièrement d'accord avec moi. Seule Helen a protesté à cause des légères complications que cela a entraîné. En fait, ce qui l'ennuyait, c'était que nous étions obligés d'obtenir la signature d'un second médecin. Elle craignait sans doute que cela ne discrédite son cher Éric sur le plan professionnel.

— Mais personne n'a jamais insinué que le docteur Hewson avait fait une erreur de diagnostic?

— Bien sûr que non! Michael est mort d'une crise cardiaque. Même Éric a été capable de s'en rendre compte! Non, ne me raccompagnez pas. Je trouverai mon chemin toute seule. J'ai une lampe de poche. Et si vous avez besoin de quoi que ce soit, vous n'avez qu'à taper contre le mur.

— Mais m'entendrez-vous? Vous n'avez pas entendu le père Baddeley.

— Bien sûr que non, pour la bonne raison qu'il n'a pas tapé. Après neuf heures et demie, je n'ai d'ailleurs plus prêté l'oreille : je croyais en effet que quelqu'un était déjà venu l'aider à se mettre au lit. »

La nuit, dehors, était fraîche et venteuse, une sorte de brouillard noir à la saveur douce et sentant la mer ; non simplement une absence de lumière, mais une tangible et mystérieuse force. Dalgliesh poussa la table roulante par-dessus le seuil. Descendant le court sentier aux côtés de Millicent, une main sur la table roulante, il demanda avec une indifférence étudiée :

« Avez-vous entendu quelqu'un alors?

— Pas entendu : vu. Ou cru voir. Sur le point de préparer une boisson chaude, j'ai pensé que Michael en voudrait peut-être une lui aussi. Quand j'ai ouvert ma porte pour aller le lui demander, j'ai cru voir une silhouette vêtue d'une robe de moine disparaître dans l'obscurité. Comme Michael avait éteint – le cottage était sombre – je n'ai pas voulu le déranger. Maintenant, je sais que je me suis trompée. Ou alors je deviens folle. Cela n'aurait rien d'étonnant quand on vit dans un endroit pareil. Il semble que personne ne soit passé chez Michael. Évidemment, ils ont tous d'affreux remords à présent. Je crois comprendre la raison de mon erreur. C'était par une nuit comme celle-ci : il ne soufflait qu'une légère brise, mais les ombres semblaient bouger, prendre des formes. Et je n'ai rien entendu, pas même un pas. J'ai juste entr'aperçu une tête baissée, encapuchonnée, et un habit qui s'enfonçaient dans les ténèbres.

— Était-ce vers neuf heures trente ?

— Ou un peu plus tard. Peut-être était-ce plus ou moins au moment de la mort de Michael. Quelqu'un de très impressionnable pourrait s'imaginer avoir vu un fantôme. C'est d'ailleurs ce qu'a aussitôt suggéré Jennie Pegram quand je leur en ai parlé, au manoir. Quelle gourde, cette fille ! »

Ils avaient presque atteint la porte de Faith Cottage. Millicent hésita puis, comme sur une impulsion, elle déclara, l'air un peu gêné :

« On m'a dit que vous vous tracassiez au sujet de la serrure cassée du secrétaire de Michael. Je peux vous dire une chose : elle était intacte le soir qui a précédé son retour de l'hôpital. Je n'avais plus d'enveloppes et comme j'avais une lettre urgente à écrire, j'ai pensé que Michael ne verrait pas d'inconvénient à ce que j'en prenne une dans son bureau. Le meuble était fermé à clef.

— Mais la serrure était forcée au moment où votre frère a cherché le testament, peu après la découverte du corps.

— C'est ce qu'il dit, commandant. C'est ce qu'il dit.

— Toutefois, vous n'avez pas la preuve que c'est lui qui l'a cassée ?

— Je n'ai pas de preuve contre qui que ce soit. Le cottage était plein de gens qui entraient et sortaient. Wilfred, les Hewson, Helen, Dot, Philby et même Julius à son retour de Londres. Tout ce que je sais, c'est qu'à neuf heures du soir, la veille de la mort de Michael, le bureau était fermé à clef. Je suis certaine que Wilfred avait très envie de voir si Michael lui avait vraiment laissé tout l'argent qu'il possédait. Et je suis tout aussi certaine que ce n'est pas Michael qui a fracturé son meuble.

— Comment le savez-vous ?

— Parce que j'ai trouvé la clef, juste après le déjeuner, le jour de sa mort. À l'endroit où il devait la ranger d'habitude : dans une vieille boîte à thé, sur la deuxième étagère du garde-manger. Je me suis dit que son esprit ne m'en voudrait pas de prendre la nourriture qu'il pouvait avoir laissée. J'ai glissé la clef dans ma poche pour que Dot ne la perde pas quand elle viendrait nettoyer la maison. Après tout, ce vieux secrétaire a une certaine valeur et la serrure devrait être réparée. En fait, si Michael n'avait pas légué ce meuble à Grace, je l'aurais pris chez moi et entretenu comme il faut.

— Vous l'avez toujours, cette clef ?

— Bien sûr. Personne ne s'en est jamais préoccupé, à part vous. Puisqu'elle vous intéresse tellement, je vais vous la donner. »

Mrs. Hammitt plongea la main dans la poche de sa jupe. Dalgliesh sentit qu'on lui pressait un morceau de métal froid dans la paume. Millicent avait ouvert la porte de sa maison maintenant. Elle appuya sur l'interrupteur.

Surpris par l'aveuglante lumière, Dalgliesh clignota des paupières, puis il aperçut une petite clef argentée, délicate comme un filigrane. Elle était attachée par une mince ficelle à une pince à linge en plastique d'un rouge si vif que, pendant une seconde, il crut avoir la main tachée de sang.

CINQUIÈME PARTIE

Un acte criminel

Dalgliesh avait passé dans le Dorset des premiers jours riches en odeurs et en émotions variées. Il passait son temps à marcher sur les galets crissants, lavés par la mer, de Chesil Bank, l'oreille remplie du cri des mouettes, à escalader les grands ouvrages de terre de Maiden Castle. Il prenait un thé tardif et copieux au *Judge Jeffrey's Lodgings*, à Dorchester, tandis que le doux après-midi d'automne virait au crépuscule, puis roulait dans la nuit entre un fouillis de fougères dorées et de hautes haies non taillées vers quelque petite place de village où l'attendait un pub aux fenêtres illuminées. Enfin, lorsqu'il jugeait qu'il y avait peu de chances qu'un visiteur de Toynton Manor vînt encore le déranger, il rentrait retrouver l'odeur accueillante des livres et le feu de bois de Hope Cottage. À son étonnement, Millicent Hammitt tenait sa promesse de ne plus l'ennuyer. Il en devina bientôt la raison : cette dame était une mordue de la télévision.

Il avait l'impression de vivre dans une sorte de no man's land, entre sa vie ancienne et la nouvelle, dispensé par la convalescence de l'obligation de prendre des décisions immédiates, de tout effort qu'il trouvait désagréable. Or, Toynton Manor et ses habitants, justement, lui étaient désagréables. Il avait fait ce qu'il avait pu. Maintenant, il attendait la suite des événements. Parfois il regardait, songeur, le fauteuil vide et râpé du père Baddeley.

Ayant demandé qu'on ne lui fît pas suivre son courrier, il n'attendait aucune lettre à part la réponse de Bill Moriarty, qu'il avait l'intention d'aller chercher lui-même dans la boîte de la grille. La lettre arriva le lundi, au moins un jour plus tôt qu'il ne l'aurait cru possible. Il avait passé la matinée au cottage et ne s'était rendu au portail d'entrée qu'après le déjeuner, à deux heures et demie, pour rapporter ses bouteilles de lait vides. La boîte ne contenait que cette lettre : une enveloppe ordinaire portant le cachet de Londres W.C. L'adresse, dactylographiée, omettait son rang. Moriarty s'était montré prudent. Tout en glissant son pouce sous le rabat, Dalgliesh se demanda si lui-même avait pris assez de précautions. Rien n'indiquait d'une façon évidente que la lettre avait été ouverte ; cependant, le rabat céda un peu trop facilement sous la pression de son doigt. Quelqu'un, probablement Philby, devait déjà avoir pris le courrier de Toynton Manor. Pourquoi ne lui avait-il pas apporté cette lettre à Hope Cottage ? Il aurait dû se la faire envoyer en poste restante à Toynton Village ou à Wareham, se dit Dalgliesh. L'idée d'avoir manqué de prudence l'irrita. En fait, il ne savait pas s'il menait une enquête ni sur quoi il la menait ; de plus, cette affaire ne l'intéressait que par intermittence. Il répugnait à faire ce travail, mais n'avait ni la volonté ni le courage de tout laisser tomber. Vu son humeur, il s'apprêta à trouver le style de Bill encore plus agaçant que d'habitude.

Ravi de revoir votre élégante écriture. Tout le monde ici est fort soulagé d'apprendre que les rumeurs concernant votre décès imminent étaient grandement exagérées. Nous gardons le produit de la collecte destinée à l'achat d'une couronne pour la célébration d'une fête de bienvenue, à votre retour. À propos, que diable faites-vous dans le Dorset en compagnie de cette bande de loufoques extrêmement douteux ? Si vous avez envie de travail, je vous assure qu'on n'en manque pas ici. Quoi qu'il en soit, voici les renseignement demandés :

Deux de vos petits amis ont un casier – ce que, pour Philby, vous semblez déjà savoir. Deux condamnations pour coups et blessures en 1967 et 1969, quatre pour vol en 1970 et, antérieurement, toute une série de divers petits délits. La seule chose remarquable au sujet du passé criminel de Philby, c'est la clémence de ses juges. Mais quand je vois son casier, je commence à comprendre pourquoi : ils se disaient sûrement qu'on n'avait pas le droit de punir trop sévèrement un homme qui, vu sa physionomie et ses talents, suivait la seule carrière qui lui était accessible. J'ai réussi à parler de lui avec des responsables de la Porte ouverte. Ils admettent ses défauts, mais assurent que si on lui témoigne un tant soit peu d'affection, il est capable d'une fidélité à toute épreuve. Prenez garde à ce qu'il ne s'entiche pas de vous !

Millicent Hammitt a été condamnée deux fois pour vol à l'étalage par le tribunal de Cheltenham, en 1966 et 1968. Lors de la première affaire, la défense a invoqué, comme toujours dans ces cas-là, des difficultés dues à la ménopause et Mrs. Hammitt s'en est tirée avec une amende. Elle a eu de la chance de n'avoir pas été punie plus sévèrement la fois suivante. Comme le délit avait été commis quelques mois après la mort de son mari, un major à la retraite, le tribunal s'est montré compréhensif. Un autre élément a dû jouer en sa faveur : Wilfred Anstey a déclaré que sa sœur allait venir habiter chez lui à Toynton Manor ; il pourrait donc garder un œil sur elle. Elle n'a pas eu d'ennuis depuis. Cela peut s'expliquer de trois façons : Anstey la surveille efficacement, les commerçants du coin sont plus accommodants ou bien Mrs. Hammitt est devenue une voleuse plus habile.

C'est tout pour les casiers. Les autres personnes sont blanches, du moins pour l'identité judiciaire. Mais si vous cherchez une canaille intéressante – car cela m'étonnerait que vous gaspilliez vos talents pour un Philby – je vous recommande Julius Court. Un fonctionnaire du Foreign Office m'a tuyauté sur lui. Court était un brillant lycéen de Southsea. Après des études universitaires il entra au ministère des Affaires étrangères. Bien que pourvu de tous les élégants attributs de rigueur dans ce milieu, il était plutôt fauché. Il travaillait à l'ambassade de Paris quand, en 1970, il témoigna dans le retentissant procès d'Alain Michonnet. Celui-ci était accusé d'avoir assassiné Poitaud, le coureur automobile. Vous vous rappelez peut-être cette affaire. Elle a fait couler pas mal d'encre en Angleterre à l'époque. Elle était assez claire, en définitive, et la police française était déjà tout excitée à l'idée de pouvoir épingler Michonnet. C'est le fils de Théo d'Estier Michonnet, propriétaire d'une usine de produits chimiques près de Marseille. La police surveillait déjà l'un comme l'autre depuis quelque temps. Mais Court *a fourni un alibi à son ami. L'étonnant, c'est qu'ils n'étaient pas vraiment amis. Michonnet est un hétérosexuel à cent pour cent, comme les médias nous l'ont fait abondamment savoir. À l'ambassade, on murmurait l'horrible mot de "chantage". Personne n'a cru à la version de Court, mais celle-ci était inattaquable. Selon mon informateur, Court n'avait pas de motif coupable : il n'aurait agi ainsi que pour s'amuser et embêter ses supérieurs. Si c'est vrai, il a certainement réussi son coup. Huit mois plus tard, son parrain eut la bonne idée de mourir en lui léguant 30 000 livres. Court a démissionné. On dit qu'il a investi son héritage d'une façon intelligente. Mais ce ne sont que des rumeurs. Sa réputation est bonne. On ne lui reproche qu'une tendance à se montrer trop complaisant envers ses amis. Je vous communique ces renseignements sur Court à toutes fins utiles.*

Dalgliesh plia la lettre et la fourra dans la poche de sa veste. Il se demanda si l'on était au courant de ces histoires à Toynton Manor. Julius Court, lui, n'avait rien à craindre : son passé ne regardait personne. Il n'avait pas à souffrir de l'emprise étouffante de Wilfred. Mais Millicent Hammitt avait une dette de reconnaissance envers son frère. Qui, à part Wilfred, connaissait ces deux pitoyables et peu honorables incidents ? Comment réagirait Mrs. Hammitt si on les apprenait au manoir ? De nouveau, Dalgliesh regretta de n'avoir pas utilisé l'adresse d'une poste restante.

Une voiture approchait. Il leva les yeux. La Mercedes descendait en trombe la route côtière. Julius freina à fond. Le véhicule s'arrêta brutalement, son pare-chocs à quelques centimètres du portail. Après s'être extrait de la voiture, Court se mit à tirer violemment sur la grille en criant à Dalgliesh :

« La tour noire brûle ! De la route, j'ai vu de la fumée en sortir. Avez-vous un râteau à Hope Cottage ? »

Dalgliesh poussa le portail de l'épaule.

« Je ne crois pas. Il n'y a pas de jardin. Mais j'ai découvert un balai de bouleau dans la remise.

— C'est mieux que rien. Vous m'accompagnez ? Nous ne serons peut-être pas trop de deux. »

Dalgliesh s'engouffra dans la Mercedes. Ils laissèrent la grille ouverte. Julius fonça vers Hope Cottage sans se soucier de sa suspension ni du confort de son passager. Il ouvrit le coffre tandis que son compagnon courait vers la remise, dans la cour. Là, parmi le bric-à-brac laissé par les occupants précédents, Dalgliesh aperçut ledit balai, deux sacs de jute vides et, chose étrange, une vieille houlette de berger. Il jeta toutes ces choses dans le coffre spacieux. Julius avait déjà tourné la voiture et attendait, moteur en marche. Dalgliesh monta à côté de lui. La Mercedes bondit en avant.

Alors qu'ils viraient pour prendre la route côtière, Dalgliesh demanda :

« Y a-t-il quelqu'un dans la tour ? Anstey ?

— Peut-être. Et c'est bien ce qui m'inquiète. C'est le seul à aller là-bas maintenant. Sinon, je ne vois pas comment un incendie aurait pu se déclarer. C'est ce chemin qui nous rapprochera le plus de la tour, mais ensuite il nous restera un bon morceau à faire à pied. Quand j'ai aperçu la fumée, je me suis dit que cela ne servait à rien de me précipiter là-haut si je n'avais aucun matériel pour étouffer le feu. »

Julius parlait d'une voix tendue. Les articulations de ses doigts crispés sur le volant étaient blanches. Dans le rétroviseur, Dalgliesh vit que Court avait les iris extrêmement grands et brillants. Presque invisible d'habitude la cicatrice qui surmontait son œil droit était devenue plus profonde et plus foncée. Dalgliesh regarda le compteur : ils roulaient à plus de cent soixante à l'heure, mais, conduite d'une main de maître, la Mercedes tenait bien l'étroite route. Soudain, celle-ci tourna et monta. Pendant un instant, ils aperçurent la tour. Au-dessous du dôme, comme un canon miniature, les carreaux cassés des fenêtres exiguës émettaient par à-coups de petites bouffées rondes de fumée grise. Ces boules s'égaillaient sur le cap où le vent ne tardait pas à les déchirer. C'était d'un effet absurde, pittoresque, innocent comme un jeu d'enfant. Puis la route redescendit et la tour disparut de leur vue.

L'étroite voie, où ne pouvait passer qu'une seule voiture, était bordée, côté mer, d'un mur en pierres sèches. Julius connaissait bien le chemin. Il avait braqué à gauche avant même que Dalgliesh eût remarqué une petite entrée dépourvue de barrière, mais encore flanquée de deux poteaux pourrissants. Dans un dernier cahot, la Mercedes s'arrêta dans un creux profond, à droite de l'ouverture. Dalgliesh saisit la houlette et les sacs, Julius, le balai. Encombrés de ces objets hétéroclites, ils se mirent à courir sur le promontoire.

Julius avait raison : c'était le chemin le plus rapide. Mais ils étaient obligés de le faire à pied. Même s'il l'avait voulu, Julius n'aurait pu rouler sur ce terrain accidenté, strié de bouts de murs de pierre. Assez bas pour pouvoir être enjambés, ils présentaient aussi des brèches mais aucune n'était assez large pour livrer passage à un véhicule. La topographie était trompeuse. À un moment, la tour parut presque reculer, séparée d'eux par d'innombrables obstacles de pierres croulantes, pour réapparaître l'instant d'après. Âcre comme celle d'un feu de jardin humide, la fumée sortait à flots par la porte entrebâillée. D'un coup de pied, Dalgliesh poussa le battant et sauta de côté. Aussitôt, l'on entendit un grondement. Dardée sur lui, une langue de feu jaillit de l'ouverture. Armé de la houlette, Dalgliesh se mit à tirer vers l'extérieur les détritus incandescents dont certains étaient encore reconnaissables : longues herbes sèches, bouts de corde, quelque chose qui ressemblait aux restes d'une vieille chaise. Ces ordures s'étaient accumulées là avec les années, quand le cap avait été domaine public et la tour noire, ouverte, utilisée comme abri par les bergers et les vagabonds. Pendant qu'il ratissait les débris brûlants et malodorants, il entendait derrière lui Julius taper frénétiquement dessus avec son balai pour les éteindre. De petits feux s'allumèrent et rampèrent comme des languettes rouges sur le gazon.

Dès que l'entrée fut dégagée, Julius s'engouffra dans la tour et piétina les braises sur lesquelles il avait jeté les deux sacs. Dalgliesh vit sa silhouette enveloppée de fumée tousser et vaciller. Il tira Court sans ménagements dehors.

« Attendez que j'aie enlevé tous les brandons, dit-il. Je ne veux pas avoir deux cadavres sur les bras.

— Wilfred est ici ! J'en suis sûr. Quel con, bon Dieu ! »

Quand la dernière touffe d'herbe fumante atterrit dehors, Julius écarta Dalgliesh et monta en courant l'escalier de pierre circulaire. Dalgliesh le suivit. À l'entresol, une porte entrebâillée. Elle menait à une pièce dépourvue de fenêtre, mais dans l'obscurité enfumée, Dalgliesh et Court aperçurent une forme tassée comme un sac contre le mur du fond. Anstey avait tiré le capuchon de son habit sur sa figure et s'était emmitouflé dans les plis du vêtement comme un miséreux qui cherche à se protéger du froid. Les mains fébriles de Julius se perdirent dans le drapé. Dalgliesh l'entendit jurer. Ils mirent plusieurs secondes à dégager les bras d'Anstey. Ensuite, ils traînèrent son corps inconscient vers la porte. Le soutenant, ils le descendirent avec difficulté au bas de l'étroit escalier et le sortirent à l'air frais.

Là, ils le couchèrent dans l'herbe, face contre terre. Dalgliesh s'était agenouillé, prêt à le retourner et à commencer la respiration artificielle. Alors Anstey mit lentement ses bras en croix et resta dans cette position à la fois théâtrale et vaguement sacrilège. Soulagé de voir qu'il n'aurait pas à coller sa bouche sur la sienne, Dalgliesh se leva. Anstey plia les genoux et se mit à tousser convulsivement, d'une toux rauque et sifflante. Il tourna la figure, sa joue reposant sur le sol. Sa bouche humide qui crachait de la salive et de la bile semblait sucer l'herbe avec avidité. Dalgliesh et Court s'accroupirent et assirent Anstey entre eux. D'une voix faible, celui-ci affirma :

« Ça va. Je n'ai rien.

— La voiture est sur la route côtière, dit Dalgliesh. Vous sentez-vous capable de marcher ?

— Oui. Je vous assure que je n'ai rien.

— Nous ne sommes pas pressés. Reposez-vous un moment. »

Ils l'adossèrent contre un des gros rochers. Anstey resta là, à quelque distance d'eux, continuant à tousser de temps à autre, les yeux fixés sur la mer. Julius arpentait nerveusement le bord de la falaise comme si cette attente lui était insupportable.

Au bout de cinq minutes, Dalgliesh lui cria :

« On y va ? »

Ils soulevèrent Anstey en silence et, le soutenant, traversèrent le promontoire pour gagner la voiture.

2

Pendant le trajet de retour, aucun d'entre eux n'ouvrit la bouche. Comme d'habitude, le manoir paraissait désert, le hall était vide, anormalement silencieux. Mais l'oreille fine de Dot Moxon devait avoir entendu la voiture, car l'infirmière apparut aussitôt en haut de l'escalier.

« Qu'y a-t-il ? Que s'est-il passé ?

— Rien de grave. Wilfred a réussi à mettre le feu à la tour noire avec lui dedans. Il est indemne, mais encore en état de choc. Et la fumée n'a pas dû arranger ses poumons. »

Dot jeta à Dalgliesh, puis à Julius, un regard accusateur, comme si tout cela était de leur faute. Ensuite, dans un geste farouchement maternel et protecteur, elle mit ses bras autour d'Anstey et commença à lui faire monter doucement l'escalier. D'une voix sourde et monotone, elle murmurait à son oreille des encouragements et des reproches. On aurait dit qu'elle lui susurrait des mots tendres, pensa Dalgliesh. Anstey semblait avoir plus de mal à se tenir debout maintenant qu'un peu plus tôt sur la falaise. Il n'avançait que fort lentement. Mais quand Julius s'approcha pour l'aider, Dot lui lança un regard qui le fit reculer. Avec difficulté, l'infirmière réussit à emmener Anstey dans sa petite chambre peinte en blanc, sur l'arrière de la maison. Là, elle l'aida à s'étendre sur le lit étroit. Mentalement, Dalgliesh se livra à un rapide inventaire des lieux. La pièce ressemblait plus ou moins à ce qu'il avait imaginé. Une petite table et une chaise placées sous une fenêtre qui donnait sur la cour des patients ; une bibliothèque bien remplie ; un tapis, un crucifix au-dessus du lit ; une table de chevet sur laquelle étaient posées une lampe ordinaire et une carafe d'eau. Mais l'épais matelas rebondit quand Wilfred se laissa tomber dessus. La serviette accrochée près du lavabo semblait être d'une luxueuse douceur. La carpette, d'un dessin quelconque, n'était pas un morceau de tapis usé. Le peignoir à capuchon en tissu éponge qui pendait derrière la porte avait l'air simple, presque austère, mais Dalgliesh ne douta pas un instant qu'il fût très douillet. Cette chambre était peut-être une cellule, mais une cellule confortable.

Wilfred ouvrit les yeux et les fixa sur l'infirmière. Dalgliesh nota avec intérêt l'art avec lequel il combinait en un seul regard humilité et autorité.

« Je voudrais parler à Julius et à Adam, ma petite Dot. Juste une minute si ça ne vous ennuie pas. »

Mrs. Moxon ouvrit la bouche, puis pinça les lèvres et sortit sans prononcer un mot. Elle tira énergiquement la porte derrière elle. Wilfred referma les yeux et parut s'abstraire. Julius regarda ses propres mains. La gauche était rouge et enflée ; une cloque apparaissait déjà sous le pouce. Il dit, surpris :

« Bizarre. Je me suis brûlé la main. Je n'ai absolument rien senti sur le moment, mais maintenant cela commence à me faire un mal de chien.

— Vous devriez aller la faire panser par Mrs. Moxon. Et je vous conseille de la montrer aussi au docteur Hewson. »

Julius prit un mouchoir plié dans sa poche, le trempa dans de l'eau froide, au lavabo, puis l'enroula maladroitement autour de sa main.

« Cela peut attendre », grommela-t-il.

La douleur le rendait grincheux. Il se pencha au-dessus de Wilfred et gronda :

« Il est parfaitement clair qu'on a essayé d'attenter à vos jours et qu'on a bien failli y parvenir. J'espère que cette fois vous allez vous montrer raisonnable et appeler la police. »

Sans ouvrir les yeux, Wilfred répondit d'une voix faible :

« J'ai déjà un policier à la maison.

— Je ne peux pas me mêler de cette affaire, déclara Dalgliesh. Je ne peux pas mener une enquête officielle pour vous. Court a raison : cette histoire-là est du ressort de la police locale. »

Wilfred secoua la tête :

« Je n'ai rien à lui dire. Je me suis rendu à la tour noire parce que j'avais besoin de réfléchir en paix à un certain nombre de questions. C'est le seul endroit où je puisse être absolument seul. Je fumais. Vous savez bien, Julius, que tout le monde ici se plaint de l'odeur de ma vieille

234

pipe. Je me souviens qu'en montant je l'ai vidée en la tapant contre le mur. Elle devait brûler encore. Toute cette paille et ce foin, en bas, s'enflamment sûrement comme de l'amadou.

— Exactement! confirma Julius avec dureté. Et la porte d'entrée? Je suppose que vous avez oublié de la fermer derrière vous. Quand je pense au nombre de fois où vous nous avez recommandé de ne jamais laisser la tour noire ouverte! Vous êtes vraiment une sacrée bande d'étourdis à Toynton Manor! Lerner oublie de vérifier les freins du fauteuil roulant et Holroyd passe par-dessus le bord de la falaise. Vous, vous videz votre pipe sur un plancher parsemé de paille hautement inflammable, laissez la porte ouverte pour créer un bon courant d'air et manquez vous immoler par le feu.

— Je préfère croire que c'est ainsi que cela s'est passé.

— Il doit y avoir une deuxième clef de la tour, intervint vivement Dalgliesh. Où est-elle? »

Wilfred ouvrit les yeux et regarda dans le vague comme s'il se dissociait de ce double interrogatoire.

« Elle pend au tableau, dans le bureau. C'était celle de Michael. Je l'ai rapportée ici après sa mort.

— Et tout le monde sait où elle est?

— Je crois que oui. Toutes les clefs se trouvent là et celle de la tour est facile à reconnaître.

— Qui, au manoir, savait que vous aviez l'intention de vous rendre là-bas cet après-midi?

— Tout le monde. J'ai annoncé mon projet après la prière, comme d'habitude. Il faut qu'on puisse me trouver si jamais il y avait une urgence. Toute la famille était là, sauf Maggie et Millicent. Mais votre idée est absurde.

— Vous croyez? » fit Dalgliesh.

Avant qu'il ait pu bouger, Julius, qui se tenait plus près de la porte, se glissa dehors. Anstey et Dalgliesh attendirent en silence. Deux minutes plus tard, Court revenait. Avec une satisfaction sardonique, il annonça :

« Le bureau est vide et la clef ne s'y trouve pas. Cela veut dire que celui – ou celle – qui l'a prise n'a pas encore eu la possibilité de la remettre à sa place. À propos, en revenant, je suis passé voir Dot. Tapie dans son enfer chirurgical, elle est en train de stériliser assez d'instruments pour me faire subir une intervention majeure. On dirait une harpie enveloppée de vapeur sifflante. Elle admet de mauvaise grâce avoir été dans le bureau depuis quatorze heures et n'en être sortie que cinq minutes avant notre retour. Elle ne se rappelle pas si la clef de la tour pendait au tableau. Elle n'a pas fait attention. Je crains d'avoir éveillé ses soupçons, Wilfred, mais il m'a semblé important d'établir certains faits. »

Ils auraient pu l'être sans recourir à des questions directes, se dit Dalgliesh. Mais il était trop tard maintenant pour mener une enquête plus discrète. Lui, de toute façon, n'en avait ni l'envie ni le courage. Et il n'allait certainement pas opposer les règles de la recherche criminelle à l'amateurisme enthousiaste de Julius. Cependant, il demanda :

« Mrs. Moxon vous a-t-elle dit si quelqu'un était entré dans le bureau pendant qu'elle y était ? La personne qui a pris la clef a peut-être essayé de la replacer à ce moment-là.

— Justement. Elle s'est demandé ce qui se passait aujourd'hui. Il paraît que ç'a été un véritable défilé. D'abord Henry. Il est arrivé dans son fauteuil peu après quatorze heures, puis est reparti sans donner d'explications. Millicent est venue il y a environ une demi-heure. Elle voulait vous parler, Wilfred. Dennis est entré quelques minutes plus tard pour chercher un numéro de téléphone. Et Maggie, quelques instants avant notre retour. De nouveau sans explications. Elle n'est pas restée, mais a demandé à Dot si elle avait vu Éric. La seule chose qu'on puisse déduire de tout ceci avec certitude, c'est que Henry n'aurait pas pu être sur la falaise à l'heure critique. Mais, de toute façon, nous savons qu'il n'y était pas. La personne qui a mis le feu devait avoir une bonne paire de jambes. »

Les siennes ou celles de quelqu'un d'autre, songea Dalgliesh. Il s'adressa de nouveau directement à la forme silencieuse étendue sur le lit :

« Quand vous étiez dans la tour, avez-vous vu quelqu'un, avant ou après le début de l'incendie ? »

Wilfred mit quelques secondes à répondre.

« Je crois que oui. »

Voyant la figure de Julius, il se hâta d'ajouter :

« En fait, j'en suis sûr, mais cela s'est passé très vite. Quand l'incendie s'est déclaré, j'étais assis à la fenêtre qui donne au sud, sur la mer. Sentant de la fumée, je suis descendu dans la pièce de l'entresol. J'ai ouvert la porte qui mène au bas de la tour et j'ai vu le foin qui brûlait. Soudain, il y a eu une grande langue de feu. J'aurais pu sortir à ce moment-là, mais j'ai paniqué. J'ai très peur du feu. C'est une peur irrationnelle. Plus que ça : une sorte de phobie. Toujours est-il que je suis honteusement retourné dans la salle du haut où je me suis mis à courir d'une fenêtre à l'autre, cherchant désespérément de l'aide. C'est alors que j'ai vu – à moins d'avoir été

237

le jouet d'une hallucination – une forme en robe de bure se glisser entre les grands rochers situés au sud-ouest.

— D'où cette personne pouvait s'échapper sans que vous la reconnaissiez, compléta Julius. Ensuite, elle s'est dirigée vers la route ou la plage, en supposant qu'elle ait été assez agile pour emprunter le raidillon. Était-ce un homme ou une femme ?

— Je ne l'ai vue que quelques secondes. J'ai crié, mais le vent soufflait en sens contraire et, de toute évidence, le mystérieux promeneur ne m'a pas entendu. À aucun moment, je n'ai pensé qu'il pouvait s'agir d'une femme.

— Eh bien, réfléchissez-y maintenant. L'inconnu avait-il mis son capuchon ? Je suppose que oui.

— En effet.

— Et cela par un chaud après-midi comme celui-ci ! Tirez-en vos propres conclusions, Wilfred. À propos, il y avait trois robes de bure pendues dans le bureau. J'ai fouillé toutes les poches pour voir si j'y trouvais la clef, c'est pour cela que je le sais. Trois habits. Combien en avez-vous en tout ?

— Pour l'été, huit en tissu léger. Ils sont toujours accrochés dans le bureau. Le mien a des boutons un peu spéciaux, sinon ils sont tous pareils et nous prenons n'importe lequel d'entre eux.

— Vous portez le vôtre. Dennis et Philby ont sans doute mis le leur. Cela veut dire qu'il en manque deux.

— Éric en a peut-être passé un, comme il le fait parfois. Et Helen. Elle enfile un habit quand elle a froid. Si j'ai bonne mémoire, il y en a un dans la lingerie qui attend d'être raccommodé. Et je crois qu'un autre a disparu juste avant la mort de Michael, mais je n'en suis pas sûr. On l'a peut-être retrouvé. Nous ne surveillons pas ces vêtements.

— Il est donc pratiquement impossible de savoir s'il en manque un, reprit Julius. Ce que nous devrions faire, Dalgliesh, c'est les compter. Si elle n'a pas pu remettre la clef en place, elle doit encore avoir l'habit avec elle.

— Rien ne prouve que ce soit une femme, fit remarquer Dalgliesh. Et pourquoi attacher tant d'importance à ce vêtement ? Il pourrait être abandonné n'importe où dans la maison sans éveiller de soupçons. »

Anstey se dressa sur un coude et dit avec une soudaine fermeté :

« Non, Julius, je vous l'interdis ! Je ne veux pas qu'on interroge mon entourage. C'était un accident. »

Julius, qui semblait se plaire dans son rôle d'enquêteur, répondit :

« Bon, admettons. Vous avez oublié de fermer la porte. Vous avez vidé votre pipe encore incandescente et mis le feu à la paille. La personne que vous avez aperçue était simplement un membre de la "famille" qui se promenait innocemment sur la falaise, un peu trop vêtu pour la saison et tellement plongé dans la contemplation de la nature qu'il – ou elle – n'a pas entendu vos cris, remarqué l'incendie ni senti la fumée. Que s'est-il passé ensuite ?

— Après que j'ai vu cette silhouette ? Rien. Je me suis rendu compte que je ne pouvais pas sortir par les fenêtres. Je suis redescendu à l'entresol. J'ai ouvert la porte qui mène en bas. Mon dernier souvenir, c'est un nuage de fumée suffocante et un rideau de flammes qui me brûlait les yeux. Je n'ai même pas eu le temps de refermer la porte. J'ai perdu connaissance. J'aurais sans doute dû garder les deux portes fermées et attendre tranquillement. Mais j'étais trop affolé pour avoir les idées claires.

— Combien de personnes, ici, savent que vous avez une peur panique du feu? demanda Dalgliesh.

— La plupart doivent s'en douter. Ce qu'on ignore peut-être, c'est à quel point cette peur m'obsède. Mais tout le monde se rend compte que l'incendie est une de mes grandes craintes. J'exige que tous les patients dorment au rez-de-chaussée. Je me suis toujours fait du souci pour l'infirmerie et j'ai beaucoup hésité avant de permettre à Henry d'occuper la chambre du premier. Mais il faut bien que quelqu'un habite dans le bâtiment principal et l'infirmerie doit se trouver à côté de la pharmacie et des chambres des infirmières pour le cas où il y aurait une urgence la nuit. Dans un endroit comme celui-ci, prendre toutes les précautions nécessaires pour prévenir un incendie est tout à fait raisonnable et prudent. Cependant, la prudence n'a rien de commun avec la terreur que j'éprouve à la vue d'un feu et d'une fumée. »

Anstey porta la main à ses yeux. Les deux autres s'aperçurent qu'il tremblait. Julius regarda le corps étendu avec un intérêt presque clinique.

« Je vais chercher Mrs. Moxon », dit Dalgliesh.

À peine s'était-il tourné vers la porte qu'Anstey étendait une main pour protester. Ses compagnons constatèrent qu'il ne tremblait plus. Le regard fixé sur Julius, il dit :

« Croyez-vous que le travail que je fais ici a de la valeur? »

Court hésita une seconde. Dalgliesh se demanda s'il était le seul à l'avoir remarqué.

« Bien sûr.

— Vous ne dites pas cela pour me consoler, n'est-ce pas ? Vous le croyez vraiment ?

— Sinon je ne vous le dirais pas.

— Bien sûr que non. Excusez-moi. Et vous pensez comme moi que l'œuvre passe avant l'homme ?

— Voilà une question plus délicate. Je pourrais vous répondre que l'œuvre *est* l'homme.

— Pas ici. Ce centre est bien établi maintenant. Il pourrait continuer sans moi, le cas échéant.

— Évidemment, s'il y a assez d'argent dans la caisse et si les autorités locales continuent à payer pour les patients qu'elles envoient. Mais il continuera avec vous si vous vous conduisez d'une façon raisonnable et non comme le héros malgré lui d'un mauvais feuilleton de télévision. Cela ne vous va pas, Wilfred.

— J'essaie d'être raisonnable et je ne suis nullement brave. Je manque de courage physique. C'est la qualité que je regrette le plus. Vous deux, vous l'avez – si, si, ne dites pas le contraire. Je le sais et vous envie pour cela. Mais cette situation n'en requiert guère. Je n'arrive pas à croire que quelqu'un cherche réellement à me tuer. » Anstey se tourna vers Dalgliesh. « Expliquez-lui, Adam. Vous voyez où je veux en venir, n'est-ce pas ?

— On pourrait, en effet, soutenir qu'aucune des deux tentatives n'était bien sérieuse, répondit Dalgliesh. La corde d'alpiniste effilochée ? C'est une méthode assez aléatoire. La plupart des gens, ici, doivent savoir que vous n'entreprendriez pas une escalade sans avoir vérifié votre équipement au préalable et que vous ne grimperiez pas tout seul. La plaisanterie de cet après-midi ? Si vous aviez fermé les deux portes et étiez resté dans la salle du haut, vous n'auriez probablement pas couru de grand danger. Vous auriez eu très chaud, mais c'est tout. Le feu aurait fini par s'éteindre tout seul. C'est le fait d'avoir ouvert la porte de l'entresol et d'avaler toute cette fumée qui a failli vous tuer.

— Mais supposons que l'herbe ait brûlé avec de grandes flammes et que le plancher en bois du premier étage ait pris feu, dit Julius. Toute la partie centrale de la tour aurait flambé en quelques secondes et l'incendie aurait gagné la salle du haut. Dans ce cas, vous étiez perdu. » Il se tourna vers Dalgliesh.

« N'ai-je pas raison ?

— Probablement. C'est pourquoi vous devriez prévenir la police, Anstey. Un petit plaisantin qui accepte de tels risques doit être pris au sérieux. Et la prochaine fois, il n'y aura personne à proximité pour vous porter secours.

— Il n'y aura pas de prochaine fois. Je crois savoir qui a fait le coup. En fait, je ne suis pas aussi bête que j'en ai l'air. Je serai vigilant, c'est promis. J'ai l'impression que l'auteur de ces actes malveillants ne restera plus longtemps avec nous.

— Vous n'êtes pas immortel, Wilfred, dit Julius.

— Cela aussi je le sais. De plus, je pourrais me tromper. Je crois donc qu'il est temps que je prenne contact avec la fondation Ridgewell. Le colonel est en Inde, en train de visiter ses institutions là-bas, mais il sera de retour le 18. En raison de questions d'immobilisation de capital, pour le cas où ils voudraient agrandir le centre, les membres du conseil d'administration souhaitent avoir ma réponse avant la fin du mois d'octobre. Toutefois, je ne leur passerai pas Toynton Manor sans l'accord de la majorité des intéressés, ici. Je me propose de tenir un conseil de famille. Si quelqu'un essaie réellement de me faire peur pour que je brise mon vœu, je veillerai à ce que mon œuvre devienne indestructible, moi vivant ou mort.

— Un tel transfert déplairait certainement à Millicent », fit observer Julius.

Wilfred prit un air buté. Dalgliesh suivit son changement de physionomie avec curiosité : les yeux doux du directeur devinrent sévères et vitreux comme s'ils refusaient de voir, la bouche dessina une ligne résolue ; pourtant l'ensemble du visage n'exprimait que faiblesse et irritation.

« Millicent m'a vendu sa part tout à fait librement et à bon prix. Elle n'a aucune raison de se plaindre. Si l'on me force à quitter ces lieux, mon œuvre continuera. Mon destin personnel n'a aucune importance. »

Anstey sourit à Julius.

« Je sais que vous n'avez pas la foi. Je trouverai donc pour vous une autorité non religieuse. Shakespeare, ça vous va ? *Acquiescez à la mort de tout votre être ; la vie et la mort vous en seront plus douces.* »

Les yeux de Julius Court rencontrèrent brièvement ceux de Dalgliesh par-dessus la tête de Wilfred. Passé simultanément, leur message fut simultanément compris. Julius avait du mal à maîtriser sa bouche. Enfin, il dit d'un ton pince-sans-rire :

« Dalgliesh est censé être en convalescence. Les efforts que lui a coûtés votre sauvetage l'ont épuisé. C'est tout juste s'il n'est pas tombé dans les pommes lui aussi. Quant à moi, j'ai peut-être l'air sain, mais j'ai besoin de toute mon énergie pour mes plaisirs personnels. Donc, si vous êtes décidé à transférer le centre à la fondation Ridgewell à la fin du mois, soyez gentil et essayez d'acquiescer à la *vie* de tout votre être, du moins pour les trois semaines à venir. »

3

« Croyez-vous qu'il coure un réel danger ? demanda Dalgliesh quand Julius et lui eurent quitté la pièce.

— Je n'en sais rien. En tout cas, cet après-midi, il a été plus près de la mort que l'incendiaire inconnu ne l'avait peut-être voulu. » Court ajouta avec un mépris affectueux : « Quel fumiste ! *Acquiescez à la mort de tout votre être !* J'ai bien cru qu'ensuite il allait passer à *Hamlet* et nous rappeler que *L'important, c'est d'être prêt*. Mais une chose est certaine, n'est-ce pas ? Son courage n'est pas feint. Ou il ne croit pas que quelqu'un lui en veut, ici, ou il croit connaître son ennemi et pense pouvoir le, ou la, neutraliser. Ou bien, il a allumé le feu lui-même. Attendez-moi. Je vais me faire bander la main. Ensuite, nous irons boire un verre chez moi. J'ai l'impression que vous en avez besoin. »

Mais Dalgliesh avait autre chose à faire. Abandonnant un Julius craintif et volubile aux mains de Dot Moxon, il retourna à Hope Cottage pour y prendre une lampe de poche. Il avait soif, mais, dans sa hâte, ne s'accorda qu'un peu d'eau froide au robinet de la cuisine. Bien qu'il eût laissé les fenêtres ouvertes, l'atmosphère, dans le petit salon qu'isolaient d'épais murs de pierre, était aussi étouffante que le jour de son arrivée. Alors qu'il fermait la porte, la soutane du père Baddeley oscilla contre le battant. Dalgliesh sentit de nouveau sa légère odeur de moisi et d'église. Les petits ouvrages au crochet qui protégeaient le dossier et les accoudoirs du fauteuil étaient impeccablement en place, non froissés par la tête et les mains du pasteur. Une partie de la personnalité du défunt habitait encore ces lieux, quoique Dalgliesh la percevait déjà moins. Mais elle ne lui transmettait aucun message. S'il voulait le conseil du père Baddeley, il aurait à le chercher dans des voies connues mais qu'il ne fréquentait plus et pour lesquelles il pensait avoir perdu le droit de passage.

Il était absurdement fatigué. L'eau fraîche, au goût un peu âpre, ne fit que lui faire sentir encore davantage sa lassitude. Il fut pris d'une envie presque irrésistible de se jeter sur le lit dur et étroit du premier étage. Comment un si petit effort pouvait-il l'avoir épuisé à ce point ? Et il avait l'impression qu'il faisait intolérablement chaud. Se passant la main sur le front, il sentit de la sueur moite et froide sur ses doigts. De toute évidence, il avait de la fièvre. On l'avait bien prévenu, à l'hôpital, que celle-ci pouvait revenir. Il se mit à pester intérieurement contre ses médecins, contre Wilfred Anstey, contre lui-même.

Rien, après tout, ne l'empêchait de faire ses bagages et de retourner dans son appartement de Londres. Chez lui, à Queenhythe, au-dessus de la Tamise, il ferait frais, il aurait de l'espace. Et, comme tout le monde le croyait dans le Dorset, personne ne viendrait le déranger. Il pouvait fort bien laisser un mot pour Anstey, prendre sa voiture et partir. Tout le sud-ouest de l'Angleterre s'offrait à lui. Il y avait certainement une centaine d'endroits plus propices à la convalescence que cette communauté fermée sur elle-même, égocentrique, dédiée à l'amour et à la réalisation de soi par la souffrance, mais dont les membres s'envoyaient des lettres anonymes, se jouaient des tours puérils et méchants ou, las d'attendre la mort, se jetaient dans le vide. Rien ne le retenait à Toynton Manor. C'est ce qu'il se répéta, le front pressé contre un petit carré de miroir fixé au-dessus de l'évier et que le père Baddeley avait, de toute évidence, utilisé pour se raser. Son indécision devait être une curieuse séquelle de sa maladie. Pour quelqu'un qui avait décidé d'abandonner le métier de policier, il donnait une parfaite imitation d'un homme attaché à son travail.

Quand il quitta le cottage, il ne vit personne et commença à gravir la longue pente qui menait en haut du promontoire. Sur la falaise, il faisait encore grand jour, avec cette intensification soudaine et passagère de la lumière qui précède un coucher de soleil automnal. Les touffes de mousse, sur les murs fragmentés, étaient d'un vert vif, éblouissant. Chaque fleur brillait comme une pierre précieuse, son image tremblant dans la brise. La tour, quand Dalgliesh l'atteignit enfin, luisait comme de l'ébène et semblait vibrer au soleil. Il eut l'impression que, s'il la touchait, elle se mettrait à vaciller et disparaîtrait. L'ombre de l'édifice s'étendait sur le cap comme un doigt avertisseur.

Profitant de la lumière du jour, puisque la lampe de poche lui serait plus utile à l'intérieur de la tour, il commença à chercher. La paille brûlée et les détritus carbonisés formaient de vagues tas près du porche, mais le vent qui soufflait en permanence sur la pointe du promontoire les avait déjà dérangés, en semant une partie sur le terrain et presque jusqu'au bord de la falaise. Dalgliesh se mit à examiner le sol près des murs, puis s'en éloigna en décrivant des cercles de plus en plus larges. Il ne trouva rien jusqu'au moment où il atteignit un groupe de rochers qui se dressaient à une cinquantaine de mètres, au sud-ouest de la folie. C'était une formation curieuse. Elle ressemblait moins à un affleurement naturel qu'à un objet façonné. On aurait dit que le constructeur de la tour avait fait venir sur le chantier deux fois trop de pierres et, avec le surplus, s'était amusé à fabriquer une chaîne de montagnes miniatures. Celles-ci dessinaient un demi-cercle d'une quarantaine de mètres de long ; les sommets, hauts de deux mètres à deux mètres cinquante, étaient reliés par des plateaux arrondis. Cet assemblage aurait permis à un homme de s'enfuir sans être vu, soit par le raidillon, soit par la pente abrupte, au nord-ouest, qui aboutissait à une centaine de mètres de la route.

Ce fut là, derrière l'un des gros rochers, que Dalgliesh découvrit ce qu'il cherchait : un habit de moine en tissu léger. Il était roulé serré et fourré dans un interstice, entre deux pierres. Il n'y avait aucun autre indice : ni traces de pas dans l'herbe sèche, ni boîte en fer-blanc sentant le pétrole. Dalgliesh avait compté en trouver une quelque part. Bien que la paille et le foin qui jonchaient le bas de la tour auraient certainement brûlé très vite une fois le feu pris, il ne pouvait croire que l'incendiaire avait compté sur une simple allumette pour mettre son projet à exécution.

Il coinça la robe sous son bras. Dans le cas d'une enquête criminelle, les spécialistes du laboratoire médico-légal auraient cherché sur le vêtement des traces de fibres, de poussière ou de pétrole, bref d'un quelconque lien biologique ou chimique avec un des habitants de Toynton Manor. Mais ceci n'était pas une chasse au meurtrier; ce n'était même pas une enquête officielle. Et, même si on trouvait des fibres pouvant provenir de la chemise, du pantalon, de la veste ou même de la jupe d'un membre de la communauté, qu'est-ce que cela prouvait? Tout le personnel avait le droit de mettre cet habit que Wilfred avait la curieuse idée de considérer comme un uniforme de travail. Le fait que le vêtement eût été abandonné, et justement à cet endroit, suggérait que celui qui l'avait porté avait choisi de s'enfuir par le raidillon de la falaise plutôt que par la route, sinon aurait-il ôté son camouflage? À moins, bien sûr, qu'il ne se fût agi d'une femme – une femme qui ne s'habillait pas ainsi d'habitude. Dans ce cas, le fait d'être aperçue par hasard sur le promontoire peu après le début de l'incendie l'aurait accusée. Cependant, personne, homme ou femme, n'aurait choisi de porter la robe sur le sentier menant à la plage. C'était le chemin le plus court, mais aussi le plus difficile: l'habit aurait entravé dangereusement la marche. De plus, au cours de cette rude descente, le bas du vêtement se serait couvert de taches révélatrices de terre sablonneuse ou d'algues vertes. Mais, d'autre part, c'était peut-être ce qu'on voulait lui faire croire. Comme la lettre anonyme, la robe de moine avait-elle été placée, à son intention, à l'endroit exact où il se serait attendu à la trouver? D'ailleurs, l'abandon du vêtement n'avait pas de sens. Ainsi roulé, il aurait pu être emporté sans trop d'inconvénients, même sur le sentier glissant de la plage.

La porte de la tour était toujours entrouverte. À l'intérieur, cela sentait encore le brûlé, mais non d'une façon déplaisante maintenant : en cette fin d'après-midi fraîchissante, on aurait dit l'odeur automnale d'un feu de jardin. La partie inférieure de la rampe de corde avait flambé et pendait en lambeaux roussis des anneaux de fer.

Il alluma sa lampe de poche et se mit à fouiller systématiquement parmi les filaments de paille calcinée. Deux minutes plus tard, il découvrait ce qu'il cherchait : une boîte cabossée, couverte de suie et dépourvue de couvercle qui, à l'origine, avait dû contenir du cacao. Il la renifla. Peut-être l'imaginait-il, mais il eut l'impression qu'elle sentait encore légèrement le pétrole.

Il gravit les marches en se tenant avec précaution au mur noirci par le feu. N'ayant rien trouvé dans la pièce de l'entresol, il se hâta de quitter cette chambre obscure qui vous donnait la claustrophobie et de monter dans la salle du haut. En un contraste saisissant avec l'autre, celle-ci était remplie de lumière. Elle n'avait que deux mètres environ de large ; le plafond lamellé de la coupole lui conférait un aspect charmant, féminin, un peu conventionnel. Quatre des huit étroites fenêtres, démunies de vitres, laissaient entrer l'air frais de la mer. L'exiguïté de la pièce accentuait la hauteur de la tour. Dalgliesh avait l'impression d'être suspendu entre ciel et terre dans un poivrier de fantaisie. Un calme absolu, une véritable paix régnait dans cet endroit. Dalgliesh n'entendait que le tic-tac de sa montre et le murmure apaisant des vagues. Pourquoi, se demanda-t-il, Wilfred Anstey, le victorien tourmenté, n'avait-il pas fait de signaux de détresse par les fenêtres ? Au moment où les tortures de la faim et de la soif avaient eu raison de sa volonté, le vieil homme n'avait peut-être plus eu la force de monter l'escalier. En tout cas, ni sa terreur ni son désespoir n'avaient pénétré dans ce nid d'aigle baigné de clarté. Par la fenêtre donnant au sud, Dalgliesh aperçut la mer rayée de bandes bleues et mauves et surmontée à l'horizon du triangle fixe d'une voile rouge. Par les autres fenêtres, on avait une vue panoramique de tout le cap ensoleillé. Comme l'ensemble du centre se trouvait dans une vallée, on ne reconnaissait Toynton Manor et son groupe de cottages qu'à la cheminée de la grande maison. Dalgliesh remarqua également que le tapis d'herbe et de mousse sur lequel avait reposé le fauteuil d'Holroyd, avant que son occupant ne se précipitât dans la mort, et l'étroit chemin creux étaient également cachés. Quel que fût le drame qui s'était déroulé cet après-midi-là, personne n'aurait pu le voir de la tour.

La pièce était meublée simplement : une table et une chaise de bois poussées contre la fenêtre orientée au sud, une petite armoire de chêne, un tapis de sparterie, un vieux fauteuil en lattes de bois garni de coussins placé au milieu de la salle, un crucifix cloué au mur. La porte de l'armoire était entrouverte, la clef sur la serrure. À l'intérieur, Dalgliesh trouva une petite collection peu édifiante de livres pornographiques bon marché. Même en tenant compte de la tendance que l'on a généralement à mépriser les goûts sexuels des autres, préjugé dont Dalgliesh admettait ne pas être exempt, ce n'était certainement pas là le genre d'ouvrages qu'il aurait choisis. Il avait sous les yeux une minable et dérisoire bibliothèque pleine d'histoires de flagellation et d'obscénités, incapables, à son avis, de provoquer la moindre réaction autre que l'ennui et un vague dégoût. Elle comprenait bien *L'Amant de Lady Chatterley* – roman que Dalgliesh jugeait surfait du point de vue littéraire et improprement classé comme pornographique – mais tout le reste était rien moins que respectable. Bien qu'il ne l'eût pas vu depuis plus de vingt ans, Dalgliesh avait du mal à croire qu'un homme aussi doux, aussi esthète et strict que le père Baddeley avait soudain pu prendre goût à ce genre de lamentables frivolités. Et, en supposant que c'eût été le cas, pourquoi aurait-il laissé l'armoire ouverte et la clef à un endroit où Wilfred pouvait la trouver ? La conclusion qui s'imposait, c'était que ces livres appartenaient à Anstey et que celui-ci avait juste eu le temps d'ouvrir sa bibliothèque avant de sentir la fumée. Dans sa panique, il avait ensuite oublié de remettre sous clef la preuve de sa faiblesse cachée. Il retournerait probablement ici en toute hâte dès qu'il serait remis et aurait un prétexte pour s'éloigner du manoir. Si cette hypothèse s'avérait exacte, elle prouvait ceci : Anstey ne pouvait pas avoir provoqué l'incendie.

Laissant la porte de l'armoire comme il l'avait trouvée, Dalgliesh se mit à examiner le sol. La natte rugueuse, faite en une sorte de chanvre tressé, était déchirée par endroits, et couverte de poussière. Sa surface présentait une série de traînées. De la disposition des minuscules filaments de fibre rompus, Dalgliesh déduisit qu'Anstey avait tiré la table de la fenêtre est à la fenêtre sud. Il découvrit aussi ce qui avait l'air d'être des traces de deux cendres de tabac différentes, mais, pour les ramasser, il aurait eu besoin de sa loupe et de ses pinces. Cependant, légèrement à droite de la fenêtre est, il trouva, entre les interstices du tapis, une chose qu'il lui fut facile de reconnaître à l'œil nu : une allumette jaune usée, identique à celles de la pochette posée sur la table de chevet du père Baddeley et déchirée de bas en haut en cinq minces lanières.

4

Comme d'habitude, la porte d'entrée de Toynton Manor était ouverte. Dalgliesh gravit rapidement et silencieusement l'escalier central et se dirigea vers la chambre de Wilfred. Alors qu'il s'en approchait, il entendit le bruit d'une conversation. La voix grondeuse de Dot Moxon dominait le murmure intermittent de voix mâles. Dalgliesh entra sans frapper. Trois paires d'yeux le regardèrent avec méfiance et, se dit-il, un peu de rancune. Dennis Lerner se retourna très vite et regarda fixement par la fenêtre, mais Dalgliesh avait eu le temps de remarquer que sa figure était marbrée de taches rouges comme s'il avait pleuré. Dot était assise près du lit, solide, immobile, telle une mère au chevet de son enfant malade. Comme si Dalgliesh avait demandé une explication, Dennis murmura :

« Wilfred m'a raconté sa mésaventure. C'est incroyable. »

Avec une obstination bornée qui ne faisait que mettre en relief la satisfaction que lui procurait l'incrédulité des autres, Wilfred répéta :

« C'était un accident. »

Dennis avait commencé à dire : « Comment est-ce… » quand Dalgliesh l'interrompit en posant l'habit monacal roulé au pied du lit.

« J'ai trouvé ceci dans les rochers, près de la tour noire. Si vous le remettez à la police, ce vêtement nous révélera peut-être quelque chose d'intéressant.

— Je n'irai pas à la police et j'interdis à qui que ce soit ici d'y aller à ma place.

— Ne vous tracassez pas, dit Dalgliesh. Je n'ai pas l'intention de faire perdre leur temps à mes collègues. Étant donné votre refus absolu de les prévenir, ils vous soupçonneront probablement d'avoir allumé ce feu vous-même. Est-ce le cas ? »

Coupant court au cri de surprise poussé par Dennis et à la protestation indignée de Dot, Wilfred répondit :

« Non, Dot, il est tout à fait normal qu'Adam Dalgliesh pense une chose pareille. Dans sa profession, on entraîne les gens à la suspicion et au scepticisme. Mais il se trouve que je n'ai pas essayé de m'immoler par le feu. Un suicide dans la famille, et dans la tour noire, suffit. Je crois toutefois savoir qui est l'auteur de ce méfait. Je m'occuperai de cette personne à mon heure et à ma façon. Entre-temps, la famille ne doit rien apprendre de tout cela. Rien. Dieu merci, je peux être certain d'une chose : aucun d'eux ne peut avoir été mêlé à cette histoire. Fort de cette conviction, je saurai quoi faire. Et maintenant, soyez gentils et laissez-moi seul. »

Dalgliesh n'attendit pas de voir si les autres avaient l'intention d'obéir. Une fois à la porte, il se contenta de se retourner pour dire :

« Si vous envisagez une vengeance personnelle, je vous le déconseille. Si vous ne pouvez pas, ou n'osez pas, agir dans le cadre de la loi, alors ne faites rien du tout. »

Anstey eut un de ses exaspérants sourires :

« Vengeance, commandant ? Voilà une chose qui n'existe pas dans notre philosophie, ici. »

En traversant le grand hall, Dalgliesh ne vit ni n'entendit personne. La maison aurait pu n'être qu'une carcasse vide. Après un instant de réflexion, il se dirigea d'un pas vif vers Charity Cottage. Le promontoire était désert, hormis une silhouette qui descendait du haut de la falaise : Julius. Il avait l'air de tenir une bouteille dans chaque main. Il les leva en un geste mi-provocant, mi-joyeux. Dalgliesh lui répondit par un bref salut de la main, puis, se détournant, commença à gravir le sentier dallé qui menait au cottage des Hewson.

La porte était ouverte. D'abord, il n'entendit aucun bruit. Il frappa. N'obtenant pas de réponse, il pénétra à l'intérieur. Charity était le plus grand des trois cottages. Son séjour en pierre, maintenant baigné de soleil, avait des proportions agréables, mais paraissait sale et négligé. On aurait dit que son désordre reflétait le mécontentement et la nature agitée de Maggie. Dalgliesh eut l'impression que la jeune femme n'avait même pas pris la peine de déballer ses affaires pour bien montrer qu'elle n'avait pas l'intention de demeurer trop longtemps dans cette maison. Les quelques meubles qui se trouvaient là semblaient être restés à l'endroit où les déménageurs les avaient posés. Un canapé crasseux faisait face à une énorme télévision. Les livres de médecine d'Éric étaient empilés à plat sur les étagères, au milieu d'un assortiment varié de vaisselle, de bibelots, de disques et de vieilles chaussures. Dans un coin, un lampadaire hideux sans abat-jour. Deux tableaux appuyés à l'envers contre le mur montraient leurs ficelles cassées et pleines de nœuds. Sur une table carrée, qui se dressait au milieu de la pièce, on apercevait les restes d'un déjeuner tardif : un paquet entamé de crackers entouré de miettes, un morceau de fromage sur une assiette ébréchée, du beurre qui fondait dans son emballage graisseux, une bouteille de ketchup ouverte, au goulot englué de sauce. Deux grosses mouches zigzaguaient au-dessus de ces reliefs.

De la cuisine lui parvint un bruit d'eau qui coule et le rugissement d'une chaudière. Éric et Maggie faisaient la vaisselle. Soudain, la chaudière s'éteignit et il entendit la voix de Maggie.

« Ce que tu peux être faible ! Tu te fais exploiter par tout le monde ! Si tu baises cette espèce de bêcheuse – ce dont je me fous royalement – c'est uniquement parce que tu n'as pas le courage de lui dire non. Au fond, tu bandes aussi peu pour elle que pour moi. »

Éric répondit en un murmure inaudible. Il y eut un cliquetis de vaisselle, puis la voix de Maggie s'éleva de nouveau :

« Mais tu ne peux pas te cacher éternellement ici, bon Dieu ! Cette visite à Saint-Sauveur s'est mieux passée que tu ne le pensais. Personne ne t'a fait la moindre remarque. »

Cette fois, la réponse d'Éric fut parfaitement intelligible :

« Ils n'avaient aucune raison d'en faire. Et, de toute façon, qui avons-nous vu ? Juste le neurologue et la femme médecin responsable des dossiers. Celle-là était au courant, crois-moi, elle me l'a bien fait sentir. Ça serait cela, ma vie, en médecine générale, si jamais on me reprenait dans un hôpital. On me le rappellerait sans cesse. Le criminel du service. Toute patiente mineure serait discrètement interceptée et adressée à l'un de mes confrères pour plus de sûreté. Au moins, Wilfred me traite comme un être humain. Je peux apporter ma contribution ici, je peux faire mon travail.

— *Quel* travail ? »

Maggie hurlait presque. Puis les deux voix furent couvertes par le bruit de la chaudière et de l'eau courante. Quand le silence revint, Dalgliesh entendit de nouveau Maggie.

« D'accord ! D'accord ! D'accord ! scandait-elle d'une voix aiguë. Je t'ai promis de ne rien dire. Mais si tu continues à m'emmerder à ce sujet, je risque de changer d'avis. »

La réponse d'Éric se perdit dans le vacarme des assiettes entrechoquées, mais on aurait dit une longue phrase de protestation. Ensuite, Maggie reprit :

« Et même si je l'avais fait ? Il n'était pas idiot, tu sais. Il sentait très bien qu'il se passait quelque chose. De toute façon, où est le mal ? Il est mort. Mort. Mort. Mort. »

Dalgliesh se rendit soudain compte qu'il se tenait absolument immobile, l'oreille tendue, comme s'il était sur une affaire officielle, son affaire, et que chaque mot dérobé fût un indice capital. Irrité, il se secoua pour passer à l'action. Il avait reculé de quelques pas vers le seuil et levé le poing pour frapper de nouveau, cette fois plus fort, quand Maggie, portant un petit plateau métallique, sortit de la cuisine, Éric sur ses talons. Surmontant rapidement sa surprise, elle éclata d'un rire qui avait presque l'air authentique.

« Non ! Ne me dites pas que Wilfred est allé jusqu'à appeler Scotland Yard pour m'interroger ! Le pauvre bonhomme s'est mis dans tous ses états. Qu'avez-vous l'intention de faire ? M'avertir que chacune de mes paroles sera notée et pourra être utilisée contre moi ? »

La porte s'obscurcit et Julius entra. Il devait avoir dévalé la pente pour arriver si vite, se dit Dalgliesh. Pourquoi cette hâte ? Haletant, Julius posa deux bouteilles de whisky sur la table.

« Pour me faire pardonner, déclara-t-il.

— À la bonne heure ! »

Maggie était devenue coquette. Sous ses lourdes paupières, ses yeux s'allumèrent et se mirent à aller de Dalgliesh à Julius, comme si elle se demandait auquel des deux elle devait accorder ses faveurs. S'adressant à Dalgliesh, elle dit :

« Julius m'a accusée d'avoir voulu griller Wilfred vivant dans la tour noire. Ma plaisanterie n'est pas drôle, je sais. En revanche, Julius est hilarant quand il se prend au sérieux. De toute manière, cette histoire est absurde. Si je voulais me venger de saint Wilfred, je pourrais le faire sans avoir besoin de monter sur la falaise, déguisée en homme, tu ne crois pas, trésor ? »

Réprimant son rire, elle lança à Julius un regard à la fois menaçant et complice. Court n'y répondit pas. Il dit vivement :

« Je ne vous ai pas accusée. Je vous ai simplement demandé avec le plus grand tact où vous avez été depuis une heure de l'après-midi.

— Sur la plage, trésor. Il m'arrive d'y aller de temps en temps. Je ne peux pas le prouver, pas plus que vous ne pouvez prouver le contraire.

— C'est quand même une curieuse coïncidence que vous ayez justement été en train de marcher sur la plage…

— Pas plus que le fait que vous-même ayez justement été en train de rouler sur la route côtière.

— Et vous n'avez vu personne ?

— Pas un chat, trésor, je vous l'ai déjà dit. Aurais-je dû ? Et maintenant, à vous, Adam. Allez-vous m'arracher la vérité dans le plus pur style de la P.J. de Londres ?

— Je m'en garderai bien. Cette affaire est à Court. L'une des premières règles de la recherche criminelle est de ne jamais se mêler de l'enquête d'un autre.

— De plus, ma chère, nos minables petites affaires n'intéressent pas le commandant. Aussi étrange que cela paraisse, il s'en fout. Il n'a même pas envie de savoir si Dennis a poussé Victor au bas de la falaise et si je le couvre. C'est humiliant, non ? »

Maggie eut un rire gêné. Elle jeta un coup d'œil à son mari comme une hôtesse inexpérimentée qui craint que sa soirée ne tourne mal.

« Ne dites pas de bêtises, Julius. Nous savons bien que vous ne couvrez personne. Qu'est-ce que cela vous rapporterait ?

— Comme vous me connaissez bien, Maggie ! en effet : rien du tout. Mais j'aurais pu l'avoir fait par pure gentillesse. »

Court regarda Dalgliesh avec un sourire rusé et ajouta :

« Je trouve qu'on doit rendre service à ses amis. »

Avec une autorité surprenante, Éric demanda soudain :

« Vous désiriez quelque chose, Mr. Dalgliesh ?

— Juste un renseignement. En arrivant au cottage, j'ai trouvé près du lit du père Baddeley une pochette d'allumettes publicitaire de l'*Olde Tudor Barn*, près de Wareham. Je pensais y dîner ce soir. Savez-vous si le père Baddeley y allait souvent ? »

Maggie rit.

« Oh non ! Jamais, je dirais. Cet endroit n'était guère du genre de Michael. C'est moi qui lui ai donné ces allumettes. Il aimait ces babioles. Mais le *Barn* n'est pas mauvais. Bob Loder m'y a invitée à déjeuner, le jour de mon anniversaire. On nous a très bien servis.

— Je vais vous le décrire, ce restaurant, intervint Julius. Ambiance : une guirlande de petites ampoules colorées accrochée aux murs d'une grange par ailleurs tout à fait jolie et authentique du XVIIe siècle. Entrée : soupe de tomate en boîte servie avec une tranche de tomate pour donner plus de vraisemblance et un contraste de couleur ; crevettes surgelées dans une sauce toute préparée et couchées sur des feuilles de laitue fanées ; demi-melon – mûr si vous avez beaucoup de chance – ou pâté maison acheté au supermarché du coin. Vous pouvez imaginer le reste du menu. C'est généralement un choix de steaks accompagnés de légumes surgelés et de frites molles. Si vous tenez absolument à boire, commandez du rouge. Je ne sais pas si le propriétaire le fabrique lui-même ou se contente de coller des étiquettes sur les bouteilles, mais au moins cela ressemble vaguement à du vin. Le blanc est de la pisse de chat. »

Maggie eut un rire indulgent.

« Ne soyez pas si snob, trésor. Ce bistrot n'est pas si mauvais que ça. Bob et moi y avons mangé correctement. Et, embouteillé ou non par le patron, le vin a eu sur moi l'effet désiré.

— La qualité peut avoir baissé, dit Dalgliesh. Vous savez ce que c'est : le chef s'en va et le restaurant change du jour au lendemain. »

Julius rit.

« Voilà précisément l'avantage du menu de l'*Olde Bam* : l'établissement peut changer de chef tous les quinze jours – ce qui est d'ailleurs le cas – mais la soupe en boîte garde le même goût.

— Ça ne peut pas avoir tellement changé depuis mon anniversaire, dit Maggie. C'était le 11 septembre. Je suis Vierge, mes trésors. N'est-ce pas approprié ?

— Il y a deux ou trois restaurants convenables dans le coin, affirma Julius. Je vais vous les indiquer. »

C'est ce qu'il fit. Dalgliesh nota consciencieusement les noms à la dernière page de son agenda. Mais alors qu'il regagnait Hope Cottage, son esprit avait déjà enregistré des renseignements plus importants.

Ainsi donc Maggie était assez intime avec Bob Loder pour déjeuner avec lui. Cette bonne pâte de Loder qui était tout aussi disposé à modifier le testament du père Baddeley – ou dissuader son client de le faire ? – qu'à aider Millicent à extorquer à son frère la moitié de son capital si jamais il vendait la propriété. Mais, bien entendu, l'idée de ce petit stratagème-là avait germé dans l'esprit de Holroyd. Ou bien Holroyd et Loder l'avaient-ils concocté ensemble ? Maggie lui avait parlé de son déjeuner avec une secrète satisfaction. Si son mari la négligeait le jour de son anniversaire, elle avait d'autres ressources. Qu'en était-il de Loder ? Voulait-il simplement profiter d'une femme complaisante et insatisfaite ou avait-il un motif plus louche : pouvoir être informé de ce qui se passait à Toynton Manor ? Et l'allumette déchiquetée ? Dalgliesh ne l'avait pas encore comparée à celles qui se trouvaient à côté du lit du pasteur, mais il ne doutait pas une seconde que ce fussent les mêmes. Il lui était impossible de poser d'autres questions à

Maggie sans éveiller des soupçons, mais ce n'était pas nécessaire : elle ne pouvait pas avoir donné la pochette d'allumettes au père Baddeley avant l'après-midi du 11 septembre, la veille de la mort de Holroyd. Et, dans l'après-midi du 11, l'ecclésiastique avait rendu visite à l'avoué. Il n'avait donc pas reçu la pochette avant le soir au plus tôt. Et cela voulait dire qu'il avait été dans la tour noire le lendemain, soit le matin, soit l'après-midi. Il serait peut-être utile, si l'occasion s'en présentait, de demander à Miss Willison si le père Baddeley était venu au centre le mercredi matin. À en croire son journal intime, il s'y rendait invariablement chaque matin. Et cela signifiait qu'il avait presque certainement été dans la tour noire l'après-midi du 12 et s'était probablement assis devant la fenêtre donnant à l'est. Ces marques lais-sées sur la natte par un meuble déplacé avaient paru très récentes. Mais, même de cette fenêtre, le pasteur n'aurait pas pu voir le fauteuil de Holroyd passer par-dessus le bord de la falaise. Il n'aurait même pas pu regarder les silhouettes lointaines de Lerner et de l'infirme avancer le long du chemin creux vers l'étendue d'herbe verte. Et, même dans le cas contraire, qu'aurait valu le témoignage d'un vieillard assis seul, en train de lire et s'endormant peut-être au soleil de l'après-midi ? Comment pouvait-il chercher là un motif de meurtre ? se demanda Dalgliesh. À supposer que le père Baddeley eût été certain d'être resté éveillé et de ne pas avoir lu ? Alors l'important ce n'était plus ce qu'il avait vu, mais ce qu'il avait si singulièrement *omis* de voir.

SIXIÈME PARTIE

Un meurtre non sanglant

1

Le lendemain après-midi, Grace Willison était assise dans la cour. Bien que tiède encore, le soleil touchait la peau parcheminée de son visage avec plus de douceur, comme un adieu. De temps en temps, il s'éclipsait derrière un nuage et ce premier signe de l'hiver faisait frissonner la malade. L'air avait une senteur plus âpre maintenant, la nuit tombait plus tôt. Il n'y aurait plus beaucoup de journées assez chaudes pour rester assis dehors. Même aujourd'hui, Grace était la seule patiente à être sortie et elle se félicitait d'avoir étendu une couverture sur ses genoux.

Elle se mit à penser au commandant Dalgliesh. Dommage qu'il ne fût pas venu plus souvent au centre. Il était encore à Hope Cottage, à ce qu'il semblait. Hier, il avait aidé Julius à sauver Wilfred d'un incendie dans la tour noire. Avec son courage habituel, Wilfred avait minimisé son épreuve. Ça n'avait été qu'un tout petit feu allumé par sa propre négligence ; il n'avait jamais été réellement en danger. Malgré tout, songea-t-elle, il était heureux que le commandant eût été là pour le secourir.

Quitterait-il Toynton sans venir lui dire au revoir ? se demanda-t-elle. Elle espérait que non. Le peu de temps qu'ils avaient passé ensemble le lui avait rendu fort sympathique. Comme elle aurait aimé qu'il fût là maintenant, assis avec elle, à parler du père Baddeley ! Plus personne au manoir ne mentionnait le nom du révérend. Mais, bien entendu, le commandant avait autre chose à faire.

Elle se disait cela sans la moindre amertume. En effet, qu'est-ce qui aurait bien pu attirer Mr. Dalgliesh à Toynton Manor ? Malheureusement, elle n'était pas en position de l'inviter à titre personnel. Pendant une minute, elle se permit d'évoquer avec regret la retraite qu'elle avait espéré avoir : une modeste pension versée par l'organisme La Porte ouverte, un petit cottage ensoleillé plein de chintz et de géraniums aux couleurs gaies, les meubles de sa pauvre mère qu'elle avait dû vendre avant de venir ici, le service à thé décoré de roses, le secrétaire en bois de rose, la série d'aquarelles représentant les cathédrales anglaises. Comme elle aurait eu plaisir à convier un ami chez elle pour le thé ! Non pas le genre de thé qu'on vous sert dans une institution, à une triste table de réfectoire, mais un véritable five o'clock. Sur *sa* table, avec *son* service à thé, *ses* biscuits, *son* invité.

Elle prit conscience du livre qui pesait sur ses genoux : une édition brochée de *The Last Chronicle of Barset* de Trollope. Il avait reposé là tout l'après-midi. Pourquoi, se demanda-t-elle, avait-elle si peu envie de le lire ? Puis elle se rappela. C'était cet ouvrage-là qu'elle relisait cet horrible après-midi quand on avait ramené le cadavre de Victor. Elle ne l'avait pas ouvert depuis. Mais c'était absurde. Elle devait chasser cette idée. Il était stupide et même mal de gâcher son livre préféré en le contaminant par des images de violence, de haine et de sang.

Arrondissant sa main droite déformée autour du volume, elle l'ouvrit de l'autre. Un signet marquait les dernières pages qu'elle avait lues : une gueule-de-loup pressée dans un morceau de papier de soie. C'était une fleur du petit bouquet champêtre que le père Baddeley lui avait apporté l'après-midi de la mort de Victor. Il ne cueillait jamais de fleurs, sauf pour elle. Les plantes fragiles n'avaient pas vécu longtemps, peut-être même pas une journée. Mais, celle-ci, elle l'avait aussitôt mise entre les pages de son livre. Immobile, elle la contempla.

Une ombre tomba sur le papier et une voix demanda :

« Quelque chose ne va pas ? »

Grace leva la tête et sourit.

« Pas du tout. Je viens simplement de me rappeler quelque chose. C'est curieux comme l'esprit rejette tout ce qu'il associe à un événement affreux ou à un grand chagrin. Le commandant Dalgliesh m'a demandé si je savais ce qu'avait fait le père Baddeley les trois ou quatre jours précédant son hospitalisation. Et, bien entendu, je le sais. Je sais ce qu'il a fait le mercredi après-midi. Je ne pense pas que ce soit important, mais j'aimerais le lui dire. Tout le monde est tellement occupé ici. Pourriez-vous peut-être…

— Ne vous inquiétez pas. Je trouverai un moment pour passer à Hope Cottage. Il serait temps qu'il se montre un peu ici, notre ami, s'il a l'intention de rester encore quelque temps à Toynton. Mais ne devriez-vous pas rentrer maintenant ? Il commence à faire froid. »

Miss Willison sourit avec reconnaissance. Elle aurait préféré rester encore un moment dehors, mais elle ne voulait pas refuser une offre faite avec tant de

gentillesse. Elle referma son livre. De ses mains vigou-
reuses, son assassin saisit son fauteuil et poussa Grace
Willison vers la mort.

2

Ursula Hollis demandait toujours aux infirmières de
laisser ses rideaux ouverts et, cette nuit, à la faible lueur
de son réveil lumineux, elle discernait encore vaguement
le cadre rectangulaire qui séparait les ténèbres exté-
rieures des ténèbres intérieures. Il était presque minuit.
Il n'y avait aucun vent. Ursula était couchée dans une
obscurité si épaisse qu'elle avait l'impression de la sentir
peser sur sa poitrine comme un lourd rideau qui descend
pour vous étouffer. Dehors, le cap dormait, à l'exception, se dit-elle, des petits animaux nocturnes qui fure-
taient dans l'herbe. Dans le manoir, on entendait encore
des bruits lointains : pas vifs descendant un couloir ;
porte qui se ferme doucement ; grincement des roues mal
graissées d'un fauteuil ou d'un soulève-malade qu'on
déplace ; sons pareils à un grattement qui traversaient la
cloison chaque fois que Grace Willison se tournait dans
son lit ; beuglement soudain, aussitôt assourdi, de la télévision, alors que quelqu'un ouvrait et refermait la porte
de la salle de séjour. Le réveil happait les secondes, les
expédiait dans le néant. Ursula demeurait parfaitement
immobile. Ses larmes brûlantes lui coulaient en un flot
continu sur le visage et allaient tomber, soudain froides
et poisseuses, sur son oreiller. Sous celui-ci, elle avait

caché la lettre de Steve. De temps à autre, elle pliait péniblement son bras droit sur sa poitrine et glissait ses doigts sous le coussin pour sentir le bord tranchant de l'enveloppe.

Mogg s'était installé dans leur appartement ; ils vivaient ensemble. Steve lui annonçait cette nouvelle presque en passant, comme s'il s'agissait d'une mesure d'ordre pratique et passagère, prise uniquement pour permettre aux deux hommes de partager le loyer et les corvées. Mogg faisait la cuisine ; Mogg avait repeint le séjour et installé de nouvelles étagères ; Mogg lui avait trouvé un travail de bureau chez son éditeur, emploi qui mènerait peut-être à un poste meilleur et permanent. Le nouveau recueil de poèmes de Mogg devait sortir au printemps. C'était à peine si Steve lui demandait des nouvelles de sa santé. Il ne lui faisait même pas, comme d'habitude, la vague et insincère promesse de venir lui rendre visite. Pas un mot au sujet de son retour à la maison, d'un nouvel appartement, des démarches qu'il devait entreprendre auprès de l'autorité locale. C'était inutile. Elle ne rentrerait jamais chez elle. Tous deux le savaient. Mogg aussi le savait.

Elle n'avait reçu la lettre qu'à l'heure du thé. Pour une raison inexplicable, Albert Philby n'était allé chercher le courrier que fort tard et ne lui avait remis le sien qu'à quatre heures passées. Heureusement, elle s'était trouvée seule dans le séjour : Grace Willison n'était pas encore rentrée de la cour afin de se préparer pour le thé. Il n'y avait eu personne pour l'observer pendant qu'elle lisait sa lettre, personne pour l'interroger discrètement, ou, plus discrètement encore, pour s'en abstenir. La colère et le choc lui avaient permis de tenir jusqu'à maintenant. Elle s'était accrochée à sa colère, l'alimentant avec des souvenirs et des images. Elle s'était forcée à manger ses deux tartines habituelles, à boire son thé, à contribuer aux platitudes qui s'échangeaient à table. Ce n'était qu'à présent, alors que la respiration difficile de Grace Willison s'était transformée en un léger ronflement, que Helen et Dot ne risquaient plus de lui rendre une dernière visite, que Toynton Manor s'enveloppait enfin de silence pour la nuit, qu'elle pouvait donner libre cours à son désespoir et céder à ce qu'elle savait être de l'apitoiement sur elle-même. Une fois qu'elle eut commencé à pleurer, elle fut incapable de s'arrêter. Impossible de contrôler ses larmes. Mais cela ne la tracassait plus. Cela n'avait rien à voir avec le chagrin ou la nostalgie. C'était une manifestation physique, aussi involontaire que le hoquet, mais silencieuse, presque réconfortante. Un flot intarissable.

Elle savait ce qu'elle avait à faire. Entre deux sanglots, elle écouta. Aucun bruit ne lui parvenait de la chambre voisine à part le ronflement, maintenant régulier, de Grace. Ursula alluma. Bien que l'ampoule fût la plus faible que Wilfred avait pu trouver, son éclat l'aveugla. En pensée, Ursula vit le rectangle de sa fenêtre briller à l'extérieur et annoncer son projet au monde entier. Elle savait qu'il n'y avait personne dehors pour remarquer cette lueur, mais elle imagina que le promontoire s'emplissait soudain du son de gens qui courent, de cris. Elle avait cessé de pleurer. Ses yeux gonflés percevaient la pièce comme une photographie à peine développée, une image représentant des formes floues et tordues qui se mouvaient, se dissipaient derrière un rideau cuisant percé d'aiguilles de lumière.

270

Elle attendit. Rien. Toujours pas de bruit à côté, à part la respiration rauque de sa voisine. La première étape était facile ; elle avait déjà réussi cette opération deux fois auparavant. Elle jeta ses deux oreillers par terre et, s'approchant péniblement du bord du lit, se laissa tomber en bas. Quoique amorti par les plumes, le choc de son corps sur le plancher parut ébranler les murs de la chambre. De nouveau, elle attendit. Mais aucun pas précipité ne retentit dans le couloir. Elle se dressa sur les coussins, s'adossa contre le lit et commença à se propulser vers le pied de celui-ci. Tendre la main et tirer la ceinture de sa robe de chambre ne présenta aucune difficulté. Puis elle se traîna vers la porte.

Ses jambes étaient mortes. Elle n'avait de force que dans les bras. Ses pieds gisaient, blancs et mous comme des poissons, sur le plancher froid ; ses orteils écartés, pareils à des excroissances obscènes, cherchaient vainement une prise. Bien que non ciré, le lino était lisse et elle glissa dessus avec une surprenante rapidité. Elle se rappela la joie que lui avait procurée cette découverte. Aussi ridicule et humiliant que pouvait être ce stratagème, elle était capable de se déplacer dans sa chambre sans l'aide du fauteuil.

Mais elle allait plus loin à présent. Heureusement que les minces portes modernes des chambres de l'annexe s'ouvraient en appuyant sur une poignée et non en tournant un bouton. Elle forma une boucle avec sa ceinture. Au second essai, elle réussit à la lancer sur la poignée. Elle tira. La porte s'ouvrit doucement. Abandonnant un de ses oreillers, Ursula sortit dans le couloir désert. Son cœur battait si fort qu'elle craignait que ce bruit ne la trahît. Elle enfila de nouveau la cordelière sur la poignée, s'éloigna d'un mètre et entendit la porte se refermer.

Une seule ampoule, protégée par un épais abat-jour, brûlait en permanence au bout du couloir. Ursula vit clairement le bas du petit escalier qui menait au premier. C'était là son but. L'atteindre se révéla être étonnamment facile. Bien qu'on ne le cirât jamais, le lino du corridor paraissait encore plus lisse que celui de sa chambre. Ou bien était-ce elle qui avait acquis une certaine agilité ? Elle se tira en avant avec une grisante légèreté.

L'escalier promettait d'être plus difficile. Ursula pensait se hisser marche après marche en s'accrochant aux barreaux verticaux de la rampe. Mais il fallait qu'elle emportât l'oreiller. Elle en aurait besoin une fois en haut. Or il semblait avoir grossi, être devenu un énorme paquet, mou et encombrant. Elle eut du mal à le caler sur les étroits degrés. Il tomba par deux fois et elle dut redescendre pour le récupérer. Quand elle eut péniblement négocié les quatre premières marches, elle découvrit la meilleure méthode pour avancer. Elle attacha un bout de la cordelière autour de sa taille, l'autre autour de l'oreiller. Elle regretta de ne pas avoir enfilé sa robe de chambre. Le vêtement aurait gêné sa progression, mais, au moins, lui aurait tenu chaud.

Et ainsi, marche après marche, haletant et transpirant malgré le froid, elle se traîna en haut de l'escalier en agrippant la rampe des deux mains. Les degrés grinçaient effroyablement. Ursula s'attendait à entendre d'un moment à l'autre l'appel assourdi d'une sonnette de malade, puis l'approche des pas de Dot et d'Helen.

Elle aurait été incapable de dire combien de temps elle avait mis à atteindre le palier du premier étage.

Mais, finalement, elle se retrouva, frissonnante, sur la marche finale. Ses mains serraient si fort les barreaux que le bois en tremblait. Elle regarda en bas. C'est alors qu'apparut quelqu'un vêtu d'un habit de moine. Sans aucun avertissement : ni bruit de pas, de toux ou de respiration. L'instant d'avant, le couloir avait été vide, celui d'après, une silhouette en robe de bure, tête baissée et capuchon rabattu sur les yeux, avait glissé silencieusement au-dessous d'elle et disparu au bout du corridor. Terrifiée, retenant son souffle, se ramassant sur elle-même pour essayer de se rendre invisible, Ursula attendit. La forme reviendrait. Elle en était sûre. Comme les terribles représentations de la mort qu'elle avait vues dans de vieux livres ou sculptées sur des monuments funéraires, cette Chose s'arrêterait au-dessous d'elle, rejetterait en arrière le capuchon pour révéler son crâne ricanant et ses orbites vides, passerait à travers les montants ses doigts dénués de chair. Le cœur d'Ursula cognait d'une épouvante glacée contre ses côtes ; il semblait être devenu trop grand pour son corps. Au bout de ce qui avait dû être moins d'une minute mais qui lui parut une éternité, la forme repassa au-dessous d'elle et s'engouffra silencieusement dans le bâtiment central.

Ursula comprit qu'elle n'allait pas se suicider. Ce moine fantomatique n'avait pu être que Dot, Helen ou Wilfred. Mais son apparition lui avait donné un tel choc qu'elle en avait retrouvé le désir de vivre. Si elle avait vraiment voulu mourir, que faisait-elle là, couchée en chien de fusil dans le froid, en haut de l'escalier ? Elle avait sa cordelière. Maintenant encore elle pouvait l'attacher autour de son cou et se laisser glisser sans résister au bas des marches. Mais elle n'en ferait rien. À la seule idée de cette dernière chute, du lien mordant dans sa chair, elle poussa un gémissement de protestation angoissé. Non, elle n'avait jamais eu l'intention de se suicider. Personne, pas même Steve, ne valait qu'on se damnât éternellement pour lui. Steve ne croyait pas à l'Enfer, mais, au fond, que savait Steve des choses vraiment importantes ? Mais elle devait aller au bout de son expédition maintenant. Elle devait s'emparer de ce tube d'aspirine qu'elle savait se trouver quelque part dans la pharmacie. Elle ne l'avalerait pas, mais elle le garderait toujours à portée de main. Ainsi elle saurait que si la vie devenait intolérable, elle avait le moyen d'y mettre fin. Elle pouvait aussi n'en prendre qu'une poignée et laisser le reste près du lit. Ainsi les autres se rendraient compte qu'elle était malheureuse. C'était tout ce qu'elle voulait, tout ce qu'elle avait jamais voulu. Ils demanderaient à Steve de venir. Ils prêteraient un peu plus d'attention à sa détresse. Peut-être même forceraient-ils Steve à la ramener à Londres. Étant parvenue jusque-là au prix de tant d'efforts, il fallait qu'elle atteignît la pharmacie.

La porte ne présenta aucun problème. Mais, quand elle se fut glissée dans la pièce, elle comprit que son entreprise était vouée à l'échec. Elle ne pouvait pas allumer la lumière. L'ampoule du couloir dispensait une faible et diffuse lueur, mais, même avec la porte de la pharmacie ouverte, elle n'éclairait pas assez pour révéler l'emplacement de l'interrupteur. Or, pour faire jouer celui-ci avec sa cordelière, il fallait qu'elle sût où viser. Elle tendit la main et tâta le mur. Rien. Formant une boucle avec sa ceinture, elle la lança doucement à plusieurs reprises vers l'endroit où, d'après elle, aurait pu se trouver un bouton. Mais le lien retombait sans rien accrocher. Ursula se mit à pleurer, vaincue, transie et prenant soudain conscience qu'elle serait obligée de refaire tout ce pénible trajet en sens inverse. Et se hisser de nouveau dans son lit serait l'opération la plus difficile et la plus douloureuse de toutes.

Brusquement, une main sortit de l'obscurité et fit jaillir la lumière. Ursula poussa un petit cri. Elle leva les yeux. Helen Rainer s'encadrait dans l'embrasure, vêtue d'un habit de moine ouvert sur le devant et au capuchon rejeté en arrière. Pétrifiées, les deux femmes se dévisagèrent en silence. Ursula vit que les yeux qui se baissaient vers elle étaient aussi terrifiés que les siens.

3

Se réveillant en sursaut, Grace Willison sentit son corps se contracter, puis se mettre à trembler violemment comme si une main vigoureuse la secouait pour lui faire reprendre conscience. Levant péniblement la tête, elle tendit l'oreille dans l'obscurité. Quelle qu'ait été sa nature, le bruit, réel ou imaginaire, qui avait interrompu son sommeil, s'était tu. Elle alluma sa lampe de chevet. Presque minuit. Elle prit son livre. Quel dommage que cet exemplaire de Trollope fût si lourd ! De ce fait, elle devait le caler sur la couverture. Or, une fois étendue dans la position où elle s'endormait d'habitude, elle avait du mal à plier les genoux et l'effort qu'elle devait faire pour lever la tête et baisser le regard sur les menus caractères lui fatiguait les yeux et les muscles du cou. C'était tellement inconfortable qu'elle se demandait parfois si lire était vraiment aussi plaisant qu'elle l'avait imaginé dans son enfance quand son père, par esprit d'économie, et sa mère, par souci de ménager les yeux de sa fille et de lui assurer huit heures de sommeil, la privaient d'une lampe de chevet.

Sa jambe gauche fut saisie d'un irrépressible tressaillement. Avec un intérêt détaché, Grace Willison regarda la couverture se soulever par intermittence comme si l'on avait lâché un animal dans son lit. De se réveiller brusquement ainsi était toujours mauvais signe. Elle allait passer une nuit agitée. Redoutant l'insomnie, elle fut un instant tentée de prier pour que Dieu l'en préservât, juste pour cette fois. Mais elle avait déjà dit ses prières et il lui semblait inutile de recommencer. De toute façon, l'expérience lui avait appris qu'elle ne serait pas exaucée. Et demander à Dieu une faveur, alors qu'il vous avait déjà fait clairement comprendre qu'il n'était pas disposé à vous l'accorder, c'était se conduire comme une enfant maussade et importune.

Posant son livre, elle décida de penser plutôt au pèlerinage de Lourdes qui aurait lieu dans deux semaines. Elle imagina la joyeuse agitation du départ – elle avait gardé un manteau neuf pour l'occasion –, la traversée de la France avec ses compagnons, tous aussi gais que s'ils étaient à un pique-nique, l'apparition des contreforts des Pyrénées enveloppés de brume et des cimes enneigées, enfin la ville de Lourdes elle-même, avec ses innombrables commerces, son air de fête permanent. À l'exception d'Ursula Hollis et de George Allan, tous deux catholiques, les autres membres de la communauté de Toynton Manor ne faisaient pas partie d'un pèlerinage anglais officiel. Ils n'allaient pas à la messe et se plaçaient avec une humilité convenable au dernier rang de la foule quand les évêques en robes cramoisies faisaient lentement le tour de la place du Rosaire en levant leurs ostensoirs d'or. Mais que tout cela était donc exaltant, pittoresque, superbe! Les flammes des cierges qui tissaient leur dessin de lumière, les couleurs, la musique, le sentiment d'appartenir de nouveau au monde extérieur, mais un monde dans lequel on honorait la maladie au lieu de la considérer comme une aliénation, une déformation de l'esprit autant que celle du corps. Plus que treize jours maintenant. Grace se demanda ce que son père, protestant intransigeant, aurait pensé de ce plaisir si impatiemment attendu. Mais, lorsqu'elle avait interrogé le père Baddeley sur l'opportunité de sa participation, le pasteur lui avait donné une réponse fort claire : « Ma chère enfant, ce voyage représente pour vous un agréable changement. Et pourquoi pas, mon Dieu? Une visite à Lourdes n'a encore jamais fait de mal à personne. Vous pouvez, sans le moindre scrupule, aider Wilfred à célébrer son pacte avec Dieu. »

Elle pensa au père Baddeley. Elle ne pouvait toujours pas croire qu'elle ne bavarderait plus jamais avec lui dans la cour des patients, ne prierait plus en sa compagnie dans le « parloir ». Mort : un mot inerte, neutre, déplaisant. Un mot bref, inexorable, tout d'une pièce. Le même, en fait, qu'on employait pour une plante ou un animal. C'était là une idée intéressante. On aurait pu croire qu'il y aurait un terme distinct, plus frappant et plus solennel, pour désigner la mort d'un homme.

Pourquoi ? Les uns et les autres participaient tous de la même création, partageaient la vie universelle, dépendaient du même air. Mort. Elle avait espéré pouvoir sentir que le père Baddeley était près d'elle, mais cela ne s'était pas produit ; cela n'était pas vrai, tout simplement. Ils étaient tous partis dans le monde de la lumière. Partis en effet et devenus indifférents aux vivants.

Elle devait éteindre sa lampe : l'électricité coûtait cher. Si elle n'avait pas l'intention de lire, il était de son devoir de rester allongée dans les ténèbres. Éclairez nos ténèbres. Sa mère aimait beaucoup cette prière. Et par Ta grande miséricorde, protège-nous de tous les périls de cette nuit. Sauf qu'il n'y avait pas de périls ici ; il n'y avait que l'insomnie et la douleur. La douleur habituelle, qu'elle accueillait presque comme une vieille connaissance parce qu'elle se savait capable de supporter ses pires manifestations, et puis cette douleur nouvelle, qui l'effrayait, et dont il lui faudrait bientôt parler à quelqu'un.

Le rideau trembla dans la brise. Grace entendit soudain un déclic anormalement bruyant. Son cœur bondit dans sa poitrine. Puis il y eut un raclement de métal sur du bois. Avant de partir, Dot avait oublié de vérifier si la fenêtre était bien fermée. On ne pouvait plus rien y faire à présent. Son fauteuil se trouvait à côté du lit, mais elle était incapable de s'asseoir dedans toute seule. Si la nuit restait calme, il n'y aurait pas de problème. Elle était en parfaite sécurité dans sa chambre : personne n'entrerait par la fenêtre. Il n'y avait rien à voler à Toynton Manor et, derrière le rideau flottant, rien qu'un vide noir, rien que des falaises qui s'étendaient jusqu'à la mer sans repos.

Le tissu blanc enfla, devint une voile, une courbe de lumière. La beauté de ce spectacle lui arracha une exclamation. De l'air frais inonda son visage. Tournant la tête vers la porte, elle sourit.

« La fenêtre… auriez-vous la gentillesse de… »

Elle ne termina pas sa phrase. Elle n'avait plus que trois secondes à vivre. Elle vit la forme en habit de moine, à la figure cachée par l'ombre du capuchon rabattu, s'approcher rapidement d'elle en silence comme une apparition à la fois familière et horriblement différente. Elle vit les mains qui tenaient la mort se tendre vers elle. Puis les ténèbres s'abattirent sur elle. Passive, elle ne résista pas – d'ailleurs, comment l'aurait-elle pu ? – et mourut d'une mort assez douce. À la fin, elle ne sentit que les linéaments puissants, chauds et étrangement réconfortants d'une main humaine qui lui pressaient la face à travers le fin voile de plastique. Ensuite, cette main éteignit délicatement la lampe, sans toucher le pied de bois. Deux secondes plus tard, comme prise d'un doute, elle ralluma. Saisissant le Trollope, elle le feuilleta, trouva la fleur séchée dans son enveloppe de papier de soie et froissa l'une et l'autre entre ses doigts vigoureux. Puis elle se tendit de nouveau vers la lampe et l'éteignit.

4

Enfin elles furent de retour dans la chambre d'Ursula. Silencieusement, mais d'un geste énergique, Helen Rainer ferma la porte et s'adossa un instant contre le battant, comme si elle était épuisée. Ensuite, elle se dirigea d'un pas rapide vers la fenêtre et tira prestement les rideaux des deux bras. Sa respiration oppressée remplissait la petite pièce. Le trajet de retour avait été difficile. Helen l'avait fait attendre un moment dans la pharmacie pendant qu'elle allait placer le fauteuil d'Ursula au bas des marches. Une fois arrivées là, tout irait bien. Même si on les voyait ensemble dans le couloir du rez-de-chaussée, on penserait qu'Ursula avait sonné pour qu'on l'emmène aux toilettes. Le problème, c'était l'escalier. La descente, pendant laquelle Helen l'avait à moitié soutenue, à moitié portée, avait été une épreuve pénible et bruyante : cinq interminables minutes de halètements, de bois qui craque, d'instructions chuchotées, de gémissements de douleur réprimés. Que personne ne fût apparu dans le hall tenait du miracle. Il leur aurait été plus facile de gagner la partie centrale du manoir et d'utiliser l'ascenseur, mais le claquement de la grille métallique et le bruit du moteur auraient réveillé la moitié de la maison.

Finalement, elles étaient de nouveau dans la chambre, saines et sauves. Pâle mais calme, Helen se ressaisit et avec sa compétence professionnelle coutumière commença à mettre Ursula au lit. Aucune des deux femmes ne parla jusqu'à la fin de cette opération.

Puis Helen se pencha et mit sa figure tout près de celle d'Ursula. Trop près. La forte lumière de la lampe de chevet grossissait ses traits. Ses pores ressemblaient à des cratères miniatures et deux poils se dressaient au coin de sa bouche. Elle avait l'haleine aigre. Bizarre, songea Ursula, je ne l'avais encore jamais remarqué. Tandis que, d'une voix sifflante, l'infirmière lui chuchotait ordres et mises en garde, ses yeux verts semblèrent s'élargir et sortir de leurs orbites.

« Quand le prochain patient partira, Wilfred devra commencer à admettre des malades inscrits sur la liste d'attente ou bien fermer. Avec moins de six pensionnaires, le centre fera faillite. J'ai jeté un coup d'œil sur les livres de comptabilité, un jour qu'ils traînaient dans le bureau. Je sais donc de quoi je parle. Wilfred sera obligé de vendre ou de céder Toynton Manor à la fondation Ridgewell. Pour quitter cet endroit, il existe de meilleurs moyens que le suicide. Aidez-moi à forcer Wilfred à vendre, et vous retournerez à Londres. »

Comme une conspiratrice, Ursula chuchota en retour :

« Mais comment ?

— Wilfred réunira ce qu'il appelle un conseil de famille. C'est ce qu'il fait toujours quand il doit prendre une décision qui nous affecte tous, ici. Nous exprimons notre opinion, puis nous partons méditer en silence pendant une heure. Ensuite, nous votons. Ne donnez pas votre voix à la fondation Ridgewell, sinon vous serez coincée ici pour la vie. Les autorités locales ont déjà assez de mal à caser les jeunes malades chroniques. Quand elles vous savent en bonnes mains, elles ne vous transfèrent plus.

— Mais si le manoir ferme, me renverra-t-on vraiment chez moi ?

— À Londres, en tout cas. Vous êtes toujours domiciliée dans cette ville. Vous dépendez de votre propre autorité locale et non du Dorset. Et, une fois de retour là-bas, vous verrez au moins votre mari. Il pourra vous rendre visite, vous sortir, vous pourrez rentrer chez vous le week-end. En outre, votre maladie n'est pas très avancée. Je ne vois pas pourquoi vous ne pourriez pas vous débrouiller ensemble dans un de ces appartements conçus pour les handicapés mariés. C'est votre mari, après tout. Il a des responsabilités, des devoirs envers vous.

— Je me moque des responsabilités et des devoirs, essaya d'expliquer Ursula. Ce que je veux, c'est qu'il m'aime. »

Helen rit. Un son rude, désagréable.

« Qu'il vous aime ! Rien que ça ! L'amour. N'est-ce pas ce que nous voulons tous ? Quoi qu'il en soit, il ne peut pas rester amoureux d'une femme qu'il ne voit jamais. C'est comme ça, les hommes. Il faut que vous retourniez auprès de lui.

— Vous ne direz rien alors ?

— À la condition que vous me donniez votre parole.

— De voter comme vous me le demandez ?

— Oui. Et de ne pas parler de votre tentative de suicide, ni de quoi que ce soit qui est arrivé ici cette nuit. Si quelqu'un dit qu'il a entendu du bruit, vous répondrez que vous avez sonné et que je vous ai emmenée aux toilettes. Si Wilfred découvrait la vérité, il vous enverrait dans un hôpital psychiatrique. Ce n'est pas ce que vous voulez, n'est-ce pas ? »

Non, ce n'était pas ce qu'elle voulait. Helen avait raison. Elle devait rentrer chez elle. Comme tout était simple ! Pleine de reconnaissance, elle tendit maladroitement ses bras vers l'infirmière. Mais celle-ci s'était éloignée. D'une poigne énergique, elle bordait les couvertures, ébranlant le matelas. Dans les draps bien tirés, Ursula se sentait prisonnière, mais en sécurité, tel un bébé emmailloté pour la nuit. Helen éteignit. Dans l'obscurité, une tache blanche se dirigea vers la porte. Puis Ursula entendit le faible déclic du loquet.

Couchée là, seule, épuisée, mais étrangement réconfortée, elle se rappela qu'elle n'avait pas parlé à Helen de la forme en habit de moine. Mais cela ne pouvait pas avoir beaucoup d'importance. L'apparition devait avoir été Helen elle-même répondant à un coup de sonnette de Grace. Était-ce cela que l'infirmière avait voulu dire quand elle lui avait demandé de garder pour elle tout ce qui était arrivé ici cette nuit? Sûrement pas. Mais Ursula se tairait. Comment pouvait-elle raconter quoi que ce fût sans trahir qu'on l'avait trouvée couchée en haut de l'escalier? Et puis tout allait s'arranger. Elle pouvait dormir à présent. Quelle chance qu'Helen fût venue dans la pharmacie chercher de l'aspirine contre sa migraine et l'eût trouvée là! La maison était merveilleusement silencieuse. Ce silence avait d'ailleurs quelque chose de curieux, de différent. Alors, souriant dans l'obscurité, elle se souvint. Grace. Pas un son, pas un ronflement ne lui parvenait à travers la mince cloison. Cette nuit, même Grace Willison dormait en paix.

5

D'habitude, Julius Court s'endormait quelques minutes après avoir éteint sa lampe de chevet. Mais, ce soir, il se tournait et se retournait dans son lit, l'esprit agité et les nerfs à vif, les jambes froides et lourdes comme si l'on était en plein hiver. Il les frotta l'une contre l'autre, se demandant s'il allait sortir sa couverture chauffante du fond du placard. Mais la perspective d'avoir à refaire son lit le découragea. L'alcool semblait être un meilleur remède, contre l'insomnie et le froid.

Il s'approcha de la fenêtre et contempla le cap. Des nuages passaient devant le croissant de lune. Seul un rectangle de lumière perçait les ténèbres qui régnaient à l'intérieur des terres. Mais, tandis qu'il regardait, l'obscurité s'appliqua soudain comme une persienne sur la fenêtre lointaine. Le rectangle devint un carré, puis celui-ci s'éteignit à son tour. Forme indistincte, Toynton Manor se détachait sur le fond plus clair du promontoire silencieux. Par curiosité, Court consulta sa montre. Il était minuit dix-huit.

6

Dalgliesh se réveilla aux premières lueurs d'une matinée froide et tranquille. Enfilant sa robe de chambre, il descendit se faire du thé. Il se demanda si Millicent était restée au manoir. Il n'avait pas entendu son poste de télévision de toute la soirée. Ce n'était pas que Mrs. Hammitt fût bruyante ou lève-tôt, mais le silence un peu secret qui enveloppait maintenant Hope Cottage semblait dénoter une complète isolation. Il alluma la lampe du séjour, puis apportant sa tasse à la table, déploya sa carte. Aujourd'hui, il explorerait le nord-est du comté. Il avait l'intention de déjeuner à Sherborne. Cependant, il devait d'abord faire une visite de politesse à Toynton Manor pour demander des nouvelles de Wilfred. Non pas parce qu'il était inquiet. Il ne pouvait penser à la comédie de la veille sans irritation. Mais peut-être cela valait-il la peine d'essayer une dernière fois de persuader Wilfred de prévenir la police ou, du moins, de prendre l'attaque dont il avait été victime plus au sérieux. En outre, il était temps qu'il payât quelque loyer pour l'occupation du cottage. Ne roulant pas sur l'or, le centre accepterait certainement volontiers une discrète contribution. Ces deux corvées ne le retiendraient pas plus de dix minutes.

À ce moment, on frappa à la porte et Julius entra. Il était habillé de pied en cap et, même à cette heure matinale, dégageait une impression d'élégance décontractée. D'une voix calme, comme si la nouvelle avait peu d'importance, il dit :

« Je suis content que vous soyez levé. Je suis en route pour le manoir. Wilfred vient de m'appeler. Grace Willison est morte dans son sommeil et Éric fait des difficultés pour délivrer le certificat de décès. Je me demande ce que Wilfred attend de moi. Je ne vois pas ce que je peux y faire. Depuis qu'Éric a été réinscrit à l'Ordre des médecins, il semble avoir retrouvé l'arrogance propre à sa profession. D'après lui, Grace n'aurait pas dû mourir avant dix-huit mois à deux ans. Il ne comprend donc rien à l'insubordination de la malade. Comme d'habitude, les habitants du manoir en font tout un drame. À votre place, je ne manquerais pas ce spectacle. »

Dalgliesh lança un regard en direction du cottage voisin. Julius dit d'un ton joyeux :

« Oh ! ne vous inquiétez pas. Nous ne dérangerons pas Millicent. Elle est déjà là-bas. Il paraît que la télé est tombée en panne hier soir. Elle est donc montée au manoir regarder une émission tardive et, pour une raison incompréhensible, a décidé d'y passer la nuit. Elle a sans doute pensé que cela lui permettrait d'économiser des draps et l'eau de son bain.

— Allez-y, dit Dalgliesh. Je vous rejoindrai là-bas dans un instant. »

Il but tranquillement son thé et passa trois minutes à se raser. Il se demanda pourquoi il avait tant répugné à accompagner Julius et pourquoi, s'il était obligé d'aller à Toynton Manor, il préférait s'y rendre seul. Il se demanda également pourquoi il éprouvait un si vif regret. Il n'avait pas la moindre envie de se mêler de la controverse qui avait lieu au manoir. Il n'était pas particulièrement curieux de connaître la cause du décès de Grace. Il avait seulement conscience de sentir un malaise proche du chagrin parce qu'une femme qu'il connaissait à peine avait disparu et une vague irritation parce qu'on lui avait gâché le début de cette belle journée en lui rappelant la mort. Et il y avait autre chose encore : un sentiment de culpabilité. Cela lui parut à la fois déraisonnable et injuste. En mourant, Grace semblait s'être alliée au père Baddeley. Maintenant, il y aurait deux fantômes accusateurs au lieu d'un. Dalgliesh allait subir un double échec. Il dut faire un effort de volonté pour se mettre en route.

Il n'eut pas à se demander quelle était la chambre de Grace Willison : dès son entrée dans l'annexe, il entendit le bruit d'une discussion. En ouvrant la porte, il vit que Wilfred, Éric, Millicent, Dot et Julius entouraient le lit avec cet air vacant et embarrassé de gens qui ne se connaissent pas, réunis sur le lieu d'un accident auquel ils aimeraient ne pas être mêlés, mais qui pourtant les fascine.

Debout au pied du lit, Dot Moxon en serrait la barre de ses grosses mains rougeaudes. Elle portait sa coiffe d'infirmière. Loin de rassurer sur sa compétence professionnelle, ces hautes fronces de mousseline en forme de croûte de pâté faisaient penser à un rite funéraire morbide et bizarre. Millicent était encore en robe de chambre, un ample vêtement en lainage à carreaux, pourvu de brandebourgs comme un uniforme, et qui avait dû appartenir à son mari. Ses légères petites mules en fourrure rose contrastaient avec sa tenue. Wilfred et Éric portaient leur robe de bure. À l'entrée de Dalgliesh, ils lancèrent un coup d'œil vers la porte, puis reportèrent aussitôt leur attention sur le lit. Julius était en train de dire :

« J'ai vu de la lumière dans l'une des chambres de l'annexe peu après minuit. N'est-ce pas l'heure à laquelle remonte la mort d'après vous, Éric ?

— Cela a pu se produire aux environs de cette heure-là, en effet. Je me base sur le refroidissement du corps et le début de la rigidité cadavérique, mais je ne suis pas un expert en la matière.

— Comment ? Je pensais que la mort, c'était précisément votre rayon ! »

Wilfred intervint d'une voix douce :

« La lumière, c'était celle d'Ursula. Elle a sonné peu après minuit pour qu'on l'emmène aux toilettes. Helen s'en est occupée, mais elle n'est pas entrée chez Grace. Elle n'avait aucune raison pour cela. Grace n'avait pas sonné. Personne n'est allé la voir après que Dot l'a mise au lit. Elle ne s'était plainte d'aucun malaise à ce moment-là. »

Julius se tourna de nouveau vers Éric :

« Vous n'avez pas le choix, n'est-ce pas ? Si vous êtes incapable de déterminer la cause du décès, vous ne pouvez pas délivrer de certificat. De toute façon, je ne me mouillerais pas à votre place. Après tout il n'y a pas si longtemps qu'on vous a autorisé à signer ce genre de documents. Il vaut mieux ne pas risquer de vous tromper.

— Ne vous mêlez pas de ça, Julius, répliqua Hewson. Je n'ai pas besoin de vos conseils. Je me demande pourquoi Wilfred vous a appelé. »

Mais il parlait sans conviction, comme un enfant peu sûr de lui, effrayé, le regard tourné vers la porte comme s'il espérait l'arrivée d'un allié.

« Moi, j'ai l'impression que vous avez besoin de tous les conseils que vous pouvez obtenir, rétorqua Julius, nullement décontenancé. Qu'est-ce qui vous chiffonne, au fait ? Vous ne croyez tout de même pas qu'il y a eu meurtre ? »

Éric essaya de faire preuve d'un peu d'autorité.

« Ne dites pas de bêtises ! Il s'agit de toute évidence d'une mort naturelle. Ce que je ne comprends pas, c'est qu'elle soit survenue maintenant. Je sais bien que les personnes atteintes de sclérose en plaques peuvent mourir subitement mais, dans le cas de Grace, je ne m'y attendais vraiment pas. Et Dot dit que Grace lui a paru tout à fait normale hier soir à dix heures, quand elle l'a couchée. Je me demande si elle avait une autre maladie organique que je n'aurais pas décelée.

— La police écarte l'hypothèse du meurtre, reprit Julius joyeusement. Vous en avez un représentant ici, si vous voulez un conseil professionnel. Demandez donc au commandant s'il trouve cette mort suspecte. »

Tous se tournèrent vers Dalgliesh et le regardèrent.

On aurait dit que c'était la première fois qu'ils se rendaient vraiment compte de sa présence. Le loquet de la fenêtre cognait avec une irritante persistance. Dalgliesh s'en approcha et jeta un coup d'œil dehors. Près du mur, le sol avait été retourné sur une largeur d'environ un mètre comme si quelqu'un avait eu l'intention d'y aménager une plate-bande. La terre sablonneuse était lisse, dénuée de traces. Évidemment ! Si un visiteur clandestin avait voulu s'introduire dans la chambre de Grace sans être vu, pourquoi serait-il entré par la fenêtre alors que la porte du manoir n'était jamais fermée à clef ?

Dalgliesh tourna la clenche et, retournant près du lit, regarda le cadavre. L'expression de la morte n'était pas exactement paisible : plutôt désapprobatrice. La bouche était légèrement entrouverte ; les incisives, plus semblables encore que dans la vie à celles d'un rongeur, pressaient la lèvre inférieure. Les paupières s'étaient contractées, révélant une fraction des iris, de sorte que la défunte avait l'air de contempler ses mains sagement posées sur la couverture bien tirée. La droite, vigoureuse et tachée des stigmates bruns de la vieillesse, couvrait en partie la gauche, celle qui était atrophiée, comme pour la protéger du regard de pitié que lui lançait Dalgliesh. Pour son dernier sommeil, Grace Willison portait une chemise de nuit démodée en coton blanc froissé et ornée d'un mince ruban bleu noué en une ridicule faveur au-dessous de son menton. Les longues manches se terminaient par un étroit poignet à volant. À cinq centimètres environ du coude, on voyait une fine reprise. Dalgliesh ne pouvait en détacher les yeux. Qui, de nos jours, se donnerait une peine pareille ? se demanda-t-il.

Et ce n'étaient certainement pas les mains malades et torturées de la défunte qui avaient exécuté ce dessin compliqué de fils. Pourquoi trouvait-il ce raccommodage plus pathétique, plus bouleversant que la calme concentration peinte sur le visage de la morte ?

Il se rendit compte que les autres avaient cessé de se disputer et le regardaient avec un silence circonspect. Il prit les deux livres placés sur la table de chevet de Miss Willison : un livre de prières et une édition de poche de *The Last Chronicle of Barset*. Il trouva un signet dans le premier. Il put constater que Grace Willison avait lu les prières et l'évangile du jour. La page était marquée par une de ces cartes sentimentales qu'affectionnent les dévots : une image en couleurs représentant saint François d'Assise entouré d'oiseaux et paraissant prêcher la bonne parole à une assemblée d'animaux les plus variés, loin de leurs habitats et dessinés avec une précision extrême. Dalgliesh se demanda, sans raison apparente, pourquoi il n'y avait pas de signet dans le Trollope. Miss Willison n'aurait certainement pas corné un livre et c'est surtout dans un roman qu'on perd facilement sa page. Cette absence l'inquiéta vaguement.

« A-t-elle de la famille ? demanda-t-il.

— Non, répondit Anstey. Elle m'a dit que ses deux parents étaient enfants uniques. Ils avaient tous deux plus de quarante ans à sa naissance et sont morts à peu de mois d'intervalle, il y a environ quinze ans. Elle avait un frère aîné, mais il est tombé à la guerre. À El Alamein, je crois.

— Laisse-t-elle des biens ?

— Non, absolument rien. Après la mort de ses parents, elle a travaillé pendant plusieurs années pour la Porte ouverte, une œuvre de bienfaisance qui s'occupe d'anciens détenus. Elle recevait de cette organisation une petite pension d'invalidité, une misère, qui cesse avec sa mort. C'était l'autorité locale qui payait les frais de son séjour ici.

— La Porte ouverte ? fit Julius avec un regain d'intérêt. Grace connaissait-elle Philby avant que vous l'engagiez ? »

Anstey eut l'air de trouver cette question hors de propos et de mauvais goût.

« C'est possible, mais elle ne m'en a jamais parlé. C'est elle qui a suggéré que nous nous adressions à ses anciens employeurs pour trouver un homme de peine. Elle pensait que c'était là une bonne façon d'aider à cette œuvre. Nous sommes très satisfaits d'Albert Philby. Il fait partie de la famille. Je n'ai jamais regretté de l'avoir engagé.

— Et puis, il ne vous revient pas cher, intervint brusquement Millicent. De toute façon, c'était Philby ou personne, n'est-ce pas ? Vous n'avez pas eu beaucoup de chance avec l'agence pour l'emploi. Souvenez-vous de la réaction des candidats en apprenant que vous offriez cinq livres par semaine, logé et nourri ! Parfois je me demande pourquoi Philby reste ici. »

L'entrée du susnommé interrompit cette conversation. L'homme de peine devait avoir été mis au courant de la mort de Miss Willison car il ne manifesta aucune surprise de trouver la chambre pleine de monde et n'expliqua pas sa présence. Il se posta simplement à côté de la porte, tel un chien de garde gênant et imprévisible. Les autres firent comme s'ils jugeaient plus prudent de ne pas lui prêter la moindre attention. Wilfred se tourna vers Éric Hewson.

« Ne vous serait-il pas possible d'établir un diagnostic sans autopsie ? L'idée qu'on va la découper, le manque de dignité et l'impersonnalité de cette opération me font horreur. Elle avait au sujet de son corps une sensibilité, une pudeur comme on ne les comprend plus aujourd'hui. Une autopsie est certainement la dernière chose qu'elle aurait souhaitée.

— Eh bien, ce sera la dernière chose qu'elle aura », rétorqua Julius crûment.

Prenant la parole pour la première fois, Dot Moxon pivota vers Julius, sa grosse figure marbrée de taches rouges, les poings serrés.

« Comment osez-vous dire des choses pareilles ! Et en quoi cela vous regarde-t-il ? Vous ne vous êtes jamais intéressé à elle, morte ou vivante, pas plus d'ailleurs qu'aux autres patients. Vous ne faites que vous servir de cet endroit.

— Je m'en sers ? »

Les yeux gris de Court clignotèrent, puis s'écarquillèrent. Il regarda Dot d'un air furieux et incrédule.

« Parfaitement. En d'autres mots, vous nous exploitez. Cela vous procure une grande satisfaction, n'est-ce pas, de venir nous voir au manoir quand vous en avez assez de Londres, de faire semblant de conseiller Wilfred, de vous prendre pour le père Noël et de distribuer des gâteries aux pensionnaires ? Cela vous permet de vous sentir bon ; cela renforce votre ego de comparer votre bonne santé aux infirmités de nos patients. Mais vous veillez à ce que tout cela ne vous dérange pas trop. Votre gentillesse, au fond, ne vous coûte pas grand-chose. Vous n'invitez personne chez vous, à part Henry. Mais il est vrai qu'Henry occupait une haute position autrefois. Cela vous permet de papoter, tous les deux. Vous êtes le seul ici à avoir une vue sur la mer, mais nous n'avons jamais été conviés à emmener les fauteuils sur votre terrasse. Il n'y a pas de risque ! Voilà pourtant une chose que vous auriez pu faire pour Grace : l'emmener de temps en temps à votre cottage et la laisser regarder tranquillement la mer. Elle n'était pas bête, vous savez. Vous auriez peut-être même pris plaisir à sa conversation. Mais cela aurait gâté l'aspect de votre élégante terrasse, la présence d'une femme laide, d'âge mûr, assise sur un fauteuil roulant ! Et maintenant qu'elle est morte, vous vous amenez ici et prétendez donner des conseils à Éric. Vous avez un sacré culot ! »

Julius eut un rire gêné. Il semblait s'être ressaisi, mais sa voix restait crispée.

« Je me demande ce que j'ai fait pour mériter cette scène. J'ignorais qu'en achetant un cottage à Wilfred je prenais des engagements envers Grace Willison ou qui que ce soit d'autre à Toynton Manor. Je comprends qu'il soit dur pour vous, Dot, de perdre un autre patient si peu de temps après Victor, mais pourquoi vous défouler sur moi ? Nous savons tous que vous êtes amoureuse de Wilfred et que ça doit être assez frustrant pour vous, mais je n'y suis vraiment pour rien. Certes, je suis un peu ambivalent dans le domaine sexuel ; cependant, en ce qui concerne Wilfred, je ne suis pas votre rival, je vous le jure. »

Soudain, Dot s'avança vers lui d'un pas lourd et, en un geste à la fois théâtral et absurde, rejeta son bras en arrière pour le gifler. Julius lui attrapa le poignet. La rapidité et l'efficacité de son réflexe étonnèrent Dalgliesh. Sa main serrée, blanche et tremblante sous l'effort, emprisonnait celle de l'infirmière dans un étau musclé. Elle et lui ressemblaient à deux adversaires mal assortis, figés dans une scène de lutte. Soudain, Julius rit et laissa tomber la main de Dot. Il baissa la sienne et, lentement les yeux toujours fixés sur l'infirmière, se mit à masser et à tourner son poignet. Puis il rit de nouveau, d'un rire menaçant, et murmura :

« Attention, hein ! Nous ne sommes pas dans un service de gériatrie ici. Et je ne suis pas un vieillard sans défense, moi. »

Dot poussa une exclamation étouffée, éclata en sanglots et sortit à l'aveuglette, gauche, pathétique, mais digne. Philby la suivit discrètement. Son départ suscita aussi peu d'intérêt que son arrivée.

« Vous n'auriez pas dû dire ça, Julius, fit Wilfred.

— Je sais. C'est impardonnable. Je suis désolé. Je parlerai à Dot dès que nous nous serons un peu calmés. »

La brièveté, l'absence d'autojustification et l'apparente sincérité de ces excuses réduisirent les autres au silence. Dalgliesh dit doucement :

« J'imagine que Miss Willison aurait trouvé cette querelle au-dessus de son corps beaucoup plus choquante que tout ce qui pourrait lui arriver sur la table du médecin légiste. »

Ces paroles rappelèrent à Wilfred l'affaire du moment. Il se tourna vers Éric Hewson.

« Mais nous n'avons pas eu ce problème avec Michael ! Vous avez délivré le certificat tout de suite.

Dalgliesh décela un début d'irritation dans sa voix.

« Je savais de quoi Michael était mort. Je l'avais vu le matin même. Après sa dernière attaque, ses jours étaient comptés. Michael se mourait.

— Comme nous tous, fit Wilfred, comme nous tous. »

Ces pieuses platitudes semblèrent agacer sa sœur. Pour la première fois, elle ouvrit la bouche.

« Ne dites pas de sottises, Wilfred. Je ne suis certainement pas mourante, moi, et vous seriez bien ennuyé si l'on vous annonçait que vous l'êtes. Quant à Grace, elle m'a toujours paru beaucoup plus malade que tout le monde, ici, n'avait l'air de le penser. Maintenant, vous comprendrez peut-être que ce ne sont pas forcément ceux qui font le plus d'histoires qui ont le plus besoin d'attention. »

Millicent se tourna vers Dalgliesh.

« Que se passera-t-il exactement si Éric refuse de donner le certificat ? La police reviendra-t-elle une fois de plus ici ?

— Le commissariat enverra probablement un policier, oui, juste un policier ordinaire. Il représentera le coroner et s'occupera du corps.

— Et puis ?

— Le coroner ordonnera une autopsie. Selon le résultat de celle-ci, il délivrera un certificat pour l'état civil ou bien il conduira une enquête.

— Tout cela est si horrible, si inutile, protesta Wilfred.

— Comme le sait le docteur Hewson, telle est la loi.

— Que voulez-vous dire par là ? Grace est morte de sclérose en plaques. C'est évident. Et même si elle avait eu, en plus, une autre maladie, Éric ne pourrait plus rien pour elle maintenant. Qu'est-ce que la loi vient faire là-dedans ? »

Dalgliesh reprit patiemment ses explications.

« Le médecin qui soigne une personne pendant sa dernière maladie doit signer et remettre au bureau de l'état civil un certificat réglementaire dans lequel il indique quelle est, à sa connaissance, la cause du décès. En même temps, il doit aviser un informateur qualifié – qui pourrait être l'occupant de la maison dans laquelle la mort est survenue – qu'il a délivré pareil certificat. Légalement, un médecin n'est pas contraint de faire connaître chaque décès au coroner, mais il le fait presque toujours quand il a le moindre doute. Dans ce cas, il n'est pas dispensé de l'obligation de spécifier la cause du décès, mais le formulaire prévoit un espace dans lequel le praticien déclare avoir signalé la mort pour que l'état civil sache qu'il doit différer l'enregistrement jusqu'à ce qu'il reçoive des nouvelles du coroner. Selon l'article 3 de la loi de 1887 sur les coroners, cet officier de police a le devoir de mener une enquête quand on l'informe de la présence, dans sa juridiction, du corps d'une personne dont on a des raisons de croire qu'elle est morte de mort violente ou d'une mort subite dont on ignore la cause, ou bien en prison ou dans tout autre lieu ou circonstance qui, selon une autre loi, exige des investigations. Voilà la loi. Et je ne suis entré dans ces ennuyeux détails que parce que vous me l'avez demandé. Grace Willison est morte subitement. Dans l'opinion du docteur Hewson, la cause de ce décès est encore inconnue. La meilleure chose à faire, pour lui, c'est de prévenir le coroner. Cela entraînera une autopsie, mais pas nécessairement une enquête.

— Oh ! comme il m'est pénible de penser qu'on va charcuter le corps de Grace ! persista Wilfred comme un enfant têtu.

— Charcuter n'est pas le mot exact, répliqua Dalgliesh avec froideur. L'autopsie est une opération très organisée et parfaitement propre. Et maintenant, veuillez m'excuser : j'aimerais rentrer chez moi, terminer mon petit déjeuner. »

Soudain, Wilfred fit un effort presque physique pour redevenir maître de lui. Il se redressa, croisa ses mains dans les larges manches de son habit et resta un moment ainsi, à méditer en silence. Éric Hewson le regarda, déconcerté, puis dévisagea Dalgliesh et Julius l'un après l'autre comme pour leur demander conseil. Enfin Wilfred déclara :

« Éric, vous feriez bien d'appeler le coroner tout de suite. Normalement, Dot ferait la toilette de la morte, mais nous attendrons d'abord les instructions de la police. Après le coup de fil, veuillez prévenir tout le monde que je désire parler à l'ensemble de la famille dès la fin du petit déjeuner. Helen et Dennis sont avec les pensionnaires. Millicent, soyez gentille, et allez voir ce que devient Dot. Et maintenant, j'aimerais vous dire deux mots, Julius, et à vous aussi, Mr. Dalgliesh. »

Il se tut un instant, yeux clos, au pied du lit de Grace. Dalgliesh se demanda s'il priait. Puis il sortit le premier. Tout en suivant les autres, Julius murmura en bougeant à peine les lèvres :

« Cela me rappelle fâcheusement les convocations chez le dirlo. Sans avoir bu mon thé, c'est encore pire. »

Une fois dans le bureau, Wilfred alla droit au fait :

« La mort de Grace va m'obliger à prendre une décision plus tôt que je ne l'avais espéré. Je ne peux maintenir le centre ouvert avec seulement quatre patients. D'autre part, il m'est impossible de commencer à admettre des malades de la liste d'attente si Toynton Manor doit fermer ses portes. Je tiendrai un conseil de famille l'après-midi de l'enterrement de Grace. Je pense qu'il faut attendre jusque-là. S'il n'y a pas de complications, l'inhumation devrait avoir lieu dans moins d'une semaine. Je voudrais que vous assistiez tous deux à cette réunion, que vous nous aidiez à choisir.

— C'est impossible, Wilfred, répondit vivement Julius. Je n'ai aucun intérêt, au sens légal du terme, dans cette affaire. Cela ne me regarde pas.

— Vous vivez ici. Je vous ai toujours considéré comme un membre de la famille.

— C'est très aimable de votre part et j'en suis honoré. Mais cela ne correspond pas à la réalité. Je n'ai absolument pas le droit de voter pour une solution qui, quelle qu'elle soit, ne peut pas vraiment m'affecter. Si vous décidez de vendre, ce que je comprendrai, j'en ferai sans doute autant. Je n'aurai pas envie de vivre ici quand le cap sera transformé en terrain de camping. Mais cela ne me posera pas de problème. Le cottage me sera racheté à bon prix par quelque brillant jeune cadre des Midlands qui se moque de la nature et du silence. Il construira un astucieux petit bar dans le séjour et plantera un mât pour drapeau sur la terrasse. Je chercherai probablement ma prochaine maison en Dordogne, après m'être assuré que son propriétaire n'a conclu aucun pacte ni avec Dieu ni avec le diable. Désolé, Wilfred, mais ma réponse est : non.

— Et vous, Adam ?

— J'ai encore moins le droit d'exprimer une opinion que Court. Cet endroit est le foyer de vos malades.

Pourquoi un hôte de passage viendrait-il décider, du moins en partie, de leur avenir ?

— Parce que j'ai grande confiance en votre jugement.

— Je ne vois pas pourquoi. Faites plutôt confiance à celui de votre comptable.

— Inviterez-vous Millicent à cette réunion ? demanda Julius.

— Évidemment. Elle ne m'a peut-être pas toujours donné le soutien que j'espérais, mais elle fait partie de la famille.

— Et Maggie Hewson ?

— Non, répondit sèchement Wilfred.

— Elle ne va pas aimer ça. Et n'est-ce pas un peu blessant pour Éric ?

— Puisque vous venez de m'expliquer que vous ne voyez pas en quoi cette affaire vous concerne, répliqua Wilfred d'un ton pédant, laissez-moi donc seul juge de ce qui pourrait ou non blesser Éric. Et maintenant, je dois vous quitter : il faut que je rejoigne la famille pour le petit déjeuner. »

7

Alors qu'ils quittaient le bureau de Wilfred, Julius dit d'un ton brusque, comme sur une impulsion :

« Venez prendre le petit déjeuner chez moi. Ou boire quelque chose. S'il est trop tôt pour de l'alcool, alors du café. Mais venez. Je me suis réveillé mécontent de moi et ne supporte pas ma compagnie. »

Cette invitation ressemblait trop à une prière pour être facile à rejeter.

« Si vous pouvez me donner cinq minutes… Je dois aller voir quelque chose. Je vous rejoindrai dans le hall. »

Le souvenir de sa première visite guidée à Toynton Manor lui permit de trouver sans peine la chambre de Jennie Pegram. Il aurait pu choisir un meilleur moment pour rendre cette visite, mais il ne voulait pas attendre. Il frappa et remarqua le ton surpris de la jeune fille quand celle-ci répondit : « Entrez. » Jennie Pegram était assise dans son fauteuil, devant sa coiffeuse. Ses cheveux blonds étaient répandus sur ses épaules. Sortant la lettre anonyme de son portefeuille, Dalgliesh s'approcha de l'infirme et posa le papier devant elle. Leurs yeux se rencontrèrent dans le miroir.

« Est-ce vous qui avez tapé ceci ? »

Jennie parcourut la lettre, sans la toucher. Elle cligna des paupières et une rougeur envahit son cou. Dalgliesh l'entendit aspirer l'air avec bruit, mais elle dit d'une voix calme :

« Moi ? Pourquoi aurais-je fait une chose pareille ?

— Je pourrais vous énumérer une série de raisons. Mais est-ce vous ou non ?

— Bien sûr que non ! Je n'ai encore jamais vu ce billet. » Elle regarda de nouveau la feuille de papier, cette fois avec une expression de mépris. « Ce texte est… stupide, infantile.

— En effet, son auteur ne s'est pas foulé. Il était pressé, j'imagine. Je pensais bien que vous critiqueriez sa prose. Cette lettre n'est pas aussi excitante que les autres.

— Quelles autres ?

300

— Allons, allons. Il y a d'abord celle adressée à Grace Willison. Celle-là vous fait honneur. Pleine d'imagination et habilement composée, elle a réussi à gâcher la seule véritable amitié que Grace avait réussi à nouer ici. Et vous l'avez rendue suffisamment salace pour être sûre que votre victime aurait honte de la montrer à quelqu'un. Sauf, bien entendu, à un policier. Eh oui, même quelqu'un comme Miss Willison n'a pas hésité à me la faire lire. Dans le domaine de l'obscénité, nous semblons jouir d'une dispense spéciale à l'égal des médecins.

— Elle n'oserait pas ! Et d'ailleurs, je ne sais pas de quoi vous parlez.

— Elle n'oserait pas, dites-vous ? C'est dommage que vous ne puissiez plus le lui demander. Vous savez qu'elle est morte ?

— Je n'y suis pour rien.

— Là je vous crois – et c'est heureux pour vous. Grace n'était pas du genre à se suicider. Je me demande si vous avez eu autant de chance – ou de malchance – avec vos autres victimes. Victor Holroyd, par exemple. »

Cette fois, la jeune fille était manifestement terrifiée. Elle se mit à tordre le manche de sa brosse à cheveux.

« Ce n'était pas ma faute ! Je n'ai jamais écrit à Victor ! Je n'ai jamais écrit à personne !

— Vous n'êtes pas aussi maligne que vous croyez. Vous oubliez les empreintes digitales. Vous ne savez peut-être pas que les laboratoires médico-légaux peuvent les détecter sur du papier. Et puis, il y a les dates. Toutes les lettres ont été reçues depuis votre arrivée au manoir. La première l'a été avant l'admission d'Ursula Hollis et je pense que nous pouvons exclure Henry Carwardine.

Je sais qu'elles ont cessé depuis la mort de Mr. Holroyd. Est-ce parce que vous vous êtes rendu compte que vous étiez allée un peu trop loin. Ou espériez-vous qu'on tiendrait Mr. Holroyd pour le coupable ? La police, toutefois, saura que ces lettres n'ont pas été écrites par un homme. Et puis, il y a l'analyse de la salive. Quatre-vingt-cinq pour cent des êtres humains excrètent leur groupe sanguin dans leur salive. Vous auriez dû vous renseigner avant de lécher les rabats.

— Lécher les rabats ? Mais il n'y avait pas… »

Jennie Pegram poussa une exclamation étouffée. Ses yeux s'écarquillèrent. De rouge, elle devint très pâle.

« En effet, il n'y avait pas d'enveloppes. Les billets étaient pliés et glissés dans les livres des victimes. Mais cela personne ne le *sait*, à part les destinataires et vous-même. »

Jennie Pegram demanda, sans le regarder :

« Qu'allez-vous faire ?

— Je n'en sais rien encore. »

Et c'était vrai. À son étonnement, il éprouvait un mélange de gêne, de colère et de honte. Il lui avait été si facile de faire tomber la jeune fille dans le piège que c'en était méprisable. Il se vit aussi clairement que s'il assistait à la scène : un homme en bonne santé, valide, qui s'instituait juge de la faiblesse d'une infirme, prononçait l'avertissement d'usage du haut de son estrade et différait la sentence. Une image détestable. Jennie Pegram avait fait souffrir Grace Willison, mais au moins pouvait-elle prétendre à certaines excuses sur le plan psychologique. Dans quelle mesure sa propre irritation, son propre mécontentement ne naissaient-ils pas d'un sentiment de culpabilité ? Qu'avait-il fait, lui, pour égayer les derniers jours de Grace Willison ? Il serait toutefois obligé de faire quelque chose au sujet de Jennie Pegram. La fille se tiendrait probablement tranquille pour un temps, mais ensuite ? Et Henry Carwardine avait sans doute le droit de connaître la vérité. Ainsi que, pouvait-on dire, Wilfred et la fondation Ridgewell, si celle-ci succédait à Anstey. De plus, certaines personnes soutiendraient peut-être que Jennie avait besoin d'aide. On préconiserait la solution moderne courante : une consultation chez un psychiatre. Il n'en savait vraiment rien. Il n'avait jamais eu grande confiance en ce remède. Cela flatterait peut-être l'amour-propre de la fille, satisferait son besoin d'être prise au sérieux. Mais si les victimes avaient décidé de se taire, ne fût-ce que pour ménager Wilfred, quel droit avait-il, lui, de se moquer de leurs motifs ou de trahir leur confidence ? Dans sa profession, on travaillait selon un règlement. Cependant, même quand il lui était arrivé de prendre une décision assez peu conformiste, c'est-à-dire, relativement souvent, l'aspect moral de son affaire – si l'on pouvait employer ces termes, ce qu'il n'avait jamais fait – avait toujours été parfaitement clair. Sa maladie devait avoir sapé sa volonté et son jugement tout autant que sa force physique. Sinon, comment expliquer son incapacité à résoudre une question aussi simple ? Devait-il laisser une lettre cachetée, à n'ouvrir par Anstey, ou par son successeur, que si les ennuis recommençaient ? C'était par trop absurde d'avoir à recourir à un si piètre et si mélodramatique expédient. Pourquoi diable était-il incapable de prendre une décision ? Il regretta que le père Baddeley fût mort. C'était sur les frêles épaules du pasteur qu'il aurait pu se décharger en toute tranquillité de son fardeau.

Il dit :

« Je vous laisse le soin de dire à *toutes* vos victimes que c'était vous la coupable et que vous ne recommencerez pas. Et je vous conseille de tenir votre promesse. Comme vous êtes très maligne, vous vous trouverez sûrement une excuse. Je sais que vous êtes moins choyée et gâtée ici que dans l'hôpital où vous étiez avant. Mais pourquoi faire souffrir d'autres personnes en compensation ?

— Parce que tout le monde me déteste ici.

— Ce n'est pas vrai. Vous vous détestez vous-même. Avez-vous envoyé ce genre de lettre à d'autres pensionnaires, à part Miss Willison et Mr. Carwardine ? »

De dessous ses paupières, Jennie Pegram lui lança un regard rusé.

« Non, je n'ai écrit qu'à ces deux-là. »

Elle mentait, probablement, se dit Dalgliesh. Ursula Hollis devait en avoir reçu une. Mais cela ne ferait-il pas plus de mal que de bien s'il le lui demandait ?

La fille leva sa main gauche et se mit à caresser ses cheveux, tirant des mèches sur sa figure. Elle déclara d'une voix plus forte et plus assurée :

« Personne ne m'aime ici. Tous me méprisent. Ils ne voulaient pas que je vienne ici. Moi non plus je ne voulais pas venir. Vous pourriez m'aider, vous, mais cela ne vous intéresse pas. Vous ne voulez même pas m'écouter.

— Demandez au docteur Hewson de vous faire examiner par un psychiatre et confiez-vous à celui-ci. Il est payé pour écouter les névrosés parler d'eux-mêmes. Moi je ne le suis pas. »

Dès qu'il eut refermé la porte, il regretta sa dureté. Il savait ce qui l'avait provoquée : le brusque souvenir du corps inesthétique, ratatiné de Grace Willison dans sa pauvre chemise de nuit. Heureusement, se dit-il, furieux contre lui-même, qu'il renonçait à son métier. Comment pouvait-il l'exercer si la pitié et la colère parvenaient à entamer à ce point son détachement? Ou était-ce la faute de Toynton Manor? Cet endroit, songea-t-il, me met les nerfs en boule.

Alors qu'il descendait le corridor d'un pas vif, la porte contiguë à celle de Grace Willison s'ouvrit. Il aperçut Ursula Hollis. Elle lui fit signe d'entrer et tourna son fauteuil roulant pour dégager le seuil.

« On nous a dit d'attendre dans nos chambres. Grace est morte.

— Oui, je sais.

— Que s'est-il passé?

— Personne ne le sait encore. Le docteur Hewson va faire faire une autopsie.

— Elle ne s'est pas suicidée?

— Je suis sûr que non. Il semble qu'elle soit morte paisiblement dans son sommeil.

— Vous voulez dire : comme le père Baddeley?

— Oui. Exactement comme lui. »

Tous deux se turent et se dévisagèrent mutuellement.

« Avez-vous entendu quoi que ce soit d'anormal la nuit dernière? demanda Dalgliesh.

— Oh! non. Absolument rien. J'ai très bien dormi… du moins après qu'Helen est venue me voir.

— Si Grace avait appelé ou si quelqu'un était entré dans sa chambre, l'auriez-vous entendu?

— Si j'avais été éveillée, oui. Parfois Grace ronflait si fort qu'elle m'empêchait de dormir. Mais je ne l'ai pas entendue appeler et elle s'est endormie avant moi.

J'ai éteint avant minuit et demi et j'ai même remarqué qu'elle était bien silencieuse pour une fois. »

Dalgliesh se dirigea vers la porte, puis s'arrêta. Il sentait qu'Ursula le voyait partir à regret. « Quelque chose vous tracasse ?

— Non, pas du tout. À part cette incertitude au sujet de Grace et l'air mystérieux des autres. Mais puisqu'on va faire une autopsie… Je veux dire : l'autopsie nous dira de quoi elle est morte ?

— Oui, répondit Dalgliesh sans conviction, autant pour se rassurer lui-même que pour rassurer Ursula, l'autopsie nous le dira. »

8

Julius attendait seul dans le hall. Dalgliesh et lui quittèrent le manoir et marchèrent au soleil matinal, distraits, à quelque distance l'un de l'autre, les yeux fixés sur le sentier. Ils se taisaient. Comme attachés par une corde invisible, ils allaient vers la mer. Dalgliesh appréciait le silence de son compagnon. Il pensait à Grace Willison, essayant de comprendre et d'analyser les raisons profondes de son trouble et de son inquiétude, émotions dont le caractère illogique lui semblait friser la perversité. Le corps n'avait pas porté de marques visibles ; pas de lividité ; pas d'ecchymoses sous-épidermiques sur la figure ou le front ; pas de désordre dans la chambre ; rien d'anormal à part une fenêtre mal fermée. Elle avait reposé sur le lit, raidie dans le calme de la mort naturelle.

Alors pourquoi ces soupçons totalement irrationnels ? Il était policier professionnel et non pas clairvoyant. Il travaillait avec des preuves et non avec des intuitions.

La mort de Grace continuait à le tracasser, il lui était impossible de penser à autre chose et pourtant il était bien décidé à en finir avec tous ces problèmes de morts suspectes ou naturelles. Dalgliesh constata avec irritation qu'au fond de lui-même il était incapable de s'en désintéresser. Quel autre motif avait-il d'aller au commissariat et de déclarer que la mort frappait vraiment un peu trop souvent à Toynton Manor ? Un vieux pasteur décédé d'une crise cardiaque, qui n'avait ni ennemis ni biens, à part une modeste fortune qu'il avait tout naturellement léguée, à des fins charitables, à l'homme qui l'avait traité en ami, un philanthrope bien connu dont le caractère et la réputation étaient au-dessus de tout soupçon. Et Victor Holroyd ? Que pouvait faire la police à son sujet, qu'elle n'avait déjà fait, et cela avec toute la compétence désirable ? Il y avait eu une enquête judiciaire ; le jury qui siégeait avec le coroner avait prononcé son verdict. Holroyd avait été enterré, le père Baddeley incinéré. Tout ce qui en restait, c'était un cercueil rempli d'os brisés et de chair en décomposition et une poignée de poussière graveleuse dans le cimetière de Toynton. Deux énigmes de plus ajoutées à toutes celles déjà enfouies dans la terre consacrée, toutes au-delà d'une solution humaine désormais.

Et maintenant cette troisième mort. Puisque « jamais deux sans trois », tout le monde avait dû l'attendre, au manoir. À présent, ils pouvaient donc se détendre, y compris lui-même. Le coroner demanderait une autopsie. Dalgliesh avait peu de doutes quant à son résultat.

Si Michael et Grace avaient tous deux été assassinés, leur meurtrier était trop habile pour laisser des indices. D'ailleurs, il n'aurait pas eu grand mal avec cette femme frêle et malade : il suffisait de lui presser une main sur le nez et la bouche. Et Dalgliesh ne disposait d'aucun élément susceptible de justifier son intervention. Il ne pouvait pas déclarer : « J'ai eu une de mes fameuses intuitions. Je me trouve en désaccord avec le coroner, le médecin légiste, la police locale, tous les faits. À la lumière de ce nouveau décès, j'exige que l'on ressuscite les cendres du père Baddeley et qu'on les oblige à livrer leur secret. »

Ils avaient atteint Toynton Cottage. Dalgliesh suivit Julius à l'arrière, sur la terrasse côté mer d'où l'on pouvait entrer directement dans la salle de séjour. Julius n'avait pas fermé à clef. Il poussa la porte et s'effaça pour laisser passer Dalgliesh. Puis ils s'immobilisèrent tous les deux, comme pétrifiés. Quelqu'un les avait précédés. Le buste de l'enfant souriant avait été brisé en mille morceaux.

Toujours sans parler, ils avancèrent avec précaution sur la moquette. La tête, tellement fracassée qu'elle en était méconnaissable, gisait parmi un holocauste de fragments de marbre. Le tapis gris foncé était jonché d'éclats de pierre qui luisaient comme autant de bijoux. De larges bandes de lumière provenant des fenêtres et de la porte ouverte barraient la pièce ; dans leurs rayons, les tronçons dentelés scintillaient comme une myriade d'infimes étoiles. On avait l'impression qu'au début la destruction avait été systématique. Les deux oreilles avaient été tranchées. Elles étaient par terre, côte à côte, objets obscènes d'où suintait un sang invisible. Le bouquet de fleurs, si délicatement sculpté que les brins de muguet avaient paru frémir de vie, reposait à quelque distance de la main, comme si celle-ci l'avait jeté un peu plus loin. Un fragment de marbre s'était fiché comme un poignard dans le canapé, microcosme de violence.

La pièce était très silencieuse. Son confort bien ordonné, le tic-tac mesuré de la pendule sur la tablette de cheminée, l'incessant grondement de la mer accentuaient la grossièreté de cet acte de vandalisme et de haine.

Julius tomba à genoux et ramassa un morceau informe qui avait été la tête de l'enfant. Au bout d'une seconde, il le laissa retomber. Le débris roula lourdement sur le sol, traversa la pièce à l'oblique et s'arrêta enfin au pied du canapé. Toujours sans prononcer une parole, Julius prit le bouquet de fleurs et le tint un moment au creux de sa main. Dalgliesh vit qu'il tremblait. Il était très pâle et son front, penché au-dessus de la sculpture, brillant de sueur. On aurait dit qu'il était en état de choc.

Dalgliesh alla au buffet, en sortit une carafe et versa une généreuse ration de whisky. Il tendit le verre à Julius. Le mutisme de son compagnon et son terrible tremblement l'inquiétaient. Une réaction violente, un flot de jurons auraient été préférables à ce silence, se dit-il. Mais quand Julius parla, sa voix était parfaitement calme. Il secoua la tête.

« Non, merci. Je n'ai pas besoin d'alcool. Je veux savoir ce que je ressens, le savoir ici, dans mes tripes, et pas seulement dans ma tête. Je ne veux pas émousser ma colère, et bon Dieu, je n'ai pas besoin de la stimuler ! Imaginez, Dalgliesh : il est mort il y a trois siècles, ce doux bambin. Ce marbre a dû être sculpté peu de temps après. Il n'a servi à rien ni à personne pendant trois siècles, sauf à donner un peu de réconfort et de plaisir et à nous rappeler que nous ne sommes que poussière. Trois siècles. Trois siècles de guerres, de révolutions, de violence, d'avidité. Mais il a survécu. Jusqu'en cette année de grâce. Buvez ce whisky vous-même, Dalgliesh. Levez votre verre et portez un toast à l'âge des spoliateurs. Il ne devait même pas savoir que j'avais cet objet, à moins qu'il ne s'introduise chez moi en mon absence. N'importe lequel de mes biens aurait fait l'affaire. Il aurait pu détruire n'importe quoi. Mais quand il a vu cette sculpture, il n'a pas pu résister. Rien d'autre ne lui aurait donné autant de plaisir. Il n'était pas seulement motivé par la haine qu'il me porte. Quel que soit l'auteur de cet acte de vandalisme, il haïssait également cette statue. Parce qu'elle était agréable, parce qu'elle avait été faite dans un but précis. Ce n'était pas simplement une boule de glaise lancée contre un mur, un peu de peinture écrasée sur de la toile ou une pierre qu'on a polie pour lui donner quelques banales formes courbes. C'était une œuvre sérieuse et intègre. Née du privilège et de la tradition, elle a contribué à perpétuer celle-ci. Bon sang, j'aurais dû savoir qu'il ne fallait pas l'emmener ici, chez ces barbares ! »

Dalgliesh s'agenouilla près de lui. Il ramassa deux fragments d'un avant-bras et les réunit comme les pièces d'un puzzle.

« Nous savons probablement à la minute près quand cet acte de vandalisme a été commis. Nous savons qu'il a nécessité de la force et que son auteur, du sexe masculin ou féminin, a vraisemblablement utilisé un marteau.

Il devrait y avoir des marques sur les morceaux. Et il ne pourrait avoir fait l'aller-retour à pied dans ce court laps de temps. Il s'est donc enfui par le sentier qui descend d'ici à la plage ou bien il est venu en fourgonnette, puis est parti chercher le courrier. Cela ne devrait pas être trop difficile de découvrir le coupable.

— Bon Dieu, Dalgliesh, vous avez vraiment une âme de flic ! Cette pensée est-elle censée me consoler ?

— C'est l'effet qu'elle aurait sur moi. Mais, comme vous dites, c'est sans doute une question d'âme.

— Je n'appellerai pas la police, si c'est cela que vous me suggérez. Je n'ai pas besoin des flics locaux pour savoir qui a cassé ma statue. Vous aussi, vous le savez, n'est-ce pas ?

— Non. Je pourrais vous donner une courte liste de suspects dans l'ordre des probabilités, mais ce n'est pas la même chose.

— Épargnez-vous cette peine. Je vous dis que je sais. Je réglerai mes comptes avec ce salaud à ma manière.

— Pour lui donner la satisfaction supplémentaire de vous voir condamné pour voies de fait ou coups et blessures ?

— Je n'ai guère de sympathie à attendre ni de vous ni des magistrats locaux, n'est-ce pas ? "La vengeance m'appartient, dirait le juge de paix de Sa Très Gracieuse Majesté. C'est un vilain vandale, un garçon défavorisé. Cinq livres d'amende et mise en liberté surveillée." Oh ! ne craignez rien. Je ne ferai rien d'inconsidéré. Je prendrai mon temps, mais je me vengerai. Inutile de déranger vos petits copains de Wareham. Ils ne se sont pas montrés tellement brillants lors de l'enquête sur la mort de Holroyd. »

Se levant, il ajouta avec une obstination boudeuse, comme si cette idée lui était venue après coup :

« Et puis, je ne veux pas d'autres histoires ici maintenant, juste après la mort de Grace Willison. Wilfred a déjà assez d'ennuis. Je vais nettoyer cette pièce et dirai à Henry que j'ai ramené la statue à Londres. Aucun autre habitant du manoir ne vient ici, Dieu merci. Cela m'évitera les hypocrites condoléances d'usage.

— Je trouve votre souci de préserver la paix d'esprit de Wilfred tout à fait intéressant.

— Cela ne m'étonne pas. Pour vous, je suis un sale égoïste. Vous avez votre portrait-robot du sale égoïste et mon signalement y correspond mal. Il faut donc trouver un mobile.

— Il y a toujours un mobile.

— Eh bien, lequel ? Suis-je à la solde de Wilfred ? Ai-je truqué ses comptes ? A-t-il quelque prise sur moi ? Y a-t-il peut-être un grain de vérité dans les accusations de Moxon ? À moins que je ne sois le fils illégitime de Wilfred ?

— Même un fils illégitime pourrait penser que cela vaut la peine de faire un peu de peine à son père pour découvrir l'auteur de ce méfait. N'êtes-vous pas un peu trop scrupuleux ? Wilfred doit savoir que quelqu'un à Toynton Manor, probablement un de ses disciples, a failli le tuer, volontairement ou non. Je parie qu'il prendrait la perte de votre statue assez philosophiquement.

— Sauf qu'il ne l'apprendra pas. Je ne peux pas vous expliquer une chose que je ne comprends pas moi-même. Je me sens des responsabilités envers lui. Il est si vulnérable, si pitoyable. Son entreprise est fatalement condamnée à l'échec. Si vous voulez tout savoir, il me rappelle un peu mes parents. Ceux-ci avaient une petite droguerie à Southsea. Puis, j'avais alors quatorze ans, un grand supermarché s'est ouvert à côté. Cela a tué leur commerce. Ils ont tout essayé ; ils ne voulaient pas abandonner. Longs crédits alors que les gens ne les payaient pas de toute façon, prix promotionnels alors que leur bénéfice était pratiquement nul, heures passées après la fermeture à redécorer la vitrine, ballons donnés gratuitement aux gosses du quartier. Tout cela ne servait à rien, vous comprenez. Ils n'avaient pas la moindre chance de s'en tirer. Je crois que j'aurais supporté leur échec. Ce que je ne pouvais pas supporter, c'était leur espoir. »

Oui, se dit Dalgliesh, dans une certaine mesure, il comprenait. Il comprenait ce que Julius était en train de dire. Je suis jeune, riche, en bonne santé. Je sais quoi faire pour être heureux. Si seulement le monde était tel que je le désire. Si seulement les gens ne s'obstinaient pas à être malades, difformes, impuissants. S'ils cessaient de souffrir ou de se leurrer. Ou si seulement je pouvais être un tout petit peu plus égoïste pour que cela me soit indifférent. Si seulement il n'y avait pas la tour noire. Dalgliesh entendit Julius dire :

« Ne vous tracassez pas pour moi. Souvenez-vous que je suis endeuillé. Et ne dit-on pas que les proches du disparu doivent assimiler leur chagrin ? Ce qu'il faut leur donner, c'est une sympathie détachée et beaucoup de bonne nourriture. Nous ferions bien de nous préparer un copieux petit déjeuner.

— Si vous ne voulez pas appeler la police, autant nettoyer un peu ce tapis.

— Je vais chercher la poubelle. Je ne supporte pas le bruit de l'aspirateur. »

Julius disparut dans sa cuisine moderne, immaculée et suréquipée et en revint avec une pelle et deux balayettes. En une étrange camaraderie, les hommes s'agenouillèrent pour commencer leur tâche. Mais les balayettes étaient trop souples pour déloger les éclats de marbre. Finalement, ils furent obligés de les ramasser laborieusement un à un.

9

Le médecin légiste était un intérimaire. S'il avait cru que son remplacement de trois semaines dans cette agréable partie du West Country serait moins ardu que son travail à Londres, il s'était bien trompé. Quand le téléphone sonna pour la dixième fois ce matin-là, il ôta ses gants, essaya de ne pas penser aux quinze cadavres nus qui attendaient encore sur les étagères réfrigérées et décrocha le récepteur avec philosophie. Mis à part son plaisant petit accent campagnard, la voix masculine qu'il eut au bout du fil aurait pu être celle de n'importe quel policier de la capitale. Les paroles aussi, il les avait déjà entendues maintes fois.

« Allô ! C'est vous, doc ? Nous avons trouvé un corps dans un champ, à cinq kilomètres au nord de Blandford. Il nous paraît un peu suspect. Pouvez-vous venir sur les lieux ? »

Presque tous ces appels se ressemblaient. Il s'agissait toujours d'un corps suspect découvert dans un fossé, un champ, un caniveau ou la ferraille d'une voiture accidentée. Il prit son bloc-notes, posa les questions habituelles, reçut les réponses prévues.

« O.K., Bert, vous pouvez la recoudre. Elle n'a rien de spécial. Dites au coroner qu'il peut délivrer le permis d'inhumer. Je pars examiner un cadavre suspect. Préparez-moi les deux prochains, s'il vous plaît. »

Il jeta un dernier regard au corps émacié couché sur la table. Grace Miriam Willison, cinquante-sept ans, célibataire, n'avait vraiment présenté aucune difficulté. Pas de signes extérieurs de violence, pas de symptômes internes qui auraient justifié une analyse des viscères en laboratoire. Son assistant l'avait entendu grommeler avec une certaine amertume que si les généralistes de la région commençaient à compter sur un service médico-légal déjà surchargé pour régler leurs divergences diagnostiques, il n'avait plus qu'à mettre la clef sous le paillasson. Mais le médecin traitant de la morte avait eu raison : il avait omis de déceler chez sa patiente un néoplasme avancé de la partie supérieure de l'estomac. C'était cela qui avait tué la femme. Ou sa sclérose. Ou sa maladie de cœur. Ou bien, elle avait simplement décidé qu'elle en avait assez et tourné son visage vers le mur. Vu son état de santé, le mystère était qu'elle eût continué à vivre, non pas qu'elle fût morte. Il commençait à penser que la plupart des malades mouraient quand ils estimaient que leur heure avait sonné. Mais, bien entendu, on ne pouvait inscrire ce genre de chose sur un certificat.

Il griffonna une dernière note sur le dossier de Grace Willison, cria une dernière instruction à son assistant, puis, franchissant la porte battante, partit vers une autre mort, un autre corps, vers, se dit-il avec une sorte de soulagement, son véritable travail.

SEPTIÈME PARTIE

Brouillard sur la falaise

1

L'église de Tous les Saints, à Toynton, était un édifice banal reconstruit à l'époque victorienne sur les restes d'un bâtiment plus ancien. Le cimetière formait un triangle herbeux enclos par le mur ouest de l'église, la route et une rangée d'assez mornes cottages. La tombe de Victor Holroyd, que Julius désigna à Dalgliesh, était un talus rectangulaire grossièrement planté de carrés d'un gazon anémique. À côté, une simple croix de bois marquait l'endroit où les cendres du père Baddeley avaient été enterrées. Grace Willison allait reposer près de lui. Tous les habitants de Toynton Manor étaient venus, sauf Helen Rainer, restée au chevet de George Allan, et Maggie Hewson dont l'absence peu remarquée avait l'air d'être considérée comme normale. Mais Dalgliesh, en arrivant seul, avait été surpris d'apercevoir la Mercedes de Julius garée en face de la grille, à côté du bus des patients.

Le cimetière était encombré et le sentier entre les tombes, étroit et envahi par les herbes. On mit donc quelque temps à pousser les fauteuils roulants et à les disposer autour de la fosse.

Le pasteur du village prenait des vacances tardives et son remplaçant qui, de toute évidence, n'avait jamais entendu parler de Toynton Manor, parut surpris de voir quatre des assistants vêtus d'habits monacaux. Il leur demanda s'ils étaient des franciscains anglicans, ce qui déclencha un fou rire nerveux chez Jennie Pegram. La réponse d'Anstey, que Dalgliesh ne put entendre, n'eut pas l'air de le rassurer. L'air déconcerté et désapprobateur, il commença le service à une allure soigneusement contrôlée comme s'il tenait à débarrasser au plus vite le cimetière de la présence sacrilège de ces imposteurs. Sur la proposition de Wilfred, le petit groupe entonna *Ye Holy Angel Bright*, l'hymne préféré de Grace. C'était là un morceau de musique singulièrement peu fait pour être exécuté sans accompagnement par des amateurs. Les voix s'élevèrent, discordantes et frêles, dans l'air vif de l'automne.

L'absence de fleurs, la riche odeur de terre fraîchement retournée, la douce lumière, la senteur d'un feu de bois, même l'impression que des yeux invisibles, mais pleins d'une curiosité morbide, les observaient de derrière les haies, rappela à Dalgliesh, avec une douleur fulgurante, le souvenir du père Baddeley. Alors que ce pasteur inconnu levait la main pour bénir une dernière fois la dépouille de Grace Willison, Dalgliesh vit à sa place la frêle silhouette bien droite du père Baddeley, les cheveux ébouriffés par le vent. Il eut l'impression d'être un traître, d'avoir laissé tomber son vieil ami.

Ce fut sans doute la raison pour laquelle il répondit d'un ton cassant à Wilfred quand celui-ci s'approcha de lui et dit :

« Nous rentrons déjeuner. Le conseil de famille se réunit à deux heures et demie. La séance finale aura lieu à quatre heures. Êtes-vous certain de ne pas vouloir nous aider ? »

Dalgliesh ouvrit la portière de sa voiture.

« Pouvez-vous m'expliquer en quoi ma participation serait juste et opportune ? »

Wilfred se tourna. Pour une fois, il avait presque l'air désorienté. Dalgliesh entendit Julius rire sous cape.

« Pauvre imbécile ! Croit-il vraiment que nous ne l'avons pas percé à jour ? Il ne tiendrait jamais un conseil de famille s'il n'était pas sûr que sa propre volonté prévaudra. Que faites-vous aujourd'hui ? »

Dalgliesh répondit que ses plans étaient encore incertains. En fait, il avait décidé de chasser la colère qu'il éprouvait contre lui-même en se rendant à Weymouth à pied, par le sentier de la falaise. Mais il n'avait pas la moindre envie d'inviter Julius à se joindre à lui.

Il s'arrêta dans un pub près de Toynton où il déjeuna d'un sandwich au fromage et d'une bière, puis il retourna rapidement à Hope Cottage. Il se changea, mit un pantalon sport et un blouson, et partit en direction de l'est. Cette promenade était très différente de celle qu'il avait faite tôt le matin, le lendemain de son arrivée. Alors, ses sens revenus à la vie avaient joui des sons, des couleurs, des odeurs. À présent, il avançait plongé dans ses pensées, les yeux fixés sur le sentier, à peine conscient de la respiration pénible et sifflante de la mer. Il lui faudrait bientôt arrêter une décision au sujet de son travail, mais cela pouvait encore attendre une quinzaine de jours. Il avait d'autres décisions plus immédiates, bien que moins difficiles, à prendre. Combien de temps pouvait-il encore rester à Toynton ? Il n'avait presque plus d'excuse pour s'attarder. Les livres étaient triés, les caisses pratiquement prêtes à être ficelées. Et il ne faisait aucun progrès dans la résolution du problème qui l'avait retenu à Hope Cottage. Il avait peu d'espoir maintenant de jamais découvrir pourquoi le père Baddeley lui avait demandé de venir. On aurait dit qu'en vivant dans sa maison, en dormant dans son lit, Dalgliesh avait absorbé une partie de la personnalité du pasteur : il pouvait presque croire qu'il sentait la présence du Mal. Cette faculté, qui lui était étrangère, le dérangeait presque. Et il s'en méfiait beaucoup. Pourtant, elle ne faisait qu'augmenter. Il était maintenant persuadé que le père Baddeley avait été assassiné. Mais, quand il examinait attentivement les preuves en tant que policier, l'affaire se dissipait comme de la fumée entre ses doigts.

Peut-être fut-ce parce qu'il était plongé dans ces réflexions stériles que le brouillard le surprit. La brume arriva de la mer pareille à une nappe blanche et poisseuse qui couvrait tout. Il y avait un instant encore, il marchait dans la douce lumière d'un après-midi d'automne, avec la brise sur sa nuque et ses bras. Maintenant, soleil, couleur, odeur, tout avait disparu. Il s'immobilisa, repoussant le brouillard. Pareil à une force hostile, celui-ci s'accrochait à ses cheveux, agrippait sa gorge, tournoyait en dessins grotesques sur le promontoire. Il le vit, tel un voile transparent, passer en ondulant au-dessus des ronces et des fougères, les traverser, grossir et changer les formes, cacher le sentier. Avec lui s'installa un brusque silence. Maintenant qu'ils s'étaient tus, Dalgliesh se rendit compte que la falaise avait été vibrante de cris d'oiseaux. Ce calme avait quelque chose d'inquiétant. Par contraste, le bruit de la mer enfla, envahit tout, désordonné et menaçant ; il semblait le cerner de toutes parts. On aurait dit un animal enchaîné, gémissant dans une cruelle captivité, puis se ruant plein d'une rage impuissante, sur la plage de galets.

Faisant demi-tour, Dalgliesh reprit le chemin de Toynton. Il se demandait quelle distance il avait déjà parcourue. Le trajet du retour s'annonçait difficile. Pour se guider, il ne disposait que de la mince bande de terre, dure et tassée, sous ses pieds. Toutefois, en avançant lentement, il ne risquerait pas grand-chose. Bien que le sentier fût à peine visible, il était bordé sur presque toute sa longueur de mûriers sauvages, barrière épineuse, mais bienvenue. À un moment donné, le brouillard se leva un peu et Dalgliesh marcha d'un pas plus assuré. Mal lui en prit. Il s'aperçut juste à temps qu'il était sur le point de tomber dans une large crevasse qui coupait le sentier et que ce qu'il avait pris pour un pan de brouillard mouvant était en fait une bande d'écume sur la falaise, à quinze mètres au-dessous de lui.

La tour noire surgit si brusquement hors de la brume qu'il ne se rendit compte de sa présence que parce qu'il avait instinctivement jeté les mains en avant et raclé ses paumes sur les écailles froides et infrangibles de l'édifice. Puis, soudain, le brouillard se leva, s'éclaircit, et Dalgliesh distingua le sommet de la tour. Le pied du bâtiment était toujours enveloppé de volutes blanches, mais la coupole octogonale, avec trois de ses fentes visibles, semblait écarter doucement les derniers fils sinueux de brume et flotter dans l'espace, spectaculaire, d'une menaçante solidité, et pourtant aussi immatérielle qu'un rêve. Vision fugitive, elle bougeait avec le brouillard, descendait si bas qu'il pouvait presque la croire à portée de sa main, puis remontait, majestueuse et inaccessible, au-dessus du grondement de la mer. Elle ne pouvait avoir aucun lien avec les pierres froides sous ses mains ou la terre ferme sous ses pieds. Pour retrouver son équilibre, il posa sa tête contre la tour et sentit la réalité, dure et rugueuse, contre son front. Cet édifice offrait au moins un point de repère. À partir d'ici, Dalgliesh croyait pouvoir se rappeler les principaux virages du sentier.

Ce fut alors qu'il entendit un bruit : un grattement à vous donner la chair de poule, le son d'extrémités osseuses griffant la pierre. Il provenait de l'intérieur de la tour. La raison s'imposa si vite à la superstition que l'esprit de Dalgliesh eut à peine le temps de reconnaître sa peur. Seuls le battement douloureux de son cœur contre ses côtes et son sang soudain glacé lui indiquaient que, pendant une seconde, il avait franchi la frontière de l'inconnaissable. Pendant une seconde, peut-être moins, des cauchemars de l'enfance longtemps réprimés surgirent devant lui. Puis la vague de terreur reflua. Il écouta attentivement, puis se mit à chercher. Il ne tarda pas à découvrir l'origine du bruit. Du côté mer, caché dans un coin entre le porche et le mur rond, poussait un gros mûrier. Le vent s'était emparé d'une de ses branches et deux bouts épineux raclaient la pierre. Par quelque phénomène acoustique, le son, déformé, semblait provenir de l'intérieur de la tour. C'était ce genre de coïncidences, se dit Dalgliesh avec un sourire sardonique, qui donnaient naissance aux fantômes et aux légendes.

Moins de vingt minutes plus tard, il se tenait au-dessus de la vallée et contemplait Toynton Manor, en bas. Le brouillard se dissipait maintenant et il pouvait tout juste discerner la grande demeure, une ombre épaisse et sombre marquée par les taches floues des fenêtres éclairées. Sa montre lui indiqua qu'il était trois heures et huit minutes. Là-bas, tous devaient être enfermés, seuls dans leurs chambres pour y méditer en attendant la séance de quatre heures au cours de laquelle ils annonceraient leur décision. Dalgliesh se demanda à quoi ils passaient leur temps en réalité. Mais le résultat final ne faisait guère de doute. Comme Julius, il pensait que Wilfred n'aurait pas réuni la famille s'il n'avait été certain que sa volonté prévaudrait. Et cela signifierait probablement le transfert du centre à la fondation Ridgewell. Dalgliesh essaya de déterminer les votes. Wilfred aurait certainement reçu la promesse que tous les membres du personnel garderaient leur emploi. Munis de cette assurance, Dot Moxon, Éric Hewson et Dennis Lerner se prononceraient sans doute pour la cession. Le pauvre George Allan n'avait guère le choix. Dalgliesh était moins sûr de l'opinion des autres malades, mais il avait l'impression que Carwardine serait assez content de rester, surtout avec le confort accru et la compétence professionnelle qu'apporterait la fondation. Millicent, bien entendu, voudrait vendre. Elle aurait eu une alliée en Maggie Hewson si celle-ci avait été autorisée à participer au scrutin.

Regardant en bas dans la vallée, il aperçut les deux carrés lumineux des fenêtres de Charity Cottage où, exclue, Maggie attendait, seule, le retour d'Éric. On voyait une frange de lumière plus forte au bord de la falaise. Quand il était chez lui, Julius n'économisait pas sur l'électricité.

Ces lueurs, bien que temporairement cachées par le brouillard qui bougeait et se reformait, pouvaient servir de phare. Dalgliesh se trouva en train de dévaler la pente. Il courait presque. Puis, soudain, il se produisit une chose curieuse : dans le cottage des Hewson, la lumière s'éteignit et se ralluma trois fois, aussi délibérément qu'un signal.

L'impression qu'il s'agissait d'un appel au secours fut si forte que Dalgliesh dut se rappeler la réalité. Maggie ne pouvait pas savoir qu'il y avait quelqu'un sur la falaise, lui ou quelqu'un d'autre. Seul le hasard aurait permis à un habitant de Toynton Manor d'apercevoir ce signal puisqu'ils étaient tous occupés à méditer pour parvenir à une décision. De plus, la plupart des chambres des malades donnaient sur l'arrière. Cela n'avait sans doute été qu'un vacillement fortuit de la lumière ; Maggie s'était peut-être demandé si elle devait ou non regarder la télévision dans le noir.

Mais les deux halos jaunes qui brillaient plus fort maintenant que le brouillard s'éclaircissait, l'attiraient vers le cottage des Hewson. Cela ne représentait pour lui qu'un détour de trois cents mètres. Maggie était toute seule là-bas. Il ferait bien de lui rendre une brève visite, au risque de subir des jérémiades et récriminations d'ivrogne.

La porte d'entrée n'était pas fermée à clef. N'obtenant pas de réponse, Dalgliesh la poussa et entra. La salle de séjour crasseuse, désordonnée, avec son air d'installation provisoire, était vide. Les trois rampes du radiateur électrique étaient allumées et il faisait très chaud dans la pièce. La télévision était éteinte. L'unique ampoule dénuée d'abat-jour qui pendait au milieu du plafond jetait une lumière crue sur la table carrée où se trouvaient une bouteille de whisky presque vide et un verre

326

renversé. Il y avait aussi une feuille de papier à lettres couverte de quelques lignes griffonnées au stylo à bille noir, d'abord d'un trait relativement ferme, puis irrégulier comme la traînée qu'un insecte aurait laissée sur une surface blanche. Le téléphone avait été descendu du haut de la bibliothèque. Il était maintenant sur la table, le fil tendu, le récepteur pendant par-dessus le bord du meuble.

Dalgliesh ne s'attarda pas à lire le message. La porte menant au vestibule, sur l'arrière, était entrouverte. Envahi par une soudaine nausée et la prémonition d'un drame, il sut ce qu'il allait trouver. Le vestibule était très petit et le battant heurta les jambes de la femme. Le corps oscilla. La figure congestionnée, Maggie se tourna et parut le regarder d'un air mi-mélancolique, mi-penaud, comme si elle s'excusait de se montrer dans une position si désavantageuse. Dans la lumière crue du hall, elle ressemblait à une poupée bizarre, excessivement étirée, peinte de couleurs criardes, qu'on aurait pendue à un fil, dans un magasin. Son pantalon rouge ajusté, son corsage de satin blanc, les ongles de ses mains et de ses pieds recouverts d'un vernis écarlate, sa bouche, pareille à une balafre, maquillée dans le même ton, avaient quelque chose d'horrible et d'irréel.

La corde d'alpiniste, une torsade lisse rouge et beige, avait été fabriquée pour supporter le poids d'un homme. Elle n'avait pas lâché Maggie. Celle-ci l'avait employée d'une manière simple : elle l'avait doublée, passé les deux extrémités par la boucle pour former un nœud coulant, puis l'avait attachée maladroitement, mais efficacement, à la balustrade du premier étage. Le surplus de corde gisait, emmêlé, sur le palier.

Un escabeau de cuisine pourvu de deux marches était tombé sur le côté, bloquant le vestibule. On aurait dit qu'elle l'avait repoussé de dessous elle d'un coup de pied. Dalgliesh le plaça sous le corps, dont il appuya les genoux sur le dessus en plastique, gravit les degrés et fit glisser le nœud coulant par-dessus la tête de Maggie. Celle-ci s'affala de tout son poids contre lui. Il la laissa choir à travers ses bras sur le plancher, puis la traîna dans la salle de séjour. La couchant sur la natte devant la cheminée, il appliqua sa bouche contre la sienne et commença la respiration artificielle.

Elle empestait le whisky. Dalgliesh eut le goût de son rouge à lèvres, écœurant comme une pommade, sur la langue. Sa chemise mouillée de sueur adhérait à son corsage, collant son torse haletant au doux corps encore chaud, mais silencieux, de la femme. Il força son haleine dans sa bouche, luttant contre une répugnance atavique. Cela ressemblait vraiment trop à de la nécrophilie. Il ressentait l'absence du battement du cœur de Maggie aussi intensément que si une douleur aiguë déchirait sa propre poitrine.

Un courant d'air lui fit soudain prendre conscience que la porte s'était ouverte. Une paire de pieds apparurent à côté du corps. Il entendit Julius s'écrier :

« Oh ! mon Dieu ! Est-elle morte ? Que s'est-il passé ? »

La terreur qui perçait dans sa voix surprit Dalgliesh. Il leva un instant les yeux et regarda la figure bouleversée de Court. Elle pendait au-dessus de lui comme un masque aux traits blanchis et déformés par la peur. Julius essayait désespérément de se ressaisir. Tout son corps tremblait. Poursuivant avec acharnement sa tentative de résurrection, Dalgliesh lui lança une série d'ordres en des phrases courtes et hachées :

« Allez chercher Hewson. Vite.

— Je ne peux pas, gémit Julius d'une voix aiguë. Ne me demandez pas ça. Je ne vaux rien pour ce genre de besogne. D'ailleurs, il me déteste. Allez-y, vous. Je préfère rester ici avec elle plutôt que d'affronter Éric.

— Alors appelez-le au téléphone. Ensuite, la police. Mettez votre mouchoir autour du récepteur. Faut pas laisser d'empreintes.

— Mais personne ne me répondra ! Ils ne décrochent pas quand ils méditent.

— Alors allez le chercher, bon Dieu !

— Sa figure ! Elle est couverte de sang !

— Du rouge à lèvres. Appelez Hewson ! »

Julius ne bougea pas.

« Je vais essayer, dit-il au bout d'un instant. Ils doivent avoir terminé de méditer maintenant. Il est quatre heures. Ils répondront peut-être. »

Il se tourna vers le téléphone. Du coin de l'œil, Dalgliesh vit le récepteur levé trembler dans sa main et l'éclat du mouchoir blanc dont Julius avait entouré l'appareil aussi maladroitement que s'il essayait de bander une blessure qu'il se serait infligée lui-même. Après deux longues minutes, quelqu'un répondit. Dalgliesh ne devina pas qui c'était, pas plus qu'il ne put se rappeler ensuite ce que Julius avait dit.

« Ça y est. Ils arrivent.

— Maintenant, la police.

— Mais que dois-je leur dire ?

— Ce qui est arrivé ! Ils sauront quoi faire.

— Ne devrions-nous pas attendre ? Elle reviendra peut-être à elle. »

Dalgliesh se redressa. Il savait que pendant les dernières cinq minutes il s'était escrimé sur un cadavre.

« Cela m'étonnerait », dit-il.

Aussitôt, il se pencha de nouveau vers sa tâche, appliquant sa bouche sur celle de la femme et cherchant à déceler de sa main droite le premier signe de vie du cœur muet. L'ampoule se balançait doucement dans le courant d'air créé par la porte ouverte, projetant une ombre qui passait comme un rideau sur la figure figée. Dalgliesh remarqua le contraste que présentaient la chair inerte, les lèvres froides, insensibles, qu'écrasaient les siennes et le visage empourpré de Maggie, son air concentré de femme en train de faire l'amour. La marque cramoisie de la corde entourait son cou robuste comme un collier à deux rangs. Des restes de brouillard se glissaient par la porte, s'enroulaient autour des pieds poussiéreux de la table et des chaises, piquaient les narines de Dalgliesh comme un anesthésique. Il avait dans la bouche le goût acide du whisky corrompu.

Soudain, on entendit un bruit de pas précipités. La pièce se remplit de gens et de voix. Éric Hewson le poussa de côté et s'agenouilla près de sa femme. Derrière lui, Helen Rainer ouvrait prestement une trousse de médecin. Elle lui passa un stéthoscope. D'un geste brutal, Éric ouvrit le corsage de sa femme. Avec calme et délicatesse, Helen souleva les seins de Maggie pour faciliter l'auscultation. Hewson arracha le stéthoscope, le jeta de côté et tendit la main. Cette fois, toujours sans parler, l'infirmière lui tendit une seringue.

« Mais que faites-vous ? » cria la voix hystérique de Julius.

Hewson leva les yeux vers Dalgliesh. Il était pâle comme un mort.

« Ce n'est que de la digitaline », dit-il à voix très basse, comme s'il quêtait quelque encouragement.

En même temps, on aurait dit qu'il demandait la permission, qu'il abdiquait une partie de sa responsabilité. Dalgliesh acquiesça d'un signe de tête. Si la seringue contenait de la digitaline, la piqûre ferait peut-être de l'effet. Cet homme n'aurait tout de même pas la folie d'injecter un liquide mortel ? L'arrêter maintenant signifiait peut-être tuer Maggie. Aurait-il été préférable de continuer la respiration artificielle ? Probablement pas. De toute façon, c'était là une décision que seul pouvait prendre un médecin. Or un médecin était là. Mais, en son for intérieur, Dalgliesh savait qu'il se livrait à de vaines spéculations. Maggie était au-delà de tout dommage comme de tout secours.

Armée d'une lampe de poche, Helen Rainer éclairait maintenant la poitrine de Maggie. Entre les seins pendants, les pores paraissaient énormes, petits cratères miniatures remplis de talc et de sueur. La main de Hewson se mit à trembler.

« Donnez-moi cette seringue », ordonna soudain Helen.

Éric obéit. Dalgliesh entendit Julius s'écrier d'un ton incrédule « Oh ! non », puis regarda l'aiguille pénétrer dans la chair avec la précision et la fermeté d'un coup de grâce.

D'une main tout aussi assurée, Helen la retira, appliqua un morceau de coton sur la piqûre, et, sans dire un mot, tendit la seringue à Dalgliesh.

Soudain, Julius sortit en chancelant de la pièce. Il revint presque aussitôt, tenant un verre. Avant que quelqu'un ait pu l'en empêcher, il saisit la bouteille de whisky par le goulot et se versa le centimètre et demi de liquide qui restait au fond. Après avoir tiré l'une des chaises de dessous la table, il s'assit, s'affala en avant, les bras autour de la bouteille. Wilfred s'écria :

« Mais, Julius, vous n'auriez dû toucher à rien avant l'arrivée de la police ! »

Julius sortit son mouchoir et s'en épongea le front.

« Ouf ! Ça va mieux ! Qu'est-ce que ça peut faire ? Je n'ai pas effacé les empreintes de Maggie ! D'ailleurs, je ne sais pas si vous l'avez remarqué, mais elle avait une corde autour du cou. De quoi croyez-vous qu'elle soit morte : d'alcoolisme ? »

Les autres entouraient le corps comme dans un tableau vivant. Hewson était encore agenouillé auprès de sa femme ; Helen soutenait la tête de la morte. Wilfred et Dennis se tenaient de part et d'autre, les plis de leurs habits pendant, immobiles, dans l'air tranquille. On aurait dit, songea Dalgliesh, un rassemblement hétéroclite d'acteurs en train de poser pour un diptyque moderne et surveillant la dépouille vêtue de couleurs vives d'une sainte martyre.

Cinq minutes plus tard, Hewson se leva.

« Aucune réaction, dit-il d'une voix morne. Allongeons-la sur le canapé. Nous ne pouvons pas la laisser par terre. »

Julius se leva. Dalgliesh et lui soulevèrent ensemble le corps qui s'affaissait et l'étendirent sur le sofa. Comme le meuble était trop court, les pieds raides et festonnés de rouge dépassèrent. Ils avaient l'air à la fois grotesques et terriblement vulnérables. Dalgliesh entendit l'assistance pousser un léger soupir comme si tout le monde était soulagé de voir le cadavre confortablement installé. Julius promena un regard désemparé autour de lui, à la recherche d'un quelconque bout de tissu. Ce fut Dennis Lerner qui, à la surprise générale, sortit un grand mouchoir blanc de sa poche, le secoua pour le déplier et le plaça avec une précision rituelle sur le visage de Maggie. Tous rivèrent leurs yeux sur le carré d'étoffe comme s'ils s'attendaient à voir le début hésitant d'une respiration le soulever.

« Couvrir le visage des défunts est une étrange tradition, commenta Wilfred. Est-ce parce que nous avons l'impression qu'ils sont dans une position désavantageuse, exposés sans pouvoir se défendre à notre regard critique ? Ou est-ce parce qu'ils nous font peur ? Je penche pour la dernière hypothèse. »

Sans lui prêter la moindre attention, Éric se tourna vers Dalgliesh.

« Où… ?

— Dans le vestibule. »

Hewson alla à la porte et resta là à regarder en silence la corde oscillante, le chrome brillant de l'escabeau. Il se tourna vers le cercle de visages attentifs, empreints de compassion.

« Comment s'est-elle procuré cette corde ?

— C'est peut-être la mienne », déclara Wilfred d'un air intéressé. Il s'adressa à Dalgliesh. « Elle paraît plus neuve que celle de Julius. Je l'ai achetée après avoir découvert que la mienne était effilochée. Je la rangeais à la réception, pendue à un crochet. Vous l'avez peut-être remarquée. Elle était encore là ce matin, quand nous sommes partis à l'enterrement de Grace. Vous vous en souvenez, Dot ? »

Dot Moxon se détacha du mur du fond et sortit de la pénombre dans laquelle elle s'était réfugiée. Elle parla pour la première fois. Tous se tournèrent, comme surpris de sa présence parmi eux. D'une voix anormalement aiguë et mal assurée, elle dit d'un ton agressif :

« Oui, je l'ai vue. Je veux dire : je suis sûre que j'aurais remarqué son absence. Oui, je m'en souviens maintenant. La corde était là.

— Et à votre retour des obsèques ? demanda Dalgliesh.

— Je suis entrée seule dans le bureau pour accrocher mon manteau. Je ne pense pas qu'elle y était encore. J'en suis presque sûre.

— Et cela ne vous a pas inquiétée ? demanda Julius.

— Non. Il n'y avait pas de raison. Je n'ai peut-être pas remarqué sa disparition consciemment. Ce n'est qu'à présent, en y repensant, que je suis presque certaine qu'elle n'était plus là. Mais son absence ne m'aurait pas particulièrement intriguée, même si je l'avais enregistrée. J'aurais supposé qu'Albert l'avait empruntée pour une raison quelconque. Mais cela aurait été impossible, bien sûr. Il est venu à l'enterrement avec nous.

— A-t-on appelé la police ? demanda soudain Lerner.

— Bien sûr, répondit Julius. J'ai téléphoné au commissariat.

— Que faisiez-vous ici ? »

La question de Dot Moxon claqua comme une accusation, mais Julius, qui semblait avoir recouvré son sang-froid, répondit d'une voix assez calme :

« Avant de mourir, Maggie a allumé et éteint trois fois sa lumière. Je l'ai vu par hasard à travers le brouillard, de la fenêtre de ma salle de bains. Je ne suis pas venu tout de suite. Je me suis dit que ça ne pouvait pas être bien important. Puis cette histoire m'a turlupiné et j'ai décidé d'aller voir ce qui se passait. Dalgliesh m'avait devancé.

— Moi aussi j'ai vu le signal du haut du promontoire. Cela m'a simplement paru curieux, mais j'ai tout de même préféré m'assurer que tout était en ordre. »

Lerner s'était approché de la table. « Elle a laissé un message.

— N'y touchez pas ! » cria Dalgliesh.

Lerner retira sa main comme sous l'effet d'une piqûre. Tout le monde entoura la table. La lettre était écrite au Bic noir sur la feuille supérieure d'un petit bloc de papier à lettres. Ils lurent en silence.

Cher Éric, combien de fois t'ai-je répété que je n'y tenais plus dans ce trou ? Tu ne m'as pas prise au sérieux. Tu étais si occupé à soigner tes chers malades que j'aurais pu mourir d'ennui sans que tu t'en aperçoives. Navrée de fiche en l'air tes petits plans. Je ne me fais aucune illusion : je sais que je ne te manquerai pas. Tu peux avoir l'autre maintenant. Grand bien vous fasse à tous deux. Nous avons passé quelques bons moments ensemble. Ne les oublie pas. Tâche de ne pas m'oublier. Préfère mourir. Pardon.
Wilfred. La tour noire.

Les premières lignes étaient écrites nettement, d'une main ferme. Les quatre dernières n'étaient qu'un gribouillis à peine lisible.

« Est-ce son écriture ? » demanda Anstey.

Éric Hewson répondit à voix si basse que les autres durent tendre l'oreille.

« Oh ! oui. C'est bien la sienne. »

Se tournant vers Éric, Julius dit avec une énergie soudaine :

« Écoutez, c'est très clair. Maggie n'a jamais eu l'intention de se suicider. Cela ne lui ressemblait pas du tout. Bon sang, pour quelle raison aurait-elle commis cet acte de désespoir ? Elle était encore jeune, en bonne santé. Si elle ne se plaisait pas ici, elle avait la possibilité de partir. Elle était infirmière diplômée. Elle aurait pu trouver du travail. Toute cette mise en scène n'était destinée qu'à vous effrayer. Elle a tenté de vous téléphoner au manoir pour vous faire venir ici, juste à temps, bien entendu. Comme personne ne répondait, elle a essayé d'émettre un signal lumineux. À ce moment-là, elle était trop ivre pour savoir exactement ce qu'elle faisait et toute cette comédie est devenue tragiquement réelle. Prenez cette lettre : trouvez-vous qu'elle ressemble au message d'adieu d'une suicidée ?

— Moi oui, déclara Anstey. Et c'est ce que fera le coroner.

— Eh bien, moi je ne suis pas de votre avis, insista Julius. Ce mot pourrait aussi bien avoir été écrit par une femme qui a décidé de partir.

— Sauf que ce n'est pas le cas, intervint calmement Helen. Maggie n'aurait pas quitté Toynton seulement vêtue d'un corsage et d'un pantalon. Et où est sa valise ? Aucune femme ne partirait de chez elle sans emporter sa trousse de maquillage et des vêtements de nuit. »

Un grand sac noir à bandoulière reposait contre un pied de la table. Julius le ramassa et commença à fouiller dedans.

« Il n'y a rien. Ni chemise de nuit, ni nécessaire de toilette. »

Il poursuivit son inspection. Soudain, il lança un regard à Éric, puis à Dalgliesh. Une extraordinaire série d'émotions passèrent sur son visage : surprise, gêne, intérêt. Il referma le sac et le mit sur la table.

« Wilfred a raison. On ne devrait toucher à rien jusqu'à l'arrivée de la police. »

Ils se turent un moment. Puis Anstey dit :

« Les policiers voudront certainement savoir où nous étions tous cet après-midi. Même dans un cas de suicide aussi évident que celui-ci, ils ne manqueront pas de poser cette question. Maggie doit être morte avant la fin de notre heure de méditation. Cela signifie qu'aucun de nous n'a un alibi. Vu les circonstances, c'est peut-être une chance que Maggie ait laissé une lettre.

— Éric et moi étions ensemble dans ma chambre pendant cette heure », déclara tranquillement Helen Rainer.

Wilfred la dévisagea. Pour la première fois depuis son entrée dans le cottage, il paraissait perplexe.

« Mais nous tenions un conseil de famille ! La règle veut que nous méditions seuls et en silence.

— Nous ne méditions pas et nous n'étions pas exactement silencieux. Mais nous étions seuls – seuls ensemble ! »

Helen jeta un regard de défi, presque de triomphe à Éric. Celui-ci avait l'air consterné.

Comme pour se dissocier de cette discussion, Dennis Lerner s'était rapproché de Dot Moxon qui se tenait près de la porte. Il dit doucement :

« J'entends des voitures. Ça doit être la police. »

Le brouillard avait étouffé le bruit de son arrivée. Lerner n'avait pas terminé sa phrase que Dalgliesh percevait un double claquement de portières. La première réaction d'Éric fut de s'agenouiller près du canapé et de faire écran entre le corps de sa femme et la porte. Puis il se releva maladroitement comme s'il craignait d'être surpris dans une position compromettante. Sans se retourner, Dot déplaça sa massive silhouette pour dégager l'entrée.

La petite pièce fut soudain aussi bondée qu'un Abribus par une nuit pluvieuse, avec son odeur de brouillard et d'imperméables mouillés, mais sans la moindre bousculade. Les nouveaux arrivés investirent les lieux calmement, munis de leur équipement. Ils se mouvaient avec autant de précision que les membres d'un orchestre encombrés de leurs instruments et gagnant leurs places respectives. Les habitants de Toynton Manor s'écartèrent et les observèrent avec circonspection. Personne ne parlait. Enfin, la voix lente de l'inspecteur Daniel brisa le silence. « Et qui a trouvé cette pauvre dame ?

— Moi, répondit Dalgliesh. Court est arrivé douze minutes plus tard.

— Alors, j'interrogerai Mr. Dalgliesh, Mr. Court et le docteur Hewson. Ça suffira pour commencer.

— Je préférerais rester, si vous permettez, dit Wilfred.

— Eh bien, Mr... Mr. Anstey, on ne peut pas toujours faire ce qu'on veut, s'pas ? Veuillez tous retourner au manoir. L'inspecteur Burroughs vous accompagnera. Si vous avez quelque chose à déclarer, adressez-vous à lui. Je vous verrai plus tard. »

Sans dire un autre mot, Wilfred sortit. Les autres le suivirent.

L'inspecteur Daniel regarda Dalgliesh.

« Eh bien, Sir, j'ai l'impression que la mort ne vous laisse pas en repos, à Toynton Head. »

2

Après avoir remis la seringue à Daniel et raconté comment il avait trouvé le corps, Dalgliesh ne resta pas pour regarder travailler les enquêteurs. Il ne voulait pas que l'inspecteur pût penser qu'il surveillait ses méthodes d'investigation. De plus, il détestait le rôle de spectateur et avait la désagréable impression d'être dans les jambes des policiers. Ceux-ci, par contre, ne se gênaient pas mutuellement. Ils se mouvaient avec assurance dans l'étroit espace, chacun d'eux spécialisé dans un certain domaine, mais formant équipe avec tous les autres. Le photographe plaçait ses lampes dans le vestibule exigu ; l'expert en empreintes digitales, habillé en civil, sa trousse ouverte révélant une panoplie d'instruments bien rangés, s'installa à la table et, pinceau en l'air, commença à saupoudrer méthodiquement la bouteille de whisky ; agenouillé par terre, le médecin de la police examinait le corps. Il tirait sur la peau marbrée de Maggie comme s'il espérait que ce stimulus lui redonnerait vie. Penché en avant, l'inspecteur conférait avec lui. On aurait dit, songea Dalgliesh, deux aviculteurs en train de discuter des qualités d'un poulet plumé. Il nota avec intérêt que Daniel avait convoqué le médecin de la police et non l'expert en médecine légale. Pourquoi pas ?

Étant donné l'énorme territoire qu'il avait à couvrir, le médecin légiste n'avait que rarement la possibilité d'arriver rapidement sur les lieux d'une mort suspecte. Et, dans le cas présent, l'examen médical préliminaire ne présentait aucun problème apparent. Pourquoi mobiliser plus de compétences que n'en exigeait l'exécution de ce travail ? Il se demanda même si Daniel serait venu en personne s'il n'avait su qu'un commandant de Scotland Yard se trouvait à Toynton Manor.

Dalgliesh demanda officiellement à Daniel l'autorisation de retourner à Hope Cottage. Éric Hewson était déjà parti. Avec beaucoup de ménagements, l'inspecteur ne lui avait posé que quelques brèves questions, puis lui avait suggéré de rejoindre les autres au manoir. Dalgliesh sentit que le départ du médecin soulageait tout le monde. Même ces imperturbables experts évoluaient plus librement une fois débarrassés de la contrainte qu'impose la présence d'une personne endeuillée. Maintenant, l'inspecteur ne se contenta pas de saluer son témoin d'un bref signe de tête.

« Merci, Sir, dit-il. Avec votre permission, je passerai chez vous avant de m'en aller. »

Puis il se replongea dans la contemplation du cadavre.

Dalgliesh ne savait trop ce qu'il s'était attendu à trouver à Toynton Head, mais certainement pas cette vieille commémoration de la mort suspecte. Pendant un instant, il vit la scène avec les yeux de Court : un rite funèbre ésotérique que ses mornes adeptes célébraient en silence ou en ponctuant la cérémonie de grognements et de marmonnements aussi brefs que des incantations. Julius, en tout cas, avait l'air fasciné et ne faisait pas mine de partir. Les yeux rivés sur l'inspecteur Daniel, il demeurait près de la porte, la tenant ouverte pour Dalgliesh. Daniel ne lui dit pas qu'il pouvait lui aussi partir maintenant, mais, pensa Dalgliesh, ce n'était sûrement pas parce qu'il avait oublié sa présence.

Ce ne fut que trois heures plus tard, environ, que la voiture de Daniel monta vers Hope Cottage. L'inspecteur était seul. Le brigadier Varney et les autres, expliqua-t-il, étaient déjà rentrés chez eux. Il pénétra dans la pièce, apportant avec lui des restes de brouillard pareils à des ectoplasmes et un courant d'air froid et humide. Des gouttes de rosée brillaient dans ses cheveux et sa longue figure colorée luisait comme s'il venait de faire une promenade au soleil. Sur l'invitation de Dalgliesh, il ôta son trench et s'installa sur la chaise, devant le feu de bois. Ses yeux noirs pleins de vivacité parcoururent la pièce, notant le tapis râpé, la cheminée miteuse, le papier peint fané.

« C'est donc ici que vivait le pasteur ?

— Oui, et qu'il est mort. Prendrez-vous un whisky ? Il y a aussi du café, si vous préférez.

— Du whisky, s'il vous plaît, Mr. Dalgliesh. On ne peut pas dire que Mr. Anstey lui ait offert beaucoup de confort. Mais j'imagine qu'il dépense tout l'argent pour les malades, à juste titre d'ailleurs. »

Il en dépensait aussi une partie pour lui-même, pensa Dalgliesh, se rappelant la cellule de sybarite qu'occupait Wilfred.

« La maison est plus agréable qu'elle n'en a l'air, répondit-il. Ces caisses de livres, au milieu, ne sont guère jolies, il est vrai. Mais je doute que le père Baddeley remarquait la pauvreté de sa demeure, ou s'il la remarquait, qu'elle le dérangeait.

— En tout cas, il y fait bien chaud. Ce brouillard marin vous glace jusqu'à la moelle des os. L'intérieur des terres est plus dégagé. C'est pour cela que nous avons pu arriver si vite. »

Daniel se mit à siroter son whisky avec satisfaction. Au bout d'une minute de silence, il reprit :

« L'affaire de ce soir, Mr. Dalgliesh. Elle m'a l'air assez claire. Nous avons les empreintes de la morte et celles de Court sur la bouteille de whisky, celles de la morte et de son mari sur le téléphone. Il est presque impossible d'en relever sur l'interrupteur électrique, bien sûr, et sur le stylo à bille, il y a trois fois rien. Nous avons trouvé quelques échantillons de l'écriture de Mrs. Hewson. Nos experts y jetteront un coup d'œil, mais il me paraît assez évident, et au docteur Hewson aussi, d'ailleurs, que c'est elle qui a écrit le message d'adieu. C'est l'écriture caractéristique d'une femme énergique.

— Sauf pour les trois dernières lignes.

— L'allusion à la tour noire ? Mrs. Hewson devait être bien partie quand elle a ajouté cela. À propos, Mr. Anstey interprète ces mots comme un aveu. Selon lui, Mrs. Hewson aurait admis par là avoir provoqué l'incendie qui a failli lui coûter la vie. Et ce n'était pas la première tentative qu'elle avait faite pour lui nuire, affirme-t-il. Vous avez certainement entendu parler de la corde effilochée ? Anstey m'a fait un rapport détaillé sur l'incident de la tour noire. Il m'a également dit que vous aviez trouvé un habit de moine dans les rochers.

— Tiens ! Sur le moment, il tenait pourtant à ce que la police n'apprenne rien de tout cela. Alors maintenant, tout ça va être de la faute de cette pauvre Maggie.

— Ce qui me surprend toujours – et pourtant je devrais y être habitué depuis toutes ces années – c'est à quel point la mort violente délie les langues. Mr. Anstey m'a dit qu'il soupçonnait Mrs. Hewson depuis le début. Elle ne cachait pas la haine qu'elle éprouvait pour Toynton Manor ni l'aversion qu'Anstey lui inspirait en particulier.

— En effet. C'est pourquoi cela m'étonnerait qu'une femme qui exprime ses sentiments aussi ouvertement et avec autant de plaisir ait besoin d'un autre exutoire. L'incendie, la corde effilochée font, à mon avis, partie d'un stratagème ou bien sont l'expression d'une haine frustrée.

— Mr. Anstey voit l'incendie comme faisant partie d'un stratagème. Selon lui, Mrs. Hewson essayait de l'effrayer pour l'obliger à vendre le domaine. Elle voulait à tout prix éloigner son mari de Toynton Manor.

— Alors elle aurait fait une erreur de jugement sur Anstey. Je ne crois pas qu'il vendra. D'ici demain, il aura décidé de transférer le centre à la fondation Ridgewell.

— Il est en train de prendre cette décision maintenant, Mr. Dalgliesh. Il semble que la mort de Mrs. Hewson ait interrompu leur réunion finale. Il m'a demandé d'interroger tout le monde le plus vite possible pour qu'ils puissent voter. Ce n'est pas que j'aie mis bien longtemps à établir les faits principaux. On n'a vu personne sortir de la maison après le retour du groupe qui avait assisté à l'enterrement. À part le docteur Hewson et Miss Rainer, qui admettent avoir passé l'heure de méditation ensemble, dans sa chambre à elle, tous les autres déclarent être restés seuls. Comme vous le savez, les chambres des malades sont situées sur le derrière.

N'importe qui, une personne valide, j'entends, aurait pu quitter la maison. Mais nous n'avons pas la preuve que quelqu'un l'ait fait.

— Et, même dans ce cas, le brouillard aurait fourni à cette personne un camouflage efficace. On pouvait se promener sur la falaise en restant invisible. Au fait, Anstey vous a-t-il convaincu de la culpabilité de Maggie pour ce qui est du feu ?

— Je n'enquête ni sur un incendie criminel ni sur une tentative de meurtre, Mr. Dalgliesh. Mr. Anstey m'a dit tout cela sous le sceau du secret, en ajoutant qu'il désirait qu'on laissât tomber cette affaire. Maggie Hewson pourrait avoir fait le coup, mais rien ne le prouve. Mr. Anstey lui-même pourrait l'avoir fait.

— J'en doute. Je me suis toutefois demandé si Henry Carwardine y était pour quelque chose. Il ne pouvait pas avoir allumé le feu lui-même, bien sûr, mais il aurait pu payer un complice. Il ne porte pas Anstey dans son cœur. Mais cela ne constitue pas un mobile suffisant. Rien ne l'oblige à rester au centre. Il est extrêmement intelligent et, je dirais, délicat. Je l'imagine mal participant à un acte aussi infantile.

— Mais il ne l'utilise guère, son intelligence, vous ne trouvez pas ? C'est bien là son problème. Il s'est résigné bien trop vite. Et qui peut connaître le véritable mobile de quelqu'un ? Je crois que même le criminel ignore parfois le sien. Je suppose qu'il ne doit pas être facile, pour un homme comme Mr. Carwardine, de vivre dans une communauté aussi restreinte, de dépendre toujours des autres, d'être l'obligé de Mr. Anstey. Il lui est sûrement reconnaissant, comme le sont tous les autres. Mais, parfois, la gratitude est justement la source du mal, surtout si elle est due pour des services dont on aimerait se passer.

— Vous avez sans doute raison. Je ne connais pas les sentiments de Carwardine, ni ceux des autres, d'ailleurs. J'ai pris grand soin de ne pas m'en informer. La proximité d'une mort violente a-t-elle incité d'autres personnes à révéler leurs petits secrets ?

— Mrs. Hollis a apporté sa contribution. J'ignore ce qu'elle pensait prouver ni pourquoi elle a jugé bon de nous rapporter ce fait. Elle peut simplement avoir voulu se rendre intéressante. Pareil pour cette fille blonde – Miss Pegram, je crois. Celle-là, elle n'a pas cessé d'insinuer que le docteur Hewson et Miss Rainer avaient une liaison et qu'elle le savait depuis longtemps. Pas de preuve, évidemment. De la méchanceté et de la suffisance à l'état pur. J'ai ma petite idée au sujet de ces deux femmes. En tout cas, il me faudrait des témoignages un peu plus convaincants que ceux-là pour commencer à suspecter un meurtre avec préméditation. L'histoire de Mrs. Hollis n'avait d'ailleurs pas de rapport direct avec la mort de Mrs. Hewson. Elle m'a dit que la nuit de la mort de Miss Grace Willison, elle avait cru voir Mrs. Hewson passer dans le couloir du dortoir vêtue d'un habit de moine, le capuchon rabattu sur la figure. Il paraît que Mrs. Hollis a l'habitude de sortir du lit le soir et de se propulser autour de sa chambre couchée sur son oreiller. Elle dit que c'est une sorte d'exercice qu'elle fait pour se rendre plus mobile et plus indépendante. Quoi qu'il en soit, cette nuit-là, elle avait réussi à entrouvrir sa porte – sans doute avec l'intention de s'offrir une glissade dans le corridor – quand elle a aperçu une forme en robe de bure. Après coup, elle a pensé que ça devait avoir été Maggie Hewson. Toute autre personne qui avait une raison précise d'être là, notamment un membre du personnel, aurait circulé la tête découverte.

— Quand cela s'est-il passé exactement?

— Un peu après minuit, m'a dit Mrs. Hollis. Elle a refermé sa porte et est remontée dans son lit avec une certaine difficulté. Elle n'a rien vu ni entendu d'autre.

— D'après le peu que j'ai vu d'elle, je m'étonne qu'elle ait réussi à se recoucher seule, dit Dalgliesh pensivement. Sortir du lit est une chose, se hisser à nouveau dessus en est une autre. Je trouve qu'elle le paie bien cher, son exercice. »

Il y eut un bref silence. Puis l'inspecteur Daniel demanda, ses yeux noirs fixés franchement sur la figure de Dalgliesh :

« Pourquoi le docteur Hewson a-t-il signalé ce décès au coroner, Sir? S'il avait des doutes sur la justesse de son diagnostic, il aurait pu demander au pathologiste de l'hôpital ou même à un copain médecin habitant dans la région d'ouvrir le cadavre pour voir?

— Parce que je lui ai forcé la main. Il ne pouvait refuser de prévenir le coroner sans se rendre suspect. Et je ne pense pas qu'il ait des copains médecins dans le coin. Il n'a pas ce genre de relations avec ses confrères. Comment avez-vous entendu parler de cela?

— Par Hewson lui-même. Après avoir entendu l'histoire de Mrs. Hollis, je lui ai de nouveau posé quelques questions. Mais il semble que la cause de la mort de Miss Willison ait été très claire.

— Oh! oui. Tout comme ce suicide. Et la mort du père Baddeley. Miss Willison est décédée d'un cancer à l'estomac. Mais revenons-en à l'affaire de ce soir. Avez-vous découvert quelque chose au sujet de la corde?

— Ah! j'ai oublié de vous en parler. C'est cette corde qui a tout réglé. Miss Rainer a vu Mrs. Hewson la prendre dans le bureau, à onze heures trente environ, ce matin. Miss Rainer était restée à la maison pour s'occuper du malade grabataire, George Allan. Tous les autres étaient aux obsèques de Miss Willison. Elle était en train de compléter le dossier du patient et avait besoin d'une fiche neuve. Toutes les fournitures de papeterie sont rangées dans un classeur, dans le bureau. Comme ce papier est cher, Mr. Anstey n'aime pas en donner plusieurs feuilles à la fois. Il craint qu'on ne l'utilise comme bloc-notes. En arrivant dans le hall, elle a aperçu Mrs. Hewson qui sortait subrepticement du bureau, la corde sur son bras.

— Quelle explication lui a donné Maggie?

— Selon l'infirmière, elle aurait dit : "Ne vous inquiétez pas, je ne vous l'effilocherai pas. Bien au contraire. Elle vous sera rendue pratiquement neuve, même si ce n'est pas par moi."

— Helen Rainer ne semblait pas très pressée de nous donner ce renseignement quand nous avons découvert le corps… Mais, en supposant qu'elle dise la vérité, cette révélation doit vous permettre de conclure votre enquête.

— Je ne pense pas qu'elle mente, Mr. Dalgliesh. J'ai regardé le dossier médical du garçon. Miss Rainer a effectivement entamé une nouvelle fiche cet après-midi. Et il est à peu près certain que la corde pendait dans le bureau quand Mr. Anstey et Mrs. Moxon sont partis à l'enterrement. Qui d'autre aurait pu l'avoir prise ? Tout le monde était aux funérailles, sauf Miss Rainer, le garçon malade et Mrs. Hammitt.

— Tiens, je l'avais oubliée, celle-là ! J'ai remarqué que presque tous les habitants de Toynton Manor étaient au cimetière. Il ne m'est pas venu à l'idée qu'elle pouvait manquer.

— Elle m'a dit qu'elle était contre les enterrements. Les gens devraient être incinérés dans ce qu'elle appelle "une intimité décente". Elle déclare avoir passé la matinée à nettoyer sa gazinière. D'après ce que j'ai pu voir, celle-ci avait en effet l'air propre.

— Et qu'a-t-elle fait cet après-midi ?

— Elle a médité au manoir avec les autres. Ils étaient censés le faire chacun séparément, dans sa chambre. Mr. Anstey a mis le petit parloir à la disposition de sa sœur. Mrs. Hammitt affirme ne pas avoir quitté cette pièce jusqu'au moment où son frère a sonné la cloche pour annoncer la réunion finale, juste avant quatre heures. Mr. Court a téléphoné peu après. Mrs. Hewson est morte pendant l'heure de méditation, cela est certain. D'après le médecin de la police, plus près de quatre heures que de trois heures. »

Millicent était-elle assez forte, se demanda Dalgliesh, pour avoir pendu le corps pesant de Maggie ? Peut-être, en s'aidant de l'escabeau. La strangulation par contre, n'avait pas dû poser de problème, une fois Maggie ivre. Il suffisait de s'approcher silencieusement de la chaise, par-derrière, de jeter le nœud coulant, avec des mains gantées, par-dessus la tête penchée de la victime, puis de tirer brusquement la corde. N'importe lequel des membres de la communauté aurait pu le faire, aurait pu se glisser subrepticement dans le brouillard et se diriger vers les taches lumineuses qui marquaient le cottage des Hewson. Helen Rainer était la plus menue, mais elle était infirmière. Elle savait soulever des corps lourds. Et puis, elle avait peut-être eu un complice. Dalgliesh entendit Daniel dire :

« Nous ferons analyser le contenu de la seringue et nous demanderons aussi au labo de jeter un coup d'œil au whisky. Mais ces deux petits travaux ne devraient pas retarder l'enquête du coroner. Mr. Anstey est pressé d'en avoir fini avec cette affaire pour pouvoir partir en pèlerinage à Lourdes, le 23. Aucun de ces messieurs-dames ne semble se préoccuper de l'enterrement. Celui-ci peut attendre leur retour. Je ne vois pas pourquoi ils ne partiraient pas si le labo donne les résultats rapidement. Et nous savons que le whisky ne contenait aucune substance suspecte : Court a l'air de se porter comme un charme. Je me demande d'ailleurs pourquoi il a bu ce coup. À propos, c'était lui qui avait offert l'alcool à Mrs. Hewson : une demi-douzaine de bouteilles pour son anniversaire, le 11 septembre. C'est très généreux de sa part.

— Je pensais bien qu'il l'approvisionnait en gnôle. Mais je ne crois pas qu'il ait avalé cette gorgée de whisky pour faciliter la tâche des gars du labo. Il en avait besoin. »

Daniel examina le fond de son verre à demi vide.

« Court maintient son idée personnelle sur cette affaire. D'après lui, Mrs. Hewson n'avait jamais eu l'intention de se suicider. Toute cette mise en scène n'aurait été qu'une comédie, une tentative désespérée pour attirer l'attention sur elle. Le moment aurait d'ailleurs été bien choisi. Tous les autres étaient au manoir en train de prendre une décision qui affectait son avenir. Pourtant elle avait été exclue de la réunion. Court pourrait avoir raison. Le jury acceptera peut-être son hypothèse. Mais celle-ci ne consolera guère le mari. »

Hewson chercherait sans doute une consolation ailleurs, songea Dalgliesh.

« Cela ne lui ressemble pas, à cette femme. Je l'imagine faisant un geste mélodramatique, ne serait-ce que pour briser la monotonie de sa vie. Par contre, je la vois mal rester à Toynton après un suicide raté, objet de la pitié légèrement méprisante que les gens éprouvent pour quelqu'un qui ne réussit même pas à se tuer. L'ennui, c'est que je trouve une vraie tentative de suicide encore moins dans son caractère.

— Peut-être ne pensait-elle pas rester à Toynton. C'était peut-être là son but, précisément : persuader son mari qu'elle se tuerait s'il ne trouvait pas un autre emploi. Je crois que peu d'hommes prendraient ce risque. Mais, finalement, elle s'est bel et bien tuée, Mr. Dalgliesh, qu'elle en ait eu l'intention ou non. L'affaire repose sur deux éléments : le témoignage de Miss Rainer au sujet de la corde et le message laissé par la morte. Si Rainer parvient à convaincre le jury et que l'expert en documents confirme que c'est bien Mrs. Hewson qui a écrit la lettre, alors le verdict est facile à prévoir. Ce sont les preuves qui comptent, qu'elles ressemblent ou non au personnage. »

Mais il y avait encore d'autres preuves, songea Dalgliesh. Bien qu'un peu moins évidentes, elles offraient pourtant de l'intérêt.

« On aurait dit que Mrs. Hewson allait sortir ou qu'elle attendait quelqu'un. Elle venait de prendre un bain : elle avait du talc sur le corps. Elle s'était maquillée et avait mis du vernis à ongles. Et elle n'était pas vêtue comme une femme qui s'apprête à passer une soirée solitaire à la maison.

— C'est ce que dit son mari. Et je me suis fait la même réflexion. Elle s'était pomponnée. Cela pourrait étayer la théorie de la fausse tentative de suicide. Si vous voulez devenir un point de mire, autant s'habiller pour la circonstance. Nous n'avons aucune preuve qu'elle ait reçu un visiteur, mais il est vrai que personne n'aurait pu le voir dans le brouillard. Toutefois, je doute qu'après avoir quitté la route, celui-ci eût été capable de trouver son chemin. Et si elle avait eu l'intention de quitter Toynton, quelqu'un aurait dû venir la chercher. Les Hewson n'ont pas de voiture. Mr. Anstey interdit les moyens de transport personnels. Il n'y a pas de car aujourd'hui et nous avons interrogé les agences de location.

— Vous n'avez pas perdu de temps.

— Oh! il suffit de passer quelques coups de fil, Mr. Dalgliesh. J'aime bien régler ces petits détails pendant que j'y pense.

— J'imagine mal Maggie restant tranquillement chez elle pendant que les autres décident de son avenir. Elle était assez liée avec un avoué de Wareham, Robert Loder. Était-ce lui, l'homme qu'elle attendait? »

Daniel pencha sa lourde silhouette en avant et jeta une autre planche dans la cheminée. Le bois brûlait lentement comme si du brouillard bouchait la cheminée.

« Son boy-friend épisodique? Vous n'êtes pas le seul à avoir eu cette idée, Mr. Dalgliesh. J'ai cru bien faire en appelant ce monsieur chez lui. Mr. Loder est à l'hôpital Pool pour une opération des hémorroïdes. Il y est entré hier et en a pour une semaine. C'est une affection très douloureuse. Je doute qu'il choisirait ce moment pour projeter de s'enfuir avec la femme d'un autre.

— Et si ç'avait été la seule personne qui dispose d'une voiture à Toynton ? Court ?

— Je le lui ai demandé. Il m'a donné une réponse très nette, sinon très galante. Pour vous résumer sa déclaration, il m'a dit qu'il aurait fait beaucoup de choses pour Maggie, mais que l'instinct de conservation primait tout le reste et que, d'ailleurs, il avait des goûts un peu particuliers dans ce domaine. Par ailleurs, l'idée que Mrs. Hewson ait eu l'intention de quitter Toynton lui paraissait plausible. Il l'avait d'ailleurs suggérée lui-même. Je ne vois pas très bien comment il relie cette thèse à son opinion précédente : que Mrs. Hewson avait voulu faire semblant de se suicider. Les deux théories se contredisent.

— Qu'avait-il trouvé dans son sac à main ? Un contraceptif ?

— Ah ! vous avez remarqué son expression ? Oui, un diaphragme. Il paraît que Mrs. Hewson ne prenait pas la pilule. Court a essayé de se montrer discret à ce sujet, mais, comme je le lui ai dit, la mort violente exclut le tact. C'est la seule catastrophe sociale où les manuels de savoir-vivre ne vous servent à rien. La présence du diaphragme dans son sac constitue la preuve la plus probante qu'elle avait peut-être l'intention de partir. Et aussi celle de son passeport. Elle avait ces deux choses dans son sac. Elle était vraiment parée pour toute éventualité.

— Elle était munie de deux choses qu'on ne peut remplacer en faisant un saut jusque chez le pharmacien du coin. Garder son passeport dans son sac peut paraître raisonnable. Mais l'autre objet ?

352

— Qui sait depuis combien de temps il s'y trouvait ? Les femmes rangent leurs affaires dans des endroits bizarres. Alors mettons un frein à notre imagination. Et il n'y a aucune raison de supposer que Mrs. Hewson et son mari étaient sur le point de déménager à la cloche de bois. Le docteur est aussi attaché à Anstey et au manoir que n'importe quel malade. Le pauvre gars. Vous connaissez son histoire, je suppose ?

— Pas vraiment. Comme je vous l'ai dit, je ne voulais pas me trouver mêlé aux affaires des gens du centre.

— Dans le temps, j'avais un brigadier qui lui ressemblait. Les femmes en raffolaient. Ça doit être leur air vulnérable de petit garçon qui leur plaît. Il s'appelait Purkiss, le pauvre bougre. Il était aussi incapable de vivre avec une femme que de s'en passer. Cela a brisé sa carrière. Il a un garage maintenant, quelque part près de Market Harborough, à ce qu'on m'a dit. Mais le cas de Hewson est encore pire. Il n'aime même pas son travail. Je suppose que c'est sa mère qui l'a forcé à choisir cette carrière. Ça devait être une de ces veuves autoritaires qui tenait absolument à ce que son petit trésor devienne médecin. On peut la comprendre. Les médecins ne sont-ils pas les équivalents modernes des prêtres ? Hewson m'a dit que ses années d'études furent assez agréables. Il a une mémoire d'éléphant et assimile presque n'importe quoi. Ce sont les responsabilités qu'il ne supporte pas. Pas qu'il en ait beaucoup au manoir… Les malades sont incurables. Il n'y a donc pas grand-chose qu'il puisse faire pour eux. C'est après sa radiation de l'Ordre des médecins que Mr. Anstey lui a écrit, puis l'a engagé. Il avait eu une liaison avec une de ses patientes, une jeune fille de seize ans. Quelqu'un a même dit qu'ils étaient amants depuis déjà un an, mais Hewson a eu de la chance : la fille a déclaré qu'elle ne le connaissait pas encore quand elle avait quinze ans. Hewson n'avait plus le droit d'établir des ordonnances pour des médicaments figurant au tableau C ni de signer des certificats de décès. On ne l'a réinscrit qu'il y a six mois. Mais personne n'a pu lui enlever son savoir médical. Mr. Anstey a dû le trouver bien utile.

— Et pas cher.

— Il y a ça aussi, bien sûr. Et maintenant Hewson ne veut plus partir. Comme sa femme le poussait à s'en aller, il aurait pu la tuer pour qu'elle cesse de le harceler, mais, personnellement, cela me paraît invraisemblable. Le jury sera de mon avis. Hewson est le genre d'homme qui réussit à faire faire les sales boulots par une femme.

— Vous pensez à Helen Rainer ?

— Ça serait fou, n'est-ce pas, Mr. Dalgliesh ? Et où sont les preuves ? »

Dalgliesh se demanda pendant un instant s'il devait parler à Daniel de la conversation qu'il avait surprise entre Maggie et son mari, après l'incendie. Puis il repoussa cette idée. Hewson nierait les faits ou parviendrait à les expliquer. Un endroit comme Toynton Manor devait être plein de petits secrets. Et Daniel se sentirait obligé d'interroger le médecin. Mais, pour lui, ce serait une corvée imposée par un supérieur venu de la capitale trop soupçonneux et zélé, et qui ne faisait qu'embrouiller une affaire très simple avec des hypothèses compliquées. Et puis, qu'est-ce que cela changerait ? Daniel avait raison. Si Helen maintenait avoir vu Maggie prendre la corde et si l'expert du laboratoire médico-légal confirmait que Maggie était l'auteur du message, l'enquête serait close. Il savait quel serait le verdict, tout comme il avait su que l'autopsie de Grace ne révélerait aucun élément suspect. Comme dans un cauchemar, il se vit une fois de plus regarder, impuissant, le bizarre enchaînement de faits et de conjectures avancer inéluctablement vers leur conclusion. Il avait oublié comment faire pour en changer le cours. Sa maladie semblait avoir sapé son intelligence autant que sa volonté.

Le mince morceau de bois calciné, semblable à une lance noire sertie d'étincelles, tomba lentement de la grille et s'éteignit. Dalgliesh prit conscience qu'il faisait très froid dans la pièce et qu'il avait faim. C'était peut-être parce que l'épais brouillard avait supprimé l'heure du crépuscule que la soirée lui paraissait interminable. Il se demanda s'il devait offrir un repas à Daniel. Il était certain que cet homme mangerait volontiers une omelette. Mais la préparer lui semblait au-dessus de ses forces.

Soudain, le problème se régla de lui-même. Daniel se leva et décrocha son manteau.

« Merci pour le whisky, Mr. Dalgliesh. Il est temps que je rentre. Bien entendu, je vous verrai à l'enquête. Cela vous obligera à rester ici, mais nous tâcherons de régler cette affaire le plus vite possible. »

Les deux hommes se serrèrent la main. La poigne de Daniel faillit arracher à Dalgliesh un gémissement de douleur. À la porte, l'inspecteur s'arrêta pour enfiler son trench.

« J'ai interrogé le médecin seul dans le petit parloir que le père Baddeley avait l'habitude d'utiliser, à ce qu'il paraît. Voulez-vous que je vous dise, c'était peut-être bien un pasteur qu'il aurait fallu à Hewson. Je n'ai eu aucun mal à le faire parler, mais, ensuite, plus moyen de l'arrêter. Il s'est mis à pleurer et pof! il a tout déballé. Comment pouvait-il continuer à vivre sans elle? Il n'avait jamais cessé de l'aimer, de la désirer. C'est drôle, hein? Plus leurs émotions sont profondes et moins ils ont l'air sincère. Mais vous avez certainement remarqué ce phénomène. Puis il m'a regardé, la figure barbouillée de larmes, et m'a dit : "Elle n'a pas menti pour moi parce qu'elle m'aimait. Tout cela n'était qu'un jeu pour elle. Elle trouvait simplement que les membres du conseil de l'Ordre étaient tous de vieux imbéciles prétentieux. Elle pensait qu'ils la méprisaient et ne voulait pas leur donner la satisfaction de me voir jeté en prison. Alors elle a menti." Eh bien, vous savez quoi, Mr. Dalgliesh? C'est seulement à ce moment-là que je me suis rendu compte qu'il ne parlait pas de sa femme. Il ne pensait pas à elle. Pas plus qu'à Miss Rainer, d'ailleurs. Le pauvre bougre! On peut dire que nous faisons un drôle de métier, vous et moi! »

Daniel lui serra de nouveau la main comme s'il avait oublié qu'il la lui avait déjà broyée. Puis, sur un dernier regard d'inspection, comme pour s'assurer que tous les objets étaient encore à leur place dans la pièce, il se glissa dehors, dans le brouillard.

3

Dot Moxon se tenait avec Anstey à la fenêtre du bureau et regardait dehors, dans la nuit brumeuse.

« La fondation ne voudra ni de vous ni de moi, le savez-vous? Ils donneront peut-être votre nom au centre, mais ils ne vous garderont pas comme directeur. Et ils se débarrasseront de moi. »

Anstey lui posa une main sur l'épaule. Elle se demanda comment elle avait jamais pu désirer ce contact ou l'avoir trouvé réconfortant. Il répondit avec l'impatience contenue d'un père consolant un enfant qui refuse de comprendre :

« Ils m'ont signé un engagement. Personne, ici, ne perdra son emploi. Et tout le monde sera augmenté. À partir de maintenant, vous serez tous payés au tarif fixé par le ministère de la Santé. De plus, la fondation a un système de pension-vieillesse. C'est un gros avantage. Je n'ai jamais pu vous en offrir autant.

— Et Albert Philby ? Ne me dites pas qu'ils vont le garder, lui aussi ? Une œuvre aussi respectable et connue sur le plan national que la fondation Ridgewell ?

— C'est vrai, le cas de Philby pose un problème. Mais il sera étudié avec toute la bienveillance voulue.

— Peuh ! Nous savons tous ce que cela signifie. C'est ce qu'on m'a dit dans mon dernier emploi avant de m'obliger à démissionner ! Albert n'a d'autre foyer que le manoir. Il nous fait confiance. C'est nous qui lui avons appris la confiance. Nous avons des responsabilités envers lui.

— Plus maintenant, Dot.

— Nous trahissons donc Albert et échangeons ce que nous avons essayé de créer ici contre des tarifs officiels et un plan-retraite. Et moi, quelle sera ma position ici ? D'accord, ils ne me ficheront pas à la porte, mais ça ne sera plus pareil. C'est Helen qui deviendra infirmière en chef. Et elle le sait. Sinon, pourquoi aurait-elle voté pour le transfert ?

— Parce que Maggie est morte », répondit Anstey
d'une voix tranquille.

Dot eut un rire amer.

« Les choses se sont bien arrangées pour elle, n'est-ce
pas ? Pour tous les deux.

— Ma chère Dot, vous et moi nous devons accepter
qu'il nous est impossible de choisir la façon dont nous
sommes appelés à servir. »

Comment, se demanda Dot, avait-elle pu ne jamais
remarquer cette irritante note d'onctueuse réprimande
dans sa voix ? Elle se tourna brusquement. Ainsi rejetée,
la main d'Anstey glissa lourdement de son épaule. Dot
se rappela soudain à quoi Wilfred lui faisait penser :
au père Noël en sucre pendu au premier arbre de Noël
de son enfance, friandise désirable et si passionnément
désirée. Mais, quand on mordait dedans, on ne rencon-
trait que du vide : un imperceptible goût de sucre sur la
langue, puis une cavité saupoudrée de sable blanc.

4

Ursula Hollis et Jennie Pegram étaient assises
ensemble dans la chambre de Jennie, leurs deux fauteuils placés côte à côte devant la coiffeuse. Penchée
vers elle, Ursula brossait les cheveux de sa compagne.
Elle ne savait pas très bien comment elle en était venue
à être ici et à faire ce curieux travail. C'était la première
fois que Jennie l'invitait chez elle. Mais ce soir, en attendant qu'Helen les mît au lit – jamais encore l'infirmière

n'avait été aussi en retard – Ursula était bien contente de ne pas être seule avec ses pensées. Elle trouvait même du réconfort à voir les cheveux couleur de blé mûr se soulever à chaque coup de brosse et retomber comme une brume d'or sur les épaules voûtées de Jennie. Les deux femmes s'entretenaient agréablement à voix basse. On aurait dit des collégiennes en train de comploter.

« Et que va-t-il se passer maintenant ? demanda Ursula.

— Pour Toynton Manor ? La fondation en prendra la direction et Wilfred partira, je suppose. Cela m'est égal. Au moins il y aura davantage de patients. Nous sommes si peu nombreux qu'on commence à s'ennuyer. Et Wilfred m'a dit que la fondation veut faire construire un solarium sur la falaise. Ça serait chouette ! Et puis, on nous offrira davantage de distractions, comme des voyages, par exemple. Nous n'en avons guère eu ces derniers temps. En fait, j'envisageais de quitter le centre. Les amis que j'ai dans mon ancien hôpital ne cessent de m'écrire pour me demander de revenir. »

Ursula savait que c'était faux, mais cela n'avait pas d'importance. À son tour, elle fabula :

« Moi aussi. Steve voudrait que je me rapproche de Londres pour qu'il puisse me rendre visite. Jusqu'à ce qu'il nous trouve un appartement adéquat, bien sûr.

— La fondation Ridgewell a une maison pour handicapés à Londres, il me semble. Vous pourriez vous faire transférer là-bas. »

Comme c'était curieux ! songea Ursula, Helen ne lui en avait rien dit.

« Je m'étonne qu'Helen ait voté pour la cession, chuchota-t-elle. Je croyais qu'elle était pour la vente du domaine.

— C'était peut-être le cas avant la mort de Maggie. Mais, maintenant qu'elle s'en est débarrassée, elle doit se dire qu'elle peut tout aussi bien rester ici. La voie est libre, si vous voyez ce que je veux dire. »

Maintenant qu'elle s'en est débarrassée ? pensa Ursula. Mais Maggie s'était suicidée. Et Helen ne pouvait pas savoir que Maggie allait mourir. Il y avait à peine six jours, elle avait poussé Ursula à voter pour la vente. Elle ne pouvait pas avoir su alors. Même pendant la première partie du conseil de famille, avant qu'ils ne se séparent pour aller méditer, elle n'avait pas caché ses préférences. Puis, au cours de l'heure suivante, elle avait changé d'avis. Non, Helen ne pouvait pas avoir su que Maggie allait mourir. Ursula trouva cette pensée réconfortante. Maintenant tout allait s'arranger. Elle avait parlé à l'inspecteur Daniel de la forme en habit de moine qu'elle avait vue la nuit où Grace était morte. Elle ne lui avait pas tout raconté, bien sûr, mais elle en avait assez dit pour se libérer de cette inquiétude irrationnelle qui la rongeait. L'inspecteur avait jugé que c'était là un détail sans importance. Ursula l'avait compris d'après la façon dont il l'avait écoutée, lui avait posé quelques brèves questions. Et il avait raison, bien sûr. Cet incident n'avait pas d'importance. Elle se demanda comment elle avait pu en perdre le sommeil, tourmentée par d'inexplicables anxiétés, hantée par des images où le Mal et la Mort rôdaient dans les couloirs déserts en robe de bure au capuchon rabattu. Ç'avait certainement été Maggie. En apprenant sa mort, cette idée s'était imposée à son esprit comme une évidence. Elle n'aurait pas très bien su dire pourquoi : peut-être parce que la mystérieuse silhouette avait à la fois quelque chose de théâtral et de furtif, qu'elle avait porté l'habit d'une manière totalement différente des autres, sans cette aisance un peu débraillée des membres du personnel. Elle en avait parlé à l'inspecteur. Elle n'avait donc plus à se tracasser à ce sujet. Tout irait bien maintenant. Le centre ne fermerait pas après tout. Mais cela lui était égal. Elle réussirait à se faire transférer dans l'institution de Londres, peut-être sur la base d'un échange. Quelqu'un, là-bas en ville, avait sûrement envie de venir à la mer. Elle entendit la voix aiguë et enfantine de Jennie.

« Si vous me jurez de ne le dire à personne, je vous confierai un secret au sujet de Maggie. Jurez-le.

— Je le jure.

— Elle écrivait des lettres anonymes. Elle m'en a envoyé une. »

Ursula sentit son cœur bondir dans sa poitrine. Elle demanda vivement : « Comment le savez-vous ?

— Parce que la mienne était tapée sur la machine à écrire de Grace Willison et, qu'en fait, j'avais vu Maggie la taper la veille au soir. La porte du bureau était ouverte. Elle ne s'est pas rendu compte que je l'observais.

— Que disait-elle, cette lettre ?

— Oh ! elle concernait un homme qui est amoureux de moi. Un des producteurs de télévision. Il voulait divorcer d'avec sa femme et m'emmener avec lui. Cette histoire avait d'ailleurs créé un scandale à l'hôpital et suscité pas mal de jalousies. C'est une des raisons pour lesquelles j'ai été obligée de partir. En fait, je pourrais encore aller vivre avec lui si je voulais.

— Mais comment Maggie le savait-elle ?

— Elle était infirmière, non ? Je crois qu'elle connaissait un membre du personnel de mon ancien hôpital.

Maggie était très douée pour découvrir des secrets. Elle en connaissait également un au sujet de Victor Holroyd, mais elle ne l'a jamais révélé. Je suis contente qu'elle soit morte. Si vous avez reçu une de ses lettres, ce sera la dernière : Maggie est morte. Brossez un peu plus fort et à droite, Ursula. Oh ! oui, comme ça ! Que c'est bon ! Nous devrions devenir amies, vous et moi. Quand les nouveaux patients arriveront, il faudra que nous nous serrions les coudes. C'est-à-dire, si je décide de rester. »

La brosse immobilisée dans l'air, Ursula vit dans la glace le reflet du sourire rusé et suffisant de Jennie.

5

Vers dix heures, après avoir dîné, Dalgliesh sortit dehors, dans la nuit. Le brouillard avait disparu aussi mystérieusement qu'il était venu. L'air frais, qui embaumait l'herbe mouillée, caressa son visage brûlant. Debout dans l'absolu silence, il pouvait tout juste entendre le murmure sifflant de la mer.

Le faisceau d'une lampe de poche, aussi capricieux qu'un feu follet, s'approchait de lui, venant du manoir. Une ombre massive sortit de l'obscurité et prit forme. Millicent Hammitt rentrait chez elle. À la porte de Faith Cottage, elle s'arrêta et cria d'une voix aiguë, presque agressive :

« Bonne nuit, commandant ! Alors, vos amis sont partis ?

— Oui, l'inspecteur est parti.

— Comme vous l'avez peut-être remarqué, je ne me suis pas précipitée avec les autres pour voir le mauvais tour que nous avait joué Maggie. Je n'ai pas le goût de ce genre de spectacle. Éric a décidé de dormir au manoir cette nuit. C'est sûrement ce qu'il a de mieux à faire. Mais comme j'ai cru comprendre que la police avait emmené le corps, je ne vois pas pourquoi il aurait besoin de se montrer exagérément sensible. À propos, nous avons voté pour le transfert du centre à la fondation Ridgewell. Il n'y a pas à dire : la soirée a été fertile en événements ! »

Elle se tourna pour ouvrir sa porte, puis s'arrêta et cria de nouveau :

« Il paraît qu'elle s'était peint les ongles en rouge.

— C'est exact, Mrs. Hammitt.

— Même ceux des pieds. »

Dalgliesh ne répondit pas. Millicent Hammitt dit avec une brusque colère :

« Quelle drôle de bonne femme ! »

Dalgliesh l'entendit fermer sa porte. Une seconde plus tard, de la lumière apparut derrière ses rideaux. Il rentra. Presque trop fatigué pour monter se coucher, il s'allongea dans le fauteuil du père Baddeley, les yeux fixés sur le feu éteint. À ce moment, la cendre bougea légèrement, un petit morceau de bois se remit à rougeoyer un bref instant et, pour la première fois cette nuit, Dalgliesh entendit le gémissement familier et réconfortant du vent dans la cheminée. Ce bruit fut suivi d'un autre, tout aussi familier. La musique joyeuse et syncopée d'une publicité lui parvenait faiblement à travers le mur. Millicent Hammitt avait allumé sa télévision.

HUITIÈME PARTIE

La tour noire

1

Le lendemain, Dalgliesh monta au manoir pour expliquer à Wilfred qu'il devait à présent rester à Hope Cottage jusqu'à la fin de l'enquête et pour payer son loyer symbolique. Il trouva Wilfred assis seul dans le bureau. Pas la moindre trace de Dot Moxon. Wilfred regardait une carte de la France déployée sur le bureau, une pile de passeports réunis par un élastique posée en guise de presse-papiers sur l'un des coins. Il sembla à peine entendre ce que lui disait son hôte : « Ah ! oui, bien sûr, l'enquête », répondit-il comme s'il avait oublié une invitation à déjeuner, puis il se pencha de nouveau sur sa carte. Il ne fit aucune allusion à la mort de Maggie et accueillit les condoléances polies de Dalgliesh avec froideur, comme s'il les trouvait de mauvais goût. On aurait dit qu'en se dépouillant de Toynton Manor il avait abandonné tout sens des responsabilités et même tout intérêt. Maintenant, il ne lui restait plus que ses deux obsessions connexes : son miracle et le pèlerinage à Lourdes.

L'inspecteur et le laboratoire travaillèrent très vite. L'enquête judiciaire eut lieu une semaine exactement après la mort de Maggie, une semaine durant laquelle les habitants du manoir parurent aussi décidés à ne pas rencontrer Dalgliesh que lui-même à les éviter. Personne, pas même Julius, ne manifesta la moindre envie de parler de la mort de Maggie. On aurait dit qu'à présent tout le monde ne le voyait plus que comme un policier, un intrus d'allégeance incertaine, un espion en puissance. Chaque matin, il quittait Toynton Head de bonne heure et n'y retournait qu'à la nuit, quand tout était calme et silencieux. Il ne s'intéressait ni à l'enquête que menait l'inspecteur, ni à la vie du manoir. Il poursuivait son exploration systématique du Dorset comme un prisonnier en liberté provisoire. Le jour de l'enquête du coroner serait celui de son élargissement définitif.

Il arriva enfin. Aucun des patients du centre n'assista à l'audience, sauf Henry Carwardine, chose curieuse, puisqu'il n'avait pas été cité comme témoin. Alors que les groupes se formaient et s'entretenaient respectueusement à voix basse devant le tribunal pendant le moment de flottement qui suit la participation à ces sombres rituels publics, l'infirme roula à grands mouvements des bras jusqu'à l'endroit où se tenait Dalgliesh. Il avait l'air euphorique.

« Je sais bien que ces formalités juridiques ne sont pas une nouveauté pour vous comme elles le sont pour moi, mais celle-ci n'était pas mal à mon avis. Moins fascinante, d'un point de vue technique et médical, que celle d'Holroyd, mais présentant beaucoup plus d'intérêt sur le plan humain.

— Vous semblez être un véritable connaisseur en ce domaine.

— Si les choses continuent comme ça à Toynton Manor, je le deviendrai certainement. Helen Rainer était incontestablement la vedette de l'enquête d'aujourd'hui. À ce que j'ai cru comprendre, ces extraordinaires chapeau et tailleur dans lesquels elle a choisi d'apparaître constituent l'uniforme de gala d'une infirmière diplômée d'État. Très judicieux de sa part. Les cheveux relevés, à peine maquillée, l'image même du professionnalisme et du dévouement. "Mrs. Hewson a peut-être cru que son mari et moi avions une relation intime. Comme elle n'avait rien à faire, elle pensait beaucoup trop. Bien entendu, le docteur Hewson et moi travaillons en étroite collaboration. J'ai le plus grand respect pour sa bonté et sa compétence, mais il ne s'est jamais rien passé d'inconvenant entre nous. Le docteur Hewson était très attaché à sa femme." Rien d'inconvenant ! Je n'aurais jamais cru que les gens employaient vraiment cette expression.

— Ils le font au tribunal. Le jury l'a-t-il crue, à votre avis ?

— Oh ! je crois que oui, vous ne pensez pas ? Il est difficile d'imaginer notre Florence Nightingale, vêtue comme elle l'était cet après-midi de brocart gris – je veux dire : de gabardine – mystique, admirable, s'ébattant dans un lit. Elle a bien fait d'admettre que Hewson et elle avaient passé l'heure de méditation ensemble dans sa chambre. Mais, comme elle l'a expliqué, c'était seulement parce qu'ils avaient déjà pris une décision et ne pouvaient se permettre de perdre soixante précieuses minutes à la ruminer alors qu'ils avaient tant de choses à discuter sur le plan professionnel.

— Ils avaient à choisir entre leur alibi, pour ce qu'il vaut, et leur réputation. Je crois qu'ils ont fait le bon choix. »

Henry fit pivoter son fauteuil avec une exubérance agressive.

« Mais ce détail a plongé nos braves jurés du Dorset dans la perplexité. On pouvait voir peiner leurs cerveaux. S'ils n'étaient pas amants, que faisaient-ils enfermés ensemble dans sa chambre ? Mais, s'ils étaient ensemble, Hewson ne peut pas avoir tué sa femme. Mais, à moins qu'ils n'eussent été amants, il n'avait pas de mobile pour la tuer. Mais, s'il avait un tel mobile, pourquoi l'infirmière a-t-elle admis qu'ils étaient ensemble ? De toute évidence, pour lui fournir un alibi. Mais, s'il n'avait pas le mobile habituel, il n'avait pas besoin d'un alibi. Et, s'il avait ce mobile, la fille et lui auraient été ensemble. Extrêmement déroutant ! »

Modérément amusé, Dalgliesh demanda :

« Et qu'avez-vous pensé de la prestation de Hewson ?

— Il a été très bon lui aussi. Sans atteindre à la compétence professionnelle et à l'impassibilité qui vous caractérisent, mon cher commandant, il s'est néanmoins montré calme, sincère, offrant l'image d'un homme qui maîtrise courageusement un chagrin bien compréhensible. Très futé de sa part d'avoir reconnu que Maggie voulait absolument quitter Toynton alors que lui se sentait des obligations envers Wilfred "qui m'a engagé à un moment où j'avais du mal à trouver du travail". Bien entendu, il a passé sous silence le fait qu'il avait été exclu de l'Ordre et personne n'a eu le manque de tact de le faire remarquer.

— Ni celui de suggérer qu'Helen et lui mentaient peut-être au sujet de leurs relations.

— Évidemment. Ce que les gens savent et ce qu'ils peuvent prouver légalement, ou vouloir déclarer

370

devant un tribunal, sont deux choses fort différentes. De plus, nous devons absolument préserver ce cher Wilfred de l'affreuse vérité. Bref, je pense que tout s'est très bien passé. "Suicide dû à un moment de dépression passagère", etc. Pauvre Maggie ! Décrite comme une souillon égoïste, jouisseuse et alcoolique qui méprisait le noble dévouement de son mari et n'a même pas su lui créer un foyer agréable ! L'hypothèse de Court, selon laquelle il s'est peut-être agi d'une mort accidentelle, d'une comédie qui a mal tourné, n'a vraiment eu aucun succès auprès des jurés, n'est-ce pas ? Ils ont estimé qu'une femme qui vidait presque une bouteille entière de whisky, empruntait une corde et écrivait une lettre d'adieu poussait la comédie un peu loin. Ils ont fait à Maggie l'honneur de croire qu'elle s'est tuée intentionnellement. J'ai trouvé le graphologue singulièrement catégorique, vu la nature essentiellement subjective d'une analyse de document. D'après lui, donc, il ne fait aucun doute que Maggie est l'auteur du message.

— En tout cas des quatre premières lignes. Il a été incapable de se prononcer avec certitude sur les autres. Qu'avez-vous pensé du verdict ?

— Oh ! moi je suis d'accord avec Julius. Maggie avait dans l'idée que quelqu'un viendrait couper la corde juste à temps au milieu d'un affolement général. Mais avec la plus grande partie d'une bouteille de whisky dans l'estomac, elle n'a même pas été capable de mettre en scène sa propre résurrection. À propos Julius m'a fait un compte rendu du drame qui s'est joué à Charity Cottage, y compris les débuts prometteurs d'Helen dans le rôle de Lady Macbeth : "Donnez-moi la seringue. Les dormeurs et les morts sont comme des images ; seul l'œil d'un enfant a peur d'un diable peint." »

Le visage dénué d'expression, Dalgliesh répondit d'une voix neutre :

« Cela a certainement été très divertissant pour vous deux. Dommage que Court n'ait pas fait preuve d'un peu plus de sang-froid sur le moment. Il aurait pu se rendre utile au lieu de se conduire comme un homosexuel hystérique. »

Heureux d'avoir provoqué la réaction recherchée, Henry sourit :

« Vous ne l'aimez pas, alors ? Pas plus que ne l'aimait votre ami le pasteur ? »

Sur une impulsion, Dalgliesh répliqua :

« Je sais que cela ne me regarde pas, mais ne serait-il pas temps que vous quittiez le manoir ?

— Le quitter ? Pour aller où, s'il vous plaît ?

— Il doit y avoir d'autres endroits.

— Le monde en est plein. Mais que pourrais-je faire, être ou espérer dans n'importe lequel d'entre eux ? En fait, j'ai envisagé une fois de partir. C'était un rêve stupide. Non, je resterai ici. La fondation Ridgewell possède la compétence professionnelle et l'expérience dont manque Anstey. De plus, Wilfred demeure au manoir et j'ai encore une dette envers lui. Entre-temps, puisque cette formalité est terminée, nous pouvons nous détendre et nous préparer à partir en paix demain pour Lourdes. Vous devriez nous accompagner, Dalgliesh. Vous êtes resté ici si longtemps que je vous soupçonne de vous plaire en notre compagnie. De plus, je crois que votre convalescence à Toynton ne vous a guère réussi. Venez donc à Lourdes. L'odeur de l'encens et un changement de décor vous feront peut-être du bien. »

Le bus du centre, conduit par Philby, s'était arrêté à leur hauteur. Une rampe descendit à l'arrière du véhicule. En silence, Dalgliesh regarda Éric et Helen s'éloigner de Wilfred, saisir simultanément les poignées du fauteuil roulant et pousser vivement Henry dans le bus. On releva la rampe. Wilfred monta devant, à côté de Philby, et le bus du manoir s'ébranla.

Le colonel Ridgewell et d'autres membres du conseil d'administration de la fondation arrivèrent après le déjeuner. Dalgliesh vit leur voiture se garer, ses occupants habillés de costumes sombres en descendre et disparaître dans la maison. Plus tard, ils ressortirent avec Wilfred. Traversant le promontoire, ils se dirigèrent vers la mer. Dalgliesh s'étonna un peu de voir qu'Éric et Helen les accompagnaient, mais sans Dot Moxon. Il regarda les cheveux gris du colonel se soulever dans la brise quand celui-ci s'arrêtait pour donner des explications avec de grands moulinets de sa canne ou conférer avec le petit groupe qui se pressait soudain autour de lui. Ils allaient certainement vouloir inspecter les cottages, se dit Dalgliesh. Hope Cottage était en tout cas prêt à recevoir leur visite. Les rayonnages étaient vides et propres, les caisses ficelées et étiquetées pour le transporteur, ses bagages faits, à l'exception des quelques affaires dont il aurait besoin pour sa dernière nuit. Mais il n'avait aucune envie de subir une séance de présentations ni d'être obligé à faire la conversation.

Quand le groupe rebroussa enfin chemin et s'approcha de Charity Cottage, il monta dans sa voiture et démarra. Il ne savait trop quelle direction prendre. Il n'avait d'autre but que celui de continuer à rouler jusqu'à la tombée de la nuit.

2

Le lendemain matin, il faisait lourd et gris, un temps à donner la migraine. Le ciel était pareil à un calicot sale chargé de pluie. Les pèlerins devaient partir à neuf heures. À huit heures et demie, Millicent Hammitt fit irruption chez lui sans frapper pour dire au revoir. Elle portait un tailleur en tweed bleu gris à la jupe déformée derrière et à veste croisée, une blouse dans un ton de bleu plus dur ornée d'une broche voyante au cou, des chaussures de marche et un chapeau de feutre gris enfoncé sur les oreilles. Elle laissa tomber son sac de voyage en tissu léger, plein à craquer, par terre, enfila une paire de gants en coton beige et tendit la main. Dalgliesh posa sa tasse à café. Il sentit sa main droite broyée dans celle de la femme.

« Eh bien, au revoir, commandant. Bizarre. Je n'ai jamais pu m'habituer à vous appeler par votre prénom. Si j'ai bien compris, à notre retour vous serez parti.

— J'ai l'intention de rentrer à Londres en fin de matinée.

— J'espère que vous vous êtes plu ici. Au moins votre séjour a été fertile en événements. Un suicide, une mort naturelle et la fin de Toynton Manor en tant qu'institution indépendante. Vous ne pouvez pas vous être ennuyé.

— Et une tentative de meurtre.

— Wilfred dans la tour en flammes ? On dirait le titre d'une pièce d'avant-garde. Cet incendie m'a toujours paru curieux. Moi je crois que Wilfred l'a provoqué lui-même pour pouvoir justifier le transfert du manoir. Je suis sûre que cette idée-là vous a traversé l'esprit.

— Celle-là et bien d'autres, mais aucune n'était très logique.

— Comme tout ce qui se passe ici. Eh bien, l'ordre ancien cède la place au nouveau et Dieu se manifeste de bien des façons. Ainsi soit-il. »

Dalgliesh demanda à Millicent quels étaient ses projets.

« Je resterai dans mon cottage. Le contrat que Wilfred a signé avec la fondation stipule que je peux y terminer mes jours. Et je vous assure que j'ai bien l'intention de mourir quand cela me plaira. Bien entendu, les choses seront différentes maintenant que la propriété appartient à des étrangers.

— Et votre frère, comment prend-il cette nouvelle situation ?

— Il est soulagé. De toute façon, il a eu ce qu'il voulait, n'est-ce pas ? Il ne se doute évidemment pas de ce qui l'attend. À propos, il n'a pas donné votre logement à la fondation. Hope Cottage continuera à lui appartenir. Il a l'intention de s'y installer une fois la maison transformée en une habitation plus confortable et civilisée. Il a aussi proposé ses services au centre, en n'importe quelle qualité, s'il pouvait se rendre utile. S'il s'imagine qu'ils vont le garder comme directeur, il risque d'avoir des surprises. La fondation a ses propres projets pour le manoir et je doute que ceux-ci comprennent Wilfred, même si le colonel a accepté de flatter la vanité de mon frère en nommant le centre d'après lui. Wilfred doit penser que tout le monde s'inclinera devant lui en tant que bienfaiteur et propriétaire d'origine. Je suis persuadée que cela ne se passera pas comme ça. Maintenant que l'acte de cession est signé et que la fondation est devenue le propriétaire légal, Wilfred compte aussi peu pour elle que Philby, et probablement moins. C'est sa propre faute. Il n'avait qu'à vendre le domaine.

— Mais, ce faisant, n'aurait-il pas rompu son vœu ?

— Quelle stupide superstition ! Si Wilfred veut s'habiller en moine et jouer à l'abbé médiéval, il aurait dû entrer dans un monastère. Un monastère anglican aurait été tout à fait respectable. Le pèlerinage semestriel continuera, bien sûr. C'est là une des conditions posées par mon frère. C'est dommage que vous ne nous accompagniez pas, commandant. Nous descendons dans une agréable petite pension qui pratique des prix tout à fait abordables et où l'on mange très bien. Et Lourdes est un endroit très gai, vraiment plein d'atmosphère. Bien entendu, j'aurais préféré que Wilfred ait été miraculé à Cannes, mais la chose aurait pu se passer dans un endroit pire que Lourdes : à Blackpool, par exemple. »

Mrs. Hammitt gagna la porte, puis se retourna.

« Je pense que le bus s'arrêtera ici pour permettre aux autres de prendre congé de vous. »

D'après le ton de Millicent, on aurait dit que c'était là un grand honneur pour Dalgliesh. Celui-ci répondit qu'il monterait avec elle au manoir pour dire au revoir sur place. Il voulait rendre à Henry Carwardine un livre lui appartenant qu'il avait découvert sur les rayonnages du père Baddeley. De plus il devait rapporter ses draps et déposer quelques boîtes de conserve qui lui restaient : le centre pourrait sûrement utiliser ces provisions.

« Je prendrai les conserves plus tard, dit Mrs. Hammitt. Laissez-les sur la table. Et vous pouvez rapporter vos draps n'importe quand. Le manoir n'est jamais fermé à clef. De toute façon, Philby sera bientôt de retour. Il nous conduit seulement au port et nous aide à monter à bord. Ensuite, il revient ici pour garder la maison et nourrir Jeoffrey. Et les poules, bien sûr. À propos, au centre ils regrettent tous que Grace ne soit plus là pour s'occuper de la basse-cour. Pourtant, de son vivant, personne ne pensait qu'elle faisait quelque chose de très utile. Et il n'y a pas que les poules. Wilfred n'arrive pas à retrouver la liste des Amis de Toynton Manor. Mon frère voulait que l'infirmier reste lui aussi à la maison cette fois-ci : Dennis a de nouveau une de ses terribles migraines et une mine épouvantable. Mais pour empêcher Dennis d'aller à un pèlerinage, il faut se lever de bonne heure ! »

Dalgliesh alla au manoir avec elle. Le bus était garé devant l'entrée et l'on y faisait déjà monter les malades. Pitoyablement décimé, le petit groupe de pèlerins avait un faux air de gaieté. À voir la variété de leurs tenues, Dalgliesh eut l'impression qu'ils allaient se livrer à des activités totalement différentes chacun dans son coin. En manteau de tweed ceinturé et casquette à la Sherlock Holmes, Henry Carwardine ressemblait à un aristocrate édouardien partant à la chasse ; Philby vêtu de manière incongrue d'un complet sombre à haut col et d'une cravate noire, à un croque-mort en train de charger le corbillard. Ursula Hollis s'était habillée de pied en cap en immigrée pakistanaise. Une veste mal coupée en fourrure synthétique était l'unique concession qu'elle avait faite au climat anglais. Coiffée d'un grand foulard bleu, Jennie Pegram essayait sans doute de jouer le rôle de sainte Bernadette. Dans le même tailleur que celui qu'elle portait à l'enquête, Helen Rainer pouvait passer pour une surveillante de prison responsable d'un groupe de détenus aux réactions imprévisibles. Elle avait déjà pris place à la tête du brancard de George Allan. Le garçon avait les yeux fiévreux et Dalgliesh pouvait l'entendre jacasser d'une voix haut perchée. Il portait une écharpe de laine à rayures bleues et blanches et serrait contre sa poitrine un immense ours en peluche au cou orné d'un ruban bleu pâle et de ce qui, à l'étonnement de Dalgliesh, avait l'air d'une médaille de la Vierge.

Wilfred s'affairait avec le restant des bagages. Lui, Éric Hewson et Dennis Lerner portaient leurs robes de bure. Dennis avait l'air malade. Les mâchoires crispées de douleur, il fermait à demi les yeux comme si même la pâle lumière de ce matin d'automne lui était insupportable. Dalgliesh entendit Éric lui murmurer :

« Pour l'amour du Ciel, Dennis, reste à la maison ! Avec deux fauteuils en moins, nous nous débrouillerons très bien sans toi. »

D'une voix aiguë où perçait de l'hystérie, Lerner répliqua :

« Ça ira, je te dis. Tu sais bien que ma migraine ne dure jamais plus de vingt-quatre heures. Fiche-moi la paix, à la fin ! »

Tout l'équipement médical, pudiquement voilé, était maintenant à bord. La rampe se releva, la portière arrière claqua et le véhicule s'ébranla. Répondant aux saluts frénétiques des passagers, Dalgliesh agita la main. Il regarda le bus peint de couleurs vives traverser en cahotant le promontoire, s'éloigner, devenir aussi petit et fragile qu'un jouet. Il fut surpris, et un peu attristé, de sentir autant de pitié et de regret pour des gens auxquels il avait si soigneusement veillé à ne pas se lier. Il resta là jusqu'à ce que la voiture gravît la pente de la vallée et disparût de l'autre côté.

Le cap était désert maintenant. Toynton Manor et ses cottages se dressaient sombres et vides sous le ciel de plomb. Au cours de la dernière demi-heure, la lumière avait encore baissé. L'orage éclaterait avant midi. Dalgliesh en sentait déjà les douloureux signes annonciateurs dans son crâne. Sur le promontoire régnait le calme sinistre d'un champ de bataille avant l'attaque. On n'entendait que le grondement de la mer, moins un bruit qu'une vibration de l'air, comme le son menaçant d'une fusillade lointaine.

Agité et, paradoxalement, hésitant à partir alors que plus rien ne l'en empêchait, Dalgliesh marcha jusqu'à la grille pour chercher son journal et voir s'il y avait des lettres. De toute évidence, le bus s'était arrêté pour prendre le courrier du manoir. Dans la boîte, il n'y avait que le *Times* du jour, une enveloppe beige de type administratif pour Julius et une autre, blanche, adressée au père Baddeley. Coinçant son journal sous le bras, il fendit l'épais papier toile et, tout en rebroussant chemin, commença à lire. La lettre était écrite d'une écriture masculine ferme et énergique. Son auteur, un doyen des Midlands, s'excusait de ne pas avoir répondu plus tôt au père Baddeley, mais on lui avait réexpédié sa lettre en Italie où il faisait un remplacement pour l'été. Après avoir posé les questions d'usage sur la santé du destinataire, donné des nouvelles détaillées de sa famille et de son diocèse, commenté d'une façon superficielle et prévisible les affaires publiques, l'ecclésiastique apportait enfin la clef du mystère que Dalgliesh essayait de percer depuis si longtemps :

Dès mon retour, je suis allé rendre visite à votre jeune ami. Bien entendu, il était déjà mort depuis plusieurs mois. J'ai pensé que cela ne valait plus la peine de demander s'il avait été heureux dans la nouvelle institution et s'il avait vraiment voulu quitter celle du Dorset. J'espère que son ami de Toynton Manor a pu le voir avant sa mort. En ce qui concerne votre deuxième question, je crains de ne pas pouvoir vous être d'un très grand secours. D'après notre expérience, ici, dans notre diocèse qui, comme vous le savez, s'intéresse particulièrement aux jeunes délinquants, ouvrir un foyer économiquement indépendant pour d'anciens détenus nécessiterait, tel que vous l'envisagez, beaucoup plus de capitaux que vous n'en disposez. Vous pourriez sans doute acheter une petite maison, même aux prix actuels, mais vous auriez besoin d'au moins deux employés expérimentés pour commencer et seriez obligé de financer votre entreprise jusqu'à ce que celle-ci soit bien établie. Toutefois, il existe déjà un certain nombre de ces foyers et organisations spécialisés. Je suis sûr qu'ils accepteraient votre aide avec reconnaissance. Ce serait certainement la meilleure façon d'employer votre argent si vous avez décidé, comme vous semblez l'avoir fait, que celui-ci ne doit pas aller à Toynton Manor. Je trouve que vous avez eu raison de demander à votre ami policier de venir vous voir. C'est indéniablement la personne qui pourra le mieux vous conseiller.

Dalgliesh faillit éclater de rire. C'était là une fin ironique et tout à fait appropriée à l'histoire d'un échec.

Voilà donc comment tout avait commencé ! La lettre du père Baddeley n'avait rien caché de sinistre. Le pasteur n'avait flairé ni crime, ni complot, ni homicide déguisé. Innocent et peu réaliste, le pauvre homme avait simplement voulu un conseil sur la façon d'acheter et d'aménager un foyer pour d'anciens jeunes détenus et de trouver un personnel adéquat, le tout pour la somme de dix-neuf mille livres. Étant donné le marché actuel de l'immobilier et le taux d'inflation, il aurait eu besoin d'un génie financier. Mais il avait écrit à un policier, probablement le seul qu'il connaissait. À un expert en mort violente. Et pourquoi pas ? Pour le père Baddeley tous les policiers étaient fondamentalement pareils. Ils s'y connaissaient en matière de crime et s'employaient aussi bien à le prévenir qu'à le détecter. Et moi, pensa Dalgliesh, je n'ai fait ni l'un ni l'autre. Le père Baddeley avait voulu un avis professionnel. Il ne lui avait pas demandé comment il fallait réagir face au mal. Dans ce domaine, il avait ses propres et infaillibles lignes directrices. Pour une raison quelconque, qui avait certainement un rapport avec le transfert de ce jeune malade inconnu, Peter Bonnington, Toynton Manor l'avait déçu. Il avait voulu qu'on lui suggère une autre façon d'utiliser son argent. Quelle arrogance de ma part d'avoir supposé qu'il avait besoin de moi pour quelque chose de plus important, se dit Dalgliesh.

Il fourra la lettre dans la poche de sa veste et poursuivit son chemin, le regard baissé sur le journal plié. Une annonce s'en détacha aussi clairement que si quelqu'un l'avait marquée au crayon rouge. Des mots familiers lui sautèrent aux yeux.

« *Toynton Manor. Nous informons tous nos amis qu'à dater du jour de notre retour du pèlerinage d'octobre, nous ferons partie d'une famille plus grande : la fondation Ridgewell. En cette période de changement, continuez à penser à nous dans vos prières. La liste des Amis de Toynton Manor ayant malheureusement été égarée, nous demandons à tous ceux qui désirent rester en contact avec nous de m'écrire d'urgence. Le directeur : Wilfred Anstey.* »

Bien sûr ! Cette liste des Amis qui avait si mystérieusement disparu depuis la mort de Miss Willison, ces soixante-huit noms que Grace connaissait par cœur ! Dalgliesh s'immobilisa sous le ciel menaçant et relut la notice. Il fut saisi d'une excitation aussi violemment physique qu'une crampe d'estomac ou un brusque afflux de sang au visage. Il sut avec une exaltante certitude qu'il avait enfin trouvé le début de cet écheveau embrouillé. Il suffisait de tirer doucement sur ce fait particulier et, comme par enchantement, le fil commencerait à se dévider.

Si Grace Willison avait été assassinée, comme il continuait obstinément à le croire, nonobstant l'autopsie, c'était parce qu'elle avait su quelque chose. Il devait s'être agi d'un renseignement de la plus haute importance et qu'elle avait été la seule à connaître. On ne l'aurait pas tuée simplement parce qu'elle avait eu des idées intéressantes, mais inutilisables sur le plan légal, au sujet de l'endroit où se trouvait le père Baddeley l'après-midi de la mort de Holroyd. Le pasteur avait été dans la tour noire. Dalgliesh le savait et pouvait le prouver. Grace Willison l'avait peut-être su, elle aussi.

Mais l'allumette déchiquetée plus son témoignage n'auraient rien pu prouver. Le père Baddeley mort, le pire qui aurait pu arriver, c'était que quelqu'un fît la remarque suivante : comment se fait-il que le pasteur n'ait pas vu Julius Court marcher sur la falaise ? Dalgliesh imagina le sourire méprisant, sardonique de Julius. Peuh ! Un vieillard malade, fatigué, assis à la fenêtre avec son livre. Qui peut affirmer maintenant qu'il n'a pas dormi pendant tout ce temps avant de retourner au manoir par le promontoire tandis qu'en bas, invisible à ses yeux, l'équipe de secours ployait sous le fardeau du brancard ? Non, le père Baddeley mort, son témoignage à jamais éteint, aucune police du monde n'aurait rouvert le dossier sur la base de cette preuve indirecte. Le plus grand tort que Grace aurait pu se faire, ç'aurait été de révéler que Dalgliesh n'était pas uniquement à Toynton pour se reposer, que lui aussi avait des soupçons. Jetée dans la balance, cette révélation aurait pu faire pencher le plateau du côté de la mort. Alors Grace serait peut-être devenue trop dangereuse pour vivre. Non pas parce qu'elle savait que le père Baddeley avait été dans la tour noire l'après-midi du 12 septembre, mais parce qu'elle possédait des renseignements plus précis et plus importants. Il n'y avait qu'une seule liste des Amis de Toynton Manor et Grace pouvait la taper par cœur. Julius était là quand elle avait fait cette déclaration. Cette liste, on aurait pu la déchirer, la brûler, l'anéantir. Mais il n'y avait qu'une seule façon de l'effacer de la conscience d'une frêle femme.

Dalgliesh pressa le pas. Il se trouva presque en train de dévaler le promontoire. Sa migraine semblait avoir mystérieusement disparu, malgré le ciel bas, l'air étouffant. Dans son métier, ce n'était pas la dernière pièce du puzzle, la plus facile de toutes, qui comptait. Non, c'était le petit élément négligé, inintéressant, qui, encastré à sa place, donnait soudain une signification à tant d'autres pièces qu'on avait mises de côté. Des couleurs trompeuses, des formes ambiguës s'assemblaient pour révéler les premiers contours reconnaissables de l'image terminée.

Et maintenant, cet élément-là casé, il était temps d'essayer d'ordonner les autres fragments sur la tablette. Oublie les preuves, pour l'instant, se dit-il ; oublie les résultats de l'autopsie et les certitudes légales des conclusions d'enquêtes. Oublie ton orgueil, ta peur du ridicule, ta crainte de t'engager. Reviens-en au premier principe qu'applique tout inspecteur de police qui flaire un crime. *Cui bono ?* Qui vivait au-dessus de ses moyens ? Qui avait plus de revenus qu'il ne pouvait en justifier ? Il y avait deux de ces personnes à Toynton Manor, et elles étaient liées par la mort de Holroyd : Julius Court et Dennis Lerner. Julius, qui avait dit qu'il pouvait acheter beauté, loisirs, amis, voyages. Comment un héritage de trente mille livres, aussi habilement investi fût-il, pouvait-il lui permettre son train de vie actuel ? Julius, qui aidait Wilfred à faire ses comptes et savait mieux que personne à quel point les finances du centre étaient précaires. Qui n'allait jamais à Londres parce que ce n'était pas sa tasse de thé, mais qui organisait une fête de bienvenue au retour des pèlerins. Qui, contrairement à son caractère, s'était montré si secourable quand la fourgonnette du pèlerinage avait eu un accident, se rendant immédiatement sur les lieux, s'occupant de tout, achetant un véhicule neuf spécialement aménagé pour les infirmes, de manière à rendre ceux-ci indépendants des agences de location et faciliter leurs voyages. Qui, par son témoignage, avait lavé Dennis Lerner de tout soupçon dans l'affaire du meurtre de Holroyd.

Dot avait accusé Julius de se servir de Toynton Manor. Dalgliesh revit la scène près du lit de mort de Grace : l'explosion de colère de Dot, l'expression d'abord incrédule de Julius, puis sa riposte pleine de méchanceté. Et s'il s'était servi du centre pour des raisons beaucoup plus concrètes que celles de satisfaire un besoin insidieux de jouer les bonnes âmes ? Du centre et du pèlerinage ? Et s'il faisait tout pour les maintenir parce que l'un et l'autre lui étaient essentiels ?

Et qu'en était-il de Dennis Lerner ? Dennis, qui restait à Toynton Manor, sous-payé, mais qui pouvait se permettre de payer l'entretien de sa mère dans une maison de repos de luxe. Qui surmontait résolument sa peur pour faire de l'escalade avec Julius. Quelle meilleure occasion avaient les deux hommes pour se rencontrer et parler en privé sans éveiller de soupçons ? Et comme cela avait dû les arranger que Wilfred, effrayé par l'incident de la corde effilochée, eût renoncé à la varappe ! Dennis, qui ne supportait pas de rater un pèlerinage même lorsqu'il souffrait comme aujourd'hui d'une atroce migraine. Qui expédiait la crème pour les mains et le talc, faisait la plupart des paquets lui-même.

Tout cela expliquait la mort du père Baddeley. Dalgliesh n'avait jamais pu croire que son ami avait été tué pour l'empêcher de révéler qu'il n'avait jamais vu Julius marcher sur le promontoire l'après-midi de la mort de Holroyd. Comme le vieil homme ne pouvait pas prouver qu'il n'avait pas dormi, ne fût-ce que par intermittence, assis seul à la fenêtre, une affirmation de ce genre aurait pu être gênante pour Court, mais pas vraiment dangereuse. Mais si la mort de Holroyd avait fait partie d'une entreprise criminelle plus vaste ? Alors il aurait pu paraître nécessaire de supprimer – et avec quelle facilité ! – un observateur obstiné, intelligent et toujours présent. Parce que, une fois qu'il aurait subodoré le Mal, il n'y aurait pas eu d'autre moyen de le réduire au silence. Le père Baddeley avait été emmené à l'hôpital avant d'apprendre la mort de Holroyd. Mais, quand il l'avait apprise, la signification de ce qu'il avait si curieusement omis de voir avait dû le frapper. À ce moment-là, il serait passé à l'action. Et c'était bien ce qu'il avait fait : il avait appelé à Londres un numéro qu'il avait été obligé de chercher dans l'annuaire. Il avait pris rendez-vous avec son assassin.

Dalgliesh poursuivit son chemin. Il dépassa Hope Cottage et, presque machinalement, se dirigea vers le manoir. La lourde porte d'entrée s'ouvrit sous la poussée de sa main. Dalgliesh sentit de nouveau cette forte odeur épicée qui couvrait des relents plus désagréables et plus louches. Il faisait si sombre qu'il dut allumer la lumière. Sous le violent éclairage, le hall ressemblait à un décor de cinéma vide. Les carreaux noirs et blancs éblouissaient. On aurait dit un immense échiquier qui attendait qu'on y plaçât les pièces.

Il parcourut les pièces vides, allumant la lumière au fur et à mesure. Une chambre après l'autre s'illumina. Il se surprit à toucher les tables et les chaises au passage, comme si ces meubles avaient été des talismans.

Il regardait attentivement autour de lui, avec l'œil méfiant du voyageur qui rentre chez lui et trouve son foyer désert. Pendant ce temps, son esprit continuait à mouvoir les éléments du puzzle. L'attentat dont Anstey avait été victime dans la tour noire, la dernière et la plus dangereuse tentative criminelle dirigée contre lui. Anstey lui-même supposait qu'il s'était agi là d'une ultime manœuvre d'intimidation pour l'obliger à vendre. Mais à supposer que le but fût différent, que l'incendiaire ne visait pas à fermer Toynton Manor, mais au contraire à assurer son avenir ? Et, vu la diminution des fonds, quel autre moyen y avait-il à part transférer le centre à une organisation financièrement saine et déjà bien établie ? Et Anstey n'avait pas vendu. Convaincu, lors de l'incident de la tour, qu'aucun des patients n'était mêlé à cet acte d'hostilité et que son rêve demeurerait intact, il avait abandonné son héritage. Toynton Manor continuerait, avec ses pèlerinages. Était-ce cela que quelqu'un, qui connaissait la précarité de la situation matérielle du centre, avait toujours cherché à obtenir ?

Le voyage de Holroyd à Londres. Au cours de cette visite, il avait de toute évidence appris une nouvelle qui l'avait fait revenir au manoir dans un état d'agitation et de jubilation manifestes. La connaissance de certains faits l'avait-il lui aussi rendu trop dangereux pour vivre ? Dalgliesh avait toujours pensé que c'était son avoué qui lui avait dit quelque chose – une chose qui aurait concerné ses propres affaires ou celles de la famille Anstey. Mais l'entrevue avec l'avoué n'avait pas été le but principal du voyage. Holroyd et les Hewson s'étaient également rendus à l'hôpital du

Saint-Sauveur où Anstey avait été soigné. Là, en plus du neurologue qui avait examiné Holroyd, les Hewson avaient vu la responsable du service des dossiers médicaux. Qu'avait dit Maggie lors de leur première rencontre ? « Comme Wilfred n'est jamais retourné à l'hôpital du Saint-Sauveur, ses médecins n'ont pas pu consigner sa guérison miraculeuse dans son dossier. Dommage qu'il ne l'ait pas fait. Ç'aurait été marrant. » Holroyd pouvait avoir appris quelque chose à Londres, non pas directement, mais par Maggie. La jeune femme lui avait peut-être confié un secret pendant une de leurs longues promenades solitaires sur la falaise. Dalgliesh se rappela les paroles de Maggie : « Je t'ai promis de ne rien dire. Mais si tu continues à m'emmerder à ce sujet, je risque de changer d'avis. » Puis : « Et même si je l'avais fait ? Il n'était pas idiot, tu sais. Il sentait qu'il se passait quelque chose. Et, de toute façon, il est mort, mort, mort ! » Le père Baddeley était mort. Mais Holroyd aussi. Et Maggie. Y avait-il une raison pour laquelle Maggie devait mourir, et juste à ce moment-là ?

Mais, attention ! Il ne devait pas aller trop vite. Tout cela n'était encore que conjecture. Certes, c'était la seule thèse qui collait avec tous les faits. Mais cela ne suffisait pas. Pour aucune des morts survenues à Toynton Manor, il n'avait la preuve qu'il s'était agi d'un assassinat. Une chose, cependant, était certaine : si Maggie avait été tuée, quelqu'un l'avait persuadée, sans qu'elle s'en rende compte, de devenir complice de son propre meurtre.

Il prit conscience d'un bruit de bouillonnement et décela une odeur âcre de graisse et de savon chaud.

Elle provenait de la cuisine. Celle-ci empestait comme une odeur de buanderie de l'époque victorienne. Sur la gazinière d'un modèle très ancien était posé un seau métallique dans lequel mijotaient des torchons. Dans l'agitation du départ. Dot Moxon avait oublié de fermer le gaz. Le linge gris gonflait au-dessus d'une écume noire et malodorante, la plaque de la cuisinière était couverte de taches spongieuses de mousse séchée. Dalgliesh éteignit. Les torchons sombrèrent dans leur bain sale. Avec le dernier « ploc » des flammes, le silence parut s'intensifier. On aurait dit qu'en tournant le bouton de la gazinière, Dalgliesh avait éliminé la dernière trace de vie humaine.

Il se rendit dans l'atelier. Les établis étaient recouverts de housses protectrices. Il pouvait voir les contours de la rangée de bouteilles de polythène et des boîtes de talc qui attendait d'être tamisé et emballé. Le buste d'Anstey modelé par Henry Carwardine se dressait toujours sur son socle de bois. On l'avait entouré d'un sac en plastique blanc attaché au cou avec ce qui avait l'air d'être une vieille cravate de l'artiste. C'était d'un effet étrangement sinistre : les traits indistincts sous le linceul transparent, les orbites vides, le nez pointu qui faisait saillir la mince enveloppe créaient une image aussi forte qu'une tête coupée.

Au bout de l'annexe, le bureau de Grace Willison surmonté de la machine à écrire, maintenant recouverte d'une housse grise, occupait toujours l'espace situé sous la fenêtre donnant au nord. Dalgliesh en ouvrit les tiroirs. Comme il s'y attendait, ceux-ci étaient impeccablement propres et rangés : une pile de papier à en-tête de Toynton Manor, des enveloppes soigneusement classées par taille, des rubans de machine, du liquide correcteur, du papier carbone encore dans sa boîte, les feuilles d'étiquettes perforées sur lesquelles Grace avait tapé les noms et adresses des Amis. Seul le classeur qui contenait la liste avait disparu, cette liste de soixante-huit adresses dont l'une près de Marseille. C'était là, dactylographié dans ce dossier et gravé dans la mémoire de Miss Willison, que s'était trouvé le maillon vital d'une chaîne de cupidité et de mort.

L'héroïne avait beaucoup voyagé avant d'être finalement empaquetée au fond d'une boîte de talc, à Toynton Manor. Dalgliesh pouvait imaginer chaque étape de ce périple aussi clairement que s'il l'avait fait lui-même. Les champs de pavots sur le haut plateau anatolien, le suc laiteux suintant des capsules des fleurs. La transformation secrète de l'opium brut en morphine base avant que la drogue ne quitte les collines. Puis le long trajet à dos de mule, en train, voiture ou avion jusqu'à Marseille, l'une des plus grandes plaques tournantes de distribution du monde. Là, dans une douzaine de laboratoires clandestins, on procédait au raffinage de la morphine pour en faire de l'héroïne pure. Puis venaient les rendez-vous fixés dans la foule des pèlerins de Lourdes, peut-être pendant la messe. Le paquet était glissé discrètement dans la main tendue. Dalgliesh se rappela le soir où il avait poussé le fauteuil d'Henry Carwardine sur le promontoire, les épaisses poignées de caoutchouc qui tournaient sous ses paumes. Comme il devait être facile d'en arracher une, d'introduire un petit sac en plastique dans le tube creux, puis de le coller par son cordon avec un peu de scotch ! Toute l'opération prenait sans doute moins d'une minute. Et ce n'étaient pas les occasions qui devaient manquer. Philby ne partait pas avec les autres. C'était donc Dennis Lerner qui s'occupait de tous les fauteuils. Quel meilleur moyen pouvait-il y avoir pour un trafiquant de drogue de passer la douane qu'en participant à un pèlerinage reconnu et respecté ? Et le reste du plan était lui aussi tout à fait sûr. Les fournisseurs avaient besoin de connaître à l'avance la date de chaque voyage, les clients et les distributeurs, celle de l'arrivée du prochain envoi. Quoi de plus simple que de la leur communiquer par l'intermédiaire d'un bulletin émis par une honorable œuvre de bienfaisance ? Ce bulletin que Grace Willison expédiait si consciencieusement et innocemment chaque trimestre.

Et le témoignage de Julius devant le tribunal français, l'alibi fourni à un meurtrier. Au lieu d'avoir été extorqué par un chantage, comme une sorte de paiement pour services rendus, n'avait-il pas plutôt correspondu à un paiement pour des services à venir ? Ou bien Julius, comme le suggérait l'informateur de Bill Moriarty, n'avait-il aidé Michonnet que pour le plaisir pervers de mettre la police française en échec, d'obliger gratuitement une puissante famille et d'embarrasser ses supérieurs au maximum ? Possible. Julius n'avait peut-être pas attendu ni espéré d'autre récompense. Mais si on lui en avait offert une ? Si on lui avait fait discrètement savoir qu'un certain produit pouvait être fourni en quantités strictement limitées s'il trouvait un moyen de l'introduire en Angleterre ? Aurait-il été capable, plus tard, de résister à la tentation de profiter de Toynton Manor et de son pèlerinage semestriel ?

C'était si facile, si simple, si sûr. Et si extraordinairement rentable. Que valait l'héroïne illégale maintenant ? Quelque chose comme quatre mille livres l'once. Même en n'en vendant que de petites quantités et en limitant son réseau de revendeurs à un ou deux revendeurs, Julius gagnait assez d'argent pour en vivre jusqu'à la fin de ses jours. En rapportant chaque fois dix onces, il pouvait s'offrir tous les loisirs et toute la beauté qu'un homme peut désirer. Et maintenant que la fondation Ridgewell avait pris la direction du centre, son avenir était assuré. Dennis Lerner garderait son emploi. Les pèlerinages continueraient. Il y aurait d'autres institutions, d'autres pèlerinages à exploiter. Et Lerner était complètement en son pouvoir. Même si le bulletin était supprimé et que le centre n'avait plus besoin d'empaqueter et de vendre sa crème et son talc, l'héroïne continuerait à arriver. La mise au point d'un système d'information et de distribution était, d'un point de vue logistique, bien plus facile à régler que le problème fondamental de faire entrer la drogue en toute sécurité et à un rythme régulier dans le pays.

Jusqu'ici, Dalgliesh n'avait aucune preuve. Mais, avec un peu de chance, et s'il avait raison, il en aurait dans trois jours. Il pouvait téléphoner maintenant au commissaire de Wareham et laisser à ses collègues le soin de prendre contact avec la brigade des stupéfiants. Ou, mieux encore, il pouvait appeler l'inspecteur Daniel et lui fixer un rendez-vous : il passerait le voir quand il reprendrait la route pour Londres. L'important était d'agir dans le plus grand secret. Il ne devait pas éveiller de soupçons. Il suffirait en effet d'un seul coup de fil à Lourdes pour annuler la transaction, ce qui le laisserait de nouveau, lui, Dalgliesh, avec rien de plus qu'un fatras de suspicions à demi formulées, de coïncidences et d'affirmations dénuées de preuves.

L'appareil le plus proche, se rappela-t-il, se trouvait dans le réfectoire. C'était un poste secondaire indépendant. Mais quand il porta le combiné à son oreille, il s'aperçut qu'il n'y avait pas de tonalité. Il ressentit la frustration habituelle que l'on éprouve face à cet objet de première nécessité quand celui-ci n'est plus qu'un ridicule et inutile assemblage de plastique et de métal. Une maison avec un téléphone en dérangement paraissait toujours beaucoup plus coupée du monde qu'une autre qui n'en avait aucun. C'était intéressant, voire significatif, que l'appareil fût en panne. Mais cela n'avait pas d'importance. Il se mettrait en route en espérant trouver l'inspecteur Daniel au commissariat. À ce stade, alors que sa thèse était à peine plus qu'une conjecture, il répugnait à en parler à quelqu'un d'autre. Il raccrocha. Une voix à la porte demanda :

« Vous avez des problèmes, commandant ? »

Julius Court avait dû traverser la maison aussi silencieusement qu'un chat. À présent, il se tenait légèrement appuyé d'une épaule à un des montants, les deux mains dans les poches. Mais son calme n'était qu'apparent. En équilibre sur la plante des pieds comme pour bondir, il était rigide de tension. Son visage émergeait du haut col roulé de son chandail, squelettique et aussi net qu'une sculpture, les muscles tendus sous la peau congestionnée. Ses yeux, anormalement brillants, fixaient Dalgliesh sans ciller, avec l'attention spéculative du joueur qui regarde tourner une roulette.

« Il a l'air d'être en dérangement, répondit Dalgliesh d'un ton posé. Cela n'a pas d'importance. Ma femme de ménage me verra quand j'arriverai chez moi.

— Rôdez-vous toujours dans les maisons des autres quand vous voulez faire vos appels personnels ? Le poste principal est dans le bureau. Ne le saviez-vous pas ?

— Je crois bien que je n'aurais pas eu plus de chance. »

Ils se dévisagèrent sans un mot, enveloppés dans le silence plus vaste de la demeure. Bien que séparé de Julius par la longueur de la pièce, Dalgliesh pouvait sans peine reconnaître et suivre le cheminement des pensées de son adversaire. C'était aussi clair que si celles-ci venaient s'inscrire sur un graphique, l'aiguille noire de l'oscillographe esquissant le dessin des décisions prises. Il n'y avait pas trace de conflit intérieur, simplement une évaluation des probabilités.

Quand Julius retira enfin lentement la main de sa poche, Dalgliesh vit apparaître, presque avec soulagement, le canon d'un Luger. Les dés étaient jetés. Il n'y aurait plus de retour en arrière, plus de faux-semblant ni d'incertitude.

Julius dit doucement :

« Ne bougez pas. Je suis un excellent tireur. Asseyez-vous à la table, les mains posées à plat dessus. Et maintenant,. racontez-moi comment vous avez fait pour découvrir la vérité. Car je suppose que vous avez découvert pas mal de choses sur moi. Si ce n'est pas le cas, je me serai donc trompé. Vous mourrez de toute façon, ce qui me créera énormément d'ennuis et de complications, et nous serons tous deux très peinés de constater que ce n'était pas nécessaire après tout. »

De la main gauche, Dalgliesh prit la lettre du doyen dans la poche de sa veste et la poussa vers Julius.

« Ceci vous intéressera. Cette lettre est arrivée ce matin pour le père Baddeley. »

Les yeux gris de Julius ne le perdirent pas de vue.

« Désolé ! Je suis sûr qu'elle est passionnante, mais j'ai l'esprit préoccupé par d'autres choses. Lisez-la-moi.

— Elle explique pourquoi il voulait me voir. Vous n'aviez pas besoin de rédiger votre lettre anonyme ou de détruire son journal. Son problème ne vous concernait en aucune façon. Pourquoi l'avoir tué ? Il était dans la tour quand Holroyd est mort ; il savait parfaitement qu'il n'avait pas dormi et que vous n'étiez pas venu par le promontoire. Mais la connaissance de ces faits était-elle suffisamment dangereuse pour que vous l'éliminiez ?

— Avec Baddeley, oui. Le vieux avait un flair profondément enraciné pour ce qu'il appelait le mal. Cela voulait dire qu'il nourrissait une profonde suspicion à mon égard, en particulier pour ce qu'il considérait être mon influence sur Dennis. Nous jouions tous deux à un petit jeu, et cela sur un plan que les méthodes d'investigation de Scotland Yard auraient eu du mal à déterminer. Cela ne pouvait se terminer que d'une seule manière. Il m'a téléphoné de l'hôpital à mon appartement de Londres trois jours avant de sortir et m'a demandé de venir le voir le 26 septembre après neuf heures. Je me suis donc organisé. Je suis arrivé de Londres dans la Mercedes et j'ai laissé celle-ci dans le repli de terrain derrière le mur de pierres, près de la route côtière. J'ai pris une des robes dans le bureau pendant que tout le monde était en train de dîner. Ensuite, je me suis rendu à Hope Cottage. Si quelqu'un m'avait vu à ce moment-là, j'aurais dû changer mon plan, mais je n'ai rencontré personne. Baddeley était assis seul près du feu presque éteint à m'attendre. Je crois que deux minutes à peine après mon arrivée dans la pièce, il a compris que j'allais le tuer. Il n'a manifesté aucune surprise quand j'ai appuyé le plastique sur son visage. Plastique, vous entendez ? Une matière qui ne laisse aucune trace de fibre textile dans les narines ou dans la gorge. Non pas que ce pauvre imbécile de Hewson eût pu s'en apercevoir ! Le journal de Baddeley se trouvait sur la table. Je l'ai emporté, juste pour le cas où il y aurait consigné des faits pouvant m'incriminer. Bien m'en a pris. J'ai en effet découvert qu'il avait la fâcheuse habitude de noter avec précision les endroits où il avait été, avec la date et l'heure. Mais je n'ai pas fracturé le bureau. Je n'en ai pas eu besoin. Vous pouvez attribuer ce petit péché-là à Wilfred. Notre saint homme devait avoir une envie folle de jeter un coup d'œil sur le testament du vieux. À propos, je n'ai jamais trouvé votre carte postale et je présume que Wilfred n'a pas poursuivi ses recherches une fois qu'il s'est trouvé en possession du testament. Le père Baddeley avait dû la déchirer. Il n'aimait pas garder les choses inutiles. Après cela, je suis revenu à la voiture et j'y ai passé la nuit, pas très confortablement d'ailleurs. Au matin, j'ai rejoint la route de Londres et suis arrivé ici quand toute l'agitation était déjà tombée. Par son journal, j'avais appris que le révérend avait invité un certain A.D. à venir le voir et que celui-ci arriverait le 1er octobre. Cela m'a paru un peu bizarre. Le vieux n'avait pas l'habitude de recevoir des visiteurs. La veille, j'ai donc glissé ma lettre anonyme dans le secrétaire pour le cas où Baddeley aurait confié

396

à quelqu'un qu'il était préoccupé. Je dois dire que cela m'a un peu dérouté de découvrir que le mystérieux A.D. n'était autre que vous, mon cher commandant. Si j'avais su, j'aurais peut-être essayé de me montrer plus subtil.

— Et l'étole ? Il la portait.

— J'aurais dû la lui enlever, mais on ne peut penser à tout. Voyez-vous, il ne croyait pas que je protégeais Dennis pour éviter de la peine à Wilfred ou tout simplement par bonté envers Dennis. Il me connaissait trop bien. Quand il m'a accusé de corrompre Dennis et d'utiliser Toynton à des fins personnelles, je lui ai répondu que je lui raconterais la vérité, que je voulais me confesser. Il a dû comprendre que cela signifiait la mort pour lui et que je ne faisais que m'amuser. Mais il ne pouvait pas prendre le risque. S'il refusait de me croire, toute sa vie n'aurait été que mensonge. Il a hésité deux secondes, puis il a passé l'étole autour de son cou.

— Ne vous a-t-il pas au moins donné la satisfaction de montrer un peu de peur ?

— Non. Pourquoi d'ailleurs ? Nous avions une chose en commun : aucun de nous ne craignait la mort. Je ne sais pas vers quelle destination Baddeley pensait s'acheminer puisqu'il a juste eu le temps de faire cet ultime geste d'allégeance, mais où que ce fût, cet endroit n'avait pas l'air de l'effrayer. Je suis comme lui. Je sais avec une certitude aussi forte que la sienne ce qui m'attend à ma mort : le néant. Je ne vois pas de raison de craindre une chose pareille. Et je suis quelqu'un de raisonnable. Une fois éliminée la peur de mourir, et cela d'une façon absolue, toutes les autres peurs n'ont plus de sens. Rien ne peut vous atteindre. Tout ce qu'il vous faut, c'est garder à portée de main les moyens de vous supprimer. Alors on est invulnérable. Je regrette que, dans le cas présent, il faut que ce soit un revolver. Je me rends compte qu'en ce moment j'ai l'air ridicule, en plein mélodrame. Mais cela me déplairait de me tuer d'une autre façon. La noyade ? Cette lente asphyxie ? Les drogues ? Quelque imbécile pourrait se mettre en tête de me ramener à la vie. De plus, je crains cette zone d'ombre entre la vie et la mort. Une arme tranchante ? Malpropre et peu sûre. Il y a trois balles dans ce Luger, Dalgliesh. Une pour vous et deux pour moi, en cas de besoin.

— Quand on fait commerce de mort comme vous, autant apprendre à affronter sa propre fin.

— Tous ceux qui prennent des drogues dures ont le désir de mourir. Vous savez cela aussi bien que moi. Par aucun autre moyen ils ne peuvent le faire avec aussi peu d'inconvénients, autant de profit pour d'autres, et aussi autant de jouissance pour soi-même, du moins au début.

— Et Lerner ? Je suppose que vous régliez les frais de pension de sa mère, dans cette maison de repos. À combien s'élèvent-ils ? environ deux cents livres par mois ? Vous avez eu Dennis pour pas cher. Il a tout de même dû comprendre quel était le genre de produit qu'il convoyait.

— Et convoiera encore dans trois jours. Et continuera à convoyer. Je lui ai dit que c'était du hachisch, une drogue tout à fait inoffensive, une drogue qu'un gouvernement tatillon a préféré déclarer illégale, mais que mes amis de Londres apprécient et qu'ils sont prêts à payer très cher. Il a choisi de me croire. C'est raisonnable, sensé, un détournement nécessaire de la vérité. C'est ainsi que nous parvenons tous à rester en vie. Vous savez certainement que le travail que vous faites est un sale boulot – des filous qui attrapent d'autres filous – et qu'à le faire vous gaspillez votre intelligence. Mais, de l'admettre ne vous donnerait pas précisément la paix de l'esprit. Et si un jour vous deviez le laisser tomber, ce ne serait pas là une raison que vous invoqueriez. À propos, allez-vous le laisser tomber ? J'ai eu l'impression que vous y pensiez.

— Cela montre une certaine clairvoyance de votre part. J'y ai pensé, en effet. Mais j'ai changé d'avis. »

Cette décision de poursuivre – et Dalgliesh ne savait ni quand ni pourquoi il y était parvenu – lui semblait aussi irrationnelle que celle d'abandonner. Ce n'était pas une victoire. C'était même une sorte de défaite. Il aurait tout loisir, s'il vivait, d'analyser les détails de ce conflit personnel. À l'instar du père Baddeley, on vivait et on mourait comme on devait le faire.

D'un ton amusé, Julius reprit :

« Quel dommage ! Mais comme il semble que vous êtes en train d'accomplir votre dernière mission, dites-moi au moins comment vous avez détecté la vérité.

— Nous reste-t-il donc tellement de temps ? Je n'ai pas envie de consacrer mes cinq dernières minutes de vie au récit d'un échec professionnel. Cela me serait désagréable et je ne vois pas pourquoi je satisferais votre curiosité.

— Mais cela pourrait vous être plus profitable qu'à moi. Ne devriez-vous pas chercher à gagner du temps ? De plus, si cela me fascine, je pourrais même relâcher ma surveillance et vous donner une chance de bondir ou de me lancer une chaise à la tête ou de réagir comme on apprend aux flics à le faire dans ce genre de situation.

Ou bien encore quelqu'un pourrait venir. Je pourrais même changer d'avis.

— Le ferez-vous ?

— Non.

— Alors satisfaites la mienne, de curiosité. Je devine ce qui s'est passé pour Grace Willison. Vous l'avez tuée de la même façon que le père Baddeley dès que vous vous êtes mis en tête que je devenais dangereusement soupçonneux, et cela parce qu'elle pouvait taper par cœur la liste des Amis du centre et que celle-ci comprenait entre autres les noms de vos distributeurs. Mais Maggie Hewson, pourquoi fallait-il qu'elle meure ?

— Parce qu'elle était au courant de quelque chose. Ne l'aviez-vous pas compris ? Je dois vous avoir surestimé. Elle savait que le prétendu miracle de Wilfred n'était qu'une illusion. J'ai conduit les Hewson ainsi que Victor à Londres pour la consultation à l'hôpital du Saint-Sauveur. Éric et Maggie sont allés jeter un coup d'œil au dossier médical de Wilfred. Je suppose qu'étant là, ils voulaient satisfaire une curiosité professionnelle bien naturelle. Ils ont découvert que Wilfred n'avait jamais eu de sclérose en plaques, que les dernières analyses révélaient qu'il s'était agi d'un diagnostic erroné. Il avait souffert d'une simple paralysie d'origine hystérique. Cela doit vous choquer, commandant. Vous avez un esprit pseudo-scientifique, n'est-ce pas ? Vous devez donc avoir du mal à accepter que la technologie médicale puisse commettre des erreurs.

— Non. Je crois à la possibilité d'une erreur de diagnostic.

— Wilfred ne semble pas partager votre sain scepticisme. Il n'est jamais retourné à l'hôpital pour le check-up suivant. Les médecins ne se sont donc pas donné la peine de lui communiquer leur petite erreur. Pourquoi l'auraient-ils fait ? Mais il s'agissait là d'une nouvelle que les Hewson n'ont pas pu garder pour eux. Ils m'en ont parlé, et ensuite Maggie a dû le dire à Holroyd. De toute façon, Victor avait déjà dû deviner sur le chemin de retour qu'il s'était passé quelque chose. J'ai essayé de soudoyer Maggie avec du whisky pour qu'elle se taise – elle croyait vraiment à ma sollicitude pour ce cher Wilfred – et cela a marché jusqu'au jour où Wilfred l'a exclue de la réunion qui devait décider de l'avenir du centre. Elle était furieuse. Elle m'a même dit qu'elle avait l'intention de faire irruption dans la pièce lors de la dernière séance qui suivait l'heure de méditation et de révéler publiquement la vérité. Je ne pouvais prendre ce risque. C'était la seule chose qui aurait pu décider Wilfred à vendre. Cela aurait torpillé le transfert du centre à la fondation Ridgewell. Or, il fallait que le manoir et les pèlerinages continuent.

« En fait, comme elle avait un peu peur du choc qu'allait causer sa nouvelle, il m'a été facile de la persuader de laisser tous ces gens assemblés au manoir à leurs réactions diverses et de s'enfuir avec moi à Londres aussitôt après le coup de théâtre. Je lui ai suggéré d'écrire un message d'adieu volontairement ambigu qui pouvait être interprété comme une menace de suicide. Elle pourrait alors revenir au manoir si et quand bon lui semblerait et voir comment Éric se comporterait en veuf présumé. C'était le genre de jeu qui plaisait à notre chère Maggie. Il avait l'avantage de la sortir d'une situation embarrassante ici, tout en causant un maximum d'ennuis et de soucis à Wilfred et à Éric. De plus, il lui offrait des vacances gratuites dans mon appartement de Londres et la perspective d'un tas d'événements excitants quand elle déciderait de rentrer à Toynton. Elle a même proposé d'aller chercher la corde elle-même. Nous avons passé un moment à boire ensemble jusqu'au moment où ses pensées sont devenues trop confuses pour qu'elle se méfie de moi. Mais elle était encore assez lucide pour écrire le message. Les dernières lignes griffonnées au bas du mot ont évidemment été ajoutées par moi.

— C'était donc pour cela qu'elle avait pris un bain et s'était habillée.

— En effet. Et maquillée comme une putain pour faire une entrée remarquée au manoir et aussi – je m'en flatte – pour me séduire. J'ai été assez fier de constater que je valais des sous-vêtements propres et des ongles de pied vernis. J'ignore ce qu'elle prévoyait comme programme une fois que nous serions arrivés à Londres. Cette chère Maggie n'a jamais eu les pieds tout à fait sur terre. D'avoir emporté son diaphragme était un geste optimiste, mais peu discret. En tout cas, elle était folle de joie à l'idée de quitter Toynton. Elle est morte heureuse, je puis vous l'assurer.

— Et, avant de repartir de Charity Cottage, vous avez fait des signaux lumineux ?

— Il fallait bien que j'aie une excuse pour venir et trouver le corps. Il semblait prudent d'ajouter un peu de vraisemblance à la situation. Quelqu'un aurait pu regarder par une des fenêtres et confirmer ensuite ma version des faits. Je ne m'attendais pas à ce que ce soit vous. De vous trouver là, en train de jouer au boy-scout, m'a donné un drôle de choc. Et vous étiez bien décidé à ressusciter le cadavre. »

Le choc avait dû être aussi fort, pensa Dalgliesh, que lorsqu'il avait trouvé Wilfred à moitié asphyxié. La terreur de Julius avait été tout à fait authentique, aussi bien à cette occasion-là qu'après la mort de Maggie. Il demanda :

« Et Holroyd ? L'avez-vous poussé au bas de la falaise pour la même raison, pour l'empêcher de parler ? »

Julius se mit à rire :

« Ceci vous amusera probablement. Douce ironie du destin ! Je ne savais même pas que Maggie avait fait des confidences à Holroyd, jusqu'au moment où je l'ai amenée à me le dire, après la mort de Victor. Dennis Lerner n'en savait rien non plus. Holroyd s'était mis à tarabuster Dennis comme il le faisait souvent. Dennis y était plus ou moins habitué. Il s'est d'abord contenté de s'installer un peu à l'écart avec son livre. Mais Holroyd a commencé à le tourmenter d'une façon plus sérieuse. Il lui a demandé ce que Wilfred dirait s'il apprenait que ses précieux pèlerinages étaient une supercherie, que l'institution même du manoir reposait sur un mensonge. Il a conseillé à Dennis de profiter au maximum du prochain pèlerinage car ce serait certainement le dernier. Dennis a pris peur. Il a pensé qu'Holroyd avait découvert le trafic de drogue. Il ne s'est même pas demandé comment Holroyd avait pu apprendre tout cela. Plus tard, il m'a dit qu'il ne se souvenait pas de s'être levé, d'avoir desserré les freins et d'avoir poussé le fauteuil en avant. C'est pourtant bien ce qui s'est passé. Personne d'autre n'était là pour le faire. Jamais le fauteuil n'aurait atterri aussi loin s'il n'avait pas été précipité en bas de la falaise avec une force considérable. J'étais sur la plage, juste au-dessous, quand Holroyd est tombé. Une des choses qui m'irritent à propos de ce meurtre, c'est que personne ne m'a jamais plaint d'avoir vécu cette expérience traumatisante : Holroyd s'est écrasé à vingt mètres à peine de l'endroit où je me trouvais ! J'espère que vous me plaindrez un peu maintenant. »

Ce meurtre avait dû être doublement commode pour Julius, se dit Dalgliesh. D'une part, il écartait Holroyd et le danger qu'il représentait par ce qu'il savait, et d'autre part, il mettait enfin Dennis en son pouvoir.

« Alors vous avez enlevé les deux montants latéraux du fauteuil pendant que Lerner partait chercher du secours ?

— Oui, je les ai cachés à cinquante mètres de là, au fond d'une crevasse dans les rochers. À ce moment-là, ça m'a paru une façon habile de compliquer les choses. Sans la possibilité de vérifier les freins, personne ne pouvait savoir avec certitude s'il ne s'était pas agi d'un accident. Réflexion faite, j'aurais dû m'abstenir de cette précaution et laisser croire que Holroyd s'était suicidé. Ce qu'il a fait, dans un sens. J'ai réussi à en persuader Dennis.

— Qu'allez-vous faire maintenant ?

— Vous tirer une balle dans la tête, cacher votre corps dans votre propre voiture et me débarrasser des deux ensemble. Je sais que c'est banal comme méthode d'assassinat, mais c'est efficace. »

Dalgliesh se mit à rire. À sa surprise, son rire avait l'air spontané.

« Vous avez donc l'intention de faire environ quatre-vingt-dix kilomètres dans une voiture facile à identifier avec le cadavre d'un commandant de Scotland Yard dans le coffre de ladite voiture, la sienne soit dit en passant. Un certain nombre d'hommes de ma connaissance hébergés dans les sections de haute surveillance de la prison de Parkhurst et celle de Durham admireraient sans aucun doute votre audace, encore qu'ils ne se réjouiront probablement pas tellement à l'idée de vous accueillir en leur compagnie. C'est une bande d'individus agressifs et sans éducation. Je ne pense pas que vous aurez beaucoup de choses en commun.

— Il y aura un risque, en effet. Mais vous, vous serez mort.

— Certes. Mais vous le serez aussi, en fait, dès qu'une balle frappera mon corps, à moins que vous n'appeliez vivre, la réclusion à perpétuité. Même si vous essayez de falsifier les empreintes sur la détente du revolver, on saura que j'ai été assassiné. Je ne suis pas le genre d'homme à me tuer ni à conduire ma voiture dans une forêt ou une carrière isolée pour me faire sauter la cervelle. Et, pour ce qui est de l'expertise, ce sera le grand jour du laboratoire médico-légal.

— À condition que la police retrouve votre corps. Combien de temps s'écoulera avant que les flics commencent à vous chercher ? Trois semaines ?

— Ils feront sûrement un maximum d'efforts. Si vous pouvez trouver un endroit approprié pour y jeter un cadavre, eux, ils en sont tout aussi capables. N'allez pas croire qu'ils ne savent pas lire une carte d'état-major. Et comment comptez-vous revenir ici ? En prenant le train à Bournemouth ou à Winchester ? En stop, en louant une bicyclette, en marchant de nuit ? Vous ne pouvez guère aller à Londres par le train et dire que vous êtes monté à Wareham. C'est une petite gare et vous y êtes connu. À l'aller comme au retour, on se souviendra de vous. »

Julius réfléchit un moment.

« Vous avez raison, naturellement. Nous choisirons donc la falaise. Il faudra qu'ils vous repêchent dans la mer.

— Avec une balle dans le crâne ? Ou bien espérez-vous que je sauterai de mon propre gré pour vous faire plaisir ? Vous pourriez essayer la violence physique, mais, pour cela, vous devriez vous approcher dangereusement. Suffisamment, en tout cas, pour que nous nous battions. Nous sommes à peu près de force égale. Mais je suppose que vous n'avez pas l'intention de vous laisser entraîner par moi au bas de la falaise. Une fois mon corps retrouvé avec la balle dedans, c'en est fait de vous. Rappelez-vous que la piste commence ici : j'ai été vu en vie pour la dernière fois quand le bus du centre a quitté Toynton, et il n'y a ici que nous deux. »

À cet instant, ils entendirent claquer la porte d'entrée. Ce bruit, qui retentit comme un coup de fusil, fut suivi d'un martèlement de pas lourds et assurés sur le carrelage du hall.

3

« Si vous appelez, je vous tue tous les deux, dit vivement Julius. Mettez-vous à gauche de la porte. »

Les pas qui traversaient le hall central résonnaient anormalement fort dans l'inquiétant silence. Les deux hommes retenaient leur souffle. Philby apparut sur le seuil.

Il vit aussitôt le revolver. Ses yeux s'écarquillèrent et se mirent à cligner rapidement. Son regard passait d'un homme à l'autre. Quand il parla, sa voix parut rauque, comme s'il voulait s'excuser. S'adressant directement à Dalgliesh, il dit du ton d'un enfant qui explique quelque mauvaise action :

« Wilfred m'a renvoyé tôt. Dot pensait qu'elle avait oublié d'éteindre le gaz. »

Il se tourna de nouveau vers Julius. Cette fois, son regard exprima une indéniable terreur. « Oh ! non », cria-t-il. Presque au même instant, Julius tira. Bien qu'attendue, la détonation n'en fut pas moins commotionnante, incroyable. Le corps de Philby se raidit, oscilla, puis comme un arbre qu'on abat, tomba en arrière en faisant trembler la pièce. La balle l'avait frappé exactement entre les yeux. Dalgliesh comprenait que telle avait été l'intention de Julius. Celui-ci avait utilisé ce meurtre nécessaire pour montrer qu'il savait se servir de son arme. Une sorte d'exercice de tir à la cible. Pointant de nouveau son Luger sur Dalgliesh, il dit posément :

« Allez vous mettre près de lui. »

Dalgliesh obéit et se pencha sur Philby. Ses yeux semblaient avoir gardé leur ultime expression de stupéfaction. Dans le front large et bas, la plaie était une simple fente bien nette et grumeleuse, si banale qu'elle aurait pu constituer un exemple parfait pour une démonstration balistique, en cour de justice, de l'impact d'une balle tirée à deux mètres de distance. Il n'y avait pas de trace de poudre. On voyait encore peu de sang, à part l'abrasion de la peau due à la rotation de la balle. C'était un stigmate aux contours précis, presque décoratif, qui ne donnait aucune indication sur les ravages provoqués à l'intérieur.

« Voilà qui règle nos comptes pour ma statue brisée, dit Julius. Y a-t-il une blessure de sortie ? »

Dalgliesh tourna doucement la lourde tête.

« Non. Vous avez dû toucher un os.

— C'est ce que je voulais. Il reste deux balles. C'est un vrai cadeau du destin, commandant. Vous vous êtes trompé quand vous avez dit que je serais la dernière personne à vous avoir vu en vie. Tout à l'heure, je partirai d'ici pour me préparer un alibi. Aux yeux de la police, la dernière personne à vous avoir vu vivant aura été Philby, un criminel qui a une propension à la violence. Il y aura deux corps rejetés par la mer qui porteront tous deux des traces de balles, et un revolver, avec un permis tout à fait en règle, qu'on aura volé dans le tiroir de ma table de nuit. Que les flics se débrouillent pour expliquer ces faits. Cela ne devrait pas être trop difficile. Y a-t-il du sang maintenant ?

— Pas encore. Il y en aura, mais peu.

— Je m'en souviendrai. Je n'aurai aucun mal à l'essuyer, sur ce lino. Prenez le morceau de plastique qui recouvre le buste de Wilfred modelé par Carwardine et enveloppez-en la tête de Philby. Attachez-le avec sa cravate. Dépêchez-vous. Je reste à deux mètres derrière vous. Si je commence à m'impatienter, je pourrai être tenté de faire ce boulot moi-même. »

Encapuchonné de plastique blanc, avec sa blessure au front pareille à un troisième œil, Philby se trouva transformé en mannequin inerte, au corps disproportionné et grotesque dans son costume propret et étriqué, la cravate de travers sous sa face de clown.

« Allez me chercher un fauteuil roulant, un des plus légers », ordonna Julius.

De nouveau, il indiqua à Dalgliesh la direction de l'atelier et suivit son prisonnier en restant prudemment à deux mètres derrière lui. Trois sièges repliés étaient rangés contre le mur. Dalgliesh en ouvrit un et l'amena à proximité du corps. Il laisserait sûrement des empreintes. Mais que prouveraient-elles ? Ce fauteuil pouvait même être celui dans lequel il avait poussé Grace Willison.

« Installez-le dedans. »

Comme Dalgliesh semblait hésiter, Julius ajouta, en laissant percer dans sa voix un soupçon d'impatience contenue :

« Je ne veux pas avoir à m'occuper seul de deux corps. Mais, s'il le faut, je le ferai. Il y a un soulève-malade dans la salle de bains. Si vous ne pouvez pas le soulever sans aide, alors allez chercher cet engin. Mais je croyais qu'on vous enseignait des petits trucs de ce genre dans la police ! »

Dalgliesh se débrouilla sans appareil. Mais il eut du mal. Malgré les freins, les roues patinaient sur le linoléum et deux bonnes minutes s'écoulèrent avant que le corps lourd et sans vie s'affalât dans le siège en toile. Dalgliesh avait réussi à gagner un peu de temps, mais ce au prix d'une grande dépense d'énergie. Il savait qu'il resterait en vie tant que son esprit, avec son expérience si terriblement appropriée à la situation, et sa force physique pouvaient être utiles à Julius. Celui-ci trouverait incommode d'avoir deux cadavres à transporter jusqu'au bord de la falaise, mais l'entreprise était réalisable. Le centre était équipé pour mouvoir des corps inertes. Pour l'heure, Dalgliesh était moins gênant vivant que mort, mais cette marge était dangereusement étroite ; ç'aurait été stupide de la réduire davantage. Le moment optimum d'agir viendrait pour tous les deux. L'un et l'autre l'attendaient, Dalgliesh pour passer à l'attaque, Julius pour tirer. Chacun savait ce qu'il lui en coûterait s'il commettait l'erreur de ne pas reconnaître cet instant. Il restait deux balles dans le Luger et Dalgliesh devait tout faire pour qu'aucune ne l'atteigne. Par ailleurs, tant que Julius se tenait à distance, revolver en main, il était intangible. D'une manière ou d'une autre, Dalgliesh devait l'amener à se rapprocher assez pour créer un contact physique. Il lui fallait coûte que coûte détourner l'attention de son adversaire, ne fût-ce qu'une fraction de seconde.

« Et maintenant, annonça Court, nous allons marcher jusque chez moi. »

Il continua à rester derrière pendant que Dalgliesh poussait le fauteuil et sa charge grotesque sur la rampe, puis avançait sur le promontoire. Le ciel gris et pesant semblait vouloir les étouffer sous sa masse. L'air oppressant avait un goût âcre et métallique et sentait aussi fort que des algues pourrissantes. Dans la lumière incertaine, les cailloux du sentier brillaient comme des pierres semi-précieuses. Parvenu à mi-chemin, Dalgliesh entendit une plainte aiguë. Se retournant, il vit que Jeoffrey les suivait, la queue dressée. Le chat trottina derrière Julius sur une cinquantaine de mètres, puis d'une façon aussi imprévisible qu'il était arrivé, il fit volte-face et rentra à la maison. Julius, les yeux rivés sur le dos de Dalgliesh, ne semblait avoir remarqué ni son apparition ni son départ. Ils poursuivirent leur chemin en silence. La tête de Philby s'était renversée en arrière et sa nuque appuyait sur le bord supérieur du dossier en toile. Tel un œil de cyclope, sa blessure, qui adhérait au plastique, fixait Dalgliesh avec ce qui avait l'air d'être un muet reproche. Le chemin était sec. Dalgliesh constata que les roues ne laissaient qu'une mince trace rectiligne sur les plaques de gazon desséché ainsi que dans la poussière et les gravillons du sentier. Derrière lui, il pouvait entendre Julius qui oblitérait ces marques du pied. Là non plus, il ne resterait aucune preuve utilisable.

Ils atteignirent bientôt la terrasse dallée. Elle paraissait vibrer sous le choc des vagues, comme si la terre et la mer prévoyaient la tempête imminente. On était pourtant à marée basse. Aucun écran d'écume ne s'élevait entre les hommes et le bord de la falaise. Dalgliesh savait que c'était là un moment d'extrême danger. Il se força à rire bruyamment tout en se demandant si son rire sonnait aussi faux aux oreilles de Julius qu'aux siennes.

« Qu'est-ce qui vous amuse donc tant ? demanda Court.

— On voit que vous avez plutôt l'habitude de tuer indirectement, par une simple transaction commerciale. Vous vous proposez de nous jeter à la mer à proximité immédiate de votre maison. Quelle preuve évidente, même pour le plus borné des détectives ! Et, croyez-moi, ils ne mettront pas des imbéciles sur cette affaire. Votre femme de ménage doit passer ce matin, n'est-ce pas ? De plus, cette partie de la côte possède une plage, même à marée haute. Je croyais que vous vouliez retarder la découverte de nos corps.

— Mrs. Reynolds ne sortira pas sur la terrasse. Elle ne le fait jamais.

— Que savez-vous de ce qu'elle fait quand vous n'êtes pas là ? Elle secoue peut-être son chiffon à poussière au bord de la falaise. Elle a peut-être même l'habitude d'aller tremper ses orteils dans l'eau. Mais agissez comme bon vous semble. Je ne fais que vous montrer que votre seul espoir de succès – que je trouve d'ailleurs fort mince – est lié au retard apporté à la découverte de nos cadavres. Personne ne se mettra à la recherche de Philby avant que les pèlerins soient de retour. Si vous vous débarrassez de ma voiture, cela prendra encore plus de temps avant qu'on me cherche moi. Cela vous permettra d'écouler votre arrivage d'héroïne, en supposant que vous ayez toujours l'intention de laisser Lerner ramener la drogue ici. Mais je ne veux pas me mêler de vos affaires. »

La main qui tenait le revolver ne trembla pas. Comme s'il étudiait une suggestion que quelqu'un venait de lui faire au sujet d'un coin pour pique-niquer, Julius répondit :

« Vous avez tout à fait raison. Il vaudrait mieux que vous disparaissiez en eau profonde, donc plus loin le long de la côte. L'endroit idéal est la tour noire. La mer doit encore y baigner le pied de la falaise. Il faut que nous l'amenions là-bas.

— Mais comment ? Il doit peser plus de soixante-quinze kilos. Vous ne me serez guère utile si vous vous promenez derrière moi en pointant votre Luger dans mon dos. Et que faites-vous des traces de roues ?

— La pluie les effacera. De toute façon, nous ne traverserons pas le promontoire. Nous suivrons en voiture la route côtière et atteindrons la tour par la falaise, c'est-à-dire, par le chemin que nous avons pris quand nous avons secouru Anstey. Une fois que vous serez tous les deux casés dans la malle arrière, je guetterai l'arrivée de Mrs. Reynolds avec mes jumelles. Elle arrive à bicyclette du village de Toynton, toujours à l'heure exacte. Je devrais m'arranger pour la rencontrer à hauteur de la grille d'entrée. Je m'arrêterai et lui annoncerai que je ne rentrerai pas pour le dîner. Ces quelques instants d'un banal entretien ne manqueront pas d'être retenus par le coroner en cas d'enquête éventuelle au sujet de vos cadavres. Enfin, après en avoir terminé avec ces corvées, j'irai en voiture à Dorchester où je déjeunerai de bonne heure.

— Avec le fauteuil roulant et la capuche en plastique dans votre coffre?

— Oui, mais dans un coffre fermé à clef. Je me fabriquerai un alibi pour toute la journée d'aujourd'hui et rentrerai au manoir dans la soirée. Et je n'oublierai pas de laver la capuche avant de la remettre à sa place, d'épousseter le fauteuil pour en ôter vos empreintes et de vérifier s'il y a des taches de sang par terre. Et, bien entendu, de récupérer la douille. Aviez-vous espéré que je négligerais cet élément? Ne craignez rien, commandant. Naturellement, je me rends compte qu'à ce moment-là je devrai tout régler sans votre précieuse assistance, mais, grâce à vous, je disposerai d'un jour, ou de deux, pour fignoler les détails. Je suis assez tenté par un petit raffinement. Je me demande si je devrais me servir de l'incident de la statue brisée. Croyez-vous que je puisse l'introduire dans le scénario comme motif pour l'agression meurtrière de Philby sur votre personne?

— Je ne compliquerais pas tant les choses.

— Vous avez peut-être raison. Mes deux premiers meurtres ont été des modèles de simplicité et pas moins réussis pour autant. Et maintenant placez le corps de Philby dans le coffre de la Mercedes. Elle est garée à l'arrière. Mais passons d'abord par l'arrière-cuisine. Vous trouverez deux draps dans la machine à laver. Prenez celui du dessus. Je ne veux pas avoir de fibres ou de la poussière provenant des chaussures dans ma voiture.

— Mrs. Reynolds ne s'apercevra-t-elle pas qu'il en manque un ?

— Elle ne lave et ne repasse que demain. C'est une femme d'habitude. D'ici là j'aurai remis le drap dans la machine. Ne perdons pas de temps. »

Julius devait être conscient de chaque seconde qui s'écoulait, pensa Dalgliesh, et pourtant sa voix ne trahissait aucune angoisse. Il ne jeta pas une seule fois un regard sur sa montre ou même à la pendule fixée au mur de la cuisine. Il gardait les yeux et le canon de son arme dirigés vers sa victime. D'une façon ou d'une autre, Dalgliesh devrait rompre cette concentration. Le temps commençait à manquer.

La Mercedes était garée à l'extérieur du garage en pierre. Suivant les instructions de Julius, Dalgliesh souleva le hayon et étendit le drap froissé sur le fond. Faire basculer le corps de Philby dans la malle ne présenta aucune difficulté. Il plia le fauteuil et le plaça par-dessus le corps.

« Et maintenant, grimpez à côté de lui », ordonna Julius.

Était-ce là la meilleure, sinon la dernière occasion pour agir ? Ici, devant la maison même de Julius, avec le cadavre de l'homme assassiné dans la voiture ? Quelle preuve plus évidente pourrait-il y avoir ? Mais évidente pour qui ? Dalgliesh savait pertinemment que s'il sautait sur Julius maintenant, tout ce qu'il gagnerait serait un bref instant de délivrance de sa frustration et de sa colère avant qu'une balle ne le frappât. Deux cadavres au lieu d'un seraient emmenés à la tour noire pour y être jetés à l'eau. En imagination, il voyait Julius au bord du promontoire, savourant son triomphe solitaire, le revolver fendre l'air comme un oiseau qui tombe pour frapper les vagues sous lesquelles deux corps seraient déjà traînés et déchiquetés par la marée montante. De toute manière, le plan serait mis à exécution. La chose serait un peu plus pénible, cela prendrait plus de temps puisqu'il y aurait deux cadavres à véhiculer sans aide vers la falaise. Mais qui pouvait l'empêcher ? Certainement pas Mrs. Reynolds qui était en train de rouler à bicyclette sur la route, venant de Toynton. Et même si elle avait des soupçons, si elle allait jusqu'à mentionner en passant, tout en descendant de son vélo pour saluer Julius, qu'elle avait entendu un bruit semblable à une détonation, il restait encore deux balles dans le revolver. Et Dalgliesh commençait à se demander si Julius n'était pas fou.

À ce stade, il avait encore la possibilité de tenter une chose qu'il avait projeté de faire. Cela serait difficile. Il avait espéré que le hayon relevé le cacherait, ne fût-ce que quelques secondes, à la vue de Julius. Mais celui-ci se trouvait directement derrière la voiture, et Dalgliesh était entièrement à découvert. Les yeux gris ne cillaient pas, n'osaient pas se détacher de son visage. S'il était rapide et adroit, avec un peu de chance, il parviendrait quand même à ses fins. Il posa les mains sur ses hanches, comme par hasard. Dans sa poche revolver, il sentait la légère protubérance que faisait sur sa fesse droite son mince portefeuille de cuir. D'une voix dangereusement calme, Julius reprit :

« Je vous ai dit de vous coucher sur lui. Je ne veux pas prendre le risque de conduire avec vous trop près de moi. »

Tout en essayant du pouce et de l'index de défaire le bouton de sa poche, qui heureusement n'était pas trop serré, Dalgliesh répondit :

« Je vous conseille de conduire vite si vous ne voulez pas avoir à expliquer la mort d'un homme par asphyxie.

— Après une ou deux nuits dans l'eau de mer, vos poumons seront tellement imbibés que ce genre de diagnostic sera impossible. »

La poche était déboutonnée à présent. Dalgliesh y glissa le pouce et l'index et saisit le portefeuille. Tout dépendrait maintenant de son habileté à l'extraire et à le laisser choir derrière une des roues de la voiture sans se faire remarquer. Il ajouta :

« Mes poumons ne seront pas noyés et vous le savez. L'autopsie montrera clairement que j'étais mort avant d'être jeté à l'eau.

— Vous serez bien mort, en effet, mais d'une balle dans le crâne. Les policiers ne feront sûrement pas attention à des symptômes d'asphyxie. Mais merci quand même pour vos remarques. Je me dépêcherai. Et maintenant, grimpez dans ce coffre. »

Dalgliesh haussa les épaules et se pencha vivement pour entrer dans la malle, comme s'il abandonnait soudain tout espoir de s'en tirer. Il appuya la main gauche sur le pare-chocs. Ainsi il y aurait au moins à cet endroit une forte empreinte de sa paume que Julius aurait du mal à expliquer. Puis il se rappela brusquement qu'il avait posé cette même paume sur le pare-chocs quand il avait chargé la houlette de berger, les sacs et le balai. Bien que sans grande importance, cet échec le déprima. Il laissa pendre sa main droite et lâcha le portefeuille qui tomba sous la roue droite. Son geste ne déclencha aucune injonction inquiétante de la part de Julius. Celui-ci ne parla ni ne bougea et Dalgliesh était toujours en vie. Avec de la chance, il le serait encore quand ils atteindraient la tour noire. Il ne put s'empêcher de sourire à la pensée qu'il se réjouissait maintenant d'un cadeau qu'il avait accueilli avec si peu d'enthousiasme il y avait à peine un mois.

Le hayon claqua. Dalgliesh se trouva coincé dans une complète obscurité et un profond silence. Un bref instant, en pleine panique claustrophobique, il fut pris du désir irrésistible de déplier son corps recroquevillé et de frapper le métal avec ses poings. La voiture ne bougeait toujours pas. Julius pouvait tout à loisir mettre au point le chronométrage exact de la suite des événements. Le corps de Philby pesait contre lui. Il s'en dégageait des relents de graisse, d'antimite et de transpiration comme s'il était encore vivant. L'air confiné devenait plus chaud à cause de la chaleur que dégageait son propre corps. Il se sentit coupable d'être encore en vie alors que Philby était mort. Aurait-il pu le sauver en poussant un cri ? Cela n'aurait causé que leur mort à tous les deux. Philby n'aurait pas manqué de se précipiter dans le réfectoire. Et même s'il avait fait demi-tour pour s'enfuir en courant, Julius l'aurait poursuivi et éliminé. Cependant, le contact de cette chair froide et moite pressée contre lui, les poils hérissés et raides du poignet inerte, lui donnaient des remords. La voiture oscilla légèrement et démarra.

Il lui était impossible de savoir si Julius avait vu le portefeuille et l'avait fait disparaître. Il pensa que c'était peu probable. Mrs. Reynolds le trouverait-elle ? Elle ne pouvait manquer de passer par là. Très certainement, elle descendrait de sa bicyclette devant le garage. Si elle le trouvait, elle n'aurait sans doute pas de repos avant de l'avoir restitué à son propriétaire. Il pensa à Mrs. Mack, sa propre femme de ménage, veuve d'un agent de la police judiciaire de Londres, qui venait nettoyer son appartement et, à l'occasion, faire un peu de cuisine ; à son honnêteté presque obsessionnelle, au soin méticuleux qu'elle prenait des objets appartenant à son employeur, et à tous les petits mots qu'elle laissait au sujet de linge disparu à la laverie, des prix toujours plus élevés des denrées ou d'un bouton de manchette manquant. Non, Mrs. Reynolds ne garderait pas bien longtemps le portefeuille en sa possession. Lors de son dernier passage à Dorchester, Dalgliesh avait retiré de l'argent à la banque. Les trois billets de dix livres, toutes ses cartes de crédit, sa carte de policier lui causeraient certainement du souci. La brave dame perdrait probablement un peu de temps en se rendant d'abord à Hope Cottage. Ne l'y trouvant pas, que ferait-elle ? Il pensa qu'elle téléphonerait au commissariat le plus proche, terrifiée à l'idée qu'il pût découvrir cette perte avant qu'elle ait eu le temps de la signaler. Et les policiers ? S'il avait de la chance, ils verraient le côté étrange de cette trouvaille : un portefeuille tombé au beau milieu du chemin que suivait cette femme. Qu'ils trouvent ou non la chose suspecte, ils auraient certainement la courtoisie d'entrer immédiatement en rapport avec lui. Ils décideraient peut-être d'appeler le manoir, le cottage n'ayant pas le téléphone. Ils découvriraient que la ligne était en dérangement sans raison apparente. Alors ils estimeraient peut-être nécessaire d'envoyer une voiture de patrouille et, si l'une d'elles était à proximité, elle arriverait très vite. Logiquement, chacune de ces actions devait en entraîner une autre. Un fait aussi jouerait en sa faveur : Mrs. Reynolds était la veuve du gendarme du village. Elle n'hésiterait pas à se servir du téléphone et saurait qui appeler. Sa vie dépendait donc de cela : qu'elle trouve le portefeuille, un petit rectangle de cuir brun sur le dallage de la cour. Et déjà la lumière baissait sous le ciel chargé de pluie.

Julius conduisit très vite, même sur le terrain inégal du cap. La voiture s'immobilisa. À présent, Julius devait ouvrir la grille d'entrée. Puis la voiture roula encore quelques secondes avant de s'arrêter de nouveau. À ce point, Court avait sans doute rencontré Mrs. Reynolds et échangeait quelques mots avec elle. Cela dura à peine une demi-minute et déjà ils étaient repartis. Cette fois-ci, sur une route en bon état.

Il y avait encore autre chose qu'il pouvait faire. Il porta sa main gauche à sa bouche et se mordit le pouce. Le sang était chaud et fade. Il en frotta le hayon et le tapis de sol, après avoir repoussé le drap. Son groupe sanguin, AB rhésus négatif, était plutôt inhabituel. Avec de la chance, Julius ne verrait pas ces taches révélatrices. Il espérait que l'enquêteur de la police serait plus attentif.

Il commençait à étouffer. Sa tête résonnait d'un martèlement sourd. Il se dit qu'il y avait pourtant assez d'air et que ce poids qu'il sentait sur la poitrine était d'origine psychologique. À ce moment, la voiture cahota. Il sut que Julius quittait l'asphalte et s'engageait dans le creux derrière le mur de pierres qui séparait le promontoire de la route. C'était un endroit commode pour s'arrêter. Même si un autre véhicule venait à passer, ce qui était peu probable, la Mercedes serait invisible. Ils étaient arrivés et le dernier acte allait commencer.

Il n'y avait que cent cinquante mètres environ d'herbe inégale, parsemée de pierres, jusqu'à l'endroit où la tour noire se dressait, trapue, funeste, sous le ciel menaçant. Dalgliesh savait que Julius préférerait ne faire qu'un seul voyage. Il voudrait se mettre aussi vite que possible hors de vue de la route. Il voudrait en finir rapidement pour pouvoir continuer son chemin. Et il fallait surtout qu'il n'eût aucun contact physique avec l'une ou l'autre de ses victimes. Leurs vêtements ne révéleraient rien une fois qu'on aurait repêché leurs corps gonflés de la mer ; mais Julius devait savoir à quel point il serait difficile d'enlever, sans nettoyage professionnel, les infimes traces de cheveux, de fibre ou de sang qu'il pourrait avoir sur ses propres vêtements. Jusqu'ici ils étaient immaculés. Ce serait un de ses meilleurs atouts. Dalgliesh resterait en vie au moins jusqu'au moment où ils seraient arrivés à l'abri de la tour. Il en était suffisamment convaincu pour prendre tout son temps quand il attacha le cadavre de Philby dans le fauteuil. Ensuite, il s'appuya un moment sur les poignées en respirant avec bruit, simulant plus d'épuisement qu'il n'en ressentait. Malgré le gros effort qui l'attendait, il devait s'arranger pour conserver son énergie.

Julius claqua le hayon et dit :

« Dépêchez-vous. L'orage va éclater. »

Mais il n'ôta pas son regard de Dalgliesh pour regarder le ciel. Il n'en avait pas besoin d'ailleurs. Ils pouvaient à présent sentir l'odeur de la pluie dans la brise rafraîchissante.

Malgré les roues bien huilées du fauteuil, la marche fut pénible. Les mains de Dalgliesh glissaient sur les poignées de caoutchouc. Le corps de Philby, attaché comme s'il se fût agi d'un enfant turbulent, tressautait chaque fois que les roues heurtaient des pierres ou des touffes d'herbe. Dalgliesh sentait la sueur lui couler dans les yeux. Cela allait lui offrir l'occasion d'enlever sa veste. Quand viendrait le moment du dernier affrontement entre les deux hommes, celui qui serait le moins gêné dans ses mouvements aurait un certain avantage. Il s'arrêta de pousser et resta debout, haletant. Le bruit de pas derrière lui s'arrêta également.

Cela se passerait peut-être maintenant. Si c'était le cas, il ne pourrait rien faire. Il se consola en pensant qu'il n'en saurait rien de toute façon. Une simple pression du doigt de Julius sur la détente et son esprit actif et effrayé n'existerait plus. Il se souvint des paroles de Julius : « Je sais ce qui m'attend à ma mort : le néant. Je ne vois pas de raison de craindre une chose pareille. » Si seulement c'était aussi simple ! Mais Julius ne tira pas. Sa voix d'un calme menaçant s'éleva :

« Alors ?

— J'ai chaud. Puis-je enlever ma veste ?

— Pourquoi pas. Mettez-la sur les genoux de Philby. Je la jetterai à la mer après vous. De toute façon, la marée l'aurait arrachée de votre corps. »

Dalgliesh laissa tomber sa veste et la plia sur les genoux de Philby. Sans se retourner, il dit :

« Ça ne serait pas très malin de me tirer dans le dos. Philby a été tué sur le coup. Or il faut qu'il ait l'air d'avoir tiré le premier. Il m'aurait simplement blessé et je lui aurais arraché le revolver pour l'abattre. Aucun combat dans lequel il n'y aurait qu'une seule arme ne pourrait logiquement entraîner deux morts instantanées dont une par balle dans le dos.

— Je sais. Contrairement à vous, j'ai peut-être peu d'expérience pour ce qui est des formes plus grossières de violence, mais je ne suis pas un imbécile et je m'y connais en armes à feu. Allons-y »

Ils avancèrent, toujours à distance respectueuse l'un de l'autre, tandis que Dalgliesh poussait sa charge macabre en écoutant derrière lui le léger bruissement des pas de Julius. Il se mit à penser à Peter Bonnington. C'était parce qu'un jeune homme inconnu, mort à présent, avait été éloigné du manoir que lui, Adam Dalgliesh, se trouvait maintenant en train de traverser Toynton Head sous la menace d'un revolver. Le père Baddeley y aurait certainement vu un dessein de la Providence. Soudain Julius se mit à parler. On aurait presque pu croire, se dit Dalgliesh, qu'il éprouvait le besoin de distraire sa victime pendant cette ultime et pénible promenade, qu'il essayait de se justifier.

« Je ne pourrais plus être pauvre. J'ai besoin d'argent comme d'oxygène. Et pas seulement assez d'argent, mais de plus qu'assez d'argent. De beaucoup plus qu'assez. La pauvreté tue. Je ne crains pas la mort, mais je crains cette forme particulière de mort lente et corrosive. Vous ne m'avez pas cru, n'est-ce pas, quand je vous ai raconté l'histoire de mes parents ?

— Pas tout à fait. Aurais-je dû ?

— Cela au moins était vrai. Je pourrais vous emmener dans des pubs de Westminster – mais vous les connaissez sûrement – et vous montrer ce dont j'ai peur : tous ces vieux pédés vivotant de leur maigre pension. Ou ne parvenant pas à joindre les deux bouts. Et eux, pauvres épaves, n'ont même jamais su ce que c'était que d'être riche. Moi, oui. Je n'ai pas honte d'être comme je suis. Mais si je dois continuer à vivre, il faut que je sois fortuné. Vous attendiez-vous vraiment à ce que je laisse un vieil imbécile malade et une femme mourante se mettre en travers de mon chemin ? »

Au lieu de répondre, Dalgliesh demanda :

« Je suppose que vous avez suivi cet itinéraire quand vous avez mis le feu à la tour ?

— Bien sûr. J'ai fait comme aujourd'hui : d'abord en voiture jusqu'au repli de terrain et ensuite à pied. Je savais à quel moment Wilfred, qui est un homme de routine, viendrait probablement dans la tour. Avec mes jumelles, je l'ai vu traverser le promontoire. Si cela n'avait pas été ce jour-là, c'aurait été pour une autre fois. Il ne m'était pas difficile de me procurer la clef et un habit de moine. Je m'en étais occupé la veille. Quiconque connaît le manoir peut s'y déplacer sans être vu. Et, même si on m'avait vu, je n'avais pas à donner d'explications au sujet de ma présence dans les lieux. Comme dit Wilfred, je fais partie de la famille. Voilà pourquoi il m'a été si facile de tuer Grace Willison. J'étais rentré et couché peu après minuit, sans autres inconvénients que froid aux jambes et quelque difficulté à m'endormir. À propos, je tiens à vous signaler, au cas où vous auriez des doutes à ce sujet, que Wilfred ignore tout de mon trafic. Si c'était à moi de mourir bientôt et à vous de vivre, vous pourriez vous réjouir à l'idée de lui annoncer la nouvelle. Ou plutôt la double nouvelle : d'une part, que son miracle était une illusion et, d'autre part, que son havre d'amour servait de relais à la mort. Je donnerais cher pour voir sa tête. »

Ils étaient tout près de la tour à présent. Sans vraiment changer de direction, Dalgliesh amena le fauteuil roulant aussi près du porche qu'il osait le faire. Le vent s'intensifiait, gémissant par à-coups. De toute façon, il y avait toujours une brise assez forte sur le promontoire. Dalgliesh s'immobilisa soudain, la main gauche sur le fauteuil, le corps à moitié tourné vers Julius, cherchant soigneusement son équilibre. Ce serait pour maintenant. Il n'avait pas le choix.

« Alors ? Qu'y a-t-il ? » fit Julius d'un ton brusque.

Le temps s'arrêta. La seconde s'étira jusqu'à l'infini. Pendant ce bref intervalle hors du temps, l'esprit de Dalgliesh se trouva libéré de toute tension et de toute peur. On aurait dit qu'il s'était détaché du présent comme de l'avenir, conscient à la fois de lui-même, de son adversaire, de la rumeur, de l'odeur et de la couleur du ciel, de la falaise et de la mer. La colère refoulée que provoquait en lui la mort du père Baddeley, la frustration et l'incertitude des dernières semaines, l'attente angoissante de la dernière heure écoulée, tout cela fit place à un grand calme avant la tempête finale. D'une voix aiguë et fêlée, comme sous l'emprise d'une grande terreur – qui même à ses propres oreilles parut horriblement réelle – il cria :

« La tour ! Il y a quelqu'un à l'intérieur ! »

Alors, comme il l'avait espéré, il perçut de nouveau ce grattement, comme si des os, perçant la chair déchirée, s'attaquaient frénétiquement à la pierre. Il devina, plutôt qu'il ne l'entendit, le sifflement aigu de la respiration de Julius. Le temps reprit son cours. À ce moment précis, il bondit.

Pendant qu'ils tombaient tous deux, Julius sous Dalgliesh, celui-ci sentit soudain comme un coup de marteau sur son épaule droite, puis l'insensibilité immédiate et une coulée chaude, pareille à un baume lénifiant, sous sa chemise. La détonation se répercuta contre la tour et réveilla tout le promontoire. Des mouettes se détachèrent en criant de la falaise et emplirent le ciel d'un tumulte de battements d'ailes. Comme s'ils n'avaient attendu que ce signal, les lourds nuages crevèrent comme une toile qui se déchire et la pluie se mit à tomber.

Ils se battaient comme des bêtes affamées qui se disputent maladroitement une proie, les yeux meurtris et aveuglés par la pluie, enlacés dans une haine implacable.

Bien que bloquant le corps de Julius sous le sien, Dalgliesh se sentait faiblir. Il fallait réussir maintenant, alors qu'il avait le dessus. Son épaule gauche était intacte. Il tordit le poignet de Julius tout en l'enfonçant dans la terre humide et appuya de toutes ses forces sur l'endroit où battait son pouls. Il sentait sur son visage l'haleine chaude de son adversaire. Ils s'étreignaient comme des amants épuisés. Mais Julius ne lâchait toujours pas son arme. Lentement, par saccades, il pliait son bras droit en direction de la tête de Dalgliesh. Le coup partit soudain. La balle passa au-dessus des cheveux de Dalgliesh et se perdit dans la bourrasque.

Leurs corps enlacés glissaient maintenant vers le bord de la falaise. Perdant ses forces, Dalgliesh s'accrochait à Julius. La pluie blessait ses yeux comme autant de pointes de lances. Il suffoquait, le nez écrasé dans la terre trempée. De l'humus. Une dernière odeur évocatrice et réconfortante. Ses doigts agrippaient vainement les touffes d'herbe qui se détachaient en mottes humides. Et soudain, Julius se trouva à genoux au-dessus de lui, les mains serrées sur sa gorge tandis qu'il lui renversait la tête par-dessus le bord de la falaise. Le ciel, la mer et la pluie diluvienne ne furent plus qu'une réalité blanchâtre et mouvante ; un grondement emplissait ses oreilles. Le visage dégoulinant de Julius était hors de portée, au bout des bras tendus qui l'enfermaient dans leur étau. Il fallait qu'il parvienne à rapprocher ce visage. Intentionnellement, il relâcha ses muscles et lâcha l'épaule de Julius. Cette feinte produisit l'effet voulu. Julius desserra son étreinte et pencha instinctivement la tête pour regarder le visage de Dalgliesh. Il poussa un cri perçant quand les pouces de celui-ci s'enfoncèrent dans ses orbites. Leurs corps se séparèrent. Dalgliesh bondit sur ses pieds et courut s'abriter derrière le fauteuil roulant.

Accroupi derrière le siège, s'appuyant contre la toile, il regarda Julius approcher les bras tendus, les cheveux trempés, les yeux fous, prêt à l'assaut final. Derrière Dalgliesh, la tour perdait du sang noir. La pluie fouettait les pierres et rebondissait en une fine vapeur qui se mêlait à son haleine. Il respirait avec peine et son souffle rauque et saccadé lui emplissait les oreilles comme les râles de quelque grand animal à l'agonie. Soudain, il débloqua les freins et avec ses dernières forces précipita le fauteuil en avant. Il vit à ce moment le regard surpris et désespéré de son assassin et pensa un instant que Julius allait se jeter contre le siège. Mais, à la dernière seconde, il sauta de côté et le fauteuil disparut avec son macabre chargement par-dessus la falaise.

« Allez expliquer ça quand ils le repêcheront ! »

Dalgliesh ne sut jamais s'il s'était murmuré ces mots ou s'il les avait hurlés. Julius se rua de nouveau sur lui.

La fin était proche. Cessant de lutter, Dalgliesh se laissa simplement rouler vers la mort. Tout ce qu'il pouvait espérer, c'était d'entraîner Julius avec lui par-dessus la falaise. Des cris rauques, discordants, frappèrent soudain ses oreilles. Une foule hurlait le nom de Julius. Et l'univers ne fut plus que cris. Le promontoire fut envahi par des formes vociférantes et il se trouva brusquement débarrassé du poids sur sa poitrine. Il était libre. Il entendit Julius murmurer : « Oh ! non. » Il perçut cette protestation dépitée aussi clairement que s'il l'avait émise lui-même. Ce n'était pas le dernier cri d'horreur d'un homme désespéré. La voix était calme, triste, presque amusée. Puis une forme noire lui cacha un moment le ciel, comme un grand oiseau glissant, ailes déployées, au ralenti, par-dessus sa tête. La terre et le ciel se confondirent. Il y eut un cri isolé de mouette. Le sol vibra. Un cercle de visages confus se penchaient au-dessus de lui. La terre lui parut douce, irrésistiblement douce, et il se laissa sombrer dans l'inconscient.

Le chirurgien sortit de la chambre de Dalgliesh et se dirigea vers un groupe d'hommes de taille imposante qui obstruaient le corridor.

« Il sera en état de répondre à vos questions dans une demi-heure environ. Nous avons extrait la balle. Je l'ai donnée à votre homme. Nous avons mis Mr. Dalgliesh sous perfusion, mais ne craignez rien : bien qu'il ait perdu pas mal de sang, il n'est pas en danger. Je ne vois pas d'inconvénient à ce que vous entriez.

— Est-il conscient ? demanda Daniel.

— À peine. Votre gars, dans la chambre, dit qu'il a cité *Le Roi Lear*. Il a, en tout cas, parlé d'une certaine Cordelia. Et il s'énerve parce qu'il n'a pas remercié pour les fleurs.

— Il n'aura pas besoin de fleurs cette fois-ci, Dieu soit loué. Mais il peut remercier Mrs. Reynolds, ses yeux perçants et son bon sens. Et puis l'orage aussi a été d'un certain secours. Il s'en est pourtant fallu de peu. Court aurait précipité le commandant au bas de la falaise si nous n'étions pas arrivés tout près sans qu'il s'en aperçoive. Mais entrons si vous pensez que c'est O.K. »

Un agent en uniforme se présenta, le casque sous le bras.

« Alors ?

— Le chef est en route, Sir. On vient de repêcher le corps de Philby attaché sur un fauteuil roulant.

— Et celui de Court ?

— Pas encore. Sir. On pense qu'il sera rejeté un peu plus loin sur la côte. »

Dalgliesh ouvrit les yeux. Autour du lit, des formes noires et blanches s'agitaient en un ballet rituel. Des coiffes d'infirmières flottaient comme des ailes privées de corps au-dessus des figures floues, ne sachant trop où se poser. Son infirmière était là, bien sûr ; ainsi que le médecin-consultant qui était rentré tôt de son mariage. Mais il ne portait plus de rose à sa boutonnière. Tous ces visages grimacèrent soudain un prudent sourire. Il se força à sourire également. Il ne s'agissait donc pas d'une leucémie aiguë, ni d'une leucémie tout court. Il allait se remettre. Et quand on lui aurait enlevé ce machin pesant que, pour une raison ou une autre, on lui avait attaché au bras droit, il pourrait sortir et reprendre son boulot. Malgré l'erreur de diagnostic, se dit-il à moitié endormi en contemplant les visages souriants autour de lui, c'était tout de même gentil de leur part de se montrer si contents de ce qu'il n'allait pas mourir, après tout.

Table

PAPIER À BASE DE
FIBRES CERTIFIÉES

Le Livre de Poche s'engage pour
l'environnement en réduisant
l'empreinte carbone de ses livres.
Celle de cet exemplaire est de :
700 g éq. CO_2
Rendez-vous sur
www.livredepoche-durable.fr

Composition réalisée par Belle Page

Achevé d'imprimer en mars 2018, en France sur Presse Offset par
Maury Imprimeur – 45330 Malesherbes
N° d'imprimeur : 225534
Dépôt légal 1re publication : février 1988
Édition 21 – mars 2018
LIBRAIRIE GÉNÉRALE FRANÇAISE – 21, rue du Montparnasse – 75298 Paris Cedex 06

30/6457/3